# 以戏入诗

## 当代汉语新诗的戏剧情境研究

翟月琴　著

商务印书馆（上海）有限公司 出品
The Commercial Press (Shanghai) Co.Ltd

\*国家社科基金青年项目"1980年代以来汉语新诗的戏剧情境研究"
（15CZW044）成果

\*上海市地方高水平大学战略创新团队建设成果

# 序

翟月琴

从词源上来看,"抒情诗"(lyric)一词的源头,可追溯至古希腊神话俄耳甫斯手中的里拉琴(Lyre)。这位俊美的少年,接过父亲阿波罗递给他的里拉琴,成为抒情诗人与歌者的化身。他弹拨的音调是多么动人,胜得过迷醉的塞壬歌声,叩得开冰冷的地狱之门,召得回英雄们丢弃的壮志。里尔克在给俄耳甫斯的诗中写着"里拉琴的弦网未能束缚住他的手/他顺从,以超越的方式",像是在提醒我们:抒情诗人不会为固有的技艺所困,而是不拘泥于语言文字、音乐曲调之固有格套,奔跑向令人神往却无法随之而去的彼处。

作为抒情美典的追随者,人们总是为手持里拉琴的歌者而心动,似乎琴声所饱含的情感就足以诠释文学艺术之传统。无怪乎俄耳甫斯即便被狂女们撕碎身体,依然义无反顾地弹奏歌唱,如泣如诉,在河水中漂流的头颅与里拉琴成为永恒的生命意象。但不要忘了,俄耳甫斯在走出地狱之门前,因为对妻子欧律狄刻的迷恋,忍不住回头的一瞬,便意味着他永失挚爱。不知是否可以说,里拉琴发出的声音无论多么迷人,还是阻挡不了俄耳甫斯迷失于思慕与永诀间,以回看的姿势酿成永生的悲剧。

感伤诗的抒情主义思维,常常让我们忽视诗里感性之外的理智、主观之外的客观、直接之外的间接。当然,单凭意象与声音解读抒情诗,已然看不到诗文本内部肌理的复杂性,这无疑为阅读者带来不少困惑。以"戏剧情境"进入诗文本,立意便在于视诗歌为立体而综合的文本形式。在个人化的情感抒发之外，更有动作、人物、事件、冲突、场景的参与，使得诗的纹路错杂有序，有如设有舞台与观众区的剧场空间。回顾现代诗论，卞之琳、袁可嘉等前辈皆有相关论述。笔者区分了诸多缠绕的概念，比如诗歌的意境、戏剧性、戏剧元素、戏剧化与戏剧情境等，最后将"戏剧情境"视为一种关系构成，即主观情感与客观物境之间的关系。

在如此关系当中，本书讨论当代尤其是20世纪80年代以来纷繁多样的诗歌实践。"戏剧情境"发生于诗歌文本或是剧场，有赖于戏剧动作、戏剧声音、戏剧场景乃至舞台表演的共同组织。尽管有相当多的诗歌研究者触及此话题，不过究竟怎样以戏剧艺术思维进入到汉语新诗的研究当中，可借鉴的理论与批评话语还不够丰富。我从2014年进入上海戏剧学院做博士后研究员，直到2016年在戏文系留校任教至今，由于阅读戏剧专论，又频繁出入剧场，从理论、观念到技术上略受熏染，对于开展该课题的研究大有益处。在此期间，感谢合作导师陆军教授同意我在原有的专业基础上继续深耕，以及王云教授的支持和提点。

我从八年前开始思考该议题，时常陷入困顿或是怀疑之中，其间，受到不少师友的鼓励。2017年11月，我在台湾花莲参加太平洋国际诗歌节期间，到台湾东华大学曾珍珍教授府上长谈。她建议我延续之前对台湾诗人杨牧先生的研究，继续开掘杨牧诗歌中涉及的戏剧问题。这其实也是2015年在台湾东华大学参加"杨牧文学研讨会"时，她向我发出的邀稿计划。珍珍老师不久便意外离世，遗憾的是，从与她见面之后的三年里，我仍然没有找到写作的头绪。2020年末完稿的《"东方面目的悲剧精神"：杨牧诗歌中"声音的戏剧"》(收入本书附录中)，权当是一份纪念吧。2020年3月，台湾诗人杨牧先生离世。我一直念念不忘老师的启迪引领。读他跨越半个多世纪的诗，总有慰藉之感。他对于政治、历史、哲学的思考，很难以抒情性概言之。事实上，杨牧先生永生都在摸索更深邃的诗境，以文字编织剧场，让人物在其中发声。他的探索，理应是当代汉语诗歌研究中最典型的个案。

# 序

成书期间，我也听取了不少师友的建议，受益良多。感谢美国加州大学戴维斯分校的杰出教授奚密老师、复旦大学的陈建华教授、上海戏剧学院的杨扬教授、台湾"中央研究院"的杨小滨研究员、新加坡南洋理工大学的张松建教授、中国社会科学院的周瓒研究员、首都师范大学的张桃洲教授、长沙理工大学的易彬教授、福建师范大学的伍明春教授、南京大学的李章斌教授等。另外，特别感谢已故的电影研究学者孙绍谊教授，他不厌其烦地听我讲述思路、陈述观点，并热心为本议题赐予英文名称"Theatricality"。写作期间，曹克非、陈思安、邰晓琴、李轻松、于坚、赵凡、从容等提供的视频资料，是开展诗（歌）剧场研究的基础；与陈黎、陈东东、蓝蓝、车前子等诗人的对话访谈，同样给了我不少启发。全书部分篇章曾以《1980年代以来汉语新诗创作的戏剧情境》《线里线外：傀儡诗的戏剧情境》《假面以歌：傀儡诗的戏剧情境》《从文本到剧场：当代女性诗歌的跨界实验》为题，先后刊载于《南京师范大学文学院学报》《文艺争鸣》《扬子江文学评论》《江汉学术》，在此对于张涛、方岩、刘洁岷、何同彬等老师的惠助致以谢意。

得益于上海戏剧学院科研处的支持，我才有将书稿交由商务印书馆出版的机会。本书是我讨论汉语新诗的第三本专书，反复修订，诚惶诚恐，心有惴惴焉。我在上戏担任戏剧教师后，似有右脑感悟诗、左脑探索戏剧的错觉，更感受到在复杂中寻找纯一、在激变里趋于冲淡之必要。于我而言，这不是文体边界的跨越，而是生命形式的融合。诗歌与戏剧并不矛盾，二者回旋逆流、交织而生，终会成为绽放在我生命里的蓝玫瑰。谢谢商务印书馆鲍静静女士对年轻学者的提携，以及编辑王晓妍、齐凤楠悉心审读，让我在不安之外，更能平和地直面这本不成熟的小书。

写于沪上居所
2020年2月

# 目 录

导 论.................................................................1

## 第一章　当代汉语新诗的戏剧情境问题.................17
第一节　创作实践趋向...........................................18
第二节　相关理论探索...........................................33
小　结..................................................................47

## 第二章　汉语新诗的戏剧动作.................................49
第一节　形体动作..................................................51
第二节　语言动作..................................................59
第三节　静默的动作...............................................76
小　结..................................................................92

## 第三章　汉语新诗的戏剧场景.................................93
第一节　场景的类型...............................................94
第二节　镜像、梦境的错序...................................125
小　结................................................................152

## 第四章　汉语新诗的戏剧声音...............................155
第一节　独白诗：戏剧角色与人物的声音.............156
第二节　傀儡诗：提线木偶与面具的声音.............170
小　结................................................................210

**第五章　汉语新诗的舞台呈现**……………………………………213
第一节　同题异体的改编热潮……………………………………214
第二节　以诗入戏的原创诗剧……………………………………234
第三节　诗（歌）剧场的空间展演………………………………251
小　　结………………………………………………………………288

**结　语**……………………………………………………………291

附录一　个案研究……………………………………………………297
附录二　诗人访谈……………………………………………………313

# 导 论

## 一

提到诗歌与戏剧的关系，诗剧或者剧诗无疑最受关注。就文体特征来看，此二者更直观，属于显性的跨文体表现形式。不过，诗歌与戏剧作为有着明显边界线的两种文体，还存在着隐性的关系，有待研究者发现。从诗歌文体中感知戏剧情境，便是探索这一隐在关系的方式之一。什么是诗歌的戏剧情境？这一问题在20世纪汉语新诗史上经历了动态化的研究过程，同时又与渐趋立体而综合化的诗歌创作路向有关。所以，探讨20世纪80年代以来汉语新诗的戏剧情境，既需要拓展其理论内涵，又要考量特定历史时期汉语新诗的创作特点。

本书讨论诗歌的戏剧情境，主要以诗人的主观情感与客观物境之间的关系为研究对象。为了避免感伤主义[1]创作倾向，诗人以间接、客观

---

[1] 感伤性是一种情感过剩的形式，因此是一种伦理和修辞缺陷，它在读者和诗人身上均可发现，表现为自怜，缺乏成熟的情感控制。感伤性包括三层含义：一、自我耽溺于哀婉的情绪；二、情感的沉迷超过刺激所许可的范围；三、情感过分直接的表达，缺乏充分的对应物。（可见张松建：《抒情主义与中国现代诗学》，北京：北京大学出版社，2012年，第252页。译自 Alex Preminger ed., *Princeton Encyclopedia of Poetry and Poetics*, Princeton, N. J.: Princeton University Press, 1965, p. 763。）

的表现手法,从情思的内聚转为外射,从而营造诗歌的戏剧情境。汉语新诗史上,诗歌的戏剧情境在徐志摩、闻一多的笔下已初露端倪,卞之琳进一步明确提出了与"戏剧情境"相关的表述"戏剧性处境"[1]。卞之琳在《雕虫纪历·自序》中总结过去的诗歌创作经验,其中特别强调:"我总喜欢表达我国旧说的'意境'或者西方所说'戏剧性处境',也可以说是倾向于小说化,典型化,非个人化,甚至偶尔用出了戏拟(parody)。所以,这时期的绝大多数诗里的'我'也可以和'你'或'他'(她)互换,当然要随整首诗的局面互换,互换得合乎逻辑。"[2]卞之琳试图透过创作实践而生发出的"戏剧性处境"观念,仍不失其理论和批评意义。生于新旧交替、古今对话、中西互渗的时代,卞之琳尤其关心外部社会环境与内部心理体验的结合,同时受到艾略特"非个人化"思想的影响,又接触叶芝、里尔克、瓦雷里、奥登和阿拉贡等诗人的诗歌,创作了包括《一个和尚》《叫卖》等在内的一系列代表作。同时,卞之琳也从感性经验出发,认为"这种抒情诗创作上小说化,'非个人化',也有利于我自己在倾向上比较能跳出小我,开拓视野,由内向到外向,由片面到全面"[3]。

但这种借鉴戏剧技巧而以抒情为旨归的阐释,却更接近诗歌的"意境","卞诗通过戏剧手法的运用而取得的戏剧效果更像是中国古诗中的'意境'"[4],"卞之琳的戏剧效果都特别注重烘托那种浑融、完整的景象,

---

[1] 袁可嘉在《略论卞之琳对新诗艺术的贡献》(《文艺研究》,1990年第1期,第78页)一文中,总结了徐志摩、闻一多与卞之琳提倡的"戏剧性处境"之不同。与徐志摩、闻一多不同,"卞之琳的戏剧化手法有更大的客观性,他特别善于刻画有关具体情景、人物、心态的典型细节"。

[2] 卞之琳:《雕虫纪历(1930—1958)》,北京:人民文学出版社,1979年,第3页。

[3] 卞之琳:《雕虫纪历(1930—1958)》,第7页。

[4] 彭树涛:《传统思维下的现代诗歌创作——卞之琳诗歌内质分析》,卢昌军、刘冠英等主编:《楚天学术》第10辑,武汉:长江出版社,2006年,第138页。

暗示着他对生命状态的传统式认识，更像是中国的意境"[1]。"意境"与"戏剧性处境"是两个概念，而不是中西相互对照的关系。在卞之琳看来，汉语诗歌的"意境"重含蓄蕴藉，与西方的暗示性相契合，避免直抒胸臆而以客观性、间接性为原则，实现"借景抒情、借物抒情、借人抒情、借事抒情"。总体而言，卞之琳提倡的"戏剧性处境"仍然是以抒情为目的，借助戏剧化的技巧，使得主观的情思意绪找到客观的对应物，或者说以客观化的手法实现主观的情感表达。而与"意境"不同，"戏剧性处境"强调的是诗歌内部完整而立体的结构层次，注重内在心理动作与外部社会环境的矛盾统一关系。

结合戏剧研究中有关戏剧情境的论述"戏剧情境主要包含着这样一些因素：具体的环境，诸如剧中人物活动的具体的时空环境；特定的情况——事件；特定的人物关系"[2]，进而言之，戏剧情境就是一种关系构成，它包括剧中人物活动的特定时空环境，影响人物的具体事件和人物之间的关系，"'戏剧情境'是促使人物产生特有动作的客观环境，包括具体环境和特定的人物关系"[3]。无论是戏剧还是诗歌，行动或者动作都是最为重要的因素，正如谭霈生在《戏剧本体论》中提出的"情境乃是人的内心与行动交合的具体的实现形式"[4]，在戏剧中强调情境的重要性尚且不能脱离行动的话，在诗歌里凸显戏剧的因素就同样不能忽略行动。因此，诗歌的戏剧情境首先应围绕戏剧动作、事件和冲突展开，在特定的情境下赋予人物形体或者内心动作，且让本不具备戏剧因素的人物产生强而有力的戏剧动作；其次，作为其他戏剧要素发生的前提，以诗的文本或者表演形式呈现出来，其作用在于理解诗歌中人物活动的动机、戏

---

[1] 李怡：《中国现代新诗与古典诗歌传统》，重庆：西南师范大学出版社，1994年，第243页。
[2] 谭霈生：《论戏剧性》，北京：中国戏剧出版社，2005年，第137页。
[3] 许霆：《中国现代主义诗学论稿》，上海：上海文化出版社，2005年，第208页。
[4] 谭霈生：《戏剧本体论》，北京：中国戏剧出版社，2005年，第118页。

剧冲突爆发的契机、戏剧情节展开的基础、人物性格形成的原因等。

戏剧情境生成的方式可谓多种多样。如袁可嘉所说，"'戏剧性处境'并不限于独白或对话的形式。它的要领在于找到合适的'客观联系物'来表现主观的情思"[1]，其生成不仅局限于独白、对白或是旁白等，凡是以客观展现主观的戏剧化方式，经过诗人的情境化处理，皆可视为诗歌的戏剧情境。诗歌的戏剧情境是借助人物的动作而显现出来的，不同时代的诗人创作状态不同，诗歌文本亦呈现出动态化、多元化的特点。所以，诗歌的戏剧情境也将随着文本的丰富而被赋予新的内涵。

本书所讨论的20世纪80年代以来的汉语新诗，主要是以1980年开始创作的诗歌文本为主。在地域上，包括大陆（含香港）及台湾地区诗人的汉诗创作，同时也包括海外流散诗人的诗歌文本。

首先是筛选部分大陆诗歌。1983年7月，成都几所高校的诗歌爱好者共同编印了《第三代人》，将他们这一批诗歌写作者命名为"第三代"诗人。直到1985年，四川省青年诗人协会在其编辑的《现代诗内部交流资料》中，重提了"第三代"这一命名。"第三代"是20世纪80年代中期登上文坛的先锋诗人，他们的作品也被称为"新生代诗歌""后朦胧诗"或者"实验诗"。1986年10月21日，由徐敬亚、孟浪等发起，《诗歌报》联合《深圳青年报》推出了"'中国诗坛1986'现代诗群体大展"第一、二辑；10月24日，《深圳青年报》又刊发了第三辑，共计13万字，65个诗歌流派，200余位诗人的作品。这其中，新传统主义、整体主义诗歌兴起，包括江河的《太阳和他的反光》、杨炼的《诺日朗》、欧阳江河的《悬棺》等，透过神话故事或历史事件寻找文化的根脉，彰显出史诗的品格；而以"pass北岛"为口号的"第三代"诗人的作品，包括翟永明的《女人》、唐丹鸿的《黑色沙漠》、柏桦的《琼斯敦》、杨黎的

---

[1] 袁可嘉：《略论卞之琳对新诗艺术的贡献》，第78页。

《冷风景》、韩东的《山民》、宋琳的《淘金者与豹》等，都有效地调动了不同的戏剧元素，营造出别样的戏剧情境。20世纪90年代以后，仍然坚持创作的"第三代"诗人以及新出现的诗人，成为诗坛的主力军。包括王家新、王小妮、西川、翟永明、陈东东、张枣、柏桦、臧棣、孙文波等诗人，他们的一些诗作从不同侧面、不同程度开掘戏剧元素，提供了不少具有代表性的文本。自1999年杨克主编《1998中国新诗年鉴》和程光炜主编《岁月的遗照》后，新世纪又出现了大量的诗歌选本，比如《大诗歌》《中国诗歌精选》《中国诗歌年选》《诗歌与人》《自行车》《新汉诗》《南京评论》等。另外，"界限""灵石岛""诗江湖""橡皮""扬子鳄"等诗歌网站也风起云涌。这期间，随着诗集、选本、网络媒体和民间刊物兴起，展出的诗歌文本不可计数，涌现出不少优秀的诗歌作品，不乏对于戏剧情境的营造。

其次是台湾诗人、流散诗人的诗歌文本，以台湾诗人痖弦、杨牧、焦桐[1]、陈黎、杨小滨[2]等为主。20世纪80年代以来，台湾诗人也格外重视营造戏剧情境，比如杨牧以戏剧独白体见长，代表作有《妙玉坐禅》《宁靖王叹息羁栖》《以撒斥堠》等；再比如杨小滨注重戏剧场景，代表作可见诗集《景色与情节》等。另有一些台湾诗人具备戏剧专业背景，有意识地以戏入诗，较有代表性的是管管、夏宇、焦桐、鸿鸿等。其中，管管集编剧、表演艺术家、诗人等身份于一身，善于演诗，其诗作《过客》等皆有戏剧效果；夏宇毕业于台湾艺专影剧科，她的诗集《不

---

[1] 焦桐（1956—），原名叶振富，台湾高雄人。文化大学戏剧系本科、硕士毕业，现为"中央大学"中国文学系副教授。著有诗集《蕨草》（1983）、《咆哮都市》（1988）、《失眠曲》（1993）、《完全壮阳食谱》（1999）、《青春标本》（2003）等，散文集《爱的小故事》（1989）、《童年的梦》（1993）、《最后的圆舞场》（1993）等，评论集《台湾战后初期的戏剧》（1990）等。1980年，焦桐因为《怀孕的阿顺仔嫂》一诗，获得第三届时报文学奖叙事诗优等奖。

[2] 杨小滨生于上海，耶鲁大学博士。目前在台湾"中央研究院"中国文哲研究所任研究员，在台湾政治大学台湾文学研究所兼任教授。

修边幅》一度被搬上戏剧舞台；焦桐曾学习戏剧，编、导过舞台剧，常常以戏剧角色入诗，譬如《老旦》《小丑》等；鸿鸿毕业于台湾艺术学院戏剧系，兼具编剧、导演和诗人三重身份，他的诗集《土制炸弹》等相当富有戏剧效果。一些流散海外的诗人，包括顾城、杨炼、多多、严力、哈金等的诗歌创作，融入了一些戏剧元素，譬如顾城的《提线艺术》、哈金的《鬼辩》等，也在本文的讨论范围内。

第三是诗歌的戏剧表演作品，包括声光诗、诗剧、诗（歌）剧场等。本书讨论汉语新诗文本中的戏剧情境，同时考虑到随着视频、音响、影像等媒体技术的发展，20世纪80年代以来汉语新诗的舞台实验也高度繁荣，故将其一并纳入分析。戏剧情境同样体现在舞台表演中，尤其是在剧场的虚拟情境里呈现诗人、演员、人物与观众间的互动关系。1985年，中国台湾地区白灵就发起了"声光诗"活动，后来的台北诗歌节又推出了影像诗《背景的话语》（许雅俐）、《葬礼》（张伊雯）、《蜕变》（彭伟杰）等。大陆地区的舞台改编剧掀起热潮，包括于坚的《0档案》被牟森改编成话剧，西川的《镜花水月》被孟京辉改编为话剧，海子的诗篇《太阳》被改编成歌剧，翟永明的《随黄公望游富春山》被周瓒、陈思安改编成同名话剧等。还有一些借助汉语新诗完成的原创诗剧，比如张献的《舌头对家园的记忆》和李轻松的《向日葵》等。另外，还有上海测不准机构、北京瓢虫剧社和深圳的"第一朗读者"的诗（歌）剧场实践活动等等。

20世纪80年代以来的汉语新诗数量惊人，很难实现全面的论述，也无法逐一进行解读。当然，对此阶段的诗歌创作做整体的概说和评介，也不是本书的目的。本论题将这个阶段的诗歌视为一种创作趋向，从浩瀚的文本中选取代表性的作品进行细读，力求在展现汉语新诗的戏剧情境之不同侧面的同时，能够重新发现一些被忽略的文本。

## 二

到目前为止,学术界对于"当代汉语新诗的戏剧情境研究"尚未展开。但"诗与戏剧的互动""诗歌的戏剧化特质""诗歌的戏剧性""20世纪80年代以来汉语新诗的跨文体研究"[1]等论题以及与之相关的个案研究,同样值得重视和借鉴。对涉及的论著和论文略做梳理,大致有四个方面:

第一,有些论著涉及诗歌与戏剧的结合——"诗歌的戏剧处境""戏剧性""戏剧化观念",深入阐述了不同历史时期诗歌的戏剧特质的不同表现。较为典型的包括卞之琳的《雕虫纪历·自序》、袁可嘉的《新诗戏剧化》与《谈戏剧主义》、许霆的《中国戏剧化新诗特征论》[2](1992)、王毅的《论新诗戏剧化》[3](1996)、鄢化志的《传统戏剧与诗歌的互渗与兼容》[4](2001)、吴晟的《中国古代诗歌戏剧性因素初探》[5](2006)、胡苏珍的《跨语际实践中的新诗"戏剧化"研究》[6](2009)、陈仲义的《戏剧性:紧张中的冲突包孕——张力诗语探究之六》[7](2012)、胡苏珍的《现代诗歌"戏剧化"言说中口语的诗化策略》[8](2013)、赵黎明的《"声诗"传统与现代解诗学的"声解"理论建构》[9](2014)、杨四平的《事态叙

---

[1] 与"诗歌的戏剧情境"相关的研究,本书将在第一章《当代汉语新诗的戏剧情境问题》第二节"相关理论探索"中展开分析。
[2] 许霆:《中国戏剧化新诗特征论》,《江西师范大学学报(哲学社会科学版)》,1992年第2期。
[3] 王毅:《论新诗戏剧化》,《武汉大学学报(哲学社会科学版)》,1996年第4期。
[4] 鄢化志:《传统戏剧与诗歌的互渗与兼容》,《文艺理论与批评》,2001年第2期。
[5] 吴晟:《中国古代诗歌戏剧性因素初探》,《文艺理论研究》,2006年第3期。
[6] 胡苏珍:《跨语际实践中的新诗"戏剧化"研究》,浙江大学(博士论文),2009年。
[7] 陈仲义:《戏剧性:紧张中的冲突包孕——张力诗语探究之六》,《福建论坛(人文社会科学版)》,2012年第8期。
[8] 胡苏珍:《现代诗歌"戏剧化"言说中口语的诗化策略》,《浙江学刊》,2013年第3期。
[9] 赵黎明:《"声诗"传统与现代解诗学的"声解"理论建构》,《浙江大学学报(人文社会科学版)》,2014年第2期。

事：现代汉诗的戏剧性文法》[1]（2015）、胡苏珍的《新诗"假叙述情境"中的戏剧化美学》[2]（2015）和《西方近现代诗歌史上的"戏剧化"诗学》[3]（2018）等。

第二，有些论著对20世纪80年代以来汉语新诗的"跨文体""混杂语体"现象进行了研究，尤其强调"诗歌的戏剧化特质"，比如王陈均的《90年代部分诗学词语梳理》[4]（2000）、昌忠的《论1990年代中国诗歌的戏剧化特质》[5]（2009）、姜涛的《"混杂"的语言：诗歌批评的社会学可能——以西川〈致敬〉为分析个案》[6]（2010）、张桃洲和雷奕的《论1990年代诗歌中的跨文体书写》[7]（2011）、《新时期诗歌的戏剧化特质》[8]（2012）等。

第三，还有一些对诗歌的舞台表演进行了研究。当然，一些戏剧研究者不乏论述，主要从戏剧的角度分析前卫、先锋和实验戏剧，譬如吴戈的《论当代中国舞台的"先锋戏剧"》（收入吴戈：《当代戏剧诸象》，北京：中国文联出版社，2001年），特别评论牟森导演的《零档案》。难能可贵的是，针对舞台演出，出现了关于与诗歌与戏剧互动关系的讨论，如美国学者奚密的《诗与戏剧的互动：于坚〈0档案〉探微》

---

[1] 杨四平：《事态叙事：现代汉诗的戏剧性文法》，《文艺争鸣》，2015年第2期。

[2] 胡苏珍：《新诗"假叙述情境"中的戏剧化美学》，《宁波大学学报（人文科学版）》，2015年第6期。

[3] 胡苏珍：《西方近现代诗歌史上的"戏剧化"诗学》，《西南大学学报（社会科学版）》，2018年第6期。

[4] 陈均：《90年代部分诗学词语梳理》，王家新等编：《中国诗歌：九十年代备忘录》，北京：人民文学出版社，2000年。

[5] 王昌忠：《论1990年代中国诗歌的戏剧化特质》，《浙江旅游职业学院学报》，2009年第3期。

[6] 姜涛：《"混杂"的语言：诗歌批评的社会学可能——以西川〈致敬〉为分析个案》，《巴枯宁的手》，北京：北京大学出版社，2010年。

[7] 张桃洲、雷奕：《论1990年代诗歌中的跨文体书写》，《中国现代文学研究丛刊》，2011年第8期。

[8] 王昌忠：《新时期诗歌的戏剧化特质》，《社会科学论坛》，2012年第7期。

（1998）、荷兰学者柯雷（Maghiel van Crevel）的《精神、混乱与金钱时代的中国诗歌》（*Chinese Poetry in Times of Mind, Mayhem and Money*，2008）、美国学者江克平（John A. Crespi）的《革命的声音：现代中国的听觉想象》（*Voices in Revolution: Poetry and the Auditory Imagination in Modern China*，2009）、意大利学者罗塞拉·费莱丽（Rossella Ferrari）的《诗歌的跨媒介舞台实践：〈镜花水月〉与新世纪的北京先锋戏剧》（*Performing Poetry on the Intermedial Stage: Flowers in the Mirror, Moon on the Water, and Beijing Avant-Garde Theatre in the New Millennium*，2016）等。

第四，一些著作研究了戏剧化特质在诗人创作个案中的渗透。较有代表性的是杨小滨的《今天的"今天派"诗歌——论北岛、多多、严力、杨炼的海外诗作》[1]（1995）、颜同林的《戏剧冲突与诗歌力量——略论叶延滨诗作中的戏剧性因素》[2]（2005）、夏元明的《论翟永明诗歌的"戏剧性"》[3]（2006）、罗振亚的《"复调"意向与"交流"诗学：论翟永明的诗》[4]（2006）、韦珺的《诗的戏剧化，戏剧的诗化——论李轻松诗剧〈向日葵〉的创作意义》[5]（2008）、柏桦的《从一首诗出发：读李笠诗歌的戏剧之音》[6]（2011）、刘正忠的《杨牧的戏剧独白体》[7]（2011）、解昆桦的《矿室之死亡：陈黎〈最后的王木七〉诗叙事策略与象征系统的

---

[1] 杨小滨：《今天的"今天派"诗歌——论北岛、多多、严力、杨炼的海外诗作》，《今天》，1995年第4期。

[2] 颜同林：《戏剧冲突与诗歌力量——略论叶延滨诗作中的戏剧性因素》，《钦州师范高等专科学校学报》，2005年第2期。

[3] 夏元明：《论翟永明诗歌的"戏剧性"》，《黄冈师范学院学报》，2006年第1期。

[4] 罗振亚：《"复调"意向与"交流"诗学：论翟永明的诗》，《当代作家评论》，2006年第3期。

[5] 韦珺：《诗的戏剧化，戏剧的诗化——论李轻松诗剧〈向日葵〉的创作意义》，《李轻松诗歌创作研讨会论文集》，2008年6月1日。

[6] 柏桦：《从一首诗出发：读李笠诗歌的戏剧之音》，《东吴学术》，2011年第3期。

[7] 刘正忠：《杨牧的戏剧独白体》，《台大中文学报》，2011年总第35期。

戏剧性》[1](2011)、刘士杰的《诗的戏剧化 戏剧化的诗——读徐俊国的诗》[2](2012)、陈仲义的《别开生面的"戏剧性"张力——以沈奇〈天生丽质〉为例》[3](2012)、胡苏珍的《论宁波籍诗家袁可嘉"新诗现代化"观》[4](2013)、解昆桦的《零雨〈特技家族〉诗作的荒谬剧场性——与商禽〈门或者天空〉、村野四郎〈体操诗集〉的比较讨论》[5](2014)、解昆桦的《有趣的悲伤：夏宇〈乘喷射机离去〉书写过程中发展之谐趣语言》[6](2014)、杨小滨的《驱力主体的奇境舞台：陈东东诗中的都市后现代寓言》[7](2018)、胡苏珍的《张枣的戏剧化技艺》[8](2019)等。

## 三

以上研究开启了诗歌与戏剧的跨文体研究之可能，同时也关注到20世纪80年代以来汉语新诗的戏剧美学特征，为本研究提供了一定的基础，但对该论题的重视仍显不足。"诗歌的戏剧化特质""诗歌与戏剧的

---

[1] 解昆桦：《矿室之死亡：陈黎〈最后的王木七〉诗叙事策略与象征系统的戏剧性》，《国文学志》，2011年总第23期。

[2] 刘士杰：《诗的戏剧化 戏剧化的诗——读徐俊国的诗》，《徐俊国诗歌创作研讨会论文集》，2012年7月1日。

[3] 陈仲义：《别开生面的"戏剧性"张力——以沈奇〈天生丽质〉为例》，《西安财经学院学报》，2012年第6期。

[4] 胡苏珍：《论宁波籍诗家袁可嘉"新诗现代化"观》，《宁波大学学报（人文科学版）》，2013年第4期。

[5] 解昆桦：《零雨〈特技家族〉诗作的荒谬剧场性——与商禽〈门或者天空〉、村野四郎〈体操诗集〉的比较讨论》，《东海中文学报》，2014年总第27期。

[6] 解昆桦：《有趣的悲伤：夏宇〈乘喷射机离去〉书写过程中发展之谐趣语言》，《淡江中文学报》，2014年总第30期。

[7] 杨小滨：《驱力主体的奇境舞台：陈东东诗中的都市后现代寓言》，《台湾诗学学刊》，2018年总第31期。

[8] 胡苏珍：《张枣的戏剧化技艺》，《长沙理工大学学报（社会科学版）》，2019年第2期。

结合""诗歌的戏剧性"等论述屡见不鲜,但众说纷纭,而"戏剧情境"统领诸多戏剧要素,聚焦于特定环境、特定事件和特定的人物关系,这就避免了论题的模糊性,具有整体性、具体性和假定性的特征。基于此,本书以20世纪80年代汉语新诗为研究对象,从汉语新诗的戏剧动作、戏剧场景、戏剧声音、舞台呈现等四个层面展开,探讨两种文体的交叉影响关系。循此思路开展研究,其意义可大致归纳为以下五点:

第一,为讨论诗歌与戏剧的跨文体关系提供理论研究基础。本书试图突破过往文体分类的思维局限,并跳脱出传统的理论研究模式,从跨文体视角研究诗歌与戏剧的关系;将戏剧情境作为连接二者的重要纽带,着重分析汉语新诗的戏剧动作、戏剧场景、戏剧声音、舞台呈现四个方面,深度挖掘诗歌与戏剧之间融合与制约的关系。

第二,为20世纪80年代以来汉语新诗的戏剧情境拓展研究视野。本书扩大了地域研究范围,不仅倾向于大陆诗人的创作,还关注台湾、香港等其他华语地区的汉语新诗创作;同时,将文本和表演综合考虑,将具有戏剧情境的诵诗、唱诗、声光诗、影像诗、诗剧、诗剧场纳入研究范围,注重诗歌文本的戏剧情境与戏剧表演之间的关系,并凸显汉语新诗的传播特点。

第三,呈现20世纪80年代以来汉语新诗的戏剧情境特征。20世纪80年代以来,汉语新诗逐渐掀起一股创作热潮,即相当关注戏剧情境。本书重点考察多多、杨炼、江河、翟永明、海子、陈东东、于坚、车前子等大陆或者海外诗人,以及杨牧、焦桐等台湾诗人,不仅涉猎诗人创作的经典文本,还关注当前最新的诗歌创作动态;最终,立足于戏剧动作、戏剧场景和戏剧声音三个维度,归纳整理出20世纪80年代以来汉语新诗创作中的戏剧情境特征。

第四,为20世纪80年代以来汉语新诗研究提供新的视角。通常而言,抒情诗向来被看作中国诗歌研究的正宗,本书关注汉语新诗的戏剧情境,则有益于跳脱将抒情、叙事与戏剧作为三种截然不同的文体划分方式;立足于20世纪80年代以来的汉语新诗文本,从诗歌本身发掘戏剧情境的诸种表现方式,从而为此阶段的诗歌文本细读提供新的角度。

第五,为诗歌的舞台呈现提供借鉴并引导方向。当下,诗歌的戏剧改编已成风尚,另外,还有诗剧、诗剧场实践活动也成为热点。本书以诗歌文本为主要研究对象,兼及诗歌的舞台呈现,从"同题异体的改编热潮""以诗入戏的原创诗剧"和"诗(歌)剧场的空间展演"三个方面着眼,分析当前的舞台实践情况,既拓展诗歌的戏剧情境之内涵,又为诗歌文本的舞台演出实践提供借鉴。

## 四

全书考虑到20世纪80年代以来汉语新诗的创作实践和理论探索状况,视"汉语新诗的戏剧情境"为一个结构性命题,关涉戏剧动作、戏剧场景、戏剧声音、戏剧表演等诸多方面;由此审视诗歌文本与舞台表演两个维度,综合而立体地考量此阶段汉语新诗的戏剧化趋向。具体研究思路概括如下:

**第一章　当代汉语新诗的戏剧情境问题**。20世纪80年代以来,汉语新诗不甘于蜷缩在朦胧诗树立的抒情传统中,而是回归和开拓现代主义诗歌传统。随着社会政治、经济、文化环境的转型,无论从创作还是理论方面,诗歌的戏剧情境都逐渐引起关注。就创作实践而言,一来,主体的分裂。诗人作为创作主体不再纠缠于与时代社会的整体关系,而是针对复杂的经验世界做出回应,重新面对现实、面对自我,因此出现了大量的戏剧独白诗、傀儡诗等。二来,"以物代象"出现。诗人从以"大我"为中心的抒情诗里跳脱出来,颠覆崇高、理想化的审美方向,由主观转为间接与客观，相当注重呈现场景，包括日常生活场景、都市文化场景、家族叙事场景等。三来，跨文体、跨艺术现象掀起热浪，体现出诗人等艺术家渴望跨越文体、跨越艺术边界的态度，声光诗、影像诗、诗剧、诗（歌）剧场等呈现出新的创作生态。就理论探索而言，首要的是汉语新诗的"戏剧性"研究，诗歌评论家和诗学研究者试图透过"张力论""冲突论""情节论"等，突出"戏剧性"在诗歌文体中的质性。然而，这种本质化分析极容易陷入一刀切的论述困境，反而产生了更为纷乱芜杂的理论研究思绪。与之同时，也有诗人、学者将视线投入到汉语新诗的"戏剧元素"的命题中，该命题涉及戏剧场景、语言、声音等，有效地避免了文体之间的强制结合，研究的对象也相对具体化了，但仍有相当大的研究空间亟待开掘。与跨界创作相呼应，跨领域研究也逐渐崭露头角，研究者不仅关注文体与文体的互动，还将触角伸向了诗歌的舞台表演。综合而言，诗人们在创作方面取得的进展，也呼唤着诗歌研究者紧跟步伐，重新整合出一种更为多元而动态化的研究视角。在此基础上，汉语新诗的"戏剧情境"研究可谓呼之欲出，它从诗歌的戏剧化角度切入，就动作、情节、场景、冲突等一系列要素的发生环境进行分析，进而呈现出诸种戏剧元素在诗歌中的特殊表现方式。

**第二章　汉语新诗的戏剧动作**。汉语新诗的戏剧动作的重要性，就在于它能够展现诗的立体感，同时体现出矛盾冲突相反相成的辩证统一关系。如果诗歌中没有动作引发事件发生以及矛盾冲突，那么就不能判断诗歌中存在戏剧情境。一方面，围绕动作展开的戏剧情境研究能够有效地理解诗歌的戏剧化特质，而戏剧情境是构成动作的重要条件，可以将其当作促使动作迅速发展的动力和契机展开分析；另一方面，20世纪80年代以来，诗人对于戏剧动作的书写愈发自觉而多样化，无论是外部动作还是内部动作皆具有开拓意义。本章透过阅读大量的诗歌文本，将此阶段汉语新诗的戏剧动作分为三种类型予以解读，分别是形体动作、语言动作和静默的动作，前者为外部动作，后两者为内部动作。形体动作专指可见的肢体动作，语言动作包括语言形式的动作性和人物台词的动作性，静默的动作可区分为以静制动和以静促动两个方面。这些戏剧动作，与戏剧情境的变化有关，因为诗人创造什么样的环境，关系到矛盾冲突爆发的条件。而诗人们从不同侧面对于戏剧动作的开掘，又集中展现了20世纪80年代以来汉语新诗的戏剧动作与情节、冲突、场景等其他戏剧元素的互动。

第三章　汉语新诗的戏剧场景。戏剧情境还体现于具体的场景中。一连串的动作的发生构成事件，作用于戏剧场景之间的组织结构。探讨汉语新诗的戏剧场景，其实就是观照诗人如何以结构和意象组织戏剧场景的流动，并透过具体事件传达与心理动作有关的情感经验。20世纪80年代以来汉语新诗的戏剧场景主要表现为三种类型："片段拼贴式：日常生活场景""重复叠加式：家族历史场景"和"多点跳跃式：都市文化场景"。其中，日常生活场景，以片段拼贴式的组合形式，体现了诗人观察视角的变换；家族历史场景的组合，注重重复叠加，字里行间充满了病痛或者创伤的记忆；都市文化场景，则采用多点跳跃式，蕴含着新旧错动时代诗人的心理变化。镜像和梦境也是诗人透过意象展现的典型场景：诗人以人称变化呈现镜像，彰显现代都市两性关系的微妙之处，又以梦境颠覆现实逻辑，其中充斥着浓郁的死亡意识。这些场景的组合体现了诗人情感心理的激变，推动了戏剧情境的再生。

第四章　汉语新诗的戏剧声音。戏剧情境包括人物与人物之间的关系，而戏剧声音指的就是诗人假定出一个戏剧情境，以呈现诗人与人物的互动。20世纪80年代以来，诗人在诗篇中创造了角色、人物、木偶和面具等，既客观地透过他者的视角抒写自我，又审视、反观着自我意识，还赋予人物、角色等形象以生命，同他们对话。20世纪80年代以来最突出的两种诗歌的戏剧声音，分别是戏剧独白诗和傀儡诗。首先，在戏剧独白诗中，诗人创造出戏剧角色和人物，与之完成对话。戏剧角色尤其是丑角扮相，侧面流露出诗人群体的边缘化处境；而诗人塑造的人物，又暗示着嘈杂的社会政治、经济、文化环境中的个人境遇。其次，傀儡诗专指包含提线木偶、面具等道具的诗歌，诗人借助它们可以实现与自然、与社会、与他者、与自我的对话。比如诗人借"提线"动作，观照线里线外的复杂与纯一；又以面具（兽面、神面和人面）假面以歌，激荡出传统与现代文化的融合与隔膜。诗人以间接的形象与外部世界、内在心理的沟通，多维度生发出对汉语新诗未来的想象。

**第五章　汉语新诗的舞台呈现**。除了诗歌文本之外，戏剧情境体现于剧场表演中。融合语言、声音、肢体、舞蹈、布景、装置、灯光等元素，编剧、导演和演员等艺术工作者共同将汉语新诗搬上舞台。这不单是汉语新诗的传播问题，更是诗歌与戏剧跨界实验的艺术尝试。诗人、戏剧人及其他艺术工作者致力于探索新的艺术形式，发现新的艺术空间，创造新的审美观念。本章将围绕"同题异体的改编热潮""以诗入戏的原创诗剧"和"诗剧场的空间展演"，观照剧团、剧人的运营理念和戏剧观念，分析具体的舞台演出，进而探讨诗歌在戏剧里发挥的作用，以及戏剧反作用于诗的表现，由此深化"意""境"与"情"的重要性，凸显"临界性"剧场的可能性，重新理解诗歌与戏剧合力延展出的艺术领地。

# 第一章

# 当代汉语新诗的戏剧情境问题

20世纪80年代以来,无论在创作实践的趋向还是在相关理论的探索方面,汉语新诗的戏剧情境问题渐渐受到关注。但由于抒情历来是中国诗歌创作与研究的正统,即便是叙事诗研究也鲜有戏剧化方面的论述,更何况此阶段学界又视"诗歌的声音"[1]为显在的关注对象,故而对"汉语新诗的戏剧情境"这条脉络的梳理较为怠慢。事实上,经历了20世纪80年代的实验期、90年代的发展期以及新世纪以来的繁荣期,"汉语新诗的戏剧情境"如一条隐形线索,一直若隐若现,贯穿其中有待进一步深入探析。从创作实践来看,摆脱政治意识形态束缚的诗人们对于主体"我"的思考呈现出多元而复杂的特质,诗歌文本逐渐脱离崇高化的抒情表达,走出以意象为中心的审美追求,转而关注日常生活场景的间接、客观表现;同时,艺术界将目光转向了诗与剧的舞台互动所做出的跨界实验;以上这些都构成了此阶段创作的新风潮。从相关理论探索来看,主要集中于20世纪80年代以来汉语新诗的"戏剧性""戏剧化""戏

---

[1] 可参看拙文《20世纪80年代以来汉语新诗创作的声音转向》(《扬子江文学评论》,2015年第4期),主要围绕"从集体的声音过渡到个人化的声音""从意象中心到声音中心的实验""声诗从'运动'走向'活动'"三个方面展开。

剧元素"研究以及跨界研究,这些探讨从不同的侧面为汉语新诗的戏剧情境研究提供了依据。

## 第一节 创作实践趋向

20世纪80年代以来,走出"文革"阴影的诗人们,不再局限于朦胧诗以"大我"为主体、注重意象的抒情表达方式。倘若说文化寻根诗仍然延续了朦胧诗的美学特质,通过长诗写作,在文化传统中提炼情感的波澜激荡和心理动作的变化,将汉语新诗推向史诗的方向,那么,"第三代"诗人的崛起,更是以主体的分裂、以物取代象的方式,充分拉开了与客观对象之间的距离,注重主观情绪和客观场景共同衍生的心理动作。20世纪90年代以后,这种书写方式逐渐上升为诗坛的创作主流。与此同时,台湾诗人从1985年的声光诗实验开始,掀起了一股诗与剧的跨界浪潮。随之而来的,台湾的影像诗、诗剧和大陆的诗歌改编、诗剧及诗剧场等活动,也蔚然成风,由此形成了20世纪80年代以来汉语新诗的整体创作实践趋向。

### 一 以物代象:由主客交融聚焦戏剧场景

朦胧诗被视为当代汉语诗歌创作的一个重要转型,它提供了一种美学范式,就是将"'意象'突出到'支配'地位"[1],同时,朦胧诗以意象为中心的美学原则也为汉语新诗提供了另一种可能,即对于诗歌戏剧情境的展现。因为意象是主客观的融合,既有赖于客观存在,又投射出心理情感,朦胧诗注重艺术的幻觉、变形、错觉,使得"诗加速了它的意

---

[1] 胡兴:《声音的发现——论一种新的诗歌倾向》,《山花》,1989年第4期,第70页。

象化过程,意象这一久被弃置的情感与理性的集合体,被广泛地应用于新诗潮创作。因准确的意象使人的内在情感和情绪找到它的适当的对应物,意象的诗很快便取代了传统的状物抒情的方式"[1]。20世纪80年代以来,"意象"作为一种美学追求的回归,语义晦涩且充满暗示,其根本是寻求客观对应物表达情绪,这种间接的表达方式恰是诗歌迈向戏剧化的通道,是诗人走出"以我为中心"的先导。从这个角度而言,诗人既不再受制于社会现实环境的羁绊从而被迫创作,也不完全陷入主观情绪的宣泄,而是首先以外部客观环境的存在为依托,从中探索内在情感的对应物。

朦胧诗以意象为中心的创作颇具引导性,但没有真正实现从诗歌的抒情转向戏剧化。20世纪80年代中期以后,诗歌背后深厚的社会现实根基也必将随着时代的变迁发生动摇,因此朦胧诗也开始退潮。对于从"文革"的废墟里走出来的朦胧诗人而言,即便他们试图从"大我"走向"小我",但特定的历史语境下,个人的情感又与集体、民族、国家相互缠绕、错动,表达崇高的情绪无处不在。崇高化是抒情诗歌的重要面相,因为"崇高的诗篇在思想内容上贴近历史发展动向,让个人与集体、民族、国家的命运凝聚到密不可分的地步,它诉诸修辞容量的扩展而制造出神秘庄严的氛围,给读者(听众、观众)造成了紧张、愉快的精神压力和情绪吸引力,把读者引向信仰的源泉和价值的中心地带,有时,还可以激发起直接的、集体的行动,进而改造不合理的现实世界"[2]。崇高、雄浑的诗情固然是一代人难以磨灭的回忆,但标榜"pass北岛"的"第三代"诗人更注重推翻朦胧诗所树立的诗歌传统,他们寻找客观对应物,通过将物我的关系疏离,对日常生活场景做陌生化处理,从中

---

[1] 谢冕:《断裂与倾斜:蜕变期的投影——论新诗潮》,姚家华编:《朦胧诗论争集》,北京:学苑出版社,1989年,第421页。

[2] 张松建:《抒情主义与中国现代诗学》,第59页。

觅求诗意。譬如李亚伟的《中文系》"一年级的学生,那些/小金鱼小鲫鱼还不太到图书馆及/茶馆酒楼去吃细菌长停泊在教室或/老乡的身边有时在黑桃Q的桌下/快活地穿梭"[1],丁当的《房子》"翻翻以前的日记沉思冥想/翻翻以前的旧衣服套上走几步/再坐到那把破木椅上点支烟/再喝掉那半杯凉咖啡"[2],杨黎的《街景》"这会儿是冬天/正在飘雪/忽然/'哗啦'一声/不知是谁家发出/接着是粗野的咒骂/接着是女人的哭声/接着是狗叫/(狗的叫声来得挺远)"[3]。诗人韩东、张曙光、孙文波、何小竹、小海、车前子、树才、黄灿然、翟永明、王小妮、陆忆敏、朱朱和叶辉等,都不无例外地对日常化场景投注了质朴的一瞥,如张曙光所说,"当时我的兴趣并不在于叙事性本身,而是出于反抒情或反浪漫的考虑,力求表现诗的肌理和质感,最大限度地包容日常生活经验。不过我确实想到在一定程度上用陈述话语来代替抒情,用细节来代替意象"[4]。他们对于物的观察别具特色,制造出一种熟悉的陌生化效果:"对风景的误读是一种政治性谋杀/重要的事情是避开惯常的姿势/或长久注视着一把椅子,直到它变得陌生/并开口讲话。我们的全部工作。"[5]车前子在主客体之间徘徊,以观察者的视线,看撒上盐的"蜒蚰",看喝着酒的"女舞蹈演员",将二者搁置于特定的光照中,形成了游离于物之外的心理成像:"我祖母让我打着电筒,照住一条蜒蚰,她就从抱着的盐罐里挖着一坨盐,捻碎了往蜒蚰身上撒。但我随即就把电筒照向

---

[1] 李亚伟:《中文系》,万夏、潇潇主编:《中国现代诗编年史:后朦胧诗全集》(下卷),成都:四川教育出版社,1993年,第3页。
[2] 丁当:《房子》,万夏、潇潇主编:《中国现代诗编年史:后朦胧诗全集》(上卷),第765页。
[3] 杨黎:《冷风景》,万夏、潇潇主编:《中国现代诗编年史:后朦胧诗全集》(下卷),第404页。
[4] 张曙光:《关于诗的谈话——对姜涛书面提问的回答》,孙文波等编:《中国诗歌评论·语言:形式的命名》,北京:人民文学出版社,1999年。
[5] 张曙光:《风景的阐释》,唐晓渡编:《先锋诗歌》,北京:北京师范大学出版社,1999年,第235—236页。

另外的地方。/女舞蹈演员正喝着二锅头,日常里她的眼神极花,没一点定力的男人经不起她的怒放,而到了舞台上,她的眼神里有一座巍峨与严峻的修道院。"[1]诗人张曙光的《1965年》《照相簿》,孙文波的《铁路新村》《在西安的士兵生涯》《在无名的小镇上》,树才的《被风吹遍》《青羊宫》《刀削面》《旅行》《地铁口》《致后风流才子潘维》,都将笔触伸向生活细节,以捕捉那些日常生活中被忽略或者稍纵即逝的场景。譬如树才的《青羊宫》中"一只早起的苍蝇和一位/瘦老头一起勤劳地扒拉/有位姑娘频频回首/但眼神,有真有假/老太太开口了,鸟语/像那泡软了的下午茶"[2],几近白描的画面感,将"瘦老头""姑娘""老太太"并置在一起,在同一时间和相对吻合的心理空间中,却铺展出了几个不同的视角。而此时,"苍蝇"与"瘦老头","老太太开口"与"鸟语"之间的同构,委实将人物的物态化和动物的拟人化交织在一起,带有几分酸苦的戏剧效果。

另有一些女性诗人倾向于在历史叙事中展现一幕幕家族场景。海男在阅读历史和生命历程两条纬度中延续其个人化的叙述风格,呈现出家族叙事的时间脉络。她的作品《我的诗履历》(组诗),"我的小弟弟死于麻疹时有两岁/他小小的身体越过了我们同床共枕的床榻/越过了棉花的枕头和花布床单/越过了母亲的体味和橄榄色的山坡",弟弟的死亡在这组履历中颇为醒目。诗人所呈现的是一次生活中的现实体验,而死亡的身体"越过了屏障,越过了刺伤过眼帘的锋芒/他越过了浮生的云梯直奔向上的天堂"[3](《1965:我的小弟弟死于麻疹》)。路也的《你是我的亲人》(组诗),是一组献给祖父的文字,"他们把你抬出大门/往田野里送/唢呐吹出的凄凉开道/纸扎的奢华尾随/我站在庭院里纹丝

---

[1] 车前子:《车前子说诗》,《散装烧酒》,台北:唐山出版社,2009年,第210页。
[2] 树才:《青羊宫》,《树才诗选》,武汉:长江文艺出版社,2011年,第34页。
[3] 海男:《我的诗履历》(组诗),《作家》,2011年第13期,第147页。

不动/心变得冷硬"¹(《送葬》),有种僵固的痛楚。马雁勾勒的小镇,"这是不灭的桥梓镇。人们/在小镇上来回走,成千上万的/脚印变成部首。然而,现实/质朴而具体,就像锋利的一刀。/准确。迅速"²(《桥梓镇》),"整个村子都是知情不报者,/朴实而坚定地握紧秘密,/决不会开口,是沉默的毁灭者,/没有目标的队伍一直在行进"³(《沙峪口村》)。无论是小镇或者村口,马雁都以开启的行动去打破神秘的沉默感,在反复中获得永生,"在此处反复践踏。反复践踏,/想消失者无法消失。想存在者/拼命挣扎,反复抨击/自身,直至成为碎片化为粉末。/又反复成形,反复成为自身"(《桥梓镇》)。诗人孙苜蓿偏执地去挪移、去改变,想打碎顽固的既定性,然而,这种想法却不得实现,所以,文字中难免透着几分苦痛的挣扎。她的诗歌中常常出现"疯子"的形象,如《她所说的王翠菊,我所说的久石让》,王翠菊成了小镇头号被嫌恶和惧怕的对象,"她的嗜好是抱着石头砸大街上的女人。/也会在夜里突然敲你的门,/告诉你,她忍不住要杀了谁"⁴。遥远的疯癫形象在诗人的思绪中显得格外突出,似乎成了一个挥之不去的镜像。疯子的意象在诗人的笔下无限地被还原、放大,构成了与她诗歌思维同质的一种另类表达。

诗人又以反讽、戏谑的艺术表现手法重新审视日常生活,重新审视多元而复杂的现实生活。"90年代,诗人则更愿意在写作中呈现出这种关系(诗同人性、时间、存在的关系)在具体时间和空间中的样态,使之由景象、细节、故事的准确和生动来体现,力求做到对空洞、过度、嚣张的反对。……现在,构成诗歌的已不再是单纯的、正面的抒情了,

---

1 路也:《你是我的亲人》(组诗),见诗生活网站https://www.poemlife.com/index.php?mod=showart&id=47030&str=1417。
2 马雁:《桥梓镇》,冷霜编选:《马雁诗集》,北京:新星出版社,2012年,第130页。
3 马雁:《沙峪口村》,冷霜编选:《马雁诗集》,第128—129页。
4 孙苜蓿:《她所说的王翠菊,我所说的久石让》,《诗歌月刊》,2009年第5期,第114页。

不单出现了文体的综合化,还有诸如反讽、戏谑、独白、引文嵌入等等方法亦已作为手段加入到诗歌的构成中。"[1] 汉语新诗的发展必然带来对文本可延展诗性空间的开拓,诗人营造的戏剧情境也提升了文本的开放性。新世纪以来,正如西川所云,"我想有时,我甚至写到了诗歌这种文体的边缘,也许已经越界了——这也就是说,我也许在写反诗歌了"[2]。可以说,在深度和难度的追逐中,新世纪的混合文本在挖掘历史内涵的同时,也被赋予了怀古或者纪念的深意。这其中,侯马的《他手记》、柏桦的《水绘仙侣——1642—1651:冒辟疆与董小宛》、西川的《个人好恶》等几本诗集的出版,将只言片语的诗论、注释、典籍、散文等形式与诗歌文本交叉排列,使得混合文本较之20世纪90年代得到了更为大胆的尝试和更大限度的发挥。而诗歌文本在边缘的形式间滑动,这无疑为诗歌的体式带来了新的挑战,同时在混杂语体中实现了戏剧性的反讽、戏谑效果。

由上可见,走出崇高化、以物代象,已然成为20世纪80年代以来汉语新诗最为重要的书写风尚。诗人们从日常生活场景和家族历史场景中寻找创作资源,又以反讽、戏谑的笔调反思社会现实,从而呈现出戏剧化的表达效果。这其中关涉的戏剧情境,是场景与场景之间的转换,也是人物的心理变化,诗人们不仅塑造了一系列的人物形象,还状写各色事物,营造出诗歌中的戏剧情境。

## 二 主体的分裂:由抒情声音转向戏剧声音

提起20世纪80年代以来的汉语新诗,读者首先想到的可能是朦胧

---

[1] 孙文波:《我理解的90年代:个体写作、叙事及其他》,王家新等编:《中国诗歌:九十年代备忘录》,第14页。
[2] 西川:《这十年来》,《诗刊》,2011年9月号(上半月刊),第9页。

诗。尽管朦胧诗人们在回答"我是谁"的问题时，显然走出了"我"即为政治传声筒的局限，注重对于自我的主观情感的表达，但由于"我"依然与政治意识形态之间保持直接关联，无法通过客观世界反馈更为多元的情感，同时，长期压抑的"我"较多承担的是对自我理想与前途的忧虑或憧憬，故而对于外部现实环境的观照显得略为单一，不够丰富多元。无论是北岛《回答》的怀疑句式"告诉你吧——世界/我不相信！"[1]，多多《密周》的暴戾语调"面对着打着旗子经过的队伍/我们是写在一起的示威标语"[2]，还是舒婷《祖国呵，我亲爱的祖国》的赞美歌调"我是贫困，/我是悲哀。/我是你祖祖辈辈/痛苦的希望呵"[3]，尽管他们声嘶力竭地呼唤着自我，却纠缠于政治意识形态中，强调"大我"的精神追求。而所谓的"我"与现实之间的关系既直接可感又难以脱离特定历史时期政治与文化的束缚，故而只能沉溺于自我的抒情化表达方式中。

考虑到此，本书所讨论的20世纪80年代以来创作的汉语新诗，会将较多的目光投注于新兴的诗人身上。这一时期"诗歌与社会、时代之间的'整体性'关系遭到破坏，开始变得若即若离直至全然崩溃，其所谓的'中心'位置也渐渐被其他文化力量（如影像）所取代，诗歌其实成了破碎时代的一个镜象（像）"[4]。从客观世界来看，主体"我"所要面对的矛盾冲突相对丰富。"文革"结束后，一方面，政治、经济、文化之急剧变化，令诗人们的心理状态和价值观念发生动摇甚至是混乱，他们开始怀疑社会、怀疑诗歌甚至是怀疑自我；另一方面，逐渐走出政治阴霾的诗人们创作了大量的文化寻根诗，从废墟里重拾传统文化，探

---

1　北岛：《回答》，《北岛诗歌集》，海口：南海出版公司，2003年，第7页。

2　多多：《密周》，《多多诗选》，广州：花城出版社，2005年，第8页。

3　舒婷：《祖国呵，我亲爱的祖国》，《舒婷的诗》，北京：人民文学出版社，1994年，第41页。

4　张桃洲、雷奕：《论1990年代诗歌中的跨文体书写》，第42页。

寻"我"的根源，另外，也从混杂的经验里开辟出一条个人化的诗歌之路，重构自我价值。由此，"我"不但遭遇到政治意识形态对人的伤害，而且需要审视新的生活处境，需要处理更为复杂的社会现实和生命经验。在多元化语境下，诗人面对的矛盾也越来越混杂，现实与理想、本土与西方、传统与现代、个人与集体、出走与返回之间的冲突扑面而来，譬如欧阳江河在《关于市场经济的虚构笔记》中写着，"你将眼看着身体里长出一个老人，/与感官的玫瑰重合，像什么/就曾经是什么。机器时代的成长"[1]，表达了市场经济的膨胀与精神家园的沦丧；譬如钟鸣在《与阮籍对刺》中写道，"恍惚曾修容一番。大人先生，/咱俩在一面石镜里重扮逝者，/力克圣徒所克的无聊的疾病，/来呀，来呀，我们互相划破手掌"[2]，呈现了古典传统与西方文化冲击下的文化形象；等等。与之相关的是，主体"我"面对无中心的状态逐渐趋向于分裂，开始"借助于文体的跨越来实现诗歌的更具包容性的表达。这种包容性极大丰富了诗歌的表现力和转化力，把诗歌导向一种与更为开阔的社会、历史语境的关联"[3]，也开拓了个人的主观想象力和表达自我的方式，从而创造出一个立体空间：一方面以人物独白回应内心情感，另一方面则透过傀儡（包括木偶或者面具等）审视自我，借用戏剧形式实现与社会、与传统、与自我的多元对话。

此阶段的戏剧独白诗颇具特色。诗人往往在诗中塑造其他人物，以独白的方式直陈人物心理，完成自我的情感表达。杨牧的《妙玉坐禅》堪称独白诗的典范。诗人将妙玉的内心分裂出多种声音："蜈蚣在黑暗里饮泣，蝎子狂笑/露水从草尖上徐徐滴落，正打在/蚯蚓梦乡，以暴雨之势……/成群的蚍蜉在树下歌舞/呐喊。萤火从腐叶堆一点/升起，

---

1 欧阳江河：《关于市场经济的虚构笔记》，唐晓渡编选：《先锋诗歌》，第117页。
2 钟鸣：《与阮籍对刺》，唐晓渡编选：《先锋诗歌》，第279页。
3 张桃洲、雷奕：《论1990年代诗歌中的跨文体书写》，第44页。

燃烧它逡巡的轨迹/牵引了漫长不散的白烟/那是秋夜的心脏在跳。"[1]禅修与妄想并置,狂笑声、饮泣声、暴雨声、呐喊声、驴车声、心脏的跳动声和纸钱的窸窣声混响着,扰乱妙玉的心境,又在一片混乱中完成了精神的超越和思维的升华。哈金的《鬼辩》,暗合了迁客逐臣的孤独心境。全诗以蒙受不白之冤的禁烟英雄林则徐为原型,由"我"展开与"历史书""英国舰队""未来的孩子们"的对话,其中的孤独、悲凉不言而喻:"我确实是个胆小鬼,/光荣和勇敢都不过是虚影",诗人以人物的动作还原历史语境,"他们在高地上等着我/去投降,但我没有露面。/他们等不下去了,就扫荡街道,/地区,轮船,寺庙,/最后从一个律师楼里/把我拖到他们的旗舰上"[2],进而以现代的眼光重新打量历史人物,展现出其内心无法得到谅解的不平和愤恨。翟永明的《三美人之歌》,分别以红、白、黑代表孟姜女、白素贞和祝英台,透过三种色彩代表三种女性意识。张枣的《吴刚的怨诉》中,吴刚念及爱情的幻灭而独自伤悲:"可怜的我再也不能幻想,/未完成的,重复着未完成。/美酒激发不出她的形象。"他又渴望捣碎时间间隔、缩短心理空间:"唉,活着,活着,意味着什么?/透明的月桂下她敞开身,/而我,诅咒时间崩成碎末。"[3]同样,张枣的《海底被囚的魔王》,以"我"(被囚的魔王)为视角,看"帆船""鸟""乌贼"或者"渔夫",最后回到"我"的内心触觉,"这海底好比一只古代的鼻子/天天嗅着那囚得我变形了的瓶子",从等待、绝望到惺惺相惜,终于反视自身而打开心结,"有一天大海晴朗地上下打开,我读到/那个像我的渔夫,我便朝我倾身走来"[4]。

---

[1] 杨牧:《妙玉坐禅》,《杨牧诗集Ⅱ:1974—1985》,台北:洪范书店,1995年,第494页。
[2] 〔美〕哈金:《鬼辩》,哈金著,明迪译:《错过的时光:哈金诗选》,台北:联经出版公司,2011年,第149—151页。
[3] 张枣:《历史与欲望》(组诗),《春秋来信》,北京:文化艺术出版社,1998年,第15页。
[4] 张枣:《海底被囚的魔王》,《春秋来信》,第21页。

此外，颇具典型性的，无疑是傀儡诗。在诗歌中，"我"借助木偶或者面具上演的傀儡戏，可谓不胜枚举。诗人开始思考诗的传统、诗的未来，从历史或者汉语中寻求出路。车前子的《风格》以猴子戴面具的动作展开诗篇，"摘下有些压坏的猴子面具，它戴上。想来你养的猴子，也是古代的猴子。要／知道一只猴子戴上猴子面具，不会更像猴子"。在诗人看来，每个人都可以创造传统，而传统也在创造中历久弥新。杨炼的《面具》则从婴儿的头颅里追问诗的未来，死亡与新生相互对照，"婴儿的腭骨细小而结实／被死亡摘下／学会无声地喋喋不休／几粒乳牙与生死／对视了多年／早已苍老得皱纹纵横"，而衔接诗的过去与未来的正是语言，"面具从不对自己说话／寂静中一场谋杀／面具只流通面具间的语言／在死亡中咬文嚼字／神是一句梦呓／被满口牙移剥出去"。[1] 于坚的《面具——为西班牙诗人Emilio Araúxo作》，则点出诗是无法割裂传统的，而来自传统的焦虑也是难以摘卸的面具，"上帝已经割断了脐带／谁可帮我们取下面具"，于是，"在自己面部挥霍颜料　脂粉／涂掉　修改　铲平　勾勒新草图／校牙　用推土机　将圆鼻头填成鹰勾／在嘴巴里浇灌水泥　安装防盗门和插销／头发染成黄色　脑袋削尖／在耳朵上接通一部歌剧／我们创造了上帝"。[2] 诗人从日常生活中获得启示，以肢解的动作戏仿出生活中的诗意，可谓真切可感、意味深长。

与社会现实关系的复杂性，催逼着诗人做出更贴近内心的选择。顾城的《提线艺术》展开对于"线"的想象，"线"不仅是木偶戏的"提线"，还被诠释为"光线""鱼线"等，"孩子们为花朵／捉住了蜜蜂／世界为自己／捉住了人／他把线穿在避雷针上／又把绳子绕在手上／他

---

[1] 杨炼：《面具》，《大海停止之处：杨炼作品1982—1997》，上海：上海文艺出版社，1998年，第243、249页。
[2] 于坚：《面具——为西班牙诗人Emilio Araúxo作》，《彼何人斯：诗集2007—2011》，重庆：重庆大学出版社，2012年，第153—154页。

用另一只手/在脸上涂月光软膏/然后微微一沉/拉开了幕布"[1],而诗人以"线"勾连出人与自然之间的制衡关系,同时也还原出演员、木偶和观众在剧场的互动关系。车前子的《再玩一会儿》将"我"化身为木偶,不断地追问:身体里的一捆线,到底由谁来操控?"我"既为傀儡的身份感到痛苦可悲,又无法超然于外,"什么人在我体内装了一捆提线,/让我跌倒什么人把手猛地一松,什么人/又猛地一拽提线,拔高我,/超过了涨价。我是什么人的傀儡,/我是什么人的皮囊,我是什么人的/灵魂在我体内原形毕露,而我却什么也看不出"[2]。与尔虞我诈、丧失公理的现实相抗衡,"我"显得苍白无力,然而,能做的也只是从内心出发探寻灵魂的归宿。焦桐的《悬丝傀儡》将视线锁定于"几条线","暗地里总是有几条线,/取代神经、骨骼和血管——"[3],面对"阿谀逢迎""卑躬屈膝"的奴性面目,"我"只能以偷听者的身份"欲言又止"地窥探着周围发生的一切,又以一颗诗心透视着当下人们半梦半醒、得过且过的麻木的生活状态。

如上,有如张枣的诗歌《虹》所云,"一个表达别人/只为表达自己的人,是病人;/一个表达别人/就像在表达自己的人,是诗人"[4],或者《苍蝇》的"你看,不,我看,黄昏来了"[5],又或者《死亡的比喻》中"孩子对孩子坐着/死亡对孩子躺着/孩子对你站起"[6],这些从镜像里出现的对话,彰显出一个时代的心理症候,诗人们犹疑、不安也渴望并且急切地呼唤着内心的回应,构成多声部的戏剧化声音。此时期,人称的变

---

1 顾城:《提线艺术》,顾工编:《顾城诗全编》,上海:上海三联书店,1995年,第723页。
2 车前子:《再玩一会儿》,《散装烧酒》,第129页。
3 焦桐:《悬丝傀儡》,《焦桐诗集:1980—1993》,台北:二鱼文化事业有限公司,2009年,第169页。
4 张枣:《虹》,《张枣的诗》,北京:人民文学出版社,2010年,第106页。
5 张枣:《苍蝇》,《张枣的诗》,第115页。
6 张枣:《死亡的比喻》,《张枣的诗》,第75页。

换是诗人普遍关注的焦点,而主体"我"的分裂,则催化了诗人以多元化的视角审视20世纪80年代以来诗人、诗歌所面对的更为复杂的生存或者生活状态。无论是傀儡诗还是独白诗,诗人往往透过他者发声,其本质都在于显性或者隐性地完成与自我的对话,由此体现出诗人从戏剧中汲取可利用的资源,凭借客观存在的物世界而展现主体"我"内在心理的多元化声音。

### 三 诗与剧联合:从朗诵迈向跨界实验

德国音乐家瓦格纳在1849年也曾提出"总体艺术"(Total artwork),他认为只有结合音乐、舞蹈、诗、视觉艺术,以及写作、编剧和表演,才能产生一种全面涵盖人类感官系统的艺术体验。从某种意义而言,戏剧首先是一种综合的艺术,其包容性不可小觑。20世纪80年代以来,随着新媒体时代时空距离的缩短,各类艺术形式自身亟待突破,跨领域创作已是当下艺术发展的必然趋势。近年来,诗歌改编为戏剧已成风尚,声光诗、影像诗、诗剧等相当丰富,形成此阶段独具特色的创作浪潮。

舞台搬演是最为常见的一种改编方式,主要以诗歌为蓝本,在不改变诗文本的情况下,透过演员的诵读、吟唱以及舞蹈表演,展现诗歌所表达的意蕴。一方面,以诵、吟、唱的方式,推动声诗的舞台展现。早在20世纪80年代中期,活跃于四川盆地的"莽汉""非非""整体主义""大学生诗派"等诗歌群体中的诗人周伦佑、杨黎、万夏等就在成都创办了"四川省青年诗人协会"。他们以酒店或者茶馆为活动场地,朗诵个人作品。无论是于坚的方言朗诵,还是西川激越的朗诵风格等,都呈现出声诗走向活动化的特点。声诗还借用诗歌文本,通过歌词与诗的转化,借助音乐充分挖掘出声诗的表现力,包括周云蓬改编海子的《九月》,小娟改编顾城的《海的图案》《小村庄》等。再创作的诗歌经由舞台表演,表现出更为丰富的特点。另一方面,则是透过舞蹈或者肢体动作强化戏剧动作，呈现诗歌的舞台表演。1985年，台湾诗人白灵、杜十三发起声光诗活动，曾改编包括北岛的《触电》、洛夫的《剁指》、向明的《仁爱路》等在内的40首诗歌。其中，只要读过北岛的诗歌《触电》，便知道其中所表现的是人与人之间交流的障碍。在声光诗里，随着音乐、灯光的淡入，桌上形成一个光圈，一位低垂着头的女子跪坐在桌上。随后，她缓缓抬起头，原本放在腿上的双手，在空中握了一握又缩回来。女子看着手掌，又将其放回腿上。紧接着，女子上半身向桌面俯下，带动着身体向前、向左又向右用力伸展。女子再次抬起头，上半身举起，双手合十时，触电般的尖叫声震耳欲聋，身体向桌面趴下，音乐戛然而止。全剧以肢体动作，配合诵诗和音乐，一步步推进情绪的爆发与收敛，将诗歌实验性地搬演至舞台。

有一些同题异体的改编剧，从编剧的角度出发，呈现一台完整的戏剧表演。剧作家充分理解诗歌的深层意义，重新打乱诗歌的顺序，进行戏剧改编。这些剧作由改编过的诗歌串联而成，浑然形成一个鲜明的主题，演员的肢体、对话、独白、演唱和舞蹈等都围绕该主题展开，强调动作、冲突。同时，这些诗剧相当注重对于诗歌意象的诠释，也常常带给观众晦涩难懂的印象，因此受众群体通常是诗歌爱好者或者文艺青年等，更适合于小剧场表演。诗人于坚的《0档案》被导演牟森带入了剧场。在这部舞台剧中，录音机播放的《0档案》的声音不是封闭的，文本的声音与机器的声音、演员的声音等交织在一起，显得破碎、扭曲和断裂，立体式地展示了人对机器的抵抗、个人对公共性的对抗、生命对死亡的反抗。[1]周瓒、陈思安将翟永明的《随黄公望游富春山》搬上舞台，一席有关女人的独白，一片投影里舞蹈的墨迹、一位女子的书写，让词语以它特有的灵悟逐渐从诗走入画。黄公望近80岁时创作的《富春山

---

[1]〔美〕奚密：《诗与戏剧的互动：于坚〈0档案〉的探微》，《诗探索》，1998年第3期，第109页。

居图》,尽是云雾妖娆、亦真亦幻、神人合一、峰回路转的富春山自然景致,演员以肢体动作重新演绎了黄公置身景中的"忘我",又牵引着"我"沉浸于画卷中。而"我"以今观古,又寻古问今,从诗与画的留白里觅求自我与现代社会之间的关系。于是,画的空隙与诗的停延间,市场、商品、金钱、联通等语言充斥进来,成为诗人写诗的背景、动机、情绪或者音乐,混杂多元、交相融合、令人遐想。随之是分隔两地的前段《剩山图》(浙江省博物馆)与后段《无用师卷》(台北故宫博物院),在讽喻性的戏剧场景中解读乾隆时代真假难辨的历史。这部戏剧是黄公望、"我"与诗人之间的对话,不仅诠释出诗的发生,也点出诗与画的通性,更是一位女性以画中令人目酣神醉的景色、自己辗转缱绻的命运诉说她对当代社会的直观感悟。另外,还有孟京辉改编的诗人西川的诗歌《镜花水月》、导演李六乙改编的诗人徐伟的肢体诗剧《口供》等等,同样为诗歌舞台改编的重要案例。

另有一些以诗入剧的原创诗剧,编导融入诗歌的感悟,丰富了整场演出的抒情写意之美感与哲思,包括张献编导、组合嬲演出的《舌头对家园的记忆》,李轻松编剧、张旭导演的实验诗剧《向日葵》,等等。戏剧常常借用诗歌推动剧情,抒情表意,营造诗意的效果。通常情况下,这些诗歌通俗易懂,相当容易被读者接受,如果符合剧情又运用得恰当得体,也会为全剧增添不少亮点。与之相比,对于诗歌而言,更值得借鉴的是以特定的戏剧情境提升诗歌舞台表现的张力。目前呈现给观众的实验性诗剧当中,有特点的作品仍然寥寥。但是,在一般的戏剧当中,倒是不乏一些成功的案例可以借鉴。剧作家往往以塑造戏剧意象、提升戏剧意境或者呈现戏剧节奏的方式,使得整场戏剧带有浓浓的诗意。颇具特点的是闽剧《王有道休妻》里一个偷窥的动作,女性内心的摇曳荡漾超越了情欲与礼教的冲突,流露出情不知缘何而起的潜意识心理;川剧《金子》仅是开场处,鞭炮声声,金子却张皇不知所措,而焦大星与金子拉着红绸各执一端,便道出人物各有顾虑、心有所系的悲哀;川剧《马克白夫人》虽不着一字,但因弑君篡位而产生的心理恐慌感被演员的表情、动作演绎得淋漓尽致;写意话剧《水》,透过水滴嗒滴嗒的声音诠释心理时间,由此表现在年复一年的接水过程中人物的不耐烦、疲倦和对山外生活的憧憬。[1]

再有就是以综合艺术的观念,让诗歌走进剧场,立体展现肢体、舞蹈、语言、音乐、灯光等艺术形式,打造独具一格的诗剧场。新世纪以来,随着诗剧场活动的丰富开展,它们已逐渐引起艺术家们的关注,最具典型性的就是上海测不准戏剧机构、北京瓢虫剧社和深圳的"第一朗读者"。上海测不准戏剧机构以先锋实验戏剧为主,注重观演关系的互动,推崇即兴表演,实验性地发掘剧场所唤醒的现场体验,曾演出过《贰·纸门》《本事诗》和《笙诗》;北京瓢虫剧社的女性诗歌剧场内上演的剧目有《企图破坏仪式的女人》和《乘坐过山车飞向未来》,展演女性诗人的诗歌文本,思考女性所面临的生存困境,以及两性关系中的心理欲求;深圳的"第一朗读者"的市民化剧场推出了《隐秘·莲花》《爱》《窗口》等,以诗歌系列活动为主,融合跨界活动,打造深圳都市文化创意品牌,将诗与生活的距离拉近,尽量满足大众的审美要求。当然,或是突出音乐,或是表现肢体,或是展现语言,充分调度剧场空间而呈现诗歌文本的诗(歌)剧场越来越成为艺术家实现跨界实验最青睐的方式。

目前看来,这种跨界的舞台表演尚处于实验阶段,可看作诗人与剧作家、诗歌与戏剧的磨合阶段。从这个角度而言,有些剧作家亦为诗人,他们更强调诗的重要性,因此剧本所提炼出的动作、冲突都服务于

---

[1] 此处仅以类比方式讨论"诗歌的戏剧情境"问题,有关"以塑造戏剧意象、提升戏剧意境或者呈现戏剧节奏的方式,使得整场戏剧带有浓浓的诗意"的思考,可见拙作《剧何以通往诗?——从黄佐临"写意戏剧观"谈起》,《戏剧艺术》,2015年第6期。

诗的意象，透过肢体、语言、舞蹈等，营造出一个诗意的空间；有些剧作家尽管借用诗歌，但更注重戏剧的表现力，所以创作出的戏剧往往更贴近生活，只是将日常生活中的情绪、情感放大并重新演绎，颇具观赏性地推动观众对诗歌和戏剧两种艺术的理解。当然，无论是着眼于诗还是剧，都从侧面推进了二者的融合。

## 第二节 相关理论探索

尽管有关"20世纪80年代以来汉语新诗的戏剧情境"之研究仍是空白，但随着20世纪80年代的汉语新诗创作与戏剧呈现出千丝万缕的联系，20世纪90年代与之相关的研究也成为一些诗人、评论家共同关注的论题。张松建提到，"五四"以降直至20世纪80年代，"诗歌起源于普遍的人类感情"的观念可谓独占鳌头，然而，"90年代之后，新诗界不再把'抒情'指认为诗歌本质，而是从语言方面重思诗歌的本质，这可以说是一个结构性的变化，虽然关于抒情性和叙事性的话题还会出现，但不再作为一个支配性的解释框架了"[1]。从诗学研究的角度来看，抒情向来是正统，占据着主导位置。但毫无疑问，这种"支配性的解释框架"不仅受到日渐丰富的诗歌创作之冲击，还需要迎接诗学内部一系列问题的挑战。走出抒情主义[2]的牢笼，梳理20世纪90年代以来的研究资料，不难发现，诗歌的"戏剧性""戏剧化"研究逐渐浮出水面，从而也推动了对于诗歌的戏剧元素、诗歌与戏剧的跨界研究。随之而来的问题是，究竟什么是诗歌的"戏剧性""戏剧化""戏剧元素"？诗歌与戏剧的跨

---

[1] 张松建：《抒情主义与中国现代诗学》，第63页。
[2] "抒情主义"的详细讨论，参看拙作《评张松建的〈抒情主义与中国现代诗学〉》，《东方文化》，2017年第2期，第139—140页。

界研究又有哪些特点？这些概念，对于当下汉语新诗的解释又是否有效？针对此，倒不妨重审近40年以来具有代表性的诗歌理论和观点，分析其中的突破和症结，从而为该研究拓展思路。

## 一 汉语新诗的"戏剧性""戏剧化"研究

在戏剧研究中，"戏剧性"这一论题就颇受争议，包括"动作说""冲突说""激变说""情节说""表演说""情境说"等十余种观点，可谓莫衷一是，不一而足。[1]相较而言，由于两种文体本身存在差异，故而讨论诗歌的"戏剧性"主要取决于两个方面：第一，借助戏剧的"戏剧性"所延展出的戏核观念主要有"动作""冲突""激变""情境"或者"表演性"等说法；第二，依靠诗歌"戏剧化"的表述，通过不同历史时期诗歌的表现形式理解诗歌中的"戏剧性"变化。由此看来，诗歌的"戏剧性"问题需借鉴有关戏剧的"戏剧性"界定，同时兼顾各个时期诗歌文体的个性表现。

那么，究竟什么是诗歌的"戏剧性"呢？首先，"戏剧性"区别于抒情性，又借鉴了叙事性特征，有着质的规定性。诗人沈奇认为，现代诗的"戏剧性"指的是"有'预谋'地将诗中的各种意象，包括作为互文性使用的古典意象，和自己原创的核心意象与衍生意象，以及连同诗题在内的一些核心语象，均将其作为'戏剧性角色'来看待，并将其纳入一个戏剧化的语境中或戏剧化的场景中，令其互动互证，有机转换，而获得一个新的生命体"[2]。然而，对于叙事性特征的借鉴，终究不能称为"戏剧性"，否则将有叙事性等同于戏剧性的危机。与之不同的是，多数学者认为诗歌的"戏剧性"是围绕矛盾冲突展开的，在矛盾冲突中求统

---

[1] 关于"戏剧性"的论述，可参看谭霈生：《论戏剧性》。
[2] 沈奇：《我写〈天生丽质〉——兼谈新诗语言问题》，《文艺争鸣》，2012年第11期，第89页。

一才是"戏剧性"的核心。譬如陈仲义就主张,戏剧性更倾向于张力美学,他参照新批评学者兰色姆的"架构—肌质"学说,认为"所有的诗都是一部小小的戏剧",其基本构成要素包括道白、情境(场景)、动作、悬念、冲突,"冲突是基础是核心"。因此,"戏剧性"亦即"将语象、意象作为'戏剧性角色'来看待,进而生成一种新型的戏剧性结构和戏剧性语境"。[1] 笔者并不提倡泛化诗歌的戏剧化观念,也不认为所有的诗都与戏剧有关。陈仲义高度为诗歌的"戏剧性"正名,在矛盾统一的框架中建立研究体系,更偏重于理论化的解析,但并不一定对诗歌文本的细读全然有效。从另一个角度而言,他提出"戏剧性"的生成条件确是值得探讨的,他认为,"语象、意象也能生成戏剧性",倘若暂且悬置"戏剧性"概念,这一表述其实已经涉及诗歌与戏剧产生关联的条件。其实,赵伐早在《论抒情诗戏剧性的可能》一文中就指出"戏剧性"即在矛盾冲突中求统一,但制造冲突的可能性又是多种多样的,包括"戏仿、讽刺、讽喻、双关语、矛盾修辞、对照、含混、突降,还有韵律变化(metrical variation)、文体转换、形式与内容的差异、读者期待视野与作品客观存在的差异和偏离等等",还包括"'戏剧性独白'、'角色'、'面具'等手法,利用'语气'(tone)、'音色'(tone-colour)、意象重叠(image juxtaposition)而形成的不和谐性,创造矛盾的语境,渲染戏剧性的冲突,并且依靠这种冲突来表达诗意"。[2] 显然,赵伐同样强调"戏剧性"概念以"矛盾冲突中求统一"为轴心。更为重要的是,他提倡以各种表现手法丰富其内涵,触及"戏剧性"得以生成的诸多条件。

与"戏剧性"这种本质化的表述不同,"戏剧化"强调的是一种动

---

[1] 陈仲义:《别开生面的"戏剧性"张力——以沈奇〈天生丽质〉为例》,第103页。
[2] 赵伐:《论抒情诗戏剧性的可能》,《宁波大学学报(人文科学版)》,1996年第3期,第50页。

态化和趋向化的创作形态。早在20世纪40年代,袁可嘉在《新诗的戏剧化》《谈戏剧主义》等文章中就一再提倡新诗的戏剧化,他指出,"设法使意志与情感都得着戏剧的表现",并认为"人生经验的本身是戏剧的(即是充满从矛盾求统一的辩证性的),诗动力的想象也有综合矛盾因素的能力,而诗的语言又有象征性、行动性,那么所谓诗岂不是彻头彻尾的戏剧行为吗?我们再重复一遍,诗所起作用的素材是戏剧的,诗的动力是戏剧的,而诗的媒介又如此富有戏剧性,那么诗作形成后的模式岂能不是戏剧的吗?"[1]当然,这种泛"戏剧性"的论述,可能将诗歌的"戏剧性"研究推向极端。但值得注意的是,袁可嘉认为:"从现代批评的观点看,诗是许多不同的张力在最终消和溶解所得的模式;文字的正面暗面的意义,积极作用的意象结构,节奏音韵的起伏交锁,情思景物的撼荡渗透都如一出戏剧中相反相成的种种因素,在最后一刹那求得和谐;戏剧是行动的艺术,因此现代人眼中的诗也是,他们同样分担从矛盾中求统一的辩证的性格。"[2]袁可嘉一方面坚持诗的有机综合论,试图借用英美新批评理论家退特的"张力"说,重视诗歌中语言、意象、节奏、语气、态度等因素协调而生的整体效果;另一方面,在肯定"矛盾统一性"的基础上,关注"戏剧化"产生的条件,即"语言的象征性、行动性",有助于从语言的角度出发,分析诗人情感、想象与意志等的对抗与统一。

随着创作热潮的涌动,学界也开始聚焦于20世纪80年代以来汉语新诗的"戏剧化"研究,从特定的历史时期、具体的诗人及诗文本着眼,观照汉语新诗的发展动态和诗人的创作趋向。颇具代表性的是王昌忠,

---

[1] 袁可嘉:《谈戏剧主义》,《论新诗现代化》,北京:生活·读书·新知三联书店,1988年,第34页。

[2] 袁可嘉:《对于诗的迷信》,《论新诗现代化》,第66页。

他提到"新时期诗歌的戏剧化特质"包括"戏剧化书写立场""戏剧化诗思结构"和"戏剧化表意策略"[1]三者。王昌忠认为，从观念、思维、表达等方方面面来看，20世纪80年代以来汉语新诗的戏剧化都可谓独具特色。通常意义上，诗人所提倡的"越界"的创作，即"箴言、场景、形象、独白、细节、动作交织穿插，复合配置，因而成为了新时期戏剧化诗歌的典型代表之一"。从这个角度而言，不难发现，诗与剧的跨界，是多种艺术表现形式的综合呈现。一方面，它内置于诗人的思维过程中，强调动作、场景、意象、情节的关联性，从中勾连出情感、意念或者哲思："所谓戏剧化的诗思结构，也就是在观察、感受和审视、思考时，以及在分析、处理和构思、表现时，都要像戏剧'动作'和'过程'一样，显现出辩证、关联、二元甚至多元的心理模式和意识结构；简单地说，也就是在诗思运作过程中，诗人不管是想抒发一种感情、表明一种意念、投递一种哲思，还是想设置一个意象、营造一种景象、叙说一个情节，在其思维活动中，他都不是直接、纯粹或者仅仅单方面着眼于这些进行构思和书写，而是在意识中将其置放进'关联域'中，通过与对立者或对应者的戏剧性关联关系构思和写作诗歌。"[2]另一方面，以诗思为切入口展开的关联性探讨，在某种意义上，指向的就是"戏剧情境"，"戏剧性处境指的是戏剧角色在特定情节、事件、环境、场景、人物关系中所处的境遇和情形。正是因为注重把角色化了的诗歌主体置于特定的戏剧性处境之中'制造'戏剧性动作和戏剧性氛围，新时期诗歌得以在表现形态上契合、顺应了'经验化'的现代主义戏剧化诗学立场并具备了综合、立体的戏剧化艺术特质"[3]。不难发现，王昌忠的研究已经明确涉足诗歌的戏剧情境，对学界进一步展开研究颇有益处。胡苏珍的

---

[1] 王昌忠：《新时期诗歌的戏剧化特质》，第37页。
[2] 王昌忠：《新时期诗歌的戏剧化特质》，第40页。
[3] 王昌忠：《新时期诗歌的戏剧化特质》，第44页。

研究同样提及"戏剧性处境",她认为抒情诗的戏剧情境无法与戏剧、小说中的情节冲突以及动作表演、角色斗争产生关联,"诸如家庭伦理、社会阶层等社会学层面的冲突,显然进不了抒情诗的领域。很多时候,非叙事类新诗的矛盾性涉及的是非具象的冲突,是诗人对于人生、历史、存在中的独特矛盾形态的敏感发现"。进而言之,"现代汉语诗人何以将戏剧性情境引入非叙事的抒情诗中?在笔者看来,这与他们对存在中的矛盾冲突的表达需要相互关联。'戏剧性冲突'本质上是因'人'而存在的,离开人,纯粹的现象世界毫无戏剧性可言"。[1]

从探讨诗歌的"戏剧性"到"戏剧化",是从理论到实践、从本质到现象、从抽象到具体的过程。这一过程中,"诗歌的戏剧情境"研究已初露端倪,"戏剧化就是境遇化,现时性的戏剧动作和角色化的戏剧声音均是特定境遇的反应。境遇即人物活动的戏剧性境遇或场面,是人物心理、行为赖以产生的变化发展的环境依据,包括自然环境、人文环境和具体的人际关系"[2]。"戏剧情境"正是矛盾冲突或者心理动作发生的条件、契机和动因,而其构成的因素正是具体的环境、事件和人物关系。诗人、研究者相当看重诗歌中所营造的戏剧氛围、戏剧环境,并且已经涉及意象、语言、动作、场景、人物关系等要素的影响作用,从中挖掘诗人的理智、情感、思维等相互作用、相互生发的张弛关系。但目前看来,从诗歌与戏剧的跨文体角度出发,探讨戏剧诸要素发生的前提条件尚属空缺,到底如何以诗歌的形式产生"戏剧情境"仍有待深入研究。

## 二 汉语新诗的戏剧元素研究

如上所述,与探讨戏剧相仿,诗歌的戏剧元素也包括动作、场景、

---

[1] 胡苏珍:《新诗"假叙述情境"中的戏剧化美学》,第26页。
[2] 张岩泉:《20世纪40年代中国现代主义诗歌研究——九叶诗派综论》,武汉:华中师范大学出版社,2012年,第141页。

语言、人物关系等，但同时，所谓的"戏剧情境"既涉及诸多元素的独立性，还囊括元素与元素之间的关系。归根结底，都是对照诗歌与戏剧两种文体，以具体环境中的具体心理为核心，分析"戏剧情境"产生的条件、特点及其表现形式。

早在20世纪20年代，包括徐志摩、闻一多等在内的新月诗人，就曾使用戏剧独白、对白等表述，其后卞之琳又使用戏剧性台词、戏拟等表述，它们都与戏剧元素有关。20世纪80年代以来，在诸多的戏剧元素中，除了上文提及的戏剧冲突之外，最受关注的莫过于场景了。陈东东在一次访谈中，格外强调场景的重要性："场景，就像意象和词语，还有事件和时间，是组成和打开我诗歌的某一层面。"[1]场景不仅关系着个人的写作，同时也是一个时代的回响，"一个人，一个场景，一段余响不绝的经历，也可以是渗透在这一切当中，大到难以限量的中国语义场"[2]。那么，什么是诗歌中的场景？如何赋予它戏剧化的特征？关于此，柏桦提到诗人张枣时，有云："他谈得最多的是诗歌中的场景（情景交融）、戏剧化（故事化）、语言的锤炼、一首诗微妙的底蕴以及一首诗普遍的真理性。"[3]在他看来，诗歌中的场景就是情景交融，需有故事方能实现诗歌场景的戏剧化。然而，诚如上文所述，故事化并不等于戏剧化，二者不宜混淆。关于戏剧场景的论述，夏元明认为翟永明的诗歌《祖母的时光》《道具和场景的述说》《咖啡馆之歌》《乡村茶馆》等一系列作品，都极为推崇场景的戏剧化效果，表现了戏剧冲突、刻画了类型化形象并呈现出细微而平淡的叙述风格。以《乡村茶馆》为例，诗篇的结构就"像一个多幕剧，每节一个场景，每个场景表达一个意思，集中起来

---

[1] 木朵：《诗跟内心生活的水平等高》（陈东东访谈），《新诗·陈东东专辑》，2004年总第6辑，第205页。
[2] 唐晓渡：《九十年代先锋诗的几个问题》，《山花》，1998年第8期，第88页。
[3] 柏桦：《左边：毛泽东时代的抒情诗人》，南京：江苏文艺出版社，2009年，第114页。

又表达一个更复杂的意思"[1]，塑造的人物玛丽亚的妹妹比玛丽亚美，且常常被人议论，而她又面色苍白，水土不服，最后落荒而去，这些都为诗篇情节的陡转增色不少。从个案研究中可见，研究者对于戏剧场景的观照，已经辐射至结构、人物、叙述等方面，从诗歌的形式表现凸显戏剧情境产生的具体条件。

戏剧声音同样引起诗人、研究者的兴趣。就像乔纳森·卡勒所说的，"这一有关声音的问题在我看来很重要。在英语中，我们常提到'声音'（voice）。我们说一个诗人终于找到了或始终没找到自己的声音，仿佛这是某种特别的、个人的东西，具有类似签名的效果"[2]。事实上，这一研究可谓历史悠久、源远流长。譬如艾略特就在《诗歌的三种声音》中，根据诗人所面对观众的不同，区分出三种声音。如果说前两种声音是诗人代表自我发声，那么，第三种声音则可以称为戏剧的声音。所谓戏剧声音，指的是诗人以不同角色的声音创造出的戏剧诗。在他看来，诗剧的成功之处正在于诗人能够让第一、二种声音与第三种声音之间实现和谐而又不僭越的关系。循此思路，英美文学中的戏剧独白诗，可谓将戏剧声音发挥到极致。从丁尼生、勃朗宁到艾略特等的创作，愈来愈客观、复杂，构成了戏剧独白诗创作的典范。20世纪80年代以来的汉语新诗研究主要集中于杨牧、翟永明、哈金等一系列诗人的个案研究。他们诗作的特点就在于善于塑造人物，注重人物心理的变化，如刘正忠在《杨牧的戏剧独白体》中格外突出了杨牧对台湾现代主义诗歌传统的延续和突破，借用列维纳斯的"他人之脸"理论，探究诗人在《延陵季子挂剑》《林冲夜奔》《流萤》《武宿夜组曲》等重要诗篇中所诠释的自我与人物之间的关系。杨牧诗歌中的人物既是独立的演出者，也

---

[1] 夏元明：《论翟永明诗歌的"戏剧性"》，第55页。
[2] 〔美〕乔纳森·卡勒著，曹丹红译：《论抒情诗的解读模式》，《文艺理论研究》，2018年第3期，第103页。

是自我精神的投射。诸如此类研究，不乏其例。胡苏珍的《张枣的戏剧化技艺》，同样分析了张枣"元诗"观念下的戏剧化独白写作，《长干行》《自代内赠》这样的诗就是模拟女性口吻而作；同时强调了他诗学面具下的人称变化技巧，尤见《秋天的戏剧》《镜中》等诗篇，营造出戏剧性处境，呈现出戏剧化现场。然而，即便此研究有着相当丰厚的理论背景，但从诗歌文本里获取的养料却并不充分，远不能阐释诗歌中戏剧声音的可能性。因此，到底20世纪80年代以来的汉语新诗在戏剧声音方面有哪些新的突破，便成为研究此戏剧元素的核心任务。

也有一些诗人、研究者注意到诗歌的戏剧动作。难能可贵的是，在探讨戏剧动作时，诗人更注意诗歌的立体化与综合性，甚至提及戏剧情境的设置。戴达奎在《现代诗欣赏与创作》中着重分析了诗歌的戏剧动作与冲突的关系，他认为，"设计戏剧动作的目的是为了建构戏剧冲突的情境。诗人在创作过程中，或是先设想戏剧冲突的情境，或是先设置戏剧动作，使之水到渠成地凸显戏剧冲突情境；或是两者平等地运行于诗人的构思过程"[1]。王昌忠在《中国新诗中的先锋话语》中也提到"动作，由戏剧性和戏剧冲突产生的动作，是戏剧的本质特征，是戏剧艺术的魅力之本"，而"为了塑造人物性格，揭示人物命运而打造、建构戏剧冲突和戏剧动作，离不开对戏剧性处境的精心营构"[2]。动词在诗歌中造成的戏剧效果，颇受诗人关注。比较有代表性的是，于坚就提到"在戏剧（动词）中解除戏剧（名词）的遮蔽"[3]。这句看似拗口的语句，却道出戏剧表演中导演对于诗歌的想象，以动词唤起演员的动作，使其从无意义的身体动作中觉醒。正是"动"实现了人与人之间的交流。从这一

---

[1] 戴达奎：《现代诗欣赏与创作》，上海：上海大学出版社，2010年，第317页。
[2] 王昌忠：《中国新诗中的先锋话语》，上海：学林出版社，2008年，第293页。
[3] 于坚：《戏剧作为动词，与艾滋有关》，《正在眼前的事物》，昆明：云南人民出版社，2004年，第236页。

理论出发，诗歌文本中多数动词往往被忽略了，而它们的运用极有可能被赋予了戏剧意义。或者是人物的心理动作，或者是人物的肢体动作，创造出一种戏剧情境，为诠释具体环境中的具体事件、具体人物关系起到关键性的作用。从这个角度而言，关注语言产生的戏剧动作，对于研究20世纪80年代以来汉语新诗的戏剧动作有着重要的启示作用。

的确，诗人们已然注意到诸多戏剧元素在诗歌中的呈现。然而，一方面，与戏剧文体不同，脱离了剧本，诗歌所借用的戏剧元素，往往并不具有戏剧效果，而这些元素怎样被赋予戏剧化的特征，仍是研究的盲点。另一方面，尽管戏剧冲突、戏剧场景、戏剧声音论述颇多，但戏剧动作仍未在真正意义上被纳入研究范围当中。针对这样的情况，分析戏剧动作的呈现方式、观照场景与场景之间的关系、发现诗歌中多重声音的关系等等，都是深掘汉语新诗戏剧情境不可忽略的方向和难题。

### 三 诗歌与戏剧的跨界研究

20世纪80年代以来，随着跨文体创作的盛行，包括"跨文体""混杂语体"等现象在内的相关研究也逐渐展开。陈均就曾对"跨文体写作"（又称"混合性写作"）词条进行梳理，他提出，20世纪90年代以来诗人打破诗歌与散文、戏剧、小说的界限，"将其他文类的形式和诗歌的精神杂糅在一起，从而体现一种新的写作可能性"[1]。张桃洲则进一步梳理了这种诗学现象，提到"跨文体写作被冠以文体感染、文体交叉、文体变异等称谓"[2]，主要表现在体裁、语体、风格等层面。姜涛又提出"'混杂'的语言"，"从文学社会学的角度看，内在的诗歌语言与外部生活语言的相互渗透，表明了一个文本的社会历史性，即：它是"发生

---

[1] 陈均:《90年代部分诗学词语梳理》，王家新等编:《中国诗歌：九十年代备忘录》，第403页。
[2] 张桃洲、雷奕:《论1990年代诗歌中的跨文体书写》，第41页。

在具体的社会语言环境中的,与代表不同集团,甚至是相互冲突的社会方言形成互文性关系,其中的吸收、戏拟、改造等,恰恰是意识形态、社会学批评可能的切入点"[1]。跨文体研究,是诗歌面对客观现实社会之复杂性的表现,也是现阶段诗人不断丰富诗歌形式的体现。这其中,诗与剧的跨界研究,是最受关注的研究内容。

鄢化志曾撰文《传统戏剧与诗歌的互渗与兼容》,他认为,中国诗歌与戏剧之间是互渗与兼容的关系。诗歌对于戏剧的渗透,既与诗乐舞的历史渊源有关,又受益于诗人对戏剧创作的参与。这种渗透主要表现为四种方式,分别为"结构的嵌入""词语的蹈袭""体制的牵引"和"情韵的移用"。与此同时,"戏剧在诗歌的深入下不断变化其结构、体制、语言和情韵","也以其原本具有的通俗性、演出性或隐或显地影响着诗歌的发展"。[2] 如果说鄢化志的研究更倾向于诗歌对于戏剧情韵的渗透,那么,吴晟则更清晰地指出中国古代诗歌与戏剧的"互为体用的关系",即"在文学形态交叉互融过程中,一种文学形态可以被另一种文学形态所用,从而生成一种新的文学文体;也可能是两种或两种以上文学形态融合而生成一种新的文学文体。这就涉及文学的体用问题。诗歌形式可以成为说唱形态、戏剧形态的构成元素,戏剧形式也可成为构成诗歌形态的元素,说唱形式同样可以成为戏剧形态的构成元素。这就涉及诗歌、说唱、戏剧几种文学形态互为体用的问题"[3]。这里首先预设的前提是每种文学样式都有其独特的形态、结构和风格,这种质的规定性也是区分文体的必要条件。正因如此,文体之间的相互生发、交融,其结果可能孕育出一种新的文体。在吴晟看来,文体之间是"互为体用"的

---

1 姜涛:《"混杂"的语言:诗歌批评的社会学可能——以西川〈致敬〉为分析个案》,《巴枯宁的手》,第99页。
2 鄢化志:《传统戏剧与诗歌的互渗与兼容》,《文艺理论与批评》,2001年第2期,第141页。
3 吴晟:《中国古代诗歌与戏剧互为体用研究》,北京:北京大学出版社,2014年,第5页。

关系。"体"是本质与规范，讲究内在的肌理、秩序和根源；"用"是表现和材料，是"体"的派生物。以哲学范畴而论，"体"决定、规范、指导"用"，"用"反映、体现、辅助"体"。二者互为表里、相反相成。将诗歌与戏剧的关系纳入"互为体用"的理论框架里，关涉诗歌、说唱、戏剧三种文学形态："诗歌形式可以成为说唱形态、戏剧形态的构成元素，戏剧形式也可成为构成诗歌形态的元素，说唱形式同样可以成为戏剧形态的构成元素。"[1]就该著立论的依据而言，一来，如王国维的"真戏剧"标准即"以歌舞演故事"，又如任半塘的"全能之戏剧"观念即"以歌舞为主，而兼由音乐、歌唱、舞蹈、表演、说白五种伎艺，自由发展，共同演出一故事"，强调戏剧乃综合艺术的典范，故而诗歌、说唱、戏剧三者渊源颇深；二来，文体之间的相互关联，是互文的表现形式。结合中国古典诗歌与戏剧创作，"互为体用"关系也主要围绕诗歌、说唱、戏剧三者展开，指的是"戏曲为体是唱词与宾白为用之体。同理，剧情、角色、剧评既为咏剧诗所用，也为咏剧诗之体不可或缺的成分；咏剧诗虽以诗歌形式为体，但这些诗歌形式又为剧情、角色、剧评所用"[2]。由此，具体表现为"诗歌为体戏剧为用""戏曲为体诗歌为用""说唱为体诗歌为用"和"戏曲为体说唱为用"四种形式。

不但诗歌、戏剧两种文体的文本之间互相借鉴，事实上，诗与剧的结合，更体现于舞台表演艺术中，对于20世纪80年代以来的汉语新诗尤其如此。就声光诗、影像诗、诗剧、剧诗的表演情况来看，赵黎明就认为"新诗的戏剧化"是"声诗"的重要表现层面，并特别强调诗歌的戏剧化"就是在诗歌朗诵过程中增加对话因素、强化表情功能，通过动作化、表演化等戏剧氛围的营造，达到增强艺术感染力、更充分理解诗歌

---

[1] 吴晟：《中国古代诗歌与戏剧互为体用研究》，第5页。
[2] 吴晟：《中国古代诗歌与戏剧互为体用研究》，第6页。

的目的"[1]。他借鉴朱自清对于朗诵诗的讨论，认为应该在诵读的同时，加入声调、表情、动作和氛围，提升诗的戏剧性。台湾诗人白灵甚至认为，"'在场'或者'不在场'的'跨'都将与时俱进：由于行动装置、互动科技等电子物件快速跃升，未来3D化、4D化、云端化，均可使诗与影像的互动、感应，将使'超文本诗''影像诗'（不在场/实境再现或虚拟），乃至回头看'物件诗''诗的声光'（在场/实境/面对面）均有不可思议的可能[2]"。周瓒在《随黄公望游富春山》演出结束后，在答记者问中回应了文字与剧场之间的关系："诗歌剧场实践更侧重于发明身体语言和行动的方向，促成语言文本的视觉转换，从抒情诗的语言文字（诗的声音）向着同样具有抒情性的诗意演示（包括声音和画面）转换。身体语言和行动的方向来自诗歌文本，因此也应该有相应的舞台视觉风格。"以她的观点来看，有一系列问题都是编剧从诗中获得的启示，也是戏剧带给诗的活力："什么样的身体语言和行动方向配得上某一句诗？什么样的舞台整体感吻合诗歌所创造的意境？什么样的音乐和音效以及说出诗句的感觉能够切近诗歌的节奏和声音？因此，可以想见，是诗歌追问着剧场，质询着既有的演示成规，诗歌剧场实践最重要的意义反倒是对剧场活力的考验。"[3]于坚还在《戏剧作为动词，与艾滋有关》中关注剧本与剧场之间的关系，在现场活动中，一切都有被创造的可能，"戏剧不再是剧本的奴隶，它的文本就是它自身的运动。戏剧的开始就是它被创造出来的开始。它的结束也就是它创造过程的结束或暂停"[4]。戏剧首先关心的是人的活动，然后才是文字记录。

---

1 赵黎明：《"声诗"传统与现代解诗学的"声解"理论建构》，第119页。
2 白灵：《台湾新诗的跨领域现象——从诗的声光到影像诗》，2011年9月10日于台北教育大学举办的"中生代诗人"会议发表论文。由作者修订后提供。
3 周瓒答《南方都市报》记者问，见https://www.douban.com/note/428276838。
4 于坚：《戏剧作为动词，与艾滋有关》，《正在眼前的事物》，第240页。

诚如罗塞拉·费莱丽在《诗歌的跨媒介舞台实践：〈镜花水月〉与新世纪的北京先锋戏剧》一文中分析孟京辉将西川的诗歌《镜花水月》改编为舞台剧时谈到的，关于对该剧褒贬不一、两极分化的评价，"演出所带来的两极反应，值得关注。他们提供了一个跳板，在新世纪大陆日渐商品化和国际化的文化语境中，可以探讨有关实验戏剧的一些关键议题。再者，考虑到审美特性和演出价值，《镜花水月》显示了一种普遍的转型，即跨越媒介间性和规范边界的戏剧景观，由是成功突出了戏剧观念（存在的调研和审美的研究）和戏剧吸引力（精湛的技术和多媒体奇观）二者在本体论意义上的基本紧张关系"[1]。以《镜花水月》为例，可见跨媒介艺术在当下文化中的渗透与延伸，这不仅对于诗歌，而且对于戏剧而言，都是一种新型的文化形态。因此，有必要分析或者由诗歌改编为戏剧，或者作为戏剧又将诗歌融入其中后所暗含的跨界因素。

从文本延伸至表演艺术的跨文体、跨媒介研究，是当下诗歌走上舞台的实践所需。这其中，包括声光诗、影像诗、诗剧、诗剧场等在内，有关肢体、舞蹈、音乐、语言、灯光、道具、多媒体的表现力，成为诗歌和戏剧关系研究的新诉求。就目前的创作来看，与戏剧中的诗意相比，诗歌的戏剧表演正处于实验探索阶段。因此，即兴心理、搬演效果或者同题异体的比较研究等内容，都还未真正展开，这为未来的研究提供了相当大的探索空间。

---

[1] Rossella Ferrari, "Performing Poetry on the Intermedial Stage: *Flowers in the Mirror, Moon on the Water*, and Beijing Avant-Garde Theatre in the New Millennium", Li Ruru ed., *Staging China: New Theatres in the Twenty First Century*, PALGRAVE MACMILLAN, p. 125. 原文为 "The polarized reactions surrounding the production are noteworthy, for they provide a springbokard from which to survey some key themes in the discourse on experimental theatre in the context of the increasing commoditization and internationallyzation of mainland Chinese culture in the new millennium. Moreover, with regard to aesthetics and production values, Flowers illustrates a pervasive turn, in the theatre scene, toward intermediality and disciplenary borderssings. This further foregrounds a fundamental ontological tension between a theatre of concept(of technological virtuosity and multimedia spectacle)"。

## 小　结

　　由古至今，诗歌的抒情传统固然重要，但抒情性却不是诗人唯一的创作方式。从20世纪80年代以来汉语新诗的创作趋向来看，诗人们逐渐开拓出一条营造戏剧情境的新路向。诗人更善于将抒情主体分化甚至是分裂为多个主体，走出裹挟于政治意识形态之中的一元化的抒情声音，并以傀儡诗、独白诗等形式在诗歌内部形成多元化的表达声音。与此同时，以崇高化为书写方向的朦胧诗逐渐淡出诗坛，"第三代"诗人试图以日常生活化的场景，以意象之物我交融的审美特征为通道，迈向以物代象的美学方向，疏离主体或者客体一方为主导的创作形式，从而拉开诗人与客观对象之间的距离。再者，诗与剧的结合，堪称此时期重要的实验性创作，包括声光诗、影像诗、诗剧、诗（歌）剧场等，不仅开掘了诗歌的舞台表现力，也为戏剧表演提供了新的路径。

　　与之创作形式相对应的是相关的理论探索。尽管20世纪80年代以来汉语新诗的戏剧情境研究仍是空白，但相关的研究如汉语新诗的"戏剧性""戏剧元素""跨文体研究"已逐渐展开。透过梳理，汉语新诗的"戏剧性"研究凸显的是相对抽象化、本质化的分析，而"叙事""冲突"或者"动作""张力"之说最为夺目。随着诗歌创作的变化愈来愈多，学界也将"戏剧性"转为"戏剧化"研究，透过更为具体、更为动态的眼光分析汉语新诗的创作形势。这其中，有关汉语新诗的"戏剧化"的生成条件尤其引人关注，有如意象、观念、思维、表达等方面所产生的戏剧情境，都初步受到关注。这不仅辐射至戏剧场景、动作、声音等相关的要素，同时将触角伸向跨文体、跨艺术领域的研究，包括文本形式和舞台表演两个方面。由此，文本与舞台的互动，肢体、舞蹈、语言等表现形式也开始进入研究者的视野。

　　遗憾的是，目前的理论研究远远落后于创作之繁盛，许多问题都悬而未决。其中的缺憾，诚如上文所述，此处不再赘述。笔者以为，研究20世纪80年代以来汉语新诗的戏剧情境，绝非固定不变，也不拘泥于诗或者戏的本质化框架，而是随着创作的衍生彰显特色。其意义就在于从跨文体角度出发，重新观照诗歌与戏剧两种文体之间互相碰撞而生的火花。这一研究既能够避免当下过于本质化、理论化的研究，又可以深入到诗歌创作的文本层。考虑到此，在下面几章，笔者提倡具体、直观、系统而动态的研究方式，着重探讨"20世纪80年代以来汉语新诗的戏剧情境"，围绕此阶段汉语新诗的文本创作和舞台实践，从戏剧动作、戏剧场景、戏剧声音、舞台呈现四个方面展开，试图逐一解决现有的问题，探讨具体戏剧情境中汉语新诗内部的立体化特征，进而在新的创作形态下拓展戏剧情境研究的理论空间。

# 第二章

# 汉语新诗的戏剧动作[1]

20世纪80年代以来,诗人们自觉地呈现戏剧动作,既由动作调动其他戏剧元素而使其作品表现为立体的诗,又从侧面打造了一种文本内的行动的艺术,彰显出特定戏剧情境中多样化的动作表现方式。黑格尔有云:"能把个人的性格、思想和目的最清楚地表现出来的是动作,人的最深刻方面只有通过动作才能见诸现实。"[2]此句历来为戏剧研究者普遍引用,可见动作对于理解人物而言至关重要,而动作的发出又必须以人物性格、人物命运和人物关系为动机和条件。甚至可以说,动作就是戏剧的核心要素,戏剧由动作串联起情节,牵动戏剧的节奏、场景、发展或

---

[1] 柯庆明在《苦难与叙事诗的两型——论蔡琰〈悲愤诗〉与〈古诗为焦仲卿妻作〉》(《文学美综论》,沈阳:春风文艺出版社,1988年,第78、79页)一文中特别指出,中国真正具有完整动作的叙事诗是以蔡琰的《悲愤诗》和《古诗为焦仲卿妻作》为肇端的,在此之前,叙事诗是缺乏戏剧动作的。譬如乐府诗《东门行》《病妇行》和《渔夫》是凭借一场对话而呈现一种戏剧情境,并未形成完整的戏剧情节。尽管《病妇行》可透过多场景呈现事件的逆转、人物的冲突和面临行动之际的重要抉择,但同样因为不能连贯性地形成完整的戏剧情节而不具备动作性。本章的研究对象不仅涉及叙事诗,还包括抒情诗,除了就戏剧动作与情节、冲突之间的关系展开讨论之外,还将戏剧动作区分为形体动作、语言动作和静默的动作三种,结合剧场展演的特点,极尽可能地呈现20世纪80年代以来汉语新诗戏剧动作的丰富表现力。
[2] 〔德〕黑格尔著,朱光潜译:《美学》第1卷,北京:商务印书馆,1995年,第278页。

是高潮，一切冲突、情境、悬念、场面等要素皆需要围绕动作展开。对于诗人而言，他们强调立体的、行动的诗，"显露出自己对立或不和谐品质的平衡或调和：差异中的合理性，具体中的普遍性，意象中的思想，典型中的独特，陈旧而熟悉事物中的新鲜之感，寻常秩序中不寻常的感情"[1]。一方面，这种立体感是由意象结构、节奏音韵与情思景物相互作用的结果；另一方面，行动则有赖于张力，即诸多因素相反相成而造成的矛盾统一关系。[2]戏剧动作包括外部（形体）动作和内部动作。外部动作是具体、直观又可见的形体动作；内部动作指的是心理动作，以停顿、独白、旁白和对话等为表现方式。归纳而言，形体动作、语言动作与静默的动作，是20世纪80年代以来汉语新诗里最常见的戏剧动作展现方式。前者为外部动作，体现肢体姿态；后两者为内部动作，彰显隐微心曲。诗人透过这些动作在情绪的两端运动，或者直接产生强有力的情感冲击，或者于沉静中掀动一场心理风暴，总是点明题旨又主导情节，从矛盾冲突走向妥协、和解或是和谐，从而进入更为开阔而深邃的情感心理世界。20世纪80年代以来，随着创作题材选择的变化，诗人们青睐的戏剧情境亦有变化。考虑到动作是戏剧的根基，而动作可以牵动情节

---

1 这是柯勒律治的观点，引自〔美〕克林斯·布鲁克斯著，郭乙瑶、王楠等译：《精致的瓮：诗歌结构研究》，上海：上海人民出版社，2008年，第20页。
2 袁可嘉曾借用新批评的"诗是行为"（勃克）、"诗是姿势的语言"（布拉克墨尔）、"诗歌语言的性质是悖论语言"（布鲁克斯）和"诗是冲动的调和"（瑞恰慈）的说法，杂糅出"诗是象征的行动"一说。张松建曾在《现代诗的再出发：中国40年代现代主义浪潮新探》（北京：北京大学出版社，2009年）一书中对袁可嘉的观点提出质疑，他认为"袁可嘉似乎陶醉在这种雄辩、博学的、充满思辨性的文体中，来不及（或者是没有能力）考虑上述诗学观念间的历史性差异与冲突因素的存在，他径直以一种一致性、连贯性的叙述方式把这些观念组织进自己的方案当中，这种言说方式巩固了自己论点的清晰性，但话语的缝隙仍然历历可见"（第177页）。张松建也指出：袁可嘉将新批评的核心术语介绍进来，"但没有联系到中国新诗的具体文本给予实证性分析，未能从中国新诗的内在需要和本土关怀出发，把这些术语进行再次'语境化'以图说明引进戏剧主义的历史条件"（第187页）。这也提醒新诗研究者应从具体的汉语新诗文本出发，提供丰富的实证分析。

发展和矛盾冲突，本章将围绕三种动作类型，着重展现与之相关的多样化的戏剧动作在特定情境下生成的意义。

## 第一节 形体动作

形体动作又称为肢体动作，是可见的人物行为、姿势。在规定的情境里，导致形体动作发生的条件至关重要。"事件的实质不在于形体动作，而在于引起它的那些条件、规定情境、情感。重要的不是悲剧的主人公杀死自己，重要的是他的死的内在原因。如果没有这种原因或者它并不使人感兴趣，那么死亡本身也不会造成什么印象。在舞台动作和产生它的原因之间，存在着不可分割的联系。换句话说，在'人的身体生活'和'人的精神生活'之间，存在着完全的一致。"从形体动作追踪心理欲求，这种由外至内的过程，"不仅能巩固形体动作本身，而且也能把动作的内在欲求巩固下来了。其中有一些以后可能成为有意识的。那时候你们可以随意加以运用，自由地激起跟它们有着自然联系的那些动作"。[1] 只有探明动作发生的诱因和意向，才能栩栩如生地展现人的身体与精神生活。理解特定戏剧情境中的形体动作，逐渐深入至心理层面，即便是看似简单的重复性动作，也会被赋予新的意义。

20世纪80年代初期，随着文化寻根诗掀起热潮，诗坛涌现出不少以历史神话为题材的诗歌。这些诗歌试图回溯文化传统，追问主体精神，寻求化解物我矛盾的途径。诗人们将戏剧情境设置于亘古而悠远的历史环境里，不再满足于直抒胸臆的情感宣泄，而是不经意间创造出更为曲折而立体的文本形式。走出文化废墟的诗人们，将对个人命运与政治意

---

[1]〔苏〕斯坦尼斯拉夫斯基著，郑雪来等译：《斯坦尼斯拉夫斯基全集》第4卷，北京：中国电影出版社，1963年，第401—402页。

识形态关系的考虑，转变为对个人存在与文化传统关系的反思。文化寻根诗人逐渐走出政治意识形态的羁绊，在自我的情感表达上显得相对约束，如王光明所述："1980年是一个起点，首先是从对感情的沉溺过渡到情感的自我约束，然后是从当代生存环境的审度过渡到整个文化生态的反思。"[1]的确，从"文革"走出来的诗人们，逐渐偏离政治抒情诗的写作轨道，不再拘泥于强烈的抒情表达，而是沉入历史文化或是神话故事的海底，为断裂的文化寻根。文化寻根诗的代表作品包括江河的《太阳和他的反光》，杨炼的《诺日朗》，宋渠、宋炜的《大佛》，欧阳江河的《悬棺》等。江河在《太阳和他的反光》组诗中，选择神话"吴刚伐桂"为题材，单是"砍"的动作，就同时由主体"吴刚"与客体"桂树"发出。诗人更强调主体精神，因为与吴刚相关的动作，不断经历着新的磨砺，成为挥之不去的原动力。无论客观世界之物如何疯狂地生长，主体的精神力量都将永世长存：

> 那被砍伐的就是他自己
> 他和树象两面镜子对视
> 只有一去一回的斧声
> 真实地哐哐作响
> 断了又接上砍了又生长
> 伤势在万籁俱寂的萌萌之夜
> 悠然愈合
>
> 无休无止的动作进入
> 树的枝叶和他绿色的血中

---

[1] 王光明：《现代汉诗的百年演变》，石家庄：河北人民出版社，2003年，第540页。

一千个月亮明明灭灭
他被虚构在天上
弃置在影子里
无为地摆动
把行进的锣幽深敲响

远在家乡的门于风中一开一合

那个人也许是我也许是吴刚
也许是月高风清的遥远颂歌
他们夜守孤灯独自创作
他们不知不觉
溶解在青铜的镜子里

女人们飞天过海
静静地梳头
一千个心绪拂过四季
隐现于松林间
雪雨纷扬,历历有声
大地上郁郁腾起树木
树身上的裂纹
仿佛被风砍过的痕迹[1]

(《太阳和他的反光·斫木》)

---

[1] 江河:《太阳和他的反光》,北京:人民文学出版社,1987年,第17—18页。

吴刚外出修仙道，不料三年后回到家中，妻子已经与炎帝之孙伯陵育有三子。吴刚一气之下，砍死了伯陵。这一砍，却惹怒了炎帝。为了惩罚吴刚，炎帝安排他在月宫砍伐桂树。这参天桂树，本是砍不尽的神奇之树。江河以这则神话故事为题材，将文化寻根之旅的起点设为自然与人的关系。第一节，"那被砍伐的就是他自己"，一来，无论吴刚怎样挥动斧头，桂树都砍伐不尽，反而生机盎然、馨香飘远；二来，随着吴刚心思复杂和心猿意马，斧头变得愈来愈钝，愈发延缓了砍伐的时间。吴刚俯身又仰首，仰首又俯身，永无止境地砍伐。斧头作为道具，其锋利与否是吴刚的情思心性的投射。吴刚与树形成"两面镜子"，象征着人与自然互相抵触又互相映照，从而构成一对相反相成的矛盾体。诗人江河开场就点出矛盾冲突产生的症结，将"砍"的动作搁置于最醒目的位置，以"只有一去一回的斧声/真实地哐哐作响/断了又接上砍了又生长"，迅速抓住人与自然天然的连接点，同时隐喻文化传统的断裂与接续。从吴刚的角度而言，砍树亦为砍自己，精神的折磨与斧头哐哐作响的声音相契合，每一次砍伐都意味着一次自省；从桂树的角度而言，即使如同桂树一般，一次次经历着痛苦不堪的创伤记忆，但生命却没有因此而停止，反而重新生长出新芽，甚至比以往成长得更蓬勃。第二节，诗人自觉地提醒读者"无休无止的动作进入"，随着动作的描述更为细致，"砍"的形体动作不断被丰富。无论是"明明灭灭"还是"一开一合"，"摆动"的姿势像是幻影，不仅虚构了代代相传的神话，还虚构了连绵不绝的身体记忆，刻骨铭心，难以释怀。而随着桂树逐渐淡出诗行，诗人的焦点投向吴刚，人与自然的矛盾似乎在第一节中已经得到化解，转化为有关自我的心理冲突。砍伐树木的形体动作，使得江河联想到诗人写作的行为。"他们夜守孤灯独自创作"，诗人将个人的情感移情于吴刚，吴刚是被惩罚的生命体，经历过十年浩劫的诗人们又何尝不是遭受着身心的考验。他们背负着时代的苦难，被历史的车轮无声无息地碾过，却留下一面时时反观、审视当下的镜子。第三节，吴刚的动作已然不是简单的重复了，既是轻轻拂过、若隐若现的意念衬托下带着伤痕破土而出的行动，又被抽象化为人类历史文化遭遇的劫难与重生。充满欲望的"女人们"出现了，真正惩罚吴刚的不是伐木，而是与意志力的搏斗。但诗人反而让那些令斧头变得愚钝的欲念生长出"一千个"来，如同砍不尽的桂树。诗人以反叛的姿态，守护着桂树的生命，又激励着吴刚作为人的天性。对于人类而言，那些化作泡影的生命已经融入镜中；而对于桂树而言，"树身上的裂纹/仿佛被风砍过的痕迹"，那些裂纹已经成为嵌入身体的细胞、血液，不管这世界多么云淡风轻，都会作为身体的秘语，诉说着不可磨灭的历史记忆。正如阿莱达·阿斯曼在《记忆还是遗忘——处理创伤性过去的四种文化模式》中，区分出"对话式遗忘""为了永不遗忘而记忆""为了遗忘而记忆""对话式记忆"四种处理创伤性过去的文化模式，对于诗人而言，"砍"的动作，完成于伤口的闭合与敞开之间，既是"为了遗忘而记忆"，亦是"为了永不遗忘而记忆"，像是"在舞台再现痛苦的事件，曾经创伤的过去得以被集体重新体验，并在这一过程中被克服"，"将痛苦的过去提升到语言和意识层面，以便能够继续前行并把过去留在身后"。在断裂与赓续、遗忘与记忆的辩证关系里，诗人从历史神话过渡到个人创作，既"作为一种疗伤的途径实现净化、愈合，与过去达成和解"[1]，同时又预见着人类共同面向的未来。

如果说江河倾向于以一个动作牵动矛盾的双方，那么，对于雷平阳而言，他创造的戏剧动作则是从一个动作延伸出一连串全新的动作，这些动作由矛盾双方共同激荡而完成。就选材题旨而言，与20世纪80年代

---

[1]〔德〕阿莱达·阿斯曼著，陶东风、王蜜译：《记忆还是遗忘——处理创伤性过去的四种文化模式》，《国外理论动态》，2017年第12期，第89—90页。

| 以戏入诗

诗人江河试图返回历史神话中寻找文化之根不同,雷平阳书写的精神返乡可谓新世纪诗歌的典型。他的《杀狗的过程》将戏剧情境设定于现实生活,且锁定"金鼎山农贸市场3单元"这一具体的场景。围绕人类的杀戮行为,连带出狗的一系列动作,而动作又与情节的发生、发展与激变息息相关。"杀"的指令一经发出,人类与狗之间的张弛关系环环相扣,展现得凄戾决绝,值得反复品读:

>这应该是杀狗的
>唯一方式。今天早上10点25分
>在金鼎山农贸市场3单元
>靠南的最后一个铺面前的空地上
>一条狗依偎在主人的脚边,它抬着头
>望着繁忙的交易区,偶尔,伸出
>长长的舌头,舔一下主人的裤管
>主人也用手抚摸着它的头
>仿佛在为远行的孩子理顺衣领
>可是,这温暖的场景并没有持续多久
>主人将它的头揽进怀里
>一张长长的刀叶就送进了
>它的脖子。它叫着,脖子上
>像系上了一条红领巾,迅速地
>窜到了店铺旁的柴堆里……
>主人向它招了招手,它又爬了回来
>继续依偎在主人的脚边,身体
>有些抖。主人又摸了摸它的头
>仿佛为受伤的孩子,清洗疤痕

但是，这也是一瞬而逝的温情
主人的刀，再一次戳进了它的脖子
力道和位置，与前次毫无区别
它叫着，脖子上像插上了
一杆红颜色的小旗子，力不从心地
窜到了店铺旁的柴堆里
主人向他招了招手，它又爬了回来
——如此重复了5次，它才死在
爬向主人的路上。它的血迹
让它体味到了消亡的魔力
11点20分，主人开始叫卖
因为等待，许多围观的人
还在谈论着它一次比一次减少
的抖，和它那痉挛的脊背
说它像一个回家奔丧的游子[1]

(《杀狗的过程》)

赫然出现的动词"杀"，几乎能够勾连出雷平阳的诗歌谱系。带刀的儒侠行走天涯，徒有一副侠客的身影，却难有拔刀出鞘的俊逸或是超然。斑斑血迹飞溅而出，白骨苍苍横遍乡野，皆出自他人放荡不羁的杀戮，留给诗人的只有疼痛、罪恶与不忍。其实，对于诗人而言，刀时常佩带于身却不过是刺眼的道具而已，犹如他的《在蛮耗镇》[2]里，"红河边的皂角树上/挂着一把把黑颜色的刀"，暗黑却透着光亮，是

---

[1] 雷平阳：《杀狗的过程》，《雷平阳诗选》，武汉：长江文艺出版社，2006年，第5页。
[2] 雷平阳：《在蛮耗镇》，《云南记》，武汉：长江文艺出版社，2009年，第185页。

"我"辨识故人面容的胎记,也是从记忆通向未来的线索。"杀"从来不是"我"发出的行动,而是"我"以双目直视当下的世态悲凉。以"杀"为轴心的诗篇《杀狗的过程》,无限放大了人对动物的冷漠,将表面的善意与内心的残忍相互比照,勾勒出一幅凶狠、暴力的杀戮图。全诗聚焦于主人的施动和狗的受动,一连串动作出现了狗的"舔""依偎""窜""抖""爬""死""消亡",主人的"抚摸""揽""送""招手""戳""重复"。这种来与去的关系,几乎就是甜蜜的奴役和温善的谋杀,其中的张弛与悖反不言而喻。同时,暴力又暗合了怀乡的情绪。诗人不惜笔墨反复描摹"杀"的过程,逐渐从温情里抽离出一条冰冷的锁链,它像是脐带牵系着生命,然而又把记忆推远,再也难以回到最初那种温暖的感觉。狗的肉身离去了,但它走向死亡的过程却清晰可辨,上演了一场死亦是生、生亦是死的招魂术,那渐渐消退的颤抖或者痉挛,有如一次次离乡又一次次返乡的游子,隐喻出"我"祭奠着依稀疏远的故乡和安然死去的亲人。我们不妨再从雷平阳的其他诗作来看他对"杀"的表现。首先,"杀"的动作,是游走于生死边界的通行令。他的《村庄、村庄集》中满嘴谶语的村官,没有头颅或者心肝的赶马人,在外打工而坠下高楼的丈夫,害怕见人又乐于死后继续杀猪的屠夫,发出有形或者无形的"杀"的号令。在岸上的生者面对随流水远走的亡灵,阴阳两隔,反而羡慕亡者的幸,悲叹生者的不幸。其次,"杀"的意念,直指人性的本质。《梦中杀鸟》指向活着的人,"在梦中才敢杀死一只鸟"[1]颇具戏剧性地展现了群起磨刀霍霍杀死一只鸟的荒谬场景。事实上,鸟本来就会死亡,可人却要动用武力,甚至还要集结人群的力量杀死它。这都不足为过,在诗人看来,更令人发指的倒不是以强凌弱,而是费尽心机一边置"鸟"于死地,一边又延长其生命,不择手段地将弱者

---

[1] 雷平阳:《梦中杀鸟》,《雷平阳诗选》,第71页。

逼入绝境，人类的斗争本质可谓昭然若揭。最后，"杀"的动作一旦完成，死者的头颅将以更凶残的方式厮杀、对抗。欧阳江河在《我们——〈乌托邦〉第一章》中也写过类似的动作，"他挥动屠刀，我们人头落地／没有他的刀，我们不会长出头颅"[1]，作为灵魂栖居之地的头颅可以重新生长，将以更凶狠的方式实现对抗。其中的凶恶、反抗显而易见。

江河的《太阳和他的反光》和雷平阳的《杀狗的过程》作为形体动作的例证，产生于不同的历史时期。前者完成于20世纪80年代，围绕一个形体动作展开，透过体现主体产生形体动作的动机、发展和结果，尤其注重对于动作的渲染，并由此诠释矛盾双方的冲突与和解；后者则是新世纪的诗作，以一个形体动作激荡出一系列的动作构成情节，而每一次的动作发生都与矛盾双方的心理密切相关。这种变化，可以看作20世纪80年代以来汉语新诗发展的一条脉络，亦为诗人面对不同历史语境而表现出的戏剧动作特点。

## 第二节 语言动作

1980年以后，"第三代"诗人对语言形式的创造愈发自觉，甚至由语言游戏演变为现场即兴表演，又或是由思维内部运动生发出外部的戏剧展演形式。首先，有必要对戏剧语言与动作的关系做一说明。李渔在《闲情偶寄》中有云："言者，心之声也，欲代此一人立言，先宜代此一人立心。"[2]在戏剧里，透过语言可以创造出一位有性格、有动作，又有思

---

1 欧阳江河：《我们——〈乌托邦〉第一章》，唐晓渡、张清华编选：《当代先锋诗30年：谱系与典藏》，南京：江苏文艺出版社，2012年，第208页。
2 （清）李渔著，立人校订：《闲情偶寄》，北京：作家出版社，1995年，第55页。

想、情感的人物形象。换言之，戏剧语言应该围绕人物的行动展开，从而推进情节的发生、发展与高潮。戏剧语言主要指的是人物的语言和舞台提示。其中，人物语言就是台词，即剧中人物发出的对话、独白、旁白；舞台提示是起到舞台说明作用的语言，包括人物表、时间、地点、布景、道具、服装和人物的表情、动作、上下场等方面的提示。就上述背景展开讨论，能够发现，与之不同的是，这里讨论的语言动作，特别强调的是诗人借助语言形式彰显戏剧动作。也许在戏剧中，与显在的形体动作相比，这种看似功能性的表现方式相对隐性。但对于诗人而言，语言反而是更为直接的表达方式。他们以语言发出的指令掷地有声，牵动着戏剧情境的发生、发展与结束，并由此生成一条环环相扣的心理动作链。20世纪80年代以来，一些诗人有意在诗歌中营造一个戏剧情境，而他们对于语言的高度自觉，为呈现戏剧动作起到了至关重要的作用。就创作情况而言，主要体现在两个方面：一是语言文字形式，包括语音、语词、语法等；二是人物的台词，包括人物的对话、独白与旁白等。上述两种语言表现方式推动了戏剧动作，进而具体化展现了戏剧情境。

## 一 语言形式的动作性

诗人凭借语音、语词与语法的变化、组合，创造一个独特的戏剧空间。在这个看似游戏化的文本空间里，诗人们不仅将语言作为传达生活信息的工具，而且以表达和交流人的情感为基础，透过陌生化的效果重新打量汉语，进而从人物的心理动作延伸出一条情节链。情节的始末，从制造出一种潜在的矛盾，直到最终寻找到解决的方法，其间几乎较为完整地呈现了戏剧动作的连贯性。就诗人孙文波、于坚与陈黎较为自觉的尝试做一分析，可以相对明晰地理解由语言形式展现出的戏剧动作。

孙文波曾创作《戏谑·再一次戏谑》，以戏谑的口吻，一反思考状态下的苦闷心态,而是调侃写作时选用名词、形容词或是押韵、不押韵的纠结情绪,在诗中制造一种诙谐的戏剧情境,由此潜入诗人写作的发生状态。即兴的写作方式,特别指的是当诗人兴会来临,信手拈来而在现场完成创作,本身就是一种戏剧化的表演形式。20世纪80年代以来,汉语诗人常常即兴写诗,譬如车前子的《即兴》(的历史之一)、《即兴》(杜甫之二)和树才的《拆》《指甲刀?指》《指甲刀?甲》《指甲刀?刀》等。与即兴化的现场表演不同,自动化的写作更趋向于文字游戏,在诗歌内部发现一种源自语言的独特性展演。诗人孙文波在《献给布勒东》一诗中,就以自动化的写作体验向达达主义致敬。法国诗人、诗评家布勒东曾在1919年参与达达主义,又于20世纪20年代提出著名的超现实主义理论。他在1924年《超现实主义宣言》中提倡的无意识写作,提供了20世纪文学实验的先锋性范例:"落笔要迅疾而不必有先入为主的题材;要迅疾到记不住前文的程度,并使你自己不致产生重读前文的念头。第一个句子会自动地到来,这是千真万确的,以至于每秒钟都会有一个迥然不同于我们有意识的思想的句子,唯一的要求便是脱颖而出。很难预料下一个句子将会如何;它似乎既然从属于我们有意识的活动,也从属于无意识的活动,如果我们承认写下第一句所产生的感受只达到了最低限度。"[1]在《戏谑·再一次戏谑》中,自动化的写作再一次光临,诗人思考的是押韵与否、词性选择的问题:"夜晚安静,写作之门向外部打开。/上面这句子很有韵律。押韵,/还是不押韵?可以是一个问题。/另一个问题是怎样让一个人进入诗;/是用名词进入,还是用形容词,/用名词进入他就是兄弟,/而用形容词进入他可能是很胖的胖子。"而这种思考如同工厂的生产者进行甄别的行动,甄别本身在"好

---

[1] 吕同六主编:《20世纪世界小说理论经典》(上卷),北京:华夏出版社,1995年,第123—124页。

与坏""对与错"的两极之间摆动，冲突在思维过程中发生：

1
一个兄弟我要为他安排好的人生，
一个胖子我可以把他当做（作）坏人。
进入的方式不同，结果也会不同。
一句话，我要显示的是想象的力量。
做一个写作者也就意味着是一个
生产者。生产什么靠他选择，
好与坏，对与错，常常只在一念中。

2
一念也可能不是一念。是心底久蓄
的想法。因为兄弟也可能是坏人，
在面前说好话，在背后使绊子。
而胖子是亲密的朋友，三天两头聚会，
喝酒。事情如果要有条理，很多
都搞不成。重要的是不被想法
框住。想到哪说到哪，要轻松、放松。[1]

(《戏谑·再一次戏谑》)

诗歌的押韵可以没有，但每一个名词或是形容词却不能怠慢："押不押韵都可以，总要有些／内容：名词、形容词。不然，诗有何用？"有

---

[1] 孙文波：《戏谑·再一次戏谑》，《孙文波的诗》，北京：人民文学出版社，2001年，第264—265页。

趣的就是，一首诗的发生，被诗人孙文波处理得充满谐趣，并由此延伸出有人物出现的剧情来。从"写作之门"进入，站在门里的"兄弟"与"胖子"轮流上场，"我"像个导演，在"我"的安排下，众人聚会、喝酒、谈天，时而钩心斗角，时而合为一体。

当然，也有诗人就不同的词性展开联想，由名词、动词、形容词、副词等引发情节的变化。这其中，动词尤其受关注，如何小竹的《动词的组诗》写到的重复性动作"重复同一个动作／会是怎样／比如跑跑，亲亲，挨挨／每一个重复都意味深长"[1]，《六个动词，或苹果》里动作勾连出的记忆"就是这个动词／让我第一眼看见了时间的脸蛋／以及被风无意间刮到床前的树叶"[2]。于坚创作于1992年的《0档案》，由于去除语词的文化隐喻意义而还原事物的本来面目，一度被认为是非诗，颇受争议。对于坚而言，任何事物都不应该生活在隐喻的阴影下，受到人们主观意念的重重遮蔽，而应保持它们原初的意义。也就是说，乌鸦就是乌鸦，瓶盖就是瓶盖，无须它们背后的隐喻意义。《对一只乌鸦的命名》里反复出现的"动词"盘旋在诗人的头脑中，"上升"与"下沉"展现的是思维的运动。诗人不愿意描述"乌鸦"的样貌、形态与姿势，更不想赋予"乌鸦"隐喻的意义，而是让它无声地跳跃与飞沉，动作本身便是诗的意义所在："这事实立即让我丧失了对这个比喻的全部信心／我把'落下'这个动词安在它的翅膀之上／它却以一架飞机的风度'扶摇九天'／我对它说出'沉默' 它却伫立于'无言'／我看见这只无法无天的巫鸟／在我头上的天空牵引着一大堆动词　乌鸦的动词／我说不出它们　我的舌头被铆钉卡位／我看见它们在天空疾速上升　跳跃／下沉到

---

[1] 何小竹：《动词的组诗》，周伦佑选编：《亵渎中的第三朵语言花——后现代主义诗歌》，兰州：敦煌文艺出版社，1994年，第161页。

[2] 何小竹：《六个动词，或苹果》，周伦佑选编：《亵渎中的第三朵语言花——后现代主义诗歌》，第162页。

阳光中／又聚拢在云之上／自由自在　变化组合着乌鸦的各种图案。"在《0档案》中，诗人更为极端地呈现了"动词"的戏剧化特质，由语言连带动作完成了一系列心理的剧烈变化：

> 墙壁露出砖块　地板上木纹已消失　来自人体的东西
> 代替了油漆　不光滑　略有弹性　与人性无关
> 手术刀脱铬了　医生48岁　护士们全是处女
> 嚎叫　挣扎　输液　注射　传递　呻吟　涂抹
> 扭曲　抓住　拉扯　割开　撕裂　奔跑　松开　滴　淌　流
> 这些动词　全在现场　现场全是动词　浸在血泊中的动词[1]

（《0档案》）

《0档案》是于坚构建的一整套诗歌语词秩序，在这种秩序中，书写体的语言是破碎的，以空白的形式隔开，每一个语词都具有独立性。语词"嚎叫""挣扎""输液""注射""传递""呻吟""涂抹""扭曲""抓住""拉扯""割开""撕裂""奔跑""松开""滴""淌""流"，每一个动词是单独的，但又是连贯性的，它们一个个冰冷地站立在现实世界中，成为现场的主角，不需要任何修饰而作为场景，戏剧化地占据了整个舞台。诗人于坚拒绝隐喻而相当重视动词，因为在他看来，只有动作能够直击日常生活，呈现一种在场性："诗不是名词，诗是动词。诗是语言的'在场'，澄明。"[2] 事实上，诗人将动词并置时，已经设置了一个剧场空间。人物脱口而出的念白，仿若搭建起一个动词剧场，承载着人物的心理动作。《0档案》展现的是医院里发生的场景，一剂药

---

[1] 于坚：《0档案》，《0档案：长诗七部与便条集》，昆明：云南人民出版社，2004年，第30页。
[2] 于坚：《棕皮手记》，上海：东方出版中心，1997年，第246页。

物注射入人的身体后，从恐惧（"嚎叫"）、拒绝（"挣扎"），直到承受（"输液""注射""传递"）、痛苦（"呻吟"），再到回归平静（"涂抹"），好像病人不得已被迫接受身体里流动着药水，经历了一种心理的压迫与妥协。而后，却出现了更为猛烈的激变。尽管病人已被成功制服，但他从内心深处并没有真正接受治疗，这种心理动作终于转化为行为暴力。这种暴力从肉体的反抗开始（"扭曲""抓住""拉扯""割开""撕裂"），经历了逃离（"奔跑""松开"），终止于现场的一片残局（"滴""淌""流"）。这些暴力性的动词，像是爆炸般地呈现了一位被判定为病人的生命的剧烈对抗。这种病态无疑是强行施加给人类的精神浩劫。然而，任何暴力都无法阻止心理激荡出的火焰，反而会融化为病态的液体在现场持续蔓延。名词往往用于命名，形容词多数表示修饰，动词则是一种具体的行为，"这些动词　全在现场　现场全是动词　浸在血泊/中的动词"。动词有着去蔽的功能，它们可以赤裸裸地将人的生存状态展现出来。更为重要的是，它们以巨大的行动力量冲击着思想与精神，抽离出一个抽象的现实空间，正如周瓒所说，"舞台呈现中的大部分动作都是来自诗歌文本中的动词和动作性短语，这是导演在排练过程中的要求之一"，与之相应的是，"当这些来自诗歌中的动作被编织成组合型的舞台语言时，它们就获得了抽象的形式感。导演在这个时候往往提示我们，必须非常有力地，带着对动作的相信，用肯定的方式完成这些动作，而不能仅仅示意一下"。[1]

陈黎的诗，堪称语言形式出奇制胜的典范。他凭借语词的音响效果构筑的诗王国，被称为"让人叹为观止的特技表演"[2]"不可思议的新

---

[1] 周瓒：《诗歌如何介入当代现实——以〈乘坐过山车飞向未来〉为例，从新诗的剧场实践谈起》，张尔主编：《飞地》第三辑，2013年，第119页。

[2] 〔美〕奚密：《世纪末的滑翔练习——陈黎的〈猫对镜〉》，陈黎：《陈黎诗集II：1993—2006》，台北：书林出版有限公司，2014年，第389页。

诗学"[1]，例如《腹语课》《战争交响曲》和《不卷舌运动》。读诗人陈黎的诗，好似看到"世界如充满戏剧性场景的剧场"[2]，"虚实并陈的诗篇内外，既任由诗人，也欢迎读者来去自如，因而形成某种互相展演、彼此融涉的戏剧性"[3]。他在花莲做中学教师期间，向来喜欢购买字典，与学生猜字谜，甚至调侃自己患了"恋（汉）字癖"。1993年，他开始用电脑创作诗歌。与过去的手写文字相比，他发现使用电脑可以自由地复制、粘贴、删除，还可以借助各种软件插入图像影音，在线翻译，但书写的温度与乐趣却遭到侵袭。他试图以新的媒介，换个方式储存逐渐消失的记忆，保留汉字的温度。因为汉字本身就与"事"相关，如同许慎在《说文解字》中所说的"六书"："一曰指事。指事者，视而可识，察而见意，上下是也。二曰象形。象形者，画成其物，随体诘诎，日月是也。三曰形声。形声者，以事为名，取譬相成，江河是也。四曰会意。会意者，比类合谊，以见指撝，武信是也。五曰转注。转注者，建类一首，同意相受，考老是也。六曰假借。假借者，本无其字，依声托事，令长是也。"[4]六种造字法皆涉及叙事，"指事、形声、假借三书均与'事'直接相关，这些字（如上下、江河、令长等）大抵也是为说明、表述某种事情而造。即便是象形文字，虽主要是为描述物体而造，但物之存在及状态也就是一种事，对物做出描述，本质上也可说是另一种类型的叙事"[5]。第一，陈黎以事而作诗，重新发掘汉字的叙事功能；第二，汉字

---

1 赖芳伶：《那越过春日海上传来的音波……——读陈黎诗集〈苦恼与自由的平均律〉》，陈黎：《陈黎诗集II：1993—2006》，第400页。
2 张芬龄：《地上的恋歌——陈黎诗集〈动物摇篮曲〉试论》，王威智编：《〈在想象与现实间的走索〉——陈黎作品评论集》，台北：书林出版有限公司，1999年，第48页。
3 赖芳伶：《那越过春日海上传来的音波……——读陈黎诗集〈苦恼与自由的平均律〉》，陈黎：《陈黎诗集II：1993—2006》，第403页。
4 许慎：《说文解字序》，《说文解字》，北京：中华书局，2009年，第314页。
5 董乃斌主编：《中国文学叙事传统研究》，北京：中华书局，2012年，第29—30页。

的音、形、义,像是复苏了生命,重新在他的诗歌里以陌生化的方式出现;第三,陈黎汲取汉字造字的叙事性,同时结合音、形、义的关系,又进一步透过汉字营造戏剧情境。2011年,诗人患手疾,牵及脚伤、心忧和视衰,以致无法使用电脑创作。在病痛中,那些文字拼图好像高度兴奋的化学分子,互相缠绕、结合又分离,总是在他的头脑里活跃。可见,语言文字形式结出的奇异果实,一直渗透着他的生命体验,可以是快乐的精灵,与他的日常生活为伴,也可以是从病痛和苦难之河里抓住的稻草,将他送往彼岸的乐园。在《一人》中,同样是"yi"的发音,诗人可以拼出14个汉字,声调有阴平、阳平,也有上声、去声。从"一人"遐想至"伊人""依人",心上人款款走来。两个人的故事又在文字里缱绻波折,有"宜人"的适合、"怡人"的愉悦、"旖人"的温婉,有"异人"的差异、"黟人"的伤害、"臆人"的猜忌、"疑人"的怀疑,直到重新"易人""佚人",最后留有"忆人",追悼逝去的那个人。看似有始有终,讲述的却是没有终结的爱情故事。从一个人出发,由汉字而分裂出两个或是更多的人,在爱情的地图里走出记忆的脚印。这些爱情故事的结构,与汉字的生命相仿。它们被储存于数据库,被诗人挑选出来重新编排为恋人的心理动作,上演了一出短小的独幕戏剧。陈黎还以地方方言入诗,包括客家话、粤语、原住民语言等,让"达悟、布农、赛德克、邵、匈……/都是人/向天地发声/说我来过,抽象地/存在过"[1]。诗人又未止步于方言诗,而是在诗中创造了一种乡土化的戏剧情境。譬如《月光华华》里的客语,开始于"月光华华,满姑满姑/偃看到一条白马/对你唱个歌仔飚出来",如同女子细语为有情郎唱歌仔,唱词嵌套有阿婆阿太的故事,回到祖辈的怀抱里,尽显乡间的亲情,温暖而柔软;又譬如《上邪》里,以客家话"天啊!偓爱同你相好"取代汉

---

[1] 陈黎:《三合》,《陈黎诗集III:2006—2013》,台北:书林出版有限公司,2016年,第59页。

代乐府"上邪,我欲与君相知",民间男女的世俗情爱,像是你侬我侬的对话跃然于眼前;再譬如《双声》以闽南语为1973年9月3日高雄开往前镇的渡轮中罹难的25位未婚女工发声,她们用乡音表达生前身后事,像是亡者回到家乡,回到了母亲的怀抱。事实上,在陈黎眼中,家乡花莲由多种文化因子交织而成,难免带有混杂性。正是这种杂音,激发了他的语言创造力,创造了一种新型的语言组织方式——偏旁部首、声韵母各部分奇特组合出的完整画面。对他而言,这就是子音与母音分离、缠绕时的冲突与化解,是他内心呼唤的"奇妙的独声合唱","那是因为你的缺席在我的心留下的/巨大的洞穴/那是因为这个被道德、礼教封锁的城市/只准许我对自己歌唱/他们遂听到奇妙的独声合唱/在夜里:我和我的回音"[1](陈黎:《十四行》)。

语言形式产生的戏剧动作,构成20世纪80年代以来汉语新诗创作的一条较为显著的脉络。诗人们全力调度语音、语词或者语法,恢复语言本身的质感,制造出陌生化的效果。孙文波的自动化写作、于坚的动词聚合和陈黎的汉语游戏,一方面将诗歌作为一种即兴化的表演,从思维内部延伸出一个舞台,为那些被忽略的文字提供展现场地,另一方面又以戏谑、讽刺的语调,创造一位、两位或者更多的人物形象,并由人物承担情节的发生、发展、高潮和结束,在诗歌文本里营造出戏剧情境。

## 二 人物台词的动作性

与语言形式的动作性不同,人物台词则是指在诗歌里出现独白、旁白、对话等。只有在这些台词呈现出动作性时,才可能产生戏剧效果。"人们对剧本中的台词,有各种各样的要求,诸如要'有生活气息'、要'性格化'、要'口语化'、要'通俗易懂'、要'有诗意'等等;这

---

[1] 陈黎:《十四行》,《陈黎诗集I:1973—1993》,台北:书林出版有限公司,1998年,第290页。

些要求都是对头的。可是，首要的、基本的要求，应该是要有'动作性'。使'话'具有戏剧性的根本问题就在于此。只有剧作家在创作中把'话'作为动作来写，导演才能在这些台词中发掘出丰富的舞台动作。"[1]20世纪80年代以来，诗人们由最初的抒情独白逐渐开掘出一种直接或是间接的对话形式，这种演变过程不同于以往的情境再现，而是经历了私人化向公共性的开放过程。这些台词既体现出逐渐丰富的形式，又在特定的多维度人生情境中生发出一连串的情节，在危机的产生、发展与解决的过程中彰显人物心理冲突和情绪延宕，由此大大拓展了汉语新诗中人物台词的动作性表现空间。

女性诗歌在20世纪80年代大放异彩，包括翟永明、唐亚平、陆忆敏、张真、沈睿、虹影、赵琼、张烨等，都在诗里展现了女性诗人的内心独白。当然，每一个人与外界接触时都会产生心理活动，思维的运动无时无刻不在发生。而诗人的内心独白则源发于规定的戏剧情境，是在抒情主人公极度焦虑或者受到强烈刺激下的交流形式，一旦离开了情境，所谓的独白便失去了意义。这种独白通常直抒胸臆又自我剖析，自设疑问又自我解答，体现了女性自我意识的觉醒，因此较多以抒情独白体亮相。与戏剧独白诗[2]中塑造人物而发出声音的表现方式有所不同，独白诗主要是借用独白的技巧，以第一人称表达诗人自言自语的情绪心理。因此，诗学研究者习惯性地将其划分为抒情诗予以解读，而忽略了从戏剧的角度分析独白的表现力。其实，除了一般文学里常出现内心独白之外，在戏剧表演里展现独白技巧也相当普遍。"内心独白是一种默默地或大声地自言自语的行为。在戏剧中，内心独白表示某一人物遵循文学惯例，独自在戏剧舞台上大声地说出他或她的想法。剧作家采用内

---

1 谭霈生：《论戏剧性》，第49页。
2 关于"戏剧独白诗"，笔者将在第四章《汉语新诗的戏剧声音》中着重讨论。

心独白这种手法作为便于表达某个人物动机和心理状态信息的一种方式，或用这一手法来达到解说的目的；他们有时也用内心独白来引导观众的判断与反应。"[1]在汉语新诗中，这种依靠内心独白实现的动作性，完全可以在诗人们无心插柳而呈现的戏剧情境中实现。同样，女人从自身的处境出发，透过一系列与月经、怀孕、生产、流产、打胎、哺乳等生理现象有关的纯粹的女性经验，一面表达压抑和疼痛等困境，一面又克制情绪而渴望寻到问题的症结。这其中，由诗人独白而说出的女性经验，无疑勾连着起伏跌宕的心理动作。诗人酝酿情绪时，亦酝酿着动作。以唐亚平的《黑色沙漠》组诗为例，其中《黑色沼泽》没有在独白中一味陷入情绪的沼泽无法自拔，反而透过自言自语流露出内心活跃着的斗争。在黑夜的情境里，如同经历一场事件的高潮与低谷，诗人的情感随之上升与陷落，逐渐表现出一系列连贯的心理动作：

> 傍晚是模糊不清的时刻
> 这蒙昧的天气最容易引起狗的怀疑
> 我总是疑神疑鬼我总是坐立不安
> 我披散长发飞扬黑夜的征服欲望
> 我的欲望是无边无际的漆黑
> 我长久地抚摸那最黑暗的地方
> 看那里成为黑色的旋涡
> 并且以旋涡的力量诱惑太阳和月亮
> 恐怖由此产生夜一样无处逃脱
> 那一夜我的隐秘在惊惶中暴露无遗
> 唯一的勇气诞生于沮丧

---

[1]〔美〕M. H. 艾布拉姆斯著，吴松江等编译：《文学术语词典（中英对照）》，北京：北京大学出版社，2009年，第579页。

> 最后的胆量诞生于死亡
> 要么就放弃一切要么就占有一切
> 我非要走进黑色沼泽
> 我天生的多疑天生的轻信
> 我在出生之前就使母亲预感痉挛
> 噩梦在今夜将透过薄水
> 把回忆陷落并且淹没
> 我要淹没的东西已经淹没
> 只剩下一束古老的阳光没有征服
> 我的沉默堵塞了黑夜的喉咙[1]

(《黑色沙漠·黑色沼泽》)

诗歌名为"黑色沼泽",首先呈现的是"黑色"的世界,是现实的时空境遇,"傍晚时模糊不清的时刻"。诗人像是站立在舞台中央,在夜色降临时,黑暗裹挟着寂寞席卷而来。在黑色的空间里,诗人展开了内心独白,如同翟永明营造的"夜境"——"水很优雅,像月亮的名字/黑猫跑过去使光破碎"(《女人》组诗),"第一次来我就赶上漆黑的日子/到处都有脸形相向的小径"(《静安庄》)——而"穿黑裙的女人夤夜而来/她秘密地一瞥使我筋疲力竭"(《女人》组诗)。20世纪80年代的女性诗人似乎习惯了在黑夜里黯然潜行,"每个女人都面对自己的深渊——不断泯灭和不断认可的私心痛楚与经验……这是最初的黑夜,它升起时带领我们进入全新的、一个有特殊布局和角度的、只属于女性的世界"[2]。的确,在面对女性自身的尴尬处境时,白昼或许会令女性更痛

---

[1] 阎月君、周宏坤选编:《后朦胧诗选》,沈阳:春风文艺出版社,1994年,第288页。
[2] 翟永明:《黑夜的意识》,吴思敬编选:《磁场与魔方——新潮诗论卷》,北京:北京师范大学出版社,1993年,第140页。

苦。只有在黑夜，在这个私人化的空间中，女性才可以去享受作为人的最真实的价值，才能暂时摆脱由于历史积淀形成的对女性蔑视和偏见的"深渊"。其次，"沼泽"则是隐喻，隐喻着诗人陷落于困境的心理际遇。在"沼泽"里，由陷落而引发的心理动作绵延而生。这些心理动作开始于"狗的怀疑"，"狗"是奴役的对象，隐喻着历史上的女性向来是被压迫者的命运。面对这样的处境，因为在暗夜里，一切变得澄明，女人于是对虚构的历史产生怀疑，"我总是疑神疑鬼我总是坐/立不安"。由此，"我的欲望是无边无际的漆/黑"，女性试图回归自我，走出被塑造的命运，灼热的欲望之火冉冉升起，烧红了黑色的夜。从蒙蔽到敞开，寓意女性意识的觉醒。然而，上升与陷落如同一场拉锯战，矛盾冲突由此而生，从而造成不可遏制的恐慌心理，"那一夜我的隐私在惊惶中/暴露无遗"。再次，诗人感受到"陷落"之痛苦，便竭尽全力觅求挣脱困境的可能，可以说，"女人的真正力量就在于既对抗自身命运的暴戾，又服从内心召唤的真实，并在充满矛盾的二者之间建立起黑夜的意识"[1]。勇气沦为沮丧、死亡之后才能获得胆量，这一切都催促"我"陷落。随后，"要么就放弃一切要么就占/有一切"，一个选择句式"要么……要么……"已然将诗人推向必须做出抉择的境地。可诗人在如此挣扎的氛围中，仍能够向死而生，牢牢抓紧生命的最后一束光。在绝望的尽头，她的痉挛与母亲的痉挛重叠，两重经验融为一体，于是，生命在死亡的气息里显影。如果说"预感"是未来的表征，那么，"回忆"则是历史的记忆，二者先后出现，体现了诗人试图挣脱历史的束缚，哽在喉咙深处的是"我"对女性未来命运的期许，"我的沉默堵塞了黑夜的喉/咙"。

唐亚平诗歌中的内心独白颇为私人化，这在20世纪80年代绝大部分

---

[1] 翟永明：《黑夜的意识》，吴思敬编选：《磁场与魔方——新潮诗论卷》，第70页。

女性诗人创作中随处可见。笔者将其看作戏剧表现形式的借鉴,由此分析诗人在黑色情境里流露出的内心挣扎以及缓解痛苦的戏剧化过程。诗人陈先发则将戏剧角色的语调插入诗篇,从文化历史脉络里拾起剑柄对抗社会现实的残酷,突破时空的局限而勾连出历史与现实的对话。生于安徽桐城的诗人陈先发,他的诗歌所嵌入的人物台词,既提升戏剧效果,又打通历史与现实、传统与现代的界限。陈先发无心塑造历史人物,而是将历史人物搁置于特定的戏剧环境里,创造出具有当代意义的新形象。由这些人物发出的独白、旁白或是对话,如同历史的符号破土而出,一面牵系着过去的记忆,又一面穿越至当下的现实。无论是《前世》中"只有一句尚未忘记/她忍住百感交集的泪水/把左翅朝下压了压,往前一伸/说:梁兄,请了/请了——"[1],还是《秋日会》中"你不叫虞姬,你是砂轮厂的多病女工。你真的不是/虞姬,寝前要牢记服药,一次三粒。逛街时/画淡妆。一切,要跟生前一模一样"[2],陈先发试图在历史的纵轴线中寻找传统文化的根蒂,即从传统文化的积淀中理解诗之所以为诗的根本。以2004年陈先发的《鱼篓令》为例:

> 那几只小鱼儿,死了么?去年夏天在色曲
> 雪山融解的溪水中,红色的身子一动不动。
> 我俯身向下,轻唤道:"小翠,悟空!"他们墨绿的心脏
> 几近透明地猛跳了两下。哦,这宇宙核心的寂静。
> 如果顺流,经炉霍县,道孚县,在瓦多乡境内
> 遇上雅砻江,再经德亚,木里,盐源,拐个大弯
> 在攀枝花附近汇入长江。他们的红色将消失。

---

1 陈先发:《前世》,《写碑之心》,武汉:长江文艺出版社,2011年,第18页。
2 陈先发:《秋日会》,《写碑之心》,第57页。

如果逆流,经色达,泥朵,从达日县直接跃进黄河
中间阻隔的巴顿喀拉群峰,需要飞越
夏日浓阴将掩护这场秘密的飞行。如果向下
穿过淤泥中的清朝,明朝,抵达沙砾下的唐宋
再向下,只能举着骨头加速,过魏晋,汉和秦
回到赤裸裸哭泣着的半坡之顶。向下吧,鱼儿
悲悯的方向总是垂直向下。我坐在十七楼的阳台上
闷头饮酒,不时起身,揪心着千里之外的
这场死活,对住在隔壁的刽子手却浑然不知。[1]

(《鱼篓令》)

开篇就以一个问句作为提示台词,营造出一片死寂的戏剧情境;紧接着又是以人的名字呼唤鱼儿,尤其是"猛跳"一词的出现,使得诗篇产生戏剧化的转变。诗人先将戏剧情境设置为"我"的独语。一句"那几只小鱼儿,死了么?"语气微弱,像是"我"的自言自语。没有回应的反问,如同置身墓穴般阴森可怖。之后,戏剧情境又转为"我"与"鱼儿"的对话,"我俯身向下,轻唤道:'小翠,悟空!'"这时,尽管这轻轻的呼唤依然没有任何应答,但沉寂的氛围显然有了些生气。从僵直的"红色的身子"到跳动两下的"墨绿的心脏",足以显现出动物对"我"的声音的反应。鱼儿身体的跳动,以肢体动作完成了人物与动物之间的对话,也完成了生者与死者的对话。如果"生"指向现实,而"死"则意味着历史。诗人顺利地依靠戏剧台词,将人与鱼的关系转化为现实与历史的关系。如何完成现实与历史的对话呢?不难发现,诗人首先从

---

[1] 陈先发:《鱼篓令》,《写碑之心》,第28页。

空间入手，"如果顺流，经炉霍县，道孚县，在瓦多乡境内／遇上雅砻江，再经德巫，木里，盐源，拐个大弯／在攀枝花附近汇入长江。他们的红色将消失"，而"如果逆流，经色达，泥朵，从达日县直接跃进黄河／中间阻隔的巴顿喀拉群峰，需要飞越／夏日浓阴将掩护这场秘密的飞行"。在相反路径的穿越中，诗人掩埋的是一己的柔弱，而飞速的对流却将个体的情感夯实。然后又从时间维度着笔："向下"，"过魏晋，汉和秦"，"回到赤裸裸哭泣着的半坡之顶"，使得历史的纵深与情感的悠远黏合在一起，在"悲悯"之中，为个体的生命抑或诗学拓宽疆域。

在汉语新诗里，从内心独白到对话的普遍使用，可以看出诗人不再局限于私人化的情绪宣泄，还敢开心扉面对社会现实，从充满矛盾的外部世界搜集资源，进而反射出心理活动，开掘出形式各样的人物台词。另外，还包括孙文波的《搬家》中的独白"孩子，我将讲述一个几百年前／的故事，有人把房屋建设在财富之上"，肖开愚《张团长的第一个问题》中的对话"'为什么你手提包里有把折叠尺呢？'／她回答说：'我切肉呢，无法回答'"，等等，被认为因为造成"意义变形"、偏离"常规想象"，在看似简单明了的口语和无法探测的隐喻之间产生隔膜，将语音的可能性交给读者，由他们去探寻诗歌文本所编织的隐性意涵。[1] 评论者甚至认为，"90年代严肃写作的诗人普遍注意到口语的简劲、诙谐、灵活、亲切及新鲜等妙处，但又不给自己戴上口语的枷锁"，而是在特定的戏剧化场景中，"脱离日常语言范畴中的原本意义，生成了新的语义编码系统"[2]，这在后面（第二章第三节）分析的诗人韩东的口语化诗歌《明月降临》中同样有所表现。但笔者更强调的是，语言生成的动作性，无形地让读者感受到不协调性，从而营造出的戏剧情境。

---

[1] 胡苏珍：《现代诗歌"戏剧化"言说中口语的诗化策略》，第113页。
[2] 胡苏珍：《现代诗歌"戏剧化"言说中口语的诗化策略》，第112页。

综上，语言形式和人物台词形成的动作性，颇值得诗学研究者反复玩味。一方面，诗歌的语言形式不仅与音乐、节奏相关，还能够产生戏剧化的效果；另一方面，人物台词不单在戏剧剧本和表演中至关重要，透过戏剧的视角审视诗歌中的人物台词，可为读者带来另一重审美阅读体验。

## 第三节　静默的动作

与直观的形体动作、语言动作相比，心理动作需要揣摩体会方能显影。在戏剧里，人物沉默不语反而暗藏着更强烈的内心活动。这种沉默可能表现为"停顿"，一时间的静止不动，与情节的前因后果相关联，同时是一系列因果关系中的一环；可能表现为"留白"，对于观众可以领会的情节不必交代明场或是叙述补充，使得结构空灵、剧情集中，产生言有尽而意无穷的审美效果。[1] 在诗歌中，诗人们或者以停延、跨行等方式表现内心的静默，或者以沉静的画面抵触加速度的诗行运动，看似抒情的表现方式，反而形成强烈的心理反差，使得抒情主体或主人公的情绪在动静间产生张弛效果。此间，语言守护着一个秘密，而这个秘密本身存在着生命潜能。基于此，本节从"以静制动"和"以静促动"两个方面，主要讨论不同的诗人将静默作为一种戏剧动作所诉说的隐秘故事。

### 一　以静制动

抒情诗里，自然不乏戏剧张力。换言之，诗人无心创造的戏剧情境，或者说，即便不是出于营造诗歌戏剧情境的自觉，但对于读者而

---

[1] 陈亚先：《戏曲编剧浅谈》，台北：文津出版社，1999年，第60页。

言，却能够明显地感觉到诗人心理动作的变化所产生的内在冲突性。这些心理动作，或者以停延、跨行，或者以标点符号的形式留白，能够在沉默吞噬的世界里感受到冲突的内在张力，同时可看到诗人在诗篇里竭力化解矛盾的努力。

抒情诗人多多，对于静默的力量，有着别样的诠释。他的《静默》可视为动与静的对立与统一，二者形成一种互释的关系。诗人将戏剧情境设置于墓园，因为这里是逝者"生存"的环境，于是一切变得庄严而肃穆。客观而言，"移动着羊群"是动态的，"默默"二字却抵消了这种动态的画面感。由于身处墓园，此情此景使然，原本移动的事物瞬间静止，仿似一切归于寂静。同样，"鸦群密布的天空"是令人窒息的静态感，"破晓"二字又打破了可怕的死寂，转为拨云见日的动态画面。正是在动态与静态的缝隙里呼吸，诗人方才感悟到"一个得到允许的静默"。可见，这种"静默"是诗人在生与死、动与静的对立关系中反复磨合、思索的结果：

> 墓园中，默默移动着羊群
> 鸦群密布的天空，已经破晓
> 一个得到允许的静默
> 在墓石上记录：
> 沉思，是静默的中断[1]

通常而言，动词"静默"与"沉思"连在一起，表示安静下来思考。诗人却一反语言习惯，而将"沉思"放在句首，并用逗号与"静默"隔开，以标点符号制造出一种不谐和的音效，如同"我"的音调与

---

[1] 多多：《静默》，唐晓渡、张清华编选：《当代先锋诗30年：谱系与典藏》，第10—11页。

静默的环境之间的不协调。这种不谐和的音效,指向的是流动着的潺潺思绪,穿过脑海又弥漫墓园。海德格尔发出的疑问"任何表达,不管是用言语,还是用写作,都打破了沉默。凭什么沉默的呼唤被打破,打破的沉默如何达到语词发声?打破的沉默如何以诗行和句子发声形成短暂者的言语?"[1] 同样令诗人多多疑惑,他试图寻找答案,一面追问一面倾听,最终创造出了一个自足的空间,以致"我"被抽离出现场,转而由语言言说,由世界聆听:

> 窗外的世界静默不语
> 在白色的风景中静默不语
> 钟表滴答,指针不动
> 手下,纸上,又这样一个处境:
>
> 寻找人以外的。[2]

(《静默》)

诗人凭借思维的运动寻找着词,同时觅求一条抵近诗语的通道。就视觉角度而言,由外而内从窗外的风景至屋内的指针,它们"静默不语"或是"不动",造成空间的疏离或是隔离感。象征着时间的"钟表"则发出"滴答"的声响,呈现的是死寂空气里唯一的动态感。时间的流动与思维的运动相契合,共同走向诗的语言。海德格尔曾说:"什么是沉默?它绝非无声。在无声之中,那里保持的仅仅是声调和声响的

---

[1] 〔德〕M. 海德格尔著,彭富春译:《诗·语言·思》,北京:文化艺术出版社,1991年,第182页。
[2] 多多:《静默》,唐晓渡、张清华编选:《当代先锋诗30年:谱系与典藏》,第10—11页。

静止。但是，不运动既非作为其扬弃而限制发声，也非自身已经是真正的安宁者。无运动始终只保存为安宁者的反面，静止本身仍然是以安宁为基础。但是安宁拥有其在事实上宁静的存在。作为沉默的沉默化，安宁，严格地说，总是比所有活动更在活动中，并比任何活动更激动不安。"[1]思想是沉默的，诗歌是无声的，"语言来自声音，但语言不是声音，语言是沉思默想的结果"[2]。于坚曾区分过语言文字和口头声音，他认为汉语新诗的语言文字不应该像古典诗歌一样，讲究平仄、押韵、对仗和字数等，不应该用来放声朗诵，而需进入更深层次的沉思默想。于他而言，诗是语言的，语言只有在沉默的时候，才能够命名一切。沉默让诗人进入思维的活跃状态，词语回到现实，由此保护思维过程，忽略口头声音的存在，形成无声的诗意的完整性。与人类的语言表达相比，沉默反而显现出比言说更活跃的心理状态，因为在沉默的世界里，不是人在言说，而是语言自身在言说，"语言言说作为沉默的呼唤"[3]，诗人营造出沉寂的空间，试图召唤语言的降临。

如果说多多的诗《静默》凭借停延、跨行留白，使得语词与语词之间产生间隙，以沉默吞噬外界动态画面的流动，在思维的运动里完成了表达，那么，蓝蓝的诗《纪念马长风》《恳求》则是用标点符号代替语词，反而抑制了时空变动，以更为决绝的态度回应躁动不安的社会现实，产生无声胜有声的效果。蓝蓝诗歌中最为醒目的特点，便是对标点符号的运用。她聚合对话、独白与私语的多种发声可能，喃喃出独特的戏剧化声线。正如她在诗篇《钉子》中提到的，"生活，有多少次我被驱赶进一个句号！"诗人所采用的破折号，以决裂的语言态度，流露出几分痛楚而坚定的思绪。标点符号在蓝蓝的诗歌中，同样叠加出多重意

---

1 〔德〕M.海德格尔著，彭富春译:《诗·语言·思》，第180页。
2 于坚:《朗诵》，《诗歌之舌的硬与软》，昆明：云南人民出版社，2018年，第168页。
3 〔德〕M.海德格尔著，彭富春译:《诗·语言·思》，第181页。

蕴。《纪念马长风》(2004)以省略号为读者留下不少遐想的空间,留白之外,更具批判的力量。诗篇以河南叶县诗人马长风为原型,书写了他的生命历程。马长风自20世纪40年代开始写诗,50年代被打成"胡风集团反革命分子",直到2004年去世,一生命运多舛、无人问津,却保留着坚韧的微笑:

……从列车的摇晃中醒来。酷热
汗味和昏黄的信号灯
运送着车厢里的人,在通往
死亡的路途中。没有人想到这一点。

起身,在车厢的连接处
手指间的火光忽明忽暗,一个老人
坐在黑暗里,默不作声。
铁轮隆隆碾过长江大桥
波浪在他脸上闪闪掠过——

被一个故事讲述?他
老右派,倒霉的一生
可曾有人爱过他?当他年轻的时候
走过田埂,头发被风吹起来了
漂亮的黑浪翻滚,和我们的一样

但拳头和皮带像一场风暴
把他覆盖。雪停了,四周多么安静
压住肋骨断裂处的呻吟。

"他们用脚踩我的脸。"他平静地说。
我没有看到仇恨。在黑暗中
他似乎忘了这一切。凄凉的笑
从脱落了牙齿的豁口温柔溢出

现在,那趟列车终于赶上了我
十五岁,工厂女工
和三位厄运的客人一起
赶赴记忆的宴席。
杨稼生,张黑吞
我面前的座位已经空了……

他喜欢抽烟,很凶
直到命运把他燃烧成一撮灰烬。
——"您能不能少抽点?"

衣裳从手里掉到地板上
我对着嘀嗒的水龙头喃喃说……[1]

(《纪念马长风》)

标点符号嵌入到文字当中,凸显了符号本身的语义功能。它看似无声,却像安置在文字中的巨型音箱,在某种意义上,甚至超越了文字的表达内涵,强化了写作力度。《纪念马长风》一诗,共使用了三次省略

---

[1] 蓝蓝:《纪念马长风》,《唱吧,悲伤——蓝蓝抒情诗集》,南京:江苏凤凰文艺出版社,2017年,第194—195页。

号。第一次出现在首句的开端,这种表达显然是诗人蓝蓝的惯用方式。"……从列车的摇晃中醒来。酷热/汗味和昏黄的信号灯/运送着车厢里的人,在通往/死亡的路途中。没有人想到这一点。"同样是列车,省略号一方面给读者以强烈的画面感,它拖着节节断续的车厢,连绵地行驶着。此处的省略号是火车发出的声响。火车晃荡出跌宕起伏的声响,剧烈却沉闷,牵引"我"游离于潜意识的边界。火车"咣当咣当"的声响中,压抑的呼吸状态延宕一小段时间,使得读者能够感受到火车的外部氛围以及"我"难耐的内部情绪。另一方面,也是更为重要的,诗人最为强调时间属性。在时间的延宕中,渗出的汗渍味道才越发显得刺鼻,死亡的气息才挥之不去。第二次是"现在,那趟列车终于赶上了我/十五岁,工厂女工/和三位厄运的客人一起/赶赴记忆的宴席。/杨稼生,张黑吞/我面前的座位已经空了……",诗人娓娓讲述着马长风的一生,他波澜、倒霉、呻吟着的一生。而此时诗人陡转笔调,将视线从书写对象马长风转向自我,他者的命运与自我的生活过往重合在了一起。这种重合源自"厄运"和"记忆",它造成了一种空白与缺席,"我面前的座位已经空了……",看似平凡的叙述,却暗合了蓝蓝祭奠记忆的心境,怅然、酸楚的情绪填补了这片空白的"……",是"我"视线中的沉默声。这时的诵读声音,可将语音的重心放在"空"上,在听觉上留有一个安静的空间。这种静,不是一时之静。省略号开始于"我"叙述马长风的一生,在沉浸的叙述声音里,在渐变的音调里慢慢安静下来。因为安静,所以从记忆回到了现实。马长风的一生不单是被讲述,更是诉说。这其中纠缠着"我"与马长风两个人的声音,当我以略带愤怒的声音说"拳头和皮带像一场风暴",马长风历经沧桑的语调里倒是略显平静,"他们用脚踩我的脸",与"我"的声音形成反差。第三次省略号出现在末尾,"衣裳从手里掉到地板上/我对着嘀嗒的水龙头喃喃说……"是一次心理潜对话。在与马长风生活经历的契合中,诗人也给自己一种暗示，以抵消沉默中的灰烬，以弥合生活中的裂隙。"我对着嘀嗒的水龙头喃喃说……"，与开篇相吻合的是，诗人再次将省略号切入画面，滴嗒滴嗒的水龙头，像时间一般，最终流淌在欲言又止中，留下了颤抖的痕迹。此处省略号乃是"我"的絮语。听到马长风平静、沧桑的声音后，我的情绪也逐渐平息。"您能不能少抽点"，拉近了两人的距离，略带暖意。"滴滴嗒嗒"的是水龙头，也是时间的流逝，随着"滴－滴－嗒－嗒"的声响，"喃喃说"更体现出"我"的失落感。因为毕竟这场诉说，归根结底，是无人可以诉说。

除了省略号，蓝蓝还习惯使用感叹号、破折号等标点符号。它们被搁置于不同的位置，成为语义表达中不可忽视的重要部分，"人类必须寻找一种比词语构成的诗歌更直接、更有助的诗歌，一首由行动构成的诗歌"[1]。其中，感叹号的使用，就加强了时间的紧促和迫近感，既还原出闪电一般的速度感，又表露出诗人决绝的心理状态。诗作《恳求》将感叹号的运用发挥到极致，完成了一次拟仿场景的戏剧性对话：

……请对我说：你还记得吗？
请再说一遍：——你记得吗？

我听着，听着你——是的。是的！

我就是这样来的。作为一个人。

还有——你也是。以及

---

[1]〔美〕乔治·斯坦纳著，李小均译：《语言与沉默——论语言、文学与非人道》，上海：上海人民出版社，2013年，第118页。

| 以戏入诗

你们。我们[1]

（《恳求》）

标点符号与文字的反复，几乎占据了同等的阅读时间和空间。诗人在人称的转换中，以省略号、破折号完成对话的间歇性。"我"对"你"的询问，是一种暗示，彼此以无言的方式，寻求着默认。"我"与"我"之间，诗人重复着"听着""是的"，一个感叹号，警醒而决绝，让自我更为坚定地确信心理暗示。她将这种恳求，从"你"到"你们"，从"我"到"我们"，由个体衍生出无限的个体集合，形成群体的共鸣和隔膜，调高了语词的音效，同时激荡出震颤的回声。诗人蓝蓝灵活运用标点符号，体现出她对汉语新诗声音的高度自觉。新世纪以来，她的发声方式不再低沉，而是向轰鸣转型，体现出她作为女性由低调、平淡走向坚毅、顽强的滑翔过程。熟悉她早期作品的读者，一定会记得那颤抖的声音："在低垂的柳树间我瞥见／一个颤抖在往事中的幽灵。"（《立秋》）而如今，一阵微风也能引起猛烈的晃动。

## 二　以静促动

诗人们以沉默之力，在看似静止的世界暗涌着心理动作。正所谓以静促动，愈是宁静的暗夜，愈发能够听到周围的声响齐声合奏。静与动相互抵触，最终以静战胜动、以静促发动，流露出抒情主人公内在心理的较量。济慈诗歌《古希腊古瓮诵》中的古瓮看似无声，却展现出有声的动态世界，"首先，古瓮本身可以讲述故事，可以展示历史。再者，古瓮上刻画的各种人物能奏乐、讲故事、歌唱"，借用布鲁克斯在《精

---

[1] 蓝蓝：《恳求》，《唱吧，悲伤——蓝蓝抒情诗集》，第161页。

致的瓮：诗歌结构研究》中对这种戏剧化表现方式的论述："如果古瓮被恰当地用戏剧表现，如果我们跟上了诸多隐喻的发展步伐，如果我们充分注意到了贯穿全诗的悖论，那么我们可能会做好准备来迎接'沉默的形体'所表达的谜一般的终极悖论。"[1]以静促动所产生的终极悖论，隐含的是沉默背后更具历史厚重感、生命爆发力的瞬间，足以解答诗歌之谜。

诗人昌耀深谙沉默的力量。他承载一切苦难而凌驾于万物之上，潜入时空深处，感悟动静交错，独自享受静默的恒久之深沉。1984年，诗人创作的《河床——〈青藏高原的形体〉之一》便是如此，穿越各个世代，一睹历史沉浮，饱受苦难折磨，他发现，只有人类精神可以超越一切而永生不怠。作为"河床"的代言人，通过戏剧独白完成个人自述，以沉默者的心态创造了一个生机勃勃、气韵流动的青藏高原：

我从白头的巴颜喀拉走下。
白头的雪豹默默卧在鹰的城堡，目送我走向远方。
但我更是值得骄傲的一个。
我老远就听到了唐古特人的那些马车。
我轻轻地笑着，并不出声。
我让那些早早上路的马车，沿着我的堤坡，鱼贯而行。
那些马车响着刮木，像奏着迎神的喇叭，登上了我的胸脯。
轮子跳动在我鼓囊囊的肌块。
那些裹着冬装的唐古特车夫也伴着他们的辕马谨小慎微地举步，随时准备拽紧握在他们手心的刹绳。

他们说我是巨人般躺倒的河床。
他们说我是巨人般屹立的河床。

---

[1] 〔美〕克林斯·布鲁克斯著，郭乙瑶、王楠等译：《精致的瓮：诗歌结构研究》，第156页。

是的，我从白头的巴颜喀拉走下。我是滋润的河床。我是枯干的河床。我是浩荡的河床。

我的令名如雷贯耳。

我坚实宽厚、壮阔。我是发育完备的雄性美。

我创造。我须臾不停地

向东方大海排泻我那不竭的精力。

我刺肤纹身，让精心显示的那些图形可被仰观而不可近狎。

我喜欢向霜风透露我体魄之多毛。

我让万山洞开，好叫钟情的众水投入我博爱的襟怀。

我是父亲。

我爱听兀鹰长唳。他有少年的声带。他的目光有少女的媚眼。他的翼轮双展之舞可让血流沸腾。

我称誉在我隘口的深雪潜伏达旦的那个猎人。

也同等地欣赏那头三条腿的母狼。她在长夏的每一次黄昏都要从我的阴影跛向天边的彤云。[1]

也永远怀念你们——消逝了的黄河象。

……

（《河床——〈青藏高原的形体〉之一》）

首句"我从白头的巴颜喀拉走下"，道出了戏剧情境发生的环境。作为青海诗人，对于粗犷广袤、辽阔壮美的青藏高原，昌耀总是不惜笔墨。在这片圣土上，诗人化身为"河床"，居高而临下，缓慢的步伐令

---

[1] 昌耀：《河床——〈青藏高原的形体〉之一》，燎原、班果增编：《昌耀诗文总集（增编版）》，北京：作家出版社，2010年，第232页。

人敬畏。紧接着，推动"我"前行的动力，不是任何巨大的声响，反而是"默默"的一个动作。诗句由短至长，"走"的动作重复出现两次，分别是"走下"和"走向"，代表动作发生的过程和结果，时间的流动缓缓展开，显得绵延流长。在这样的情境下，有声与无声交替出现，"马车"的声音与"我"的沉默并不是和谐的交响乐，而是独立而生，互不干涉。句号即是诗人表达这种割裂感的有效方式。每一行都是一个完整的分情境，皆用句号隔开，陈超曾评价："这首诗在标点符号的使用上也是很讲究的。几乎每一句都标以句号，这样做的用意是限制语流的速度，使每一句都形成一个环境，形成一个嶙峋的、自足的空间。仿佛电影中的蒙太奇组接，每一个画面既有联系，又相对独立，这就恰到好处地展示了黄河源河床凝恒粗砺的地貌，以及诗人沉雄、稳健、恒久的感情。"[1]同时，每个情境之间又有联系，依靠"我让……""我是……""我的令名……""我创造……""我喜欢……""我爱听……""我称誉……"的句式完成了"我"至高无上的主观表达。与之相比，"马车""轮子"或是"秃鹰"的声音，它们穿过"我"的胸膛，萦绕在"我"的耳际，却是在"我"创造的世界里发声。这是诗人昌耀从历史的废墟里走出来而选择的观照现实处境的姿态。在他看来，随着时间推移，记忆慢慢消退，而消逝的沉默却孕育着巨大的力量来反视过去，犹如《在古原骑车旅行》以沉默反哺历史的创伤，"潜在的痛觉常是历史的悲凉。/然而承认历史远比面对未来轻松。/理解今人远比追悼古人痛楚。/在古原骑车旅行我记起过许多优秀的死者。/我不语。但信沉默是一杯独富滋补的饮料"[2]。在这片土地上，诗人怀着纯粹的理想主义精神，坚信沉默是拒绝诡辩的姿态。同时，他也由衷相信不变的生命法则，无论时空如何变幻，总是精神的力量可以获得永恒："有一天你发现语言一经说出无异于自设陷阱。/有一天你发现道德箴言成了嵌银描金的玩

---

1　陈超：《中国探索诗鉴赏辞典》，石家庄：河北人民出版社，1989年，第380页。
2　昌耀：《在古原骑车旅行》，燎原、班果增编：《昌耀诗文总集（增编版）》，第451页。

具。/有一天你发现你的呐喊阒寂无声空作姿态。/有一天你发现你的担忧不幸言中万劫不复。/有一天你发现苦乐众生只证明一种精神存在。/有一天你发现千古人物原在一个平面演示一台共时的戏剧。"¹ 在昌耀的笔下，意义无须言说，留下的空白更值得深思，因为时间与空间、历史与现实都无法阻挠精神力量之恒久。于是，这种坚持就演变为对抗性的语言形式，诗人选择以沉默击碎压在肩头的沉重的积石。

昌耀的《听到响板》可见京剧《三岔口》的影子，短小的诗篇正与短打的情境相吻合。全诗以戏入诗，又格外注重以静促动，将静默情境里的动态感发挥到极致。《听到响板》中，"静"与"响板"交叠出现，并用句号隔开，更富戏剧化效果。诗篇以"静"作为领字，在万籁俱静的氛围中烘染夜间的肃杀之气，"三两声"每一次重复，都将戏剧情节推向高潮：

> 静啊。听到响板模拟山林。
> 是绿林响马月下失足折断幽篁老根。三两声
> 是响板，骤然地三两声拍击灵魂。情节诡谲。
> 空荡荡是影子，黑黢黢僵仆，倒地急促。一片
> 秋的肃杀。冷汗之后，过了好久好久，静啊。
> 惊心又是响板出其不意，是三剑客照面三岔道
> 击掌初交手。亮相。帩头落地。秋的一片肃杀
> 静啊。三两声响板，是谯楼敲击更鼓？²

（《听到响板》）

---

1　昌耀:《意义空白》,《昌耀的诗》, 北京: 人民文学出版社, 1998年, 第264页。
2　昌耀:《听到响板》,《昌耀的诗》, 第189页。

诗篇首尾与中间共出现三次"静啊",这种环绕的诗篇结构,形成了封闭的剧场空间。第一次出现"静啊",突出了戏剧情境发生的环境。"模拟"一词,是中国传统乐器响板对情境的模仿与虚拟,山林的空旷幽深则透过声音传达而出。由此展开戏剧情节,"绿林响马"出场,一个"失足"的形体动作,窃贼鬼鬼祟祟、张皇失措的神情,呼之欲出。"折断"的声响与"三两声"响板相应和,更是灵魂的颤动,在幽深的竹林里显得格外惊心动魄。第二次出现"静啊",则更具情节化,烘托特定环境里的肃杀之气。环顾四周,黑色吞噬了人影。"倒地"动作极为程式化,空扑的姿态将僵持的局面推向高潮,同时也反向映衬了"静"的环境气氛。第三次出现"静啊",则是三剑客交手情节被推向高潮后的情境再生。在戏剧里,人物是无声的,观众能够见到的也只有动作,诗人以"击掌""亮相""落地"这些动词诠释戏剧动作,更重要的是在人物与环境的动静之间获取一种更为深邃的发现。诗篇最后一句,一个句号与诗篇的首句相呼应,可见诗人试图维护这种静默的氛围;一个问号则通向剧场以外的世界,人物的程式化动作已然在舞台上展演完毕,而静默里"三两声响板"却不绝于耳,在山林、剧场与现实空间里回荡无穷。

韩东的《明月降临》对动与静的理解,是通过空间距离实现的。在他看来,在一定空间范围内,动态可以瞬息变得静默,而静默里正悄然酝酿着动作。诗的张力就在于,如何把握这样的距离。全诗一直保持月亮与"我"的距离,"月亮/你在窗外/在空中/在所有的屋顶之上,高不出我的窗框"。不远不近的距离,正是"我"观察的角度。在适当的距离里,"我们"相识的岁月犹然清晰,口语化的表达恰贴合这种亲切的氛围,"你很大/很明亮/肤色金黄/我们认识已经很久"。然而,熟悉与否,"我"又怎么确认呢?熟悉的情境往往显得陌生,诗人以拟人的手法发出质疑:"是你吗?/你背着手/把翅膀藏在身后"一个肯定句,一个疑问句，二者相反相成，指出诗人对自然与人、人与人之间关系的诠释。诗行简短、分行颇多，契合了诗人对于空间的思考过程。以此为基础，"月亮"也发出了动作：

> 你背着手
> 把翅膀藏在身后
> 注视着我
> 并不开口说话
> 你飞过的时候有一种声音
> 有一种光线
> 但是你不飞
> 不掉下来
> 在空中
> 静静地注视我
> 无论我平躺着
> 还是熟睡时
> 都是这样
> 你静静地注视我
> 又仿佛雪花
> 开头把我灼伤
> 接着把我覆盖
> 以至最后把我埋葬[1]

（《明月降临》）

---

1　韩东：《明月降临》，唐晓渡、张清华编选：《当代先锋诗30年：谱系与典藏》，第128—129页。

诗人将"我"的观察转向"月亮"的行动,但行动却是在"注视""静静地注视"里发生的。结尾表面是写"我"的状态,实际却是"月亮"的动作。诗人又一次使用陌生化效果,提醒读者将视线移向"月亮"。在沉静的世界里,心理动作比外部动作更有力量。诗人以三个动词"灼伤""覆盖"与"埋葬"表示"我"与"月亮"交往的发生、发展与结束。依据时间的流动,心理动作强势袭来。从"我"的视角而言,月亮冰冷如"雪花"。但是当"月亮"接触"我"时,并没有像"雪花"一样冰冷,反而"把我灼伤"。温度的变化已不是"雪花"的隐喻意义,而取决于"我"的心理动作的回应。"我"的回应,即便是伤害与死亡,也消解了原有的矛盾,由此为观众展演了一部小型的心理哑剧——从陌生与熟悉的辩难生发而出,逐渐透过注视形成了一种新的和解方式。尽管陈世骧以抒情作为中国诗歌的正宗,但对于诗歌里的戏剧表现也有片语论述:"所有的史实,动作,都已暗示着过去了。只要有一刹那之间,我们经验着一时达到人生功业的最高峰顶,而忽又降到无穷无底无限的哀恨的深渊。但是这两重经验不止是深切而且又终于给我们一种超脱感。因为终于是人的世界和自然世界,由反映对照,在无限的时间和空间的流动里结合起来。我们觉得终于不得不对于人生在无限的世界宇宙中的意义,来心诵、沉思、默念。"[1]而韩东的诗《明月降临》,又何尝不是在状写人与物、人与人接触时"一刹那之间"的起落感受。

以静促动体现的是诗人以静默的方式应对环境的态度。主观与客观世界的张弛关系,被塑造得栩栩生动,在一片沉寂的气氛里激荡出层层波浪,同时也化解着内心对于现实的郁结与不解。在诗人看来,人与环

---

[1] 陈世骧:《中国诗之分析与鉴赏示例——一九五八年六月七日在台大文学院第三次讲演辞》,《陈世骧文存》,沈阳:辽宁教育出版社,1998年,第88页。

境的矛盾，就是在选择中挣扎，在两难中坚持的姿态恰是内心矛盾升华之后的一种释怀。

## 小　结

　　动作是讨论诗歌的戏剧情境的首要元素，其与人物、情节、冲突、场景等其他要素密切相关。在这样的前提下，本章讨论的诗歌的戏剧动作包括外部动作与内部动作，主要呈现的是不同戏剧情境下由动作而促发的情节、冲突的发生、发展、高潮与结束的变化过程。就20世纪80年代以来汉语新诗来看，主要可概括为三种类型的戏剧动作，分别是形体动作、语言动作和静默的动作。形体动作以江河的《太阳和他的反光》、雷平阳的《杀狗的过程》为例，一个戏剧动作由矛盾的双方共享，逐渐演变为矛盾一方牵动另一方生发出更复杂的情节。语言动作包含孙文波、于坚、陈黎等的语言形式游戏，唐亚平、陈先发等的人物独白和对话，诗人们自觉地体验由语言衍生出的戏剧展演，可谓各具特色又风格迥异。静默的动作，是多多、蓝蓝式的以静制动，是昌耀、韩东式的以静促动，将戏剧的表现力巧妙地嵌入诗歌。形体动作是显而易见的外部动作，语言动作和静默的动作则属于内部动作；外部动作清晰可辨，内部动作则需要悉心揣摩。动作的发生是客观环境与主观性选择的融合。根本而言，如何在诗歌里发展出多元的戏剧动作，并反向作用于戏剧情境，已是20世纪80年代以来诗人们努力创作的方向之一。戏剧动作属于象征性的诗歌形式，形式本身蕴含主题意旨，彰显出20世纪80年代以来特定历史语境下诗人的个人创作路向。考虑到戏剧动作的奠基作用以及与其他戏剧要素的关联性，本书选择率先讨论戏剧动作，这对于理解下文出现的汉语新诗的戏剧场景、戏剧声音和舞台呈现皆有助益。

# 第三章

# 汉语新诗的戏剧场景

20世纪80年代以来,诗歌的戏剧场景颇具特色。在具体的场景中呈现戏剧动作发生的环境条件,是诗人最为惯用的戏剧情境表现方式之一。场景是构成戏剧的基本单位,有如电影镜头的剪辑,场景组合体现出戏剧的情境轨迹。通常而言,场景围绕冲突和情节展开,在戏剧的诸元素里处于次级位置。然而,戏剧家契诃夫却一反传统戏剧的线性逻辑表现模式,透过平淡而琐碎的生活淡化戏剧冲突和情节的重要性,从而创造出更为具体的戏剧情境。诗歌的戏剧场景亦如此,又别有特点:诗人们一方面专注于场景中的情绪和情感状态的陡转,另一方面则注重场景与场景交叠、组织而生成的隐喻效果。讨论场景的流转和切换,可以体现诗人观察事物、景观或者人物的不同视角,还能以戏剧化的方式彰显汉语新诗的另一种美学趋向。针对诗歌内部的情境营造以及与之对应的戏剧场景组合形式进行分类,不难发现,此阶段汉语新诗中出现的场景主要分为三种类型:日常生活场景以片段拼贴式的组合形式,体现了诗人观察视角的变换;家族历史场景以重复叠加式见长,文本弥漫着病痛或者创伤的记忆;都市文化场景采用多点跳跃式,蕴含着都市景观中新旧错动的心理变化。诗人还善于书写镜像,以人称变化探寻现代都市两性关系的微妙之处；又遁入梦境，在梦中打破现实世界的逻辑关系，由情绪、情感重新组织诗篇，贯穿其中的是浓郁的死亡意识。在诗歌中，外部的冲突与动作纵然是识别戏剧场景的最有效途径，但场景与场景之间独特的转换方式，更能体现诗歌创作实践中所显现的戏剧情境。从这个角度而言，无论是日渐丰富的场景类型，还是镜像或者梦境的拼接、组合、错序，都拓展了诗文本的戏剧艺术空间。

## 第一节 场景的类型

20世纪80年代以来的汉语新诗场景，依据场景的组合、拼接形式，大致可分为片段拼贴式、重复叠加式和多点跳跃式[1]三种类型。不同的类型，着重表现的诗歌主题各有不同。就最常出现的日常生活场景而言，诗人一反情节的线性逻辑，凭借语感独立表现一段生动的生活场景，较有代表性的作品包括韩东的《山民》、王小妮的《在错杂的路口，遇上一个错杂的问路人》和杨小滨的《景色即情节》等；重复叠加式较多以联章组诗的诗歌形式体现场景的重复，陈黎的《最后的王木七》《纪念照：布农雕像》、海男的《我的诗履历》（组诗）和路也的《你是我的亲人》（组诗）等堪称佳作；多点跳跃式偏向于体现都市文化场景，属于散点式的场景，产生镜头自由组合的蒙太奇效果，以翟永明的《闻香识舞》、陈东东的《院落》和《外滩》等为代表。其中，诗人们的处理方式颇具个人特色，故而，三种场景类型又展现出风格各异的具体样态，本章将逐一进行分析。

---

[1] 关于这三种场景组合形式在戏剧中的体现，可参看刘文辉：《论当代中国戏剧的场面组合实验》，《南京师范大学文学院学报》，2010年第3期。

## 一 日常生活场景：片段拼贴式

片段拼贴式的场景组合方式，不依循情节的线性发展逻辑，而是凭借语感呈现独立的生活片段。"第三代"诗人怀揣着对抗朦胧诗以意象为中心的初衷，有意降低意象产生的语义难度，试图以口语化的语言恢复语感，更为重要的是透过语感恢复对于生命和事物的知觉，"一方面，它是语言中的生命感、事物感，是生命或事物得以呈现的存在形式，就如诗人们所说，在诗歌中，生命被表现为语感，语感是生命的有意味的形式。另一方面，它又是一种纯粹的语言形态或称元语言，它是在消解了意象的观念或理论之后而还原和最终抵达的一种本真语境，是在本原的生命或事物中源始的一种言说形式"[1]。"第三代"诗人自身带有反叛的情绪，既不甘于在政治意识形态的框架中泯灭诗性价值，又抗拒在预设的传统文化秩序中受限。受到现象学和存在主义思潮的影响，诗人们希望借语言抵达存在，恢复诗歌的语感，最终抵达超越语义的深刻："在貌似平淡的表面下，语感可能获得超语义的深刻。"[2] 譬如杨黎的《街景》，"这会儿是冬天／正在飘雪／忽然／'哗啦'一声／不知是谁家发出／接着是粗野的咒骂／接着是女人的哭声／接着是狗叫／（狗的叫声来得挺远）"[3]，勾勒出常见的生活片段，生动而自然。1982年，韩东创作的《山民》还原了山民父子的对话场景，传统观念与现代意识的冲突由此呼之欲出：

小时候，他问父亲

---

[1] 孙基林：《论"第三代诗"的本体意识》，《文史哲》，1996年第6期，第53页。
[2] 陈仲义：《诗的哗变——第三代诗面面观》，厦门：鹭江出版社，1994年，第106页。陈仲义认为，"语感的提出，是第三代对中国新诗的一大贡献"，"语感的张扬打击了朦胧诗潮重大的语言法则——通过意象化的组合获取语言的陌生化效果"。
[3] 杨黎：《冷风景》，万夏、潇潇主编：《中国现代诗编年史·后朦胧诗全集》（下卷），第404页。

"山那边是什么"

父亲说"是山"

"那边的那边呢"

"山,还是山"

他不作声了,看着远处

山第一次使他这样疲倦

他想,这辈子是走不出这里的群山了

海是有的,但十分遥远

他只能活几十年

所以没有等到他走到那里

就已死在半路上了

死在山中

他觉得应该带着老婆一起上路

老婆会给他生个儿子

到他死的时候

儿子就长大了

…………

他不再想了

儿子也使他很疲倦

他只是遗憾

他的祖先没有像他一样想过

不然,见到大海的该是他了[1]

(《山民》)

---

[1] 韩东:《韩东的诗》,南京:江苏文艺出版社,2015年,第14—15页。

第一节，两代山民平淡的对话场景，围绕"山"展开。而如同杨炼诗歌中的"大雁塔"一般，以往"山"作为自然景观有着高远理想、崇高精神之隐喻意义，却在诗中被消解了。生活在山里的农民，每日都能够见到"山"，因为已习惯性地将其作为日常生活的一部分而忽略了它。对于老一辈的"父亲"而言，山外还是山，生活的本色就是如此。在儿子的追问下，"山"字的重复令他厌倦。这种单调、质朴的口语化语言，恢复的是人们对于词的感觉，制造了陌生化的效果，还原出对事物的知觉。第二节，就不同代际的山民而言，在他们的观念里，是走出去还是留在山里，才是生活所面临的最直接的问题。与父辈不同，倘若说幼时儿子的想象依赖着父亲的言说，那么，成年的儿子则需要面对现实，反复萦绕在脑际的是"走出去"的问题。然而，出走意味着跋涉遥远的路途，甚至死在路上，化作山间的鬼魂。第三节，"出走"的行动，最终被"死在半路上了／死在山中"的意念捣毁。于是，一辈又一辈，他只能幻想着在途中的生命轮回。"儿子就长大了""儿子也使他很疲倦"，原先的儿子变作父亲，第一节重复的对话似又在耳边响起。重复的生活，反而将诗歌推向戏剧化，想出走却没有走，可是"想过"就意味着人的观念已经向前推进了一步。于是，"大海"似乎还在远方，但一辈一辈的世代更迭过程中，"大海"又近了许多。

王小妮的"感觉主义""印象主义"的创作，曾被洪子诚指认为"诗中出现的土地、大山、石匠，常常是物象与感觉的交叠"[1]。诗人凭借感觉、印象将物象交织、叠加，构成一幅幅看似冲淡自然却充满力量的日常生活场景。这种反差产生的戏剧效果，正是诗人为刺穿谎言和虚假的现实世界所做出的努力。在她看来，"写诗的人常常凭感觉认定某一个词是结实的、飘的、有力的、鲜艳的，凭这个词和其他词的相碰形成

---

[1] 洪子诚、刘登翰：《中国当代新诗史》，北京：北京大学出版社，2010年，第285页。

了诗句"[1]。这样结实的力度,可以理解为她试图穿透假象,开启一个朴实、真切的生活空间。她没有凌驾于万物之上,没有隐藏在虚幻之中,而真正贴近大地,以最为自然的汉语语感,浮动在生活的表层。《在错杂的路口,遇上一个错杂的问路人》(1986)饶有趣味又不失思考,讲述的是暗夜中一位问路人带给"我"的惊恐,几乎是王小妮凭借意念完成的戏剧化情节:

> 我决定
> 在那个人走过来之前
> 就拐进小巷。
> 因为他的远影
> 无边无际。
>
> 那人直奔我,
> 恰恰专门找我问路。
> 声音从腋下发出,
> 音色婉转,
> 深处戴手套的右手。
>
> 他说:
> 我从此随着你走,
> 你的路,就是我的路!
>
> 那种人还用问路吗?

---

[1] 王小妮、木朵:《诗是现实中的意外》,《诗潮》,2004年第1期,第67页。

我仓皇逆逃,

他忽然扬了扬右手。

我发现,

他的手上,根本没有手套,

他的手全黑无色!

黑暗中,

我的畏惧被牢牢塞满。

每一面墙壁

都高唱着黑色之歌,

天上,全部是手。

每个人都有自己的路,

世上,怎么会有

这问路的非人!?[1]

(《在错杂的路口,遇上一个错杂的问路人》)

大概此情此景每个人的生平都经历过许多次,黑夜里渐渐靠近的人影往往令人产生压迫感。于是,在意念中,瞬间会生发一系列的不确定因素,由此带来的疑问是,"他是谁?他为什么会这么晚出现在这里?他走近我,想要干什么?"无论结果怎样,这个人与"我"的关系都会是悬念重重的"疑案"。"我"的动作像是意念发出的指令,在特定的情境里完全不受控制。诗人王小妮惟妙惟肖地状写着"他"靠近时,

---

[1] 王小妮:《我的纸里包着我的火》,沈阳:春风文艺出版社,1997年,第98—99页。

"我"的心理变化。"他"在远处时,"我决定拐进小巷";"他"直奔过来时,"我仓皇逆逃";"他"扬了扬手,"我的畏惧被牢牢塞满":这一切心理动作推动情节,又由情节反向作用于心理动作。同样的戏剧情境在麦城的《用第一人称哭下去》中有类似的表现,一个"黑色的影子"从"我"眼前闪过,而后令"我"回忆起去年晚报上登载的逃犯形象,直到他亮出刀柄,"我"已看到家门。然而,这个过程却是从虚构开始——"已经到了这般地步/我只有把故事讲下去/尽管故事的时间和地点/还没从邮局寄过来/尽管这故事的叙述方式/提前遇到了美学上的阻力"[1],中间又穿插着故事的叙述节奏,亦真亦幻。全诗的重点是叙述的节奏以及"黑色的影子"的动作,而"我"的心理反应却不够强烈。对于王小妮而言,与"黑色的影子"相遇,暗示着某种心理动作。一方面,即使这个世界已经全部敞开,但仍然有它神秘莫测的地方是遮蔽的,正如她的《我得到了所有的钥匙》反问:"一切都能打得开吗?"在诗篇的最后,她回答道:"深密的森林布满交叉小路。/大地无门无锁在云下走动。/世界已经早我一步/封闭了全部神奇之门。"[2]因此在暗夜里出现的神秘人不仅存在于现实世界,还存在于不为人知的精神世界。另一方面,即便是看似逼真的生活现实,亦存在虚假的可能性。在"我"的幻觉里,那问路人并不需要问路,他的存在并不真实,"他的手全黑五色",而"每一面墙壁/都高唱着黑色之歌",他是"问路的非人"。与之相反的是,人们早已习惯了面对虚假世界,才会忘记原初生活的真实面目,"这世界上没有真理,真理都是有限定的,是人给出来的一个命名,人为的说法或说服。假如有真理,诗就是反真理。假如有人做命

---

1 麦城:《用第一人称哭下去》,唐晓渡、张清华编选:《当代先锋诗30年:谱系与典藏》,第404—405页。
2 王小妮:《我得到了所有的钥匙》,《害怕:王小妮集1988—2015》,北京:作家出版社,2017年,第135—136页。

名,诗永远都在反命名"[1]。故而,在她的诗歌中,并没有自怨自艾的哀叹,而是更多了一层深意,即对真理的质疑、反思和追求。正因如此,诗人由意念完成的幻觉体验,显现出她对日常生活当中一些事物和人的怀疑。

杨小滨的《景色与情节》,更像是以电影镜头放大人物动作,再由人物心理的变化推动情节。整首诗歌似乎完成了一次追求、爱恋、犹疑与分手的全过程,每一处场景都激发或者抑制人物关系的进展,完全可以说,这就是一出有始有终的戏剧:

> 她湿漉漉地跑过来,身后的影子
> 像彗星,雪白,她说
> "我们去看电影。"我
> 听见更多的呼吸声,在夜里
> "我们去吃冰淇淋。"她说

第一节,镜头慢慢推向"她",以夜色里她的身影、声音和呼吸开场。她的形象轻盈、明亮而纯净,活泼地说着"我们去看电影","我们去吃冰淇淋",是那么急切地渴望得到"我"的回应。与之相比,"我/听见更多的呼吸声,在夜里","我"是无声的,然而呼吸的节奏却表明了"我"以静观的心态感受她的气息。与主动的她相比,"我"的情感表达显得被动不少。那么到底是"我"不爱,还是"我"无暇去爱呢?第二节给出了答案。

> 但我没有时间。我转身

---

[1] 王小妮、木朵:《诗是现实中的意外》,第67页。

> 她又站在我身边，从胸前
> 掏出半只苹果，手上血红
> 好像苹果是头颅。但
> 我要赶去梦里。我急急
> 穿好睡衣，坐到藤椅上。
> 她波动纽扣："我要回到晴天。"

"我没有时间"，"我要赶去梦里"，同样是急切的心绪，却无法与"她"的节奏相应和，因为忙碌而无暇照顾自己的爱情，只能被动而无声地接受她的爱。从"我"的视线看去，她的动作格外醒目，"苹果"或者"纽扣"暗示且助长着情欲。

> 那真是一个鲜艳的周末。我们赶路
> 没有看见碾在路旁的松鼠
> 只看见湖，易碎的湖面
> 我不忍跳进去。她的手颤抖着
> 好像濒死的鱼。她的眼睛
> 充溢着泪水，最后滴在叮当的船舷。
> "太甜了，"她舔着阳光
> 舌尖一闪一闪，像灯塔
> 从黑洞洞的嘴里。
>
> 但我没有时间。我回头
> 是另一个她，"我们去挖牡蛎。"
> 我听见雷声。她说
> "快，快，"一边脱下外衣

> 风刮着两颊,枝叶间的笑声
> 越来越冷,她挎着篮子
> 手和双乳陷在泥沙里。
> "午睡,然后才是晚餐。"
> 我的目光朝着水面移动。
> 但她并未察觉:"就一会儿。"

第三、四节,"我"的情感、身体全然被"她"淹没了。"我"尽管是那样的木然,却以无关乎己的心境体验着"她"的情感。赶路的场景暗指情欲的增长,与"我"相比,"她的手颤抖着/好像濒死的鱼"表达着一位女性对爱的渴望与挣扎,"她的眼睛/充溢着泪水"体现着得到又害怕失去的苦痛,"她舔着阳光/舌尖一闪一闪,像灯塔"预示着爱的降临与"她"的珍视。

> 我脸上爬满了蚂蚁,像交响乐里
> 一支柔板的咬齿。
> 我是否把脸遗忘在原地?
> 但谁也没有找到。在梦里
> 我只听见她又说
> "把窗帘打开。"但我害怕
> 阳光般的鸟。我披上窗帘
> 躺在过去的船上,等待梦中之梦。
>
> 她说,"最后一次吧。"
> 好像几年前的声音。我抬头
> 她从门后一闪而过。我再次

| 以戏入诗

> 闭上眼睛,阳光涌进整个房间。
> "是咖啡还是焦味?"她尖叫。[1]

(《景色与情节》)

最后两节,一切变得静止,时间仿佛倒转一般回放着过往的镜头。"我"终于站在镜头前,开始以动作推进情节。此时,"我"的被动反而成为爱情发展的主导力量。在狂热的爱恋面前,因为"我"的冷漠、平静,爱之潮水逐渐退去。"我"依靠咀嚼过往的情愫而抚慰自己,"她"的形象或者声音成为镜头里的幻象,忽隐忽现。读杨小滨的诗,这种由电影镜头展开的场景,会令人联想到孟浪创作于1999年的诗篇《戏剧场景》。该作将电话聊天作为场景,书写电话两端起伏变化的心理状态。20世纪80年代抒情热浪呼啸而过,紧接着迈入90年代消费主义时代,可诗人的理想主义情怀依然无法平息,究竟该如何抵挡金钱至上、唯利是图的现实环境呢?在诗人看来,倾听与言说同等重要,尽管诗人将全部的镜头都推向"他",并没有直言作为聆听者的对方的心境。但从一种情绪的宣泄里"他倾吐,倾吐出未来",便能够推断出许多的聆听者"那一颗颗心更深,回声至今尚未传来"。于是乎,"电话线上的鸟儿知晓,所以纷纷走避/电话线里的电也明白,却送得更欢",那种将社会现实与时代背景抛诸脑外的心绪,便借电话线勾连起来,其间的欲言又止、情到深处,可想而知。是的,"电话线落下,裸露的线头竟裸露狰狞/而腼腆的又一代齐刷刷骑上了话筒/(但他只是倾吐,只是倾吐出未来)"[2],

---

[1] 杨小滨:《景色与情节》,《到海巢去:杨小滨诗选》,新北:INK印刻文学生活杂志出版有限公司,2015年,第149—152页。
[2] 孟浪:《戏剧场景》,《南京路上,两匹奔马》,北京:光明日报出版社,2006年,第142页。

现实的狰狞可怖依然如故,诗人对于未来的期许不可阻挡。从腼腆到奔放,他愿意倾吐出内心的真实诉求。

20世纪80年代以来,诗人们从不同角度呈现日常生活场景。韩东的《山民》有意取消意象的隐喻性,以语感还原父子关于"山"的对话,凸显传统与现代意识的冲突;王小妮的《在错杂的路口,遇上一个错杂的问路人》,凭借物象与感觉的交叠,锁定深夜问路的片段,书写压迫、恐惧、幻觉等一系列心理体验,通过意念完成了戏剧化表达;杨小滨的《景色与情节》以电影镜头拉长人物动作,看似将心理时间延缓了,但戏剧化的情节依然被推进,爱情的开始、发展与结束已悄然隐藏于字里行间。

## 二 家族历史场景:重复叠加式

20世纪80年代以来,许多诗人都将视角转向家族历史场景,主要撰写家族历史里出现的疾病、创伤。诗人以不为人知的往事窥视疯癫与文明的对峙、情绪与理智的交锋。这其中,场景的重复衍生出戏剧情节,"叙述者倾注于全力的叙事焦点,并非故事、事件及情节的展开,而是各种戏剧性'场面'的精心安排及设计,以及由此所能够形成的'场面'叠加,以及连缀所形成的整体性结构或话语性印象"[1]。每阅读一次都产生新的体验,且伴随着陌生化的阅读体验,令读者印象深刻。陈黎的《最后的王木七》《纪念照:布农雕像》以场景的重复表现人物的心理活动和动作行为,进而阐述个体的声音与集体的回响之间的关系;海男的《我的诗履历》(组诗)、路也的《你是我的亲人》(组诗)、马雁的《沙峪口村》和孙苜蓿的《她所说的王翠菊,我所说的久石让》,通过场景

---

[1] 王荣:《诗性叙事与叙事的诗:中国现代叙事诗史简编》,台北:秀威资讯科技,2006年,第247页。

的重复表现人物形象的夸张、变形与放大,从而展示家族里幽邃而阴冷的一面。

1980年,陈黎完成的叙事长诗《最后的王木七》,是一首令人惊骇、肃穆的安魂曲。安魂曲属于弥撒曲的分支,是罗马天主教超度亡灵的弥撒:以音乐的形式为亡灵超度,使得亡者得到永恒的安息。莫扎特的《安魂曲》,创作始末都颇具戏剧色彩。一位神秘的黑衣人找到莫扎特,要求他写作《安魂曲》。那时,莫扎特已身患疾病。创作至一半时,正值情到深处的莫扎特,却不幸与世长辞,为后世留下了一个难解的谜题。这首充满咒语的《安魂曲》,更像是生者与死者在音乐里的对话,生者愈发抵近亡者的灵魂,死者又不断地召唤生者。最终,死者超度而生者离世,无往不复、生死相续。莫扎特的绝笔之作《安魂曲》,是为他人安魂,也是为自己安魂。《安魂曲》背后的传奇,启发了诗人陈黎。他借用《安魂曲》调式,为台湾的一则新闻报道重新谱曲,悲亢而静穆地歌唱出罹难矿工的心语。整个写作过程,犹如与亡者的神奇交汇,被诗人称为"下笔有鬼神",显示出陈黎早期创作的突破。

1980年3月21日,瑞芳永安煤矿四脚亭枫仔濑路分坑涌水酿成当时最大的矿难,除却坑内工作的十余人迅疾逃出外,其余包括王木七在内的34人皆葬身坑底。直至5月10日,长达七十日的救援工作过后,仅发现一具矿工右三片的尸体(本已逃出的右三片,因为回转呼叫工友而最终丧生)。陈黎一直关注着这场令人痛心的灾难,那些亡灵的声音似在耳畔响起。同时,因为翻译、阅读智利诗人聂鲁达诗作《马祖匹祖高地》的缘故,"死亡与再生""压迫与升起"的主题反复出现,总是引导诗人回到事故现场,驱使他为遭遇厄运的矿工们谱写一首安魂曲。[1]诗篇开始于"我们"的合唱:

---

[1] 关于《最后的王木七》创作谈,可参看陈黎、陈强华:《陈黎谈诗》,《长廊诗刊》第九号,1982年。

> 七十日了
>
> 我们死守在深邃的黑暗
>
> 聆听煤层与水的对话
>
> 周而复始的阒静如录音带永恒
>
> 巨细靡遗地播回我们的呼吸
>
> 玫瑰在唇间
>
> 虫蛆在肩头
>
> 偶然闯入的萤火叫我想起
>
> 来时的晨星
>
> 基隆河蜿蜿蜒蜒
>
> 四脚亭的枫树寒冷如霜[1]

"七十日了/我们死守在深邃的黑暗",诗歌以合唱的形式拉开序幕,沉重、阴郁而黑暗的色调扑面而来,如浑厚的男低音齐声诉说着悲惨的遭遇。在七十日搜救的过程中,诗人营造出神奇的戏剧情境:假设"我们"依然活着,至少是在生命的弥留之际,"死守"那最后的一线生机。"我们"歌唱的音调舒缓、低沉,整体带给人幽静肃穆的氛围:动词"聆"与"听"连用,表示侧耳细听;动词"播"与"回",表现呼吸的气息回旋曲折;以副词"偶然"修饰动词"闯入",又削弱了横冲直撞的力度,显得轻巧灵活。然而,穿过看似平静的表象,却是心理反复激荡的浪涛声,是"我们"不安的情绪。在濒临死亡的绝境,在等待生还之际,外部环境与内在心理形成强烈的对比,极具反差效果,譬如"对话"与"阒静"、"聆听"与"播回"、"黑暗"与"萤火"、"玫瑰"与"虫蛆"、温热的"呼吸"与寒冷的"枫树"并置,使得动与静、暗

---

[1] 陈黎:《陈黎诗集I:1973—1993》,第222页。

与光、香与臭、热与寒的参差对照呼之欲出。这神奇的音调变幻,正是矿工们彼时骚动的心境写照,更是面对死亡又拼命求生的内心回响。

　　诗人逐渐将"合唱"推向高潮,不断渲染着内心的恐惧感。两个主语"我们"("我们如是温暖地沉浸在伟大的/地质学里")、"我们的心跳"("我们的心跳渐次臣服于/喧嚣的马达"),从整体到局部,逐渐缩小范围。这时,外界轰鸣的声音呼啸而过,全然淹没了薄弱的呼吸声,诗歌弥漫着高亢、悲悯的音调。两个名词并置,"铁铲,煤车,炸药,恐惧"堆砌出冷色调的世界,"白夜,黑夜/黑夜,白夜"表示时间乏味而无休止的反复。正是在那一瞬间,从"合唱"的共鸣声里,好像听到了有关"永恒"的声音。它超越了现实,超越了现世,让疲于奔命的生者以不合时宜的审美眼光环视周围曾被忽略的一切,更为重要的是,又提醒每一个人,在接近死亡的瞬息,感觉到自我的存在。似"在'天人合一'最高原则指导下的中国","看到的是一种比较趋于沉寂、圆融、静观自得的生命情调",将"瞬间美学"[1]发挥得淋漓尽致,以至于竟然让主人公忘却生死攸关的现实,反而沉浸于一片浑然不觉的"自恋"状态里。于是,诗人将集体的歌唱交托于王木七,由他"独声"而唱:

　　　　在全然的自恋当中
　　　　我惊讶地听到有人叫唤我的名字
　　　　跟着铙钹,钟磬,木鱼,啜泣
　　　　"木七!木七!"

---

[1] 叶维廉在《寻找确切的诗:现代主义的Lyric、瞬间美学与我》(吴思敬主编:《诗探索》,2013年第3辑,桂林:漓江出版社,第13—14页)中提到"瞬间美学",即"在这异常的状态中,形象(意象、象征)极其突出显著,在一个与日常生活有别的空间里,戏剧化地演现,因为不受制于序次的时间,序次的逻辑切断或被隐藏起来,而打开一个待读者做多次移入、接触、重新思索的空间;诗的演进则利用覆叠与递增,或来来回回地迂回推进"。

"木七啊！木七！"

你问我那一声突然爆起的巨响吗？
十一点四十分
大地哭她久别重逢的婴儿
泪水引发一千万水暴的马匹
疯狂地救驰，追逐我
在曲折湿黏的坑道
踢倒拖篮
踢倒木架
在我们还来不及辨认的时候
群啸而过；
我看到它践踏过万来的肩胛
我看到它践踏过阿馨的额头
而我们甚至不敢逃跑
当我们发现更多的马匹自四面八方涌来
啃啮我们眼鼻
吞噬我们的手脚……[1]

先是嵌入女高音哀怨的呼唤，只听见妻子连续喊着"木七"的名字，铙钹声、钟磬声、木鱼声，夹杂着啜泣声，如同招魂一般，渴望听见丈夫的回应。紧接着，王木七似乎因为接收到召唤的讯号而格外急切、焦躁。在这样的情绪驱使下，王木七以男高音歌唱，更是显得格外激越、悲恸乃至绝望。可以想见，王木七卒时方才51岁，却留下了寡妻一人和

---

[1] 陈黎：《陈黎诗集I：1973—1993》，第223页。

未成年子女六女一男，这对于一个家庭当然是无法想象的劫难。而诗人多次采用相同的句式、短语，将音乐以快板的形式推进，譬如"踢倒……""我看到……""啃啮/吞噬……"，意味着灾难以迅雷不及掩耳之势接踵而来，来势汹汹，令人应接不暇。抒情的曼妙（"在深邃亮丽的黑暗里/我们的梦/是更深邃亮丽的黑暗/闪烁的地图/永远的国"）、叙事的匀速（"俞添登/第一个从右三片跑出来叫我们的俞添登"）、场景的铺排（"垂死的废流，黑色阶梯""呜咽的月亮，黑色的铜镜"），交替着将安魂曲的音调从激昂向舒缓过渡，既碎片式地交代了事情发生的原委、经过，又逐渐让主人公躁动不安的灵魂得以安宁。

全诗结尾处，诗人以书信的方式，在缓和下来的节奏里完成了安魂曲。这种慢下来的音调，寓意亡者已经接受了死亡的事实。在交代身后事时，王木七了却心愿，最终得以超度。超度的过程中，娓娓道来的声线，优美而动人。王木七想象着与妻子、儿女未来的生活场景："客厅在前头/厨房在后栋/二楼，三楼是我六个女儿的卧室。"也因为死亡，他告慰自己新的生活即将开始："不必是/清晨五点出门的王木七了！"他回忆着自己青少年时的生活场景："当，一个九岁的小孩/我在睡梦中看到黑脸的父亲从矿地回来/一语不发地殴打我的母亲。"记忆与现实、过去与未来的拼接，戏剧化地体现了王木七在生命最后一刻的心境。我们知道，他为妻儿留下的书信，也是一封炙热而痛心的遗书。"22日你从马祖打回的电报/我收到了。电视上播报的王木七的确就是爸爸"，事发第二天（3月21日），报道了一位误报名的矿工"王木土"罹难，正在马祖服役的王木七的长子拍回电报问询"父是否安康，来信告知"。诗人反而透过这场误会，勾连出电报、家书的文体样式，作为传递情思的介质。当死亡降临时，王木七附上这封写给妻儿的信：

> 陈满吾妻：别后无讯
> 前次着凉都痊愈了吗？

在这么黑急的雨夜,我如何想像

疲乏的你,立在窗前

愁不能眠地回顾刚刚入睡的

我们的女儿

仿佛是一万年前的爱情了

我看到幼小的你,结着一只大蝴蝶

跑到我们泥泞的矿区玩耍,

然后是羞怯、高大的你,

然后是你愤怒的父亲严厉的

双眼:

"矿工的孩子?!"

是的,矿工的

孩子……[1]

(《最后的王木七》)

  陈黎收放自如地实现了"我们"到"我"再到"我们"的转换。一场事件的发生,陷入黑暗隧道的矿工们意识到这个群体所面临的灾难。而后,王木七作为其中的一员,逐渐疏离集体的声音,开始感受到自我的存在。最后,王木七写给小家庭的信件,又将他推回矿工们当中去,反思当下的困境而忧虑"矿工"的未来。这种"单数"与"复数"的关系,昭示出微观与宏观、历史与当下的相互转换,恰如奚密所言,"陈黎强调的是人类在事件、历史中所扮演的(局限的)角色,以宏观的角度解构'个人'的虚幻。当存在之本质是'赓续''重复'时,所谓的

---

[1] 陈黎:《陈黎诗集I:1973—1993》,第230—231页。

'我'总已是'我们'"[1]。王木七以书信的形式落笔,犹如莫扎特的绝笔《落泪之日》,来自一位丈夫、父亲的男低音柔和地叙述儿女情长,转而变调为一声震怒的男高音,在为自己送上弥撒曲时,也粗暴地发出对于"矿工"身份的质疑,令人警醒。

陈黎创作于1993年的《纪念照:布农雕像》(《纪念照三首》之一),则是源自一张照片的记忆。诗人读1933年出版的《东台湾展望》,发现其中刊登了台东原住民击毙两名警察、一名警丁的事件,最后日警查获嫌疑犯塔罗姆,并在深山追捕到主事伊卡诺社头目拉马塔显显及其四个儿子,还有塔罗姆的三个弟弟。照片显示的是九人赤脚并坐一排的样子,而最直观的视觉体验恰是促动陈黎写作的开端。面对这样的历史事件,诗人无意道明其发生的原因、过程和结果,而是从九人赤脚并坐一排的直观视觉体验出发,表达庄严、壮美而凄烈的心理体验。显然,小说追求的叙事美学绝不是诗人关注的焦点,陈黎的视线却聚焦于打破叙事的局限,以在场的诗性重新观看历史。于是,他选择将杀人事件作为隐在的事实,而将这九人石头一般坐在一起的状态作为显在的图景展演给读者看。这时,"看"的发起人和"看"的视角就显得极为重要了。

> 我不知道雕塑加莱市民的罗丹看到他们
> 会不会要他们站起来。九个布农族人
> 九块顽固的石头,并排坐在分驻所门前
> 铁链锁住他们的手脚,锁不住他们的灵魂
> 如果巨斧敲打他们,让他们的头落地,成为

---

[1] 〔美〕奚密:《从现代到当代——从米罗的〈吠月的犬〉谈起》,王威智编:《在想象与现实间的走索——陈黎作品评论集》,第118页。

> 另一块石头，他们的躯干仍将是完整的雕像
> 矗立在他们自己的土地上。现在，他们坐着
> 等候审判，等候统治者的手把他们塑成不朽：
> 伊卡诺社的拉马塔显显和他四个儿子
> 坑头社的塔罗姆和他三个弟弟（他甚至
> 击杀了受日本人胁迫前来劝降的他的母亲）
> 他们的眼睛正视前方，他们的脸庞刻着不同
> 发音的布农族语"庄严"：庄严的哀愁
> 庄严的冷漠，庄严的自由……他们是天生的石头[1]

（《纪念照：布农雕像》）

诗人将"我"的观看权力交给雕塑家罗丹，由他的视角展开想象。雕塑家与材料的关系，隐喻的是手握权柄的统治者对弱者的任意摆布，他凭借主观想象力和内在情感需要，以手中的雕刻工具决定材料的平整弯曲、坐卧躺立。于是，作为雕塑家的罗丹，将九个人看作合为一体的完整的石头，他渴望实现艺术的永恒，希求化图像的瞬时性为雕像的恒久性，使一闪而过的视觉体验凝固、定型，记录艺术的历史。然而，罗丹又不是一名事不关己的看客，他对于艺术的狂热体现于对人物的想象与重塑。诗人笔下的时间意识格外强烈，从"看"的当时性，到"如果……将……"的未来之假设，再到"现在，他们坐着/等候审判"的现实感，回旋的时间，不断地提醒读者：历史就是现实，一切就发生在此刻，发生在当下。这连体的九尊雕塑，"是单数，也是复数"：一方面，他们都将面临同样的处决，结局显然是"单数"；另一方面，他们

---

1 陈黎：《陈黎诗集I：1973—1993》，第302页。

作为主犯、从犯或者无辜的牵连者,各有不同的遭遇,坐在一起的起因却又是"复数"。然而,亦可以说,每一位都是单独存在的"单数",连在一起又发出一种合唱的共鸣,犹如"独声合唱"的凄楚。在诗篇的最后,诗人又在现在与过去之间相互激荡、奏鸣:既写当下等待死亡的不屈,又写过去的母亲的悲剧;既写豪壮杀死日本人的无悔,又写杀死被胁迫的母亲的无助。这种戏剧化的场景,在诗人笔下逐层推进,颇具张力。如此铺陈、转折、推进,最后从图像中发出的布农族语,来自母体的子音,像是历史的回声,震慑当下。由此,诗人寻找到了艺术永生之可能。

海男的作品《我的诗履历》(组诗)将笔触伸向自我的生命降生、成长与蜕变,无论是疯女人的舞蹈,还是父亲的死亡,都烙有日常化的家族印记。"我的小弟弟死于麻疹时有两岁/他小小的身体越过了我们同床共枕的床榻/越过了棉花的枕头和花布床单/越过了母亲的体味和橄榄色的山坡",诗人以叙事的方式讲述弟弟的死亡原因,却以"越过"一词的重复,还原了弟弟与"我"、与"母亲"相处的时光。身体的温度本应带给人暖和的感觉,但"越过"的这段时间却显得格外漫长而凄凉。弟弟的尸体"越过了屏障,越过了刺伤过眼帘的锋芒/他越过了浮生的云梯直奔向上的天堂"[1](《1965:我的小弟弟死于麻疹》),又一次出现"越过"的场景,交杂着怀念与伤痛,在想象的空间里畅游。除了写弟弟,《我的诗履历》里还触及其他的死亡场景,可谓触目惊心。"1971,一个女人被打捞出井栏外/她的死使一座小镇开始饶舌起来/她的身体躺在粗糙的石板上面对着我们/她年轻妖娆,却陷入了水底深渊",同样是一次事件的叙述,但诗人却将女人被打捞出来的场景,分为两次描述,一次讲述村民的反应,一次描述"我"的观感,由几个细

---

[1] 海男:《我的诗履历》(组诗),第147页。

节叠加出一位女性的死亡引起的反响。"我探出头,探望到了最逼真的一幕/女人飘浮到臀部的黑发紧贴着石板/双眼睁大仿佛在拷问世界的立场/或者在探索着云雾中去天堂的路线"[1](《1971:金官小镇四方街水井中的死亡》),从不同角度反复表现死亡事件,既将彼时"我"的观感体验描绘得淋漓尽致,又以冷静的叙述口吻反讽了金官小镇村民的世俗与不堪,令人发指。

路也的《你是我的亲人》(组诗),是一组献给祖父的文字。重复的场景随处可见,《盖棺》里"那个盖子就要盖上,它一旦盖上,就再也不会打开",以及"马上就要盖上了,我要不要跑上前去/看你最后一眼",表现出"我"的情绪越来越紧张,心情越来越痛楚。随着而来的是敲棺材的声音、盖上棺材的声音,祖父与"我"的关系以冷静的叙述笔调收尾,显得格外清冷。马雁勾勒的小镇,"这是不灭的桥梓镇。人们/在小镇上来回走,成千上万的/脚印变成部首。然而,现实/质朴而具体,就像锋利的一刀。/准确。迅速"[2](《桥梓镇》),"整个村子都是知情不报者,/朴实而坚定地握紧秘密,/决不会开口,是沉默的毁灭者,/没有目标的队伍一直在行进"[3](《沙峪口村》)。无论是小镇或者村口,马雁都以行动去打破神秘的沉默感,在反复中获得永生,"在此处反复践踏。反复践踏,/想消失者无法消失。想存在者/拼命挣扎,反复抨击/自身,直至成为碎片化为粉末。/又反复成形,反复成为自身"(《桥梓镇》)。

同样,孙苜蓿的诗歌里,那些固定化的事物有着发生错位的可能。诗人常常偏执地反复挪移、改变,试图打碎顽固的既定性,可是这种想法却终不得实现,难免透着几分苦痛的挣扎。《她所说的王翠菊,我所说的久石让》写的是看似神智不清、精神错乱的一群人,却在癫狂之外

---

1 海男:《我的诗履历》(组诗),第149页。
2 马雁:《桥梓镇》,冷霜编选:《马雁诗集》,第130页。
3 马雁:《沙峪口村》,冷霜编选:《马雁诗集》,第128—129页。

有细腻,在偏执之余有坚持。于是,凡是在他们出现的场景,其情绪都显得格外愤然,在激烈的对抗中彰显个性。王翠菊成了小镇头号被嫌恶和惧怕的对象,"她的奢好是抱着石头砸大街上的女人。/也会在夜里突然敲你的门,/告诉你,她忍不住要杀了谁"[1](《她所说的王翠菊,我所说的久石让》)。遥远的疯癫形象显得尤其突出,似乎成了一个挥之不去的镜像。疯子的意象在诗人的笔下无限地被还原、放大,体现了诗人的个性化写作特点。

此处主要围绕家族叙事场景展开,着重讨论重复叠加形式而营造的戏剧情境。事实上,重复叠加式是最为常见的场景的呈现形式,重复中往往又有变化,不断重现戏剧情境又凸显人物心理动作。譬如张真的《正午的会面》以会友为题,聚焦于等待的情景,一次一次地重复眼前的过路人,如同贝克特《等待戈多》这样的荒诞剧:"一个红头发的汉子走过去了/他低斜的左肩上坐着一只金丝猴/它看见我,叹了一口气","一个瞎子走过去了/他双眼圆睁,闪闪发出磷光/胸口挂着巨大的'红桃'扑克","一个系俄罗斯头巾的老妪走过去了/她的菜篮里满是青蛙/它们宣泄欲望的歌声久久地回响","一个穿开裆裤的女孩走过去了/她在沿途的每一根电线杆上刻一刀/它们流出乳汁,像茁壮的产妇。"[2]从男子到老者再到女孩,每一个人物都好像有一个故事,它们重复着从我眼前走过,却带给我不同的观感。这种重复叠加,从"我"的视线望去,既将焦点集中于日常生活的琐碎,又将陌生感糅入日常生活,重新打量那些生活里的奇人逸事。值得一提的是,"动作可以重复,但是,每一次重复必须有质的变化。在剧本中,如果人物的动作只是简单

---

[1] 孙苜蓿:《她所说的王翠菊,我所说的久石让》,第89页。
[2] 张真:《正午的会面》,徐敬亚、孟浪等编:《中国现代主义诗群大观1986—1988》,上海:同济大学出版社,1988年,第200页。

的重复,即使动作再多,也不过是一片散漫的'豆腐帐'"[1]。场景的重复倘若不能推动情境的再生,那就变成了片段式的画面堆砌和凌乱琐碎的细节铺陈,"不仅导致诗性叙事的戏剧性'场面'及其文体形式整体性功能的弱化,而显得臃肿和笨重,触犯了'堆砌'的艺术大忌。并且,还将为这种所谓'散珠式的杂感诗的连续',付出一个'不能近瞩'的艺术代价"[2]。

### 三 都市文化场景:多点跳跃式

"多点跳跃式场面组合摆脱了传统戏剧块状递进式情节链条束缚,化'块'为'点',突破固有的时空限定,如散落的棋子,在棋盘的多点布局之间自由跳跃,组合成看似散乱实则统一的戏剧整体。这种场面组合形式一方面巧妙地把影视'蒙太奇'即镜头组接艺术'嫁接'进戏剧舞台,场面幻化作一个个可以自由组合的镜头,另一方面借鉴传统戏曲'以形传神''境由情生''景随情转'的写意策略,展现舞台时空的自由变奏。"[3]诗人笔下,向来不乏城市与乡土的书写。20世纪80年代以来,经济的迅猛发展,也拉大了城乡的差距。生活在城市的诗人,浸润着古典文化传统,又受到舶来的西方文化影响,正与多元文化错动的城市生活相契合。由此,反观乡土生活,传统与现代的差异也显得尤其醒目。不妨从城市与乡村交替出现的场景中,看看诗人到底是如何透过场景的多点跳跃调动新旧资源,营造诗歌的戏剧情境。

翟永明往往从川剧里汲取养料,以时空的变幻组织诗篇,从中体现人与社会环境的激烈冲突。可以说:"'戏剧'是她的诗的结构的'潜中

---

[1] 谭霈生:《论戏剧性》,第71页。
[2] 王荣:《诗性叙事与叙事的诗:中国现代叙事诗史简编》,第252—253页。
[3] 刘文辉:《论当代中国戏剧的场面组合实验》,第123页。

心':场景的设置,多个层面的对比、冲突,特别是中国传统戏曲(于她而言,大概就是川剧了)哪种时空交错、情景变幻,与人生、与诗歌想象之间的关联,为她所关注。"[1]关于这点,她曾在诗歌《道具和场景的述说》中表露出,"天很低 马儿很远/脸在变 时间提供了种种方便/那人的嗓音达到了最高点/场景里的每一变化与自身分离/万物与万物之间 有一个名字/一卷书 把一切推向未来"[2]。显然,戏剧里的时空关系成为翟永明结构诗歌场景的出发点,衔接或者填充场景与场景之间缝隙的,便是诗人对于历史的想象和对未来的预设。以此为依据,处于日常生活常态的人与现实社会环境对话、沟通并且交流,形成了从过去通向未来的想象空间。1998年的《闻香识舞》组诗,以舞池为场景,以"香"的意象展开主题,书写现代都市里男男女女之间的情感张力。全诗分为9节,可谓移步换景、以香识人:(1)女性身体散发出的香烟缭绕、酒精扑鼻的气息,一曲舞尽,用身体的全部诉说着苦楚与辛酸。(2)人群里,看着"她"蜷缩的身体,"我"与"你"互不相识,又似曾相识,以舞蹈的身体诠释着彼此相通之处。(3)黑衣男舞伴牵引"我"在舞池里旋转,周围交谈的声音像是诋毁与侮辱,浇灌着我停不下来的身体。(4)躯体的烈性与柔性,何尝不是舞者释放爱恋、愤怒或者拒绝的表达?(5)舞蹈的动作诠释出束缚或者激荡的身体姿态。"十二舞徒"的隐喻,想必是宗教洗礼的升华,亦为耶稣被十二门徒团团围坐而遭遇的厄运。由此,被舞伴托起的瞬间是绚烂,怕也遭遇着被中伤的可能。(6)同性之间的情感更微妙而默契,"我"与"她"的精神与身体彼此倾诉,好似在盲人的世界里以"香"的嗅觉实现了一种极致的听觉和触觉交流。(7)"她"的香逐渐成为辨识舞蹈、辨识人的气息,

---

1 洪子诚、刘登翰:《中国当代新诗史》,第290页。
2 翟永明:《道具和场景的述说》,《十四首素歌》,南京:南京大学出版社,2011年,第124页。

独特而诱人,她身体的扭曲固然有着难以言说的痛苦,而"我"成了那一位能够读懂"她"的人,或许是同性间的感知,或许是惺惺相惜,闻香便能识舞。(8)回到男女之间的情感,"我"有舞尽之时,一个"散"字道出了心里的忧虑。(9)忧虑带来的是无尽的悲哀,日常生活中,男女之间的情爱戴上了"镣铐",那一缕"香"暗喻着"香火",女人的身体交给了伦理、道德,延续的是"你我"被现实生活已经磨砺殆尽的"滑落的温柔"。总之,组诗由"香"串连而出的一幕幕场景,看似诗人以旁观者的眼光打量舞池里人物的舞蹈动作,却融合了自我对于生活、情感的思考,同时对于异性、同性之间的关系也融及颇深,几乎每一幕场景里都起伏着人与人之间隐秘幽微的交流,如第9首《闻香识舞》所暗含的意味:

  手脚乃镣铐　一个悲哀

  拴住我

  你我的水珠　在共同的舞中

  滑落　温柔如云

  一个儿子或女儿

  风中出生的蝶蛹

  他　或　她　的香

  是心和手的

  肯定的香[1]

(《闻香识舞》9)

---

[1] 翟永明:《终于使我周转不灵》,石家庄:河北教育出版社,2002年,第41页。

对于舞者的认识源自舞蹈本身,然而,在舞蹈的过程中,舞者已经不再仅仅是舞者身份,而糅合了舞蹈者自身的情感经历。因此,诗人翟永明也不再是一个旁观者,而是带着个人的交往经验和对性别差异的理解去书写。周瓒称翟永明的诗为"场景式诗歌","场景的显现始终伴随诗人的观察视点:她当然不是旁观者,她看,她想,她描述,她与这环境交流"。在这种交流中,诗人"在日常经验与回忆中建立了奇异的互补关联。日常生活和诗人的记忆、对于历史的想象建构等等,在翟永明90年代的诗歌写作中占据了重要部分,在一定意义上显示了她艺术触角的多向性特点,中心不同的丝线共同系在经验的整体性层面上。在诗歌写作大规模分割了诗人的生活经验的同时,诞生了诗人的时间与世界"。[1] 这种对于女性心理体验的观察视点,也延伸至她对于传统与现代、中国与西方、历史与未来的多维度思考中,这些在她后来的长诗《随黄公望游富春山》中更是有较为全面的体现。

陈东东在20世纪90年代以来大放异彩的诗作,之所以能够转型得如此自然、顺畅,可追溯至20世纪80年代的酝酿期。在以抵抗朦胧诗意象中心的时代,诗歌的语言及其生成的音乐性是诗人、研究者关注的重心。1989年,陈东东创作的《春天:场景与独白》,与其他音乐性较强的诗歌相比,被诗歌研究者关注的程度并不高。然而,从诗人总体的创作来看,这首创作于80年代末期的诗歌,不单是创作者的自我突破,亦可看作此阶段汉语新诗戏剧化趋向的突破。透过《木匠》里城乡人物动作的对照,不难领会诗人极具特色的抒情声音,对于戏剧场景的呈现同样不失水准:

**歇息时我坐下来卷烟**

---

[1] 周瓒:《透过诗歌写作的潜望镜》,北京:社会科学文献出版社,2007年,第229—230页。

院落浮阳，栀子花肥艳
直尺边上光滑着木板
鸟儿争鸣，在上午十点

雇主的堂客客堂里搓澡
水汽弥蒙窗户，腰窝和双奶
生辉。墙头上指针迟延、催促
我的手边，有称心的斧锯

在上午十点，鸟儿聚拢
院落里白胶水散布异香
我那小儿子却在乡下
从谷仓出来，正走进亮光

而我闻到了刺鼻的爽身粉
正当我做好春日的镜架
我那小儿子却在乡下，拿块
玻璃，映照另一个出浴的人[1]

（《木匠》）

　　除了谙熟西方超现实主义的创作技巧，陈东东又深受中国古典诗人李贺的熏染，还衷情现代诗人卞之琳的诗。读过《木匠》，熟悉卞之琳的读者，大概会想起他的诗篇《寂寞》："乡下小孩子怕寂寞，／枕头边

---
1　陈东东:《木匠》，《海神的一夜》，南京：江苏凤凰文艺出版社，2018年，第94页。

养一只蝈蝈;/长大了在城里操劳,他买了一个夜明表。/小时候他常常羡艳/墓草做蝈蝈的家园;如今他死了三小时,夜明表还不曾休止。"[1]时间的线索贯穿始终,将乡下小孩子一生成长的情境戏剧化地烘托而出。陈东东与卞之琳的诗歌题旨相近,却融入了新的心理体验。首先来看看场景里诗人的叙述视角。卞之琳以克制、冷静的笔调,将叙述者"我"的形象隐藏,主要凸显"乡下小孩子"的形象。与之不同,陈东东有意背反卞之琳一以贯之的写作姿态,而是在第一节就出现"我"。由此带来的戏剧情境自然有所变化,诗人显然不甘于站在场景背后,也不习惯评头论足的腔调,而是由"我"作为主人公感知、亲历场景中发生过的或者发生着的事件,才得其心意。其次,已经参与到场景中的主人公"我"显然在城市里游荡,那么,"我"流露出的到底是何种心境呢?第一节"歇息时我坐下来卷烟"是最为日常的生活常态,给人一种闲散自在、事不关己的错觉;然而第二节出现"我的手边,有称心的斧锯"时,回头再看"直尺边上光滑着木板",可知"我"不是城市里的流浪儿,而是进城养家糊口的雇工,而上面出现的一切自然、生活场景就显得没那么客观,而是处处显现出"我"的价值判断。于是,城市里出现的"浮阳""栀子花肥艳""雇主的堂客""水汽弥蒙窗户,腰窝和双奶/生辉",这些名词、动词尤其是形容词,都令"我"感到厌倦,多么想用那干活的"斧锯",截断与时间共存亡的场景。再次,陈东东与卞之琳处理时间的方式截然不同。显然,《寂寞》里具有隐喻意义的"夜明表",主要指向的是时间无情的流动,乡下小孩子追逐城市文明时,葬送了自己的生命;《木匠》里,"鸟儿争鸣,在上午十点""墙头上指针迟延、催促"和"在上午十点,鸟儿聚拢"则相当主观地主导时间的静止与流动,甚至试图以"斧锯"随意拨动时间。最后,当空间从城市推

---

[1] 卞之琳:《寂寞》,《卞之琳诗选》,武汉:长江文艺出版社,2003年,第56页。

移至乡村，对比《寂寞》中"乡村的孩子"与《木匠》里"我那小儿子"，诗人的情感也有着天壤之别。前者在诗人的叙述中，由"乡下小孩子"一人承担生命的起承转合，架构诗篇的戏剧化结构。后者随着场景的挪移，"我"所面对的现实更为复杂。以此为背景，从香艳刺鼻的城市里再审度谷仓飘香的乡村，"我那小儿子"就像是生活在别处。后两节写道，"我那小儿子却在乡下/从谷仓出来，正走进亮光"，"我那小儿子却在乡下，拿块/玻璃，映照另一个出浴的人"，诗人不断地将小儿子在乡村的生活场景与此时"院落里白胶水散步异香"，"而我闻到了刺鼻的爽身粉/正当我做好春日的镜架"的气味、光线对照，更能凸显两种生活的反差效果。

新旧错动中的多点跳跃式场景表现方式，体现的恰是陈东东对于城乡的态度，还有对于上海这座城市的印象。诗人陈东东祖籍吴江芦墟，1961年出生于上海。借用陈东东的话来说，他除了偶尔出行之外，几乎从未离开过上海。从陈东东的视角看去，上海既如苍暮的老妇，又仿若新生的婴孩，诗人栖居于城市三角洲，似海神般穿梭于传统与现代、古典与外来文化之间，拨动着琴弦弹唱出追忆与新生、变迁与迷失、静态与动态多元共生的都市之歌。更为重要的是，诗人不再拘泥于卞之琳以"意境"的铺排完成戏剧情境的主张，而是穿插入诗人与主人公，透过对复杂现实状态的理解主导场景的切换。上海作为一种隐喻，如魅影般，内嵌于诗人的生命意识，又幻化出迷人的诗行。光影变幻的都市孕育并滋生着诗人的创作意识，同时，舶来的西方文化以及内蕴的古典情结绵延入诗人的都市关怀。《我在上海的失眠症深处》中，深陷失眠症深处的诗人反复吟唱出"旧世纪""伪古典建筑""百万幽灵"和"一个姑娘裸露出腰"，剪辑出一幕幕场景——夜色里被雨水浇透的老建筑，伫立在世纪之交的旷野中，饱受时间的拷问，又舔舐着疼痛，被注入新的生命，描摹出一幅于追忆中重获新生的上海图景；《外滩》出现了几个重要的都市场景，包括"花园""外白渡桥""城市三角洲""纪念塔""喷泉""青铜石像""海关金顶""双层巴士""银行大厦"，这些斑斓的人造场景作为意象，横向铺展延伸，浓缩了上海的城市印象，诗行里流淌着温婉的意境与现实的虚幻，看似虚空的文本却从不乏古意的充实与凝结。陈东东诗歌中的场景处理，在推动汉语新诗的戏剧化方面意义非凡，在他后来的大部分诗作，即便是"我"抽离而出，仍保留了保守与前卫、传统与现代、古典与西方、历史与现实的多重观照。譬如《桃花诗》中"一枝所思又奈何武陵人/只一天尽享无限桃花/并不能死于沦丧时间的/好的绝境。武陵人于是/坠入此夜，重新忘路/斜穿大半座都市的忧愁"[1]，武陵人的桃花源与城市人的欲望交错而生，从古代到现代、从乡野到都市，无限的可能隐匿于上海这座城市中，显得虚幻而迷离。而昔日的海上风情，如怀揣在诗人内心中的一抹浓重的慰藉，在夜色中徒然增添了感怀的心绪。这一阶段，陈东东的书写较多地将抒情主体潜藏在现代与古典交织的追忆中，萌生的情愫多穿插着"小银行则是必要的设施/玻璃门蒙尘，映现对街/蒙尘的学校/广播在广播/广播体操反复的广播"，又被牵引至"另一些影子属于几个人/不愿意稍稍挪动自己/在桥上低头看流水/在家庭旅馆的椭圆形院子里/看一盘残棋浮出深井"[2]（《莫名镇》），浇注于黯然自赏的"莫名镇"里，完成对于生活场景的空间书写。

诗人主要以多点跳跃的方式呈现都市场景。翟永明的《闻香识舞》将视线锁定于酒吧的舞池，因循男男女女的舞蹈动作透析其情感冲突；陈东东的《院落》《外滩》等诗作，聚焦于都市一角，从古典与现代汲取新旧资源，展现的是城市与乡村、城市内部的冲突。人物情绪随同场

---

1　陈东东：《陈东东的诗》，北京：人民文学出版社，2019年，第143页。
2　陈东东：《陈东东的诗》，第144—145页。

景转换而自然切换，体现了诗人的心绪与情思的跳转。

　　诗人借助于戏剧场景，组合出各样诗歌结构，多维度拓展了诗的戏剧表达空间。诗人或者以片段拼贴的方式，随着印象感觉的流动而呈现日常场景；或者以重复叠加的方式，由语词、动作的反复演绎家族历史场景；又或者以多点跳跃的方式，依据时空的变换组织都市文化场景。这些场景的组合，联动着戏剧的情节与动作，凸显出诗的空间延展性。

## 第二节　镜像、梦境的错序

　　20世纪80年代以来，汉语新诗中频繁出现镜像和梦境。一幕幕场景的衔接呈现出错序的状态，有如打破情节发展顺序的荒诞剧。事实上，这种错序看似杂乱无章，却有迹可循，填补缝隙的因素正是抒情主人公变动不居的情绪。与镜像有关的诗，包括张枣的《镜中》、翟永明的《变化》和陈东东的《梳妆镜》等，人称变化彰显出两性关系；与梦境相关的诗，包括海子的《祖国（或以梦为马）》、戈麦的《死后看不见阳光的人》和陆忆敏的《梦》等，结构变化则渗透着强烈的死亡意识。诗人以情感的激变甚至是冲突为主线，调换着场景的位置，调动着主人公的动作，成为可观的戏剧场景书写范例。

### 一　镜像：人称与两性关系

　　在中国古典诗里，"镜子"往往是女人梳妆打扮的器物（"当窗理云鬓，对镜贴花黄"）。她们还借镜感叹韶华易逝、红颜易老，将情感寄托于男性，试图从他们身上寻找生命的价值。如斯情境，延续到现代诗歌，仍保留了古典寓意，如卞之琳一首首脍炙人口的诗篇："镜子，镜子，你真是可憎，/让我先给你描两笔秀眉"（《妆台》），"古屋中磨损的镜里，认不真的愁容；背面却认得清，'永远不许你丢掉'"（《寄流水》）。20世纪80年代以来，汉语新诗仍然"丢不掉"这面"镜子"。无论是张枣的《镜中》、翟永明的《变化》，还是陈东东的《梳妆镜》，这些作品都不再关注女性自怜自艾的心境，而是以"你""我""他"的人称变化组织戏剧场景，多层次展现性别关系的丰富性。在《语言，这个未知的世界里》中，克里斯蒂娃曾讨论过人称问题：一方面，"主体性是由'人称'言语身份决定"，说话人有将自己设为主体的能力；另一方面，第三人称"他"在"我"和"你"之外，是"被谈论的而并非特定的某人或某物"，第三人称时常是无人称的言语形式；第三，"我"和"你"的对话中，"每一个说话人在讲话中自称'我'的时候，便将自我定位于主体的位置。因此我定位了另一个人，而这个根本不是'我'的人，却成了我的回音：我称他你，他称我你"。[1]诗人作为说话人，在"镜子"中塑造了一个全新的"我"，让"我"看镜中的自己，又令"我"与"你"与"他/她"对镜彼此观照、形成对话，如卞之琳在《鱼化石·后记》里所说的"自我表现少不了对方的瞳子"。由"镜子"构成的特定场景，随即延展出可以对话交流的戏剧舞台空间。在其中，诗人让女性与男性互换角色，又兼顾古典与现代的双重视角，演绎着生动的性别关系剧。

（1）张枣："一面镜子永远等候她"

张枣的《镜中》，是20世纪80年代以来汉语新诗的经典之作。全诗从头至尾都没有出现"我"，却无处不隐含着"我"的观察与想象。一方面，"我"暗藏于"她"的一举一动、一颦一笑中；另一方面，"我"的情绪波荡起伏，又隐含在叙述"她"的口吻之中。张枣喜欢言说，总

---

[1] 〔法〕茱莉娅·克里斯蒂娃著，马新民译：《语言，这个未知的世界》，上海：复旦大学出版社，2015年，第35—36页。

是渴望有一位聆听者。他在四川外语学院读书时，据柏桦的叙述："他告诉我他一直在等待我的呼唤，终于我们互相听到了彼此交换的声音。诗歌在40公里之遥（四川外语学院与西南师范大学相距40公里）传递着他即将展开的风暴，那风暴将重新修正、创造、命名我们的生活——日新月异的诗篇——奇迹、美和冒险。我失望的慢板逐渐加快，变为激烈的、令人产生解脱感的急板。"[1] 两人彻夜长谈，因为张枣急切渴望言说，柏桦同样加快了情绪上的节奏与之呼应。这种对话，在诗歌文本中形成了一种场景式的情感表达。1986年，张枣出国后，失去了可以直接言说的对象。漂泊的际遇无疑是苦涩的，他依然需要聆听者与之对话：

> 只要想起一生中后悔的事
> 梅花便落了下来
> 比如看她游泳到河的另一岸
> 比如登上一株松木梯子
> 危险的事固然美丽
> 不如看她骑马归来
> 面颊温暖
> 羞惭。低下头，回答着皇帝
> 一面镜子永远等候她
> 让她坐到镜中常坐的地方
> 望着窗外，只要想起一生中后悔的事
> 梅花便落满了南山[2]

（《镜中》）

---

[1] 柏桦：《左边：毛泽东时代的抒情诗人》，第113页。
[2] 张枣：《张枣的诗》，第45页。

李振声将张枣的"镜子"诠释为残缺、自恋和虚幻[1],这与其诗作中"镜""花""水""月"的反复出现不无关系。事实上,"镜子"是理解张枣诗歌无法绕离的意象,譬如"十年前你追逐它们,十年后你被追逐/因为月亮就是高高悬向南方的镜子"(《十月之水》);"多年以后,妈妈照过的镜子仍未破碎/而姨,就是镜子的妹妹"(《姨》);"明镜的孤独中/它们的固执成了我深深的梦寐"(《秋天的戏剧》);"你无法达到镜面的另一边/无法让两个对立的影子交际"(《苹果树林》);"以朋友的名义,你们去镜中穿梭来往"(《以朋友的名义……》);等等。然而,研究者多注意"镜子"作为意象所传达的深度抒情,却时常忽略了"镜子"作为介质反射出的人称转换,更注意不到其中的戏剧效果以及由此产生的性别想象。

"镜子"的重复出现乃是一种言说方式,诗人渴望在相互对视中找到发声的可能。尽管诗人钟鸣将《镜中》的人称归纳为八种,分别是:"匿名之我(W);她(T);皇帝(H);镜中皇帝自身(JH);我皇帝(WH);镜中她自身(JT);镜中她我(JTW);我自身(S)。"[2]但归根结底,对着"镜子"观看的主体,主要还是指向"她",以及由"她"反视出的诗人内心。在张枣的诗歌中,"镜子"不乏两相"对照"的意味,比如"只有你面视我/坐下,让地球走动/重复气温和零星小雨/也许,我们会成为雕像"(《纪念日》)。这一场景同样出现在博尔赫斯的文本中:"有的时候,在暮色里一张脸/从镜子的深处向我们凝望;/艺术应当像那面镜子/显示出我们自己的脸相。"[3]无论是短篇《另一个人》,还

---

[1] 李振声:《季节轮换:"第三代"诗叙论》(修订版),上海:复旦大学出版社,2008年,第103—104页。

[2] 钟鸣:《笼子里的鸟儿和外面的俄耳甫斯》,《秋天的戏剧》,上海:学林出版社,2002年,第52页。

[3] 〔阿根廷〕博尔赫斯著,王永年等译:《博尔赫斯文集》,海口:海南国际新闻出版中心,1996年,第104—105页。

是诗歌《诗艺》,都是博尔赫斯作为主体分裂式的自我对照,无关乎他者,表达的似乎是盲者在黑暗中的自我审视。而张枣笔下的"镜子",首先看到的是女子的侧影,而后才是"我"与"他(她)"在心灵上的暗合,更像是一面相互对照的心理镜子。《镜中》"一面镜子永远等候她/让她坐到镜中常坐的地方",此处的"镜子"的出现乃是传统的温婉女子形象的象征,她在"皇帝"面前显得无比娇羞。

"羞涩"是常见的镜中女子形象,金克木就写过"你的眼睛是我的镜子,我的眼泪却掩不住你的羞涩。最好我忘了自己而你忘了我,最好我们中间有高墙一垛"(《邻女》)。同样迷恋古典主义的诗人车前子,他的《镜——贾岛》曾对女性照镜子的情境有过描述,传统女性偷窥男子的一幕显得大胆不少。"镜中少女的脸庞潮红,压歪的绿鬓/披散开来/柔软的肩上的蓝影点点绿影斑斑/飞鸟闪过。贾浪仙宿醉未醒/看美人,看剑/(美人在镜中偷窥着他呢)"[1],从侧面烘托了诗人贾岛飘逸潇洒的风格。与之相比,张枣尽管塑造了女性形象,却更着眼于男性视角,重在凸显"我"看到"她"时的心理动作。他的意图不在于表达现代女性的特点,而是借此理解汉语新诗的形式感。

"我"的情绪自"只要想起一生中后悔的事/梅花便落了下来"开始,由"望着窗外,只要想起一生中后悔的事/梅花便落满了南山"结束,回环往复,读上去轻盈却饱满。全诗在语言表达、音响效果上首尾呼应,不单是"镜子"内外的女子的相互对照,也是诗人与女子的对话。从场景到语言的复沓,从语言到场景的叠加,正印证了张枣提出的"元诗"观念。诗人张枣从未摆脱对词语本身的依赖,他始终让个体的生活世界与词发生关联。他的诗论《朝向语言风景的危险旅行——当

---

[1] 车前子:《镜——贾岛》,唐晓渡、王家新编选:《中国当代实验诗选》,沈阳:春风文艺出版社,1987年,第126页。

代中国诗歌的元诗结构和写者姿态》着重强调了这一诗学命题。他说:"当代中国诗歌写作的关键特征是对语言本体的沉浸,也就是在诗歌的程序中让语言的物质实体获得具体的空间感并将其自身作为富于诗意的质量来确立。如此在诗歌方法论上就势必出现一种新的自我所指和抒情客观性。对写本身的觉悟,会导向将抒情动作本身当作主题,而这就会最直接展示诗的诗意性。这就使得诗歌变成了一种元诗歌,或者说'诗歌的形而上学',即:诗是关于诗本身的,诗的过程可以读作是显露写作者姿态,他的写作焦虑和他的方法论反思与辩解的过程。因而元诗常常首先追问如何能发明一种言说,并用它来打破萦绕人类的宇宙沉寂。"[1] 在张枣看来,所谓诗歌回到诗歌,尤其是回到语言自觉,这是第三代诗人的普遍追求。

(2)翟永明:"一面镜子弥漫了房间"

在张枣笔下,镜中女子从"皇帝"的视线望去,云鬓花颜、薄粉扑面,显得格外古典传统、淡雅脱俗、楚楚动人。如果说这种传统的女性形象更符合中国男性的想象,那么,女性又是如何借"镜子"书写自我的心境呢?

翟永明的诗歌《变化》,通过女性视角观察镜中女子。第一节出现了人称代词"她"和"你",在镜中指向一位女性面对自我身体变化时的不安与逃避。大多数女性或者"她"者都不愿意面对身体的变化,这种变化"令人心碎",以至于渴求"寻找庇护所"。一来,对于女人而言,"她"的外部形体反应表现出逃避的姿态,而"镜子"折射出的却是盘旋在头脑中的意念,牵系着女人生命的不同成长阶段,包括甜蜜或

---

[1] 张枣:《朝向语言风景的危险旅行——当代中国诗歌的元诗结构和写者姿态》,《上海文学》,2001年第1期,第75页。

者幸福的情绪，还包括挫折或者成长的过程。这一切随着女性年龄的增长，生命体验渐趋复杂而多样化。这时，"你出走"就意味着从外部形体上拒绝变化，而这种拒绝恰恰将内在的心灵体验抛开。所谓的"心碎"，包蕴于女人的经历中，或许它就是一种成熟，是一定生命阶段必然要面对的体验。如果拒绝变化，这种超越了身体的生命体验便像孤魂一般无处安放。二来，以诗人的叙述口吻来看，自始至终都保持着相对知性的个性。诗篇一开始就融入诗人的哲思——变化是永恒的规律，周遭的一切环境都在变化。谈及"她"时，诗人将其对象化，甚至将其割裂为形体与意识。形体的变化依旧使用人称代词"她"，当指向意识时，诗人又显得异乎寻常地亲切，将人称代词转换为"你"。这其实就是一种交流，从旁观者的评说转换为促膝而谈，体现了叙述者与自我内心的对话：

一

某一天的变化成为永远

某种原因起因不明

一面镜子弥漫了房间

所有的变化在寻找庇护所

树木在变，然后消失，随季节

她的手势，在镜中，成为太多的事情

你出走，从你的躯体里

谁来追赶这令人心碎的变化[1]

---

[1] 洪子诚、程光炜主编，张清华本卷主编：《中国新诗百年大典》（第15卷），武汉：长江文艺出版社，2013年，第175页。

第二节,人称代词由"她"和"你"变为"我",出现了"镜子"之外的声音。在"我"看来,纵然是变化,却又是亘古不变的事实,是女性必然要面对的真相。正因此,"倾听变化的声音使我理智",从而拉开了与"她"的距离。然而,这是否意味着"我"真的持有事不关己、冷眼看待一切的态度?

> 二
> 必须倾听变化的声音
> 当我看到年历洁白地行走
> 有人在红色连衫裙下消失殆尽
>
> 倾听变化的声音使我理智
> 让我拉开与生命站立的位置
> 假装我是一个顽强的形体
>
> 变化的声音在内部行走
> 站在镜前,她成为衰老的品尝者
> 她哭喊着,从悲伤中跌下来
>
> 当我看到,一对夫妻醒来
> 整夜忍受着不确定的爱情
> 蒸发出无休止的谈话
>
> 年历洁白地行走,带来
> 一点点死亡,画着圆圈
> 真实是变化的中心

> 有人在红色连衫裙下站立
> 抽象地站立，稻草人在八月
> 找到生命和生命之外的所有联系
>
> 消失殆尽的是一种意识的形体
> 意识睡着了，形体也悄然无语
> 必须倾听变化的声音[1]

(《变化》)

  细读第二节，不难发现，一句"假装我是一个顽强的形体"便暴露出了"我"与"她"的交集。尽管"变化的声音"不断提醒我要理智，但"镜子"前的"她"正是"我"的缩影，"镜前"衰老的身体依然令人悲戚。翟永明具备组织、结构诗歌的能力，透过场景的转换——从夫妻的日常生活，到走向死亡的真相，再到思考生命的抽象思维——由表及里、由浅入深、由外而内，层层将顽固的身体推向沉睡的意识。循环的依然是绵延不绝的"变化"，而"我"反视"她"所展开的对话体现了诗人尝试以理性意识抵抗负面情绪。

  尽管翟永明一再否定受到美国自白派女诗人普拉斯的影响，不过将二者的诗做比较，可见女性诗人之间的共通性与个体差异。周瓒认为，翟永明诗歌中"镜子的意义来自成长状态中的不成熟阶段或一种特别的生命情境"[2]。同样是写女性不同生命阶段的心理变化，1961年，普拉斯有一首诗《镜子》颇引人注意。"镜子"被拟人化为"我"，而"我"又

---

1 洪子诚、程光炜主编，张清华本卷主编：《中国新诗百年大典》（第15卷），第175—176页。
2 周瓒：《透过诗歌写作的潜望镜》，第221页。

审视着"镜子"对面的"它"或者"她"。全诗分为两节。第一节是自我与自我的对话,更确切地说,是自我指认。这好似一只恹恹的小兽对于自己的性情了若指掌,却无法伪装成温善的模样,因为心中凶残的一面更显真实。"我想它是我心的一部分。但它忽隐忽现。/脸和黑暗一次次把我们隔开。"这其中,人称在"我"与"它"之间跳转,"我"的真实揭穿它的"凶残","它"从与"我"互不相关的事物变成"我"体内的一部分,由陌生到熟悉、由割裂到合并,渐次探寻内心深处最遭人摒弃的角落。第二节是自我与他人的心理对话,说是他人,其实是"镜子"对面的自己,只是因为"镜子"内外的彼我更增添了距离感。这种距离,拉开了"我"与"女性"的关系,揭开了"女性"与"时间"的奥秘,更触及"谎言"与"真实"的对峙。同样,"我"是"湖","她"是一位或者一类"女性",人称第二次发生跳转。与"我"的冷静相比,"她""弯腰",转身,流泪,"摆动"和"来了又去",一系列举动显得悲凉、凄切。这种人称的转换,恰恰体现出诗人的漠然、无助,赤裸裸地道出女性可悲的命运。难能可贵的是,结尾处,"在我的湖心她淹死了一个年轻女孩,一位老妇/一天天向她走了,像一条可怕的鱼"[1],"年轻女孩"的死激荡湖心,泛起层层波澜,而"我"则是雪藏"她"的器皿。正是因为"年轻女孩"驻扎在"我"的内心,那位"老妇"才无法走近"我"这面"镜子","她"走得越近就越可怕。其中,诗人将女性的生命分为不同的阶段,而小女孩的心境则是"我"看待世界的一面最为真实的镜子。同时,"镜子"成为女性通向衰老与死亡的道具,甚至是凶器。由此,"我"作为与"镜子"的同构体,作为"年轻女孩"和"老妇"的合体,残忍地旁观着一切,又凶狠地将完整而真实的自我

---

[1] 〔美〕西尔维娅·普拉斯著,陆钰明译:《普拉斯诗选》,广州:花城出版社,2014年,第63页。

剖开给人看。此情此景,恰如金克木的《肖像》里所说:"你的相片做了我的镜子,我俩的面容在那儿合成了一个。"

(3)陈东东:变奏的"梳妆镜一面"

张枣《镜中》的"她"指向的是男性想象中的传统女性心理,翟永明的《变化》试图以理性意识抵抗"她"必然要面对的身体变形,而诗人陈东东笔下的"镜子"是《牡丹亭》里杜丽娘的"梳妆镜",将外部的环境无限延展,从古典与现代、本土与西方的对话里寻找"她"所代表的纯粹的两性情怀。

一出古典戏,令诗人遐想的不仅是男女之间的情爱关系,更是道具所影射的女性心理在古今中西时空里的摆动。在封建礼教束缚下,敢于表达情爱的杜丽娘具有跨越时代的恒久魅力,又接近现代人的观念,正应和了柳梦梅那句"则为你如花美眷,似水流年",于是自然地,诗人从古玩店走近娇美的杜丽娘,古旧的"梳妆镜"与现代的手摇唱机、胶木唱片或者数码影像参差对照,空气里飘散着印度香,回荡着恋旧的音乐,像是从现代穿越至古代,又从传统跳入现实。而杜丽娘的身影,逐渐在古玩店的氛围里被还原,她与柳梦梅的情缘也透过诗人的叙述显得格外梦幻迷离。全诗的关键在于理解"梳妆镜一面",到底诗人想要表达的是怎样的镜像,又是如何通过叙述人、"杜丽娘"和"柳梦梅"完成的呢?不妨从"梳妆镜一面"寻求解释:

在古玩店

　　　在古玩店

手摇唱机演绎奈何天

镂花窗框里,杜丽娘隐约

像印度香弥散,像春宫

褪色,屏风下幽媾

滞销音乐被恋旧的耳朵
消费了又一趟;老货
黯然,却终于
在偏僻小镇的乌木柜台里
梦见了世界中心之色情

"那不过是时光舞曲正
倒转……"是时光舞曲
不慎打碎了变奏之镜
鸡翅木匣,却自动弹出
梳妆镜一面
　　　　　梳妆镜一面

映照三生石异形易容
把世纪翻作数码新世纪
盗版柳梦梅玩真些儿个
从依稀影像间,辨不清
自己是怎样的游魂

辨不清此刻是否
当年——
　　　　在古玩店
在古玩店:胶木唱片
换一副嘴脸;梳妆镜一面

## 第三章　汉语新诗的戏剧场景

映照错拂弦回看的青眼[1]

（《梳妆镜》）

杜丽娘与柳梦梅的情爱故事成为古玩店里一道别致的风景，在古典与现代的时空里流转。熟悉《牡丹亭》的读者都知道，怀春的女子梦中与柳生在花园幽会，从此思念成疾，最终香消玉殒。柳梦梅进京赶考借宿梅花观，在园中拾得杜丽娘的自画像，一见钟情而有了阴灵相会、掘墓还魂、修得欢好的情境。虚构的旧戏本道尽了二人三世的姻缘，一首《梳妆镜》则照醒了杜丽娘的亡魂，又牵动着柳梦梅的孤影。第三节"变奏之镜"好似【山坡羊】里的一句"和春光暗流转"，呈现的正是一种时空的突转，"镜子"所折射出的是不同世代的心理情境，是东西文明之间的碰撞，男女主人公的阴阳相会变奏为异域空间里的世代相隔。这一节出现在全诗的中间部分，诗人将古玩店里的时光穿梭拿捏得恰到好处。前两节写"梳妆镜"的一面，即杜丽娘当时的怀春心境；后两节写"梳妆镜"的另一面，是柳梦梅穿梭于新时代的迷惘。最后一节，"梳妆镜一面"反复出现，作为对第三节的回应，诗人的语言好似古玩店里播放的音乐，又是一次"变奏"，返回到主人公柳梦梅的内心世界。一句"映照错拂弦回看的青眼"，指的是一次次弹错筝弦，心事重重。在新时代的数码影像世界里，那坐在梳妆镜前怀春的女子该是多么动人。柳梦梅回望的又何止是那女子，更是旧时光里不可复制的情爱之纯美、人性之自然。显然，"梳妆镜"的两面既是男女主人公的心思波动，也是新旧世代的错动相隔，"镜"的出现是诗人耽迷于超现实主义创作的神妙之笔。

早在20世纪80年代，陈东东就受到超现实主义诗人埃利蒂斯长诗

---

[1] 陈东东：《梳妆镜》，《海神的一夜》，第238页。

《理所当然》的影响，使得幻想与词语之间发生了剧烈的碰撞。西方超现实主义更强调一种行为，这种行为指向的是对传统的颠覆与破坏，"陈东东的'超现实'情结其实多半源自横亘在抒写者和现实之间的那层紧张关系"[1]。这种紧张关系更多来自与意识形态间的现实疏离感，并非西方文化语境中的与传统相断裂，反而是陈东东衔接传统与现代所做出的尝试。超现实主义诗歌里幻觉的流溢，为陈东东的诗歌提供了更为宽广的想象空间。再来看《梳妆镜》，便不难发现，诗人从戏剧人物联系到现实生活，"镜子"反射的内容经历着由内而外，又由外而内的推进。换言之，以"新世纪"的眼光打量"恋旧"的情绪，足以见得，陈东东的创作显然已经突破了女性与自我、与他者心灵的对话，探求更开阔的与社会现实的对谈，体现了诗人对自我与时代关系探索的自觉。这种自觉除却对于两性关系的思考之外，又何尝不是通过异化时代境遇表达对于传统写作的疑虑？于是，从古玩店传来的悠扬的筝曲，好似婉转而出的抑扬顿挫的诗语，诗人抱守古典音乐的传统以回应新世纪的"盗版"之风，整首诗流溢着幻美之气，颇具反讽性。陈东东以戏入诗，又化用戏中的细节情态、唱词动作书写了一出古玩店里的穿越之恋。

朱朱的《江南共和国——柳如是墓前》同样以"镜子"为介质，穿越于古典与现代、本土与西方之间，"镜子"则是传统女性命运的隐喻："我盛装，端坐在镜中，就像/即将登台的花旦，我饰演昭君，/那个出塞的人质，那个在政治的交媾里/为国家赢得喘息机会的新娘。"诗人既将自我化身为演员，又与人物的心理相贴合，"哦，我是压抑的/如同在垂老的典狱长怀抱里/长久得不到满足的妻子，借故走进/监狱的围墙内，到犯人们贪婪的目光里攫获快感"，同时将古典的情境与西方的场景相比照："而在我内心的深处还有/一层不敢明言的晦暗幻象/就像布

---

[1] 李振声：《季节轮换："第三代"诗叙论》（修订版），第127页。

伦城的妇女们期待破城的日子,/哦,腐朽糜烂的生活,它需要外部而来的重重一戳。"这种触动,令诗人陷入深省:"我相信每一次重创、每一次打击/都是过境的飓风,然后/还将是一枝桃花摇曳在晴朗的半空,/潭水倒映苍天,琵琶声传自深巷。"[1]诗人最终将王昭君、布伦城的妇女们的命运,汇聚于秦淮名妓柳如是身上,续写着性别与家国的篇章。站在江苏常熟虞山花园浜的柳如是墓前,历史浮沉如灰飞烟灭,而琵琶的弹奏声里依然飘荡着桃花面容,由此成就了明清易代之际一段乱世风尘的传奇佳话。周瓒的《观〈使女的故事〉》一诗以电视屏幕为现代镜像,不乏超越性别的思考。由阿特伍德编剧的热播美剧《使女的故事》里,有一个未来之国,名为基列国。在这个王国里,由于环境恶化,人类逐渐丧失了自然生育能力,少数有生育力的女性被迫沦为生殖奴隶。周瓒在诗中设定了三重空间:一是借电视"屏幕"为介质,区分日常生活与虚拟世界;二是以剧情写诗,在文本中植入未来的虚拟之国;三是以戏入诗,借傀儡戏"提线木偶"间离诗中的人物,隐喻线里线外操控与被操控的世界。在此之中,诗人作为叙述者若隐若现,多角度陈述且评论电视剧情。同时,还自由出入于三个空间,从多重虚拟空间反观日常生活。可见周瓒独辟蹊径,为自我的发声寻找多元介质,以"她"的戏中诗、诗中戏丰富叙述的层次。她借用法国女性主义学者露西·伊利格瑞(Luce Irigaray)之言作结:"不如回到那些破碎的自我吧/用支离破碎的音符复活'此一性非彼一性'。"周瓒以诗评诗、以诗评剧,破碎与分裂的主体,在看与被看时得以复活。何来性别之分?不过"此一性彼一性"的权力话语之争罢了。她相信灵魂没有性别之分。

从张枣《镜中》羞涩女性的漫漫"等待",到翟永明《变化》里女性身体姿态的"弥漫",再到陈东东《梳妆镜》折射出的情爱关系

---

[1] 朱朱:《江南共和国——柳如是墓前》,《故事》,上海:上海人民出版社,2011年,第4—10页。

的"变奏",不难看出诗人透过"镜子"想象出的性别之魅。这其中,人称的变化乃是诗人最惯用的手法。以上三首诗,也体现出诗人在"你""我""她/他"的圆舞曲里兜兜转转,最后反问"我"在诗文本里的抒情方式,从而回答"我"与"诗人"之间的关系。当然,诗人陈东东隐藏了人称代词,在诗文本里创造出一个人物完成世纪对话,更显现出遮蔽与澄明之间诗人"我"的心境。此间,人称变化同样可以起到戏剧场景切换的作用,让读者跟随诗中的人物流转于文字间,感受女性的、女性之间的或是两性的关系构成。20世纪80年代以来,与之相关的汉语新诗可谓不胜枚举。比如张真的《流产》同样转换人称,虽然变化并不丰富,但是其主题却相当大胆地写出了流产母亲与腹中子的对话。诗的结尾"镜子"的出现,好像是一把刀划过腹部,翻滚出心中的秘密、绝望与痛苦:"你生来不属于我/出门前对着镜子整装时/却见到你与我同在。"[1] 伊蕾的《独身女人的卧室·镜子的魔术》以独身女人的卧室为场景,借"镜子"演绎自我的内心独白:"你猜我认识的是谁/她是一个,又是许多个/在各个方向突然出现/又瞬间消隐","我的木框镜子就在床头/它一天做一百次这样的魔术/你不来与我同居"。[2]"她"代表镜中的"我",而你代表"我"渴望的对象。以"她"在镜中变魔术为主要场景,幻想着"我"的多面性,又呼唤"你"的到来。人称的变化既体现"我"的心理缺失,又表达了女性对于爱、欲望的诉求。当然,诗歌的"镜子"又不仅仅隐喻两性情感。周伦佑的《主题的损失》,对于诗人与镜中形象的关系有着较为透彻的书写:"面对镜子便是面对一种形式/把生命搁置起来与死亡对峙/灵魂在艰深的平面自我观照/一面盾牌守护一方和平/或者逃遁,让思想慢慢结晶/看肉体腐烂,表情

---

[1] 张真:《流产》,张真著,沈睿编选:《梦中楼阁》,沈阳:春风文艺出版社,1998年,第154页。
[2] 伊蕾:《独身女人的卧室·镜子的魔术》,《独身女人的卧室》,桂林:漓江出版社,1988年,第126页。

坚定无比。"[1] "镜子"一方面将伴随着诗人的一生,它的成像是自我的反射,它的破碎却是一生的损失;另一方面是一种形式,它可以折射出光亮,同样可能留有阴影。正是这种冲突的状态,决定了镜中人的矛盾心理。而人称变化恰是场景跳转间抒情主体的内在情感冲突。"镜子"是意象,更是抒情主人公表达主观与客观、直接与间接、感性与知性的中间介质,由此可以窥见戏剧场景中人物的他视与自照。最后,不妨再借卞之琳《旧元夜遐思》中的诗句作结:"灯前的窗玻璃是一面镜子,莫掀帷望远吧,如不想自鉴。可是远窗是更深的镜子:一星灯火里看是谁的愁眼?"

## 二 梦境:结构与死亡意识

在梦境中,现实不可能发生的事情反而在虚幻的空间里得以实现,而许多异常或是突发事件更是常有发生。梦中出现的时空秩序颠覆了线性逻辑,呈现出碎片化的错置状态,诗歌中的场景随之上下易位、本末倒置。这种看似杂乱无章的外部结构,极容易造成戏剧化的效果,读者可在跳转的结构里感受难以预测的事件,体会诗人内在心理状态的激变,有如陈黎诗歌里乖张的梦,使人恐慌,"在清晨的梦中看见自己/再度回到童年的国民小学/背着比身体还长的书包,大声指控/那帮着校长克扣我们鲜奶的校工/酥肥的阳光下突然苍白起来的队伍中的学童/一个个,对着我,惊愕地松落了手中的茶杯/在我继续揭发以后我们所用的初中美术高中音乐工艺课本/等等都同样缩水变肥时/愤怒地反控我欺骗"[2];又如孙文波诗歌里离奇的梦,令人匪夷所思,"是另一个梦:开

---

1 周伦佑:《主题的损失》,《风吹无疆:〈绿风〉十年精品选》,西宁:青海人民出版社,2008年,第280页。
2 陈黎:《秘雕》,《陈黎诗集I:1973—1993》,第172页。

车穿行一条小街,/两旁站满人着装相同:红上衣。/有枪声响起。为什么总是梦到没见过的景象?""有一次,我梦到一位死去多年的同学,/我和她坐在一幢房子的烟囱上,/我们眼前有人在云中跳舞。"[1]梦境里,诗人的脑神经受到刺激,但"神经中枢同时会产生某种抑制,防止肌肉从大脑接收到相关刺激而产生动作,因此梦者不会因梦中的刺激而活动,常常有想跑跑不动、想喊喊不出的梦中感觉"[2]。因此,梦中情境并不是透过形体动作实现的,而更讲求心理动作。这种心理动作又是依靠诗人组织梦境,以及由此产生的场景转换方式实现的。

传统的梦境主要涉及游仙、游山、怀人等主题,与心中郁结、郁郁不得志而借助梦境释放情绪、化解冲突有关。[3]20世纪80年代以来,诗人对于梦境的书写,大多带有死亡意识。他们以极限的精神状态抵制或是反叛现实生活的压力,诗歌中弥漫着梦的呓语,吐露出潜藏在记忆中的秘密,与现实的关系变得模糊难辨,同时也进入一种更迷狂的精神状态。诗人们凭借"灵会",高度凝练感性与理智、情感与逻辑、直觉与思维、现实与理想,将其熔为一炉,幻化出看似颠倒的诗歌结构,带给人强烈的情感冲击。叶维廉格外认同"灵会",即"经验、感受被提升到某种高度、浓度瞬间的交感作用,其中便有一种'灵会',与某种现实做深深地、兴奋甚至狂喜地接触与印认,包括与原始世界物我一体的融浑,包括与自然冥契的对话,包括有时候进入神秘的类似宗教的体验。这种冥契灵会,在意识上是异乎寻常的出神状态或梦的状态"。异乎寻常的状态造成时空秩序的错置,从而在一个区别于日常生活的情境

---

1 孙文波:《一月的早晨躺在温暖床上》,《与无关有关》,重庆:重庆大学出版社,2011年,第49页。
2 胡秀春:《唐代叙事诗研究》,北京:人民出版社,2013年,第113页。
3 可参照胡秀春:《唐代叙事诗研究》,其中分"梦中游仙""梦中游山""梦中怀人""其他梦境"以及"假托梦境记旧事",讨论唐代叙事诗的梦境书写。

里，展开一种由场景颠倒、拼贴或是错序而产生的戏剧效果，"在这异常的状态中，形象（意象、象征）极其突出显著，在一个与日常生活有别的空间里，戏剧化地演现，因为不受制于序次的时间，序次的逻辑切断或被隐藏起来，而打开一个待读者做多次移入、接触、重新思索的空间；诗的演进则利用覆叠与递增，或来来回回地迂回推进"[1]。他们总是能看到日常生活里被忽略的事物，以无意识状态形成一种超然于物外的极限体验。也许有人认为，这些诗人是疯子，他们头脑的错乱导致诗的结构也一片紊乱。倘若细读其诗作，混乱之外另有梦之"逻辑"，是每个人都可能在精神临界崩溃边缘的一次奋力滑翔。诗人透过文本牵引读者进入另一度精神空间，感受无意识领域的无限与限度。

（1）海子的"以梦为马"："埋葬在四周高高的山上"

诗人海子虽生命短暂，一生却留下了大量的诗篇。他坚持探寻着生命的极限体验，似乎这就是抵近诗性的必经之途。[2]1987年，他曾写下《祖国（或以梦为马）》，"以梦为马的诗人"是诗中着力书写的主人公。全诗将场景锁定于黑夜茫茫之中，诗人怀揣着梦，举起火把向天空腾跃，凭借一己的力量以自由之精神俯瞰甚至是抵制现实生活的堕落、污秽与不洁。而这种"冲击极限"的努力，已经远远僭越了日常生活的秩序，一种超验的精神将诗人推向死亡的边缘。刹时的体验令诗人在生命的尽头看到希望，正像1987年，海子曾在醉后写出的短诗《日出——见于一个无比幸福的早晨的日出》中所云，"在黑暗的尽头／太阳，扶着我站起来"[3]。在光的幻象中看到死亡尽头的光照，当诗人站在最黑暗的边界

---

1 叶维廉：《寻找确切的诗：现代主义的Lyric、瞬间美学与我》，吴思敬主编：《诗探索》，第13—14页。
2 戈麦：《海子》，西渡编：《戈麦诗全编》，上海：上海三联书店，1999年，第294页。
3 海子：《日出》，西川编：《海子诗全集》，北京：作家出版社，2009年，第356页。

线上,迎面而来的阳光是最有力量的生命支撑,它扶着诗人从贫瘠的荒原走过、从顽固的刀锋上走过,寻找真正属于诗人的语言。这一场景就如同车尔尼雪夫斯基所说的:"自然界中最迷人的,成为自然界一切美的精髓的,这是太阳和光明。"[1]

> 万人都要将火熄灭　我一人独将此火高高举起
> 此火为大　开花落英于神圣的祖国
> 和所有以梦为马的诗人一样
> 我藉此火得度一生的茫茫黑夜
>
> 此火为大　祖国的语言和乱石投筑的梁山城寨
> 以梦为上的敦煌——那七月也会寒冷的骨骼
> 如雪白的柴和坚硬的条条白雪　横放在众神之山
> 和所有以梦为马的诗人一样
> 我投入此火　这三者是囚禁我的灯盏　吐出光辉
>
> 万人都要从我刀口走过　去建筑祖国的语言
> 我甘愿一切从头开始
> 和所有以梦为马的诗人一样
> 我也愿将牢底坐穿
>
> 众神创造物中只有我最易朽　带着不可抗拒的死亡的速度
> 只有粮食是我珍爱　我将她紧紧抱住　抱住她　在故乡生儿育女

---

[1] 〔苏〕车尔尼雪夫斯基著,辛未艾译:《现代美学概念批判》,《车尔尼雪夫斯基论文学》(中卷),上海:上海译文出版社,1979年,第34页。

> 和所有以梦为马的诗人一样
>
> 我也愿将自己埋葬在四周高高的山上　守望平静家园

在特殊的历史时期，囿于政治意识形态的局限，"文革"时代的语言，是集体共同构建的崇高化、理想化的精神诉求。这些语言，更像是齐声呼喊的口号，使得个体缺乏独一性。对于海子而言，他试图以"王"的形象走出汉语所陷入的泥沼，重新接续汉语的传统血脉。在海子所构建的诗人之梦里，"太阳"以幻象的方式频繁出现。如他在1983写完初稿、1989年3月修改过的诗歌《春天》中，就写道，"太阳，你那愚蠢的儿子呢？"[1]海子阅读了大量的原始古籍，其中包括《山海经》中记载的太阳神故事。同时，海子还在《耶稣传》《耶稣在印度》《圣经》等西方文化书籍中接触过太阳神的传说。[2]诗人自诩为"太阳"，它象征着自由意志和诗歌精神，更预示着集体仪式的死亡和个体生命意识的挣扎，"太阳就是我，一个舞动宇宙的劳作者，一个诗人和注定失败的战士"[3]。

> 我的事业　就是要成为太阳的一生
>
> 他从古至今——"日"——他无比辉煌无比光明
>
> 和所有以梦为马的诗人一样
>
> 最后我被黄昏的众神抬入不朽的太阳
>
> 　
>
> 太阳是我的名字
>
> 太阳是我的一生
>
> 太阳的山顶埋葬　诗歌的尸体——千年王国和我

---

1　海子:《春天》，西川编:《海子诗全集》，第529页。
2　边建松:《海子诗传：麦田上的光芒》，南京：江苏文艺出版社，2010年，第127页。
3　海子:《动作(《太阳·断头篇》代后记)》，西川编:《海子诗全集》，第1035页。

> 骑着五千年凤凰和名字叫"马"的龙——我必将失败
> 但诗歌本身以太阳必将胜利[1]
>
> (《祖国(或以梦为马)》)

"太阳"是万物生长之源,它象征光明普照,如屈原所说,"日安不到,烛龙何照?羲和之未扬,若华何光?"[2]光照是"太阳"意象的基本内涵,与江河的西落之日不同,海子表达的是黎明初升的"太阳",在兼语句"太阳,扶着我站起来"中,诗人紧扣兼语"我"引领全篇,与"太阳"意象的幻景交相呼应,正如戈麦在《海子》中所理解的"一切都源于谬误/而谬误是成就,是一场影响深远的幻景"。诗人如王一般挥动着火把,唤起众神相助,以剧烈的内心冲突对抗黑暗。对于以梦为马的诗人而言,这种对抗、冲突就是无尽的光照。

(2)戈麦的"梦见诗歌":"死后看不见阳光"

诗人戈麦的诗歌中有关梦的场景,同样充斥着死亡的气息。诗篇《死后看不见阳光的人》里,阴森可怖的氛围席卷而来,死亡意识缓缓浸入梦境,"死后看不见阳光的人"抑郁地在黑暗的世界里潜行。此诗写于海子丧生不久,有悼念之意。与海子相比,诗人戈麦内心的波澜同样剧烈,他层层拨开梦的云雾,从中摸索着诗的光辉。死后的场景是遮蔽了的现实生活,梦境则对应着澄明的理想,二者的冲突显而易见。其实,汉语新诗处理现实与理想的冲突,并不少见。但戈麦的诗歌又别具

---

[1] 海子:《祖国(或以梦为马)》,《海子诗全集》,第434—436页。
[2] 屈原:《天问》,(宋)朱熹集注:《楚辞集注》,上海:上海古籍出版社,1979年,第57页。

一格,每每涉及场景与场景的衔接时,诗人情感心理更为细腻、复杂的变化便显现出来。

死后看不见阳光的人,是不幸的人
他们是一队白袍的天使被摘光了脑袋
悒郁地在修道院的小径上来回走动
并小声合唱,这种声音能够抵达
塔檐下乌鸦们针眼大小袖珍的耳朵

那些在道路上梦见粪便的黑羊
能够看见发丛般浓密的白杨,而我作为
一条丑恶的鞭子
抽打着这些抵咒死亡的意象
那便是一面旗,它作为黑暗而飞舞

死后,谁还能再看见阳光,生命
作为庄严的替代物,它已等待很久
明眸填满了褐色羊毛
可以成为一片夜晚的星光
我们在死后看不到熔岩内溅出的火光

死后我们不能够梦见梦见诗歌的人
这仿佛是一个魔瓶乖巧的入口
飞旋的昆虫和对半裂开的种子
都能够使我们梦见诗歌,而诗歌中

| 以戏入诗

> 晦暗的文字，就是死后看不见阳光的人们[1]
>
> （《死后看不见阳光的人》）

第一节，场景中出现的主人公是"死后看不见阳光的人"。死者生活的环境被设定为"修道院的小径"上，他们被摘去头颅，摆动着身体来回走动。看不见光，亦发不出声，可怜的人如七窍不通的混沌体。可是他们的身体如天使般纯洁无瑕，他们仍然低声合唱，即便是只有乌鸦能够听到，也坚持以死者的身份发声。第二节，场景由"死后看不见阳光的人"转向"黑羊"。动物的梦境里出现的是不值一提的粪便，它们有梦，可是简单的头脑里却没有梦想。"黑羊"全身泛着单一的黑色，可它们能够辨识出区别于黑色的白，不远处的白杨树放肆地在它们眼前招摇。当"我"面对这黑白颠倒的世界时，终于愤怒了。"我"诅咒着，变身为鞭子，向阻止死者发声的世界咆哮，试图唤醒沉寂的空气，让死者也能够看得见、听得到。那一根"鞭子"，高度抽象化为意象，有血有肉地成为时代的旗帜。第三节，场景又转换至死者，而这些是地府里重新获得生命的人，他们不仅看得到光，而且每一个生命体就是一颗星辰。一句"死后谁还能再看见阳光"，与第一节愤怒的口吻形成对比。诗人将对于现实环境的指控转向对于死者的期许，"我"终于与死者并肩而行，齐声共鸣，"我们在死后看不到熔岩内溅出的火花"，既是宣称生前所积聚的力量之无穷，又是暗指死后留给世界的"火花"之绚烂。第四节，场景继续聚焦于死者。然而，由第二节起攒动的暴怒，到第三节豪迈的宣言，再到第四节情绪徐徐缓和，这之间，对于外部社会环

---

[1] 戈麦：《死后看不见阳光的人》，西渡编：《戈麦诗全编》，第244—245页。

境、对于死者的内心感悟都转换为诗性精神。"死后我们不能够梦见梦见诗歌的人",这时,人最终伴着朦胧的梦悄然无声。在荒唐的时代里,诗人好似"飞旋的昆虫和对半裂开的种子",他们团团打转却并不招人喜欢,他们能够繁殖却身受摧残。可是文字的果实依然悬在空中,等待着生者摘取。这大概也是一个诗人反复告慰自己的一段箴言吧。

(3)陆忆敏的惊恐之梦:"到我的死亡之中来死亡"

阅读陆忆敏为数不多的65首诗作,梦是不可忽略的一环。在梦中,肃杀的气氛扑面而来,惊恐之余,反而因为安然寂定而看到了体内的精灵,它们能够与亡者自然地交谈,"惊恐之外/我还将承受死亡的年纪/它已沉默并斑斓/带着呆呆的幻想混迹人群"[1](《死亡》)。或许在她看来,这种独处的舒适感能够颠倒生与死的关系,在迷离模糊的情境中得乎安宁,接近诗性精神却选择与诗分居。这一奇特的想法在诗歌《梦》中有所体现,从中或许能够辨识出陆忆敏逐渐告别诗人身份的一丝痕迹。

　　我黯然回到尸体之中
　　软弱的脸再呈金黄

　　那些自杀的诗人
　　带着睡状的余温
　　居住在我们隔壁
　　他们的灵魂
　　吸附在外墙上

---

[1] 陆忆敏:《死亡》,胡亮编:《出梅入夏:陆忆敏诗集(1981—2010)》,太原:北岳文艺出版社,2015年,第30页。

| 以戏入诗

离得不远

我希望死后能够独处

那儿土地干燥

常年都有阳光

没有飞虫

干扰我灵魂的呼吸

也没有人

到我的死亡之中来死亡[1]

(《梦》)

  这首通篇都没有出现"梦"的诗《梦》，仅仅三节，却将读者的视线锁定于将死、死后和未死三个阶段、三种场景，从而形成三种别样的心理体验。是梦境将"我"推向生与死的边缘。通常而言，多数人濒临死亡时，都会产生一种强烈的恐惧感。第一节，纵然"尸体"这个词一定带有黑暗的面相，但全诗颇具戏剧效果的却是，"我"极其愿意全身心地投入到死亡情境之中。情绪从黑色逆转为金黄，这种色调的激变带给读者的是强烈的视觉冲击，于斯，诗人的王冠在地府显影，诗的力量足以对抗恐惧。第二节，一位"自杀的诗人"，已然令人不寒而栗。可是数量词"那些"的出现，则意味着一连串的自杀事件连环发生。当恐惧的情绪再次袭击读者时，诗人却缓缓放下笔触，让周围的气氛轻松下来。"他们住在隔壁"，看似日常的话语，却拉近了死后的"我"与"自杀的诗人"的距离。当"我"讲述时，"我"已经死了，可作为死者的

---

[1] 陆忆敏:《梦》，胡亮编:《出梅入夏:陆忆敏诗集（1981—2010）》，第31页。

叙述显得那样鲜活。诗人巧妙地化解了空气里的紧张感。第三节,"我希望死后能够独处",这句诗的内涵之多,足以彰显诗人的笔力。"我希望"既可以表示在梦中"我"还没死,也可以认为醒后"我"的愿景,双重的解释反而能够传达出梦境本身的恍惚迷离、飘然不定。"独处"一词出现在这里,真正表达了陆忆敏对于诗的态度。她渴望着有自己的空间,愿离诗不远,不过仍需有一墙之隔。而死后的独处,才是诗人寻求的内心之安宁:于生而言,与"我"呼吸同在的是消声的世界;于死而言,不需要有死者再进入"我"的房间重新经历一次死亡。"也没有人/到我的死亡之中来死亡",这时"我"的死亡之地为新死者的到来提供了一处空间。它并不欢迎这些死者,因为"我"对于死有自己的诠释,"我"亦有自己死后的生活方式。这种对于生或者死的自足,再次颠倒了死前与死后的秩序,而生生不息的是"我"在无意识当中的意识。一般而言,从抒情的角度阅读《梦》,便会陷入在死的情绪里观照诗人的痛感。但从梦境里看死亡的三个阶段、三种场景,更能看出作者内心的释放与节制,从而很好地调动起读者的阅读反差,从一片恐慌的丛林里看到了皎洁的月光。

涉及梦境与死亡意识关系的诗篇,还包括王小龙的《纪念航天飞机挑战者号》。诗人以一位航天飞行员麦考利夫的死亡为切入点,重新丈量白日梦与死亡的间距:"这一瞬间改变了什么/判断原因结论都会出错错误是难免的/死人的事是经常发生的/你想他们还会有什么好事/那些现代理性和计算的低级动物/一个梦才最重要的/死人的事才是经常发生的/为了一个白日梦/你还能期待比这更好的死吗?/一个永恒的白日梦。"[1]全诗穿插着爆炸声,又糅合了琐碎的生活片段与现代文明社会的噪

---

[1] 王小龙:《纪念航天飞机挑战者号》,唐晓渡、张清华编选:《当代先锋诗30年:谱系与典藏》,第234页。

音,支离破碎的场景进入梦的隐喻空间,像是一颗炸弹引爆的现场,以诗的形式呈现了一场荒诞、戏谑的戏剧,令人啼笑又深省。西川的《虚构的家谱》以代代相传的场景转换,记录了"老父亲""祖父"及其众多祖先的名字,他们的故事犹然可见,诗人徐徐移动,拉近有关人物的场景,虚构了一份家谱。诗人说,"以梦的形式,以朝代的形式/时间穿过我的躯体。时间像一盒火柴/有时会突然全部燃烧/我分明看到一条大河无始无终/一盏盏灯,照亮那些幽影幢幢的河畔城",而"我"已经无法辨识传承与延续的脉络,甚至看不清自己,"一个个刀剑之夜、贩运之夜/死亡也未能阻止喘息的黎明/我虚构出众多祖先的名字,逐一呼喊/总能听到一些声音在应答;但我/看不清他们,就像我看不清自己的面孔"。[1]诗人借"家谱"隐喻传统与现代的转换,这种转换是影响,是接续,也是重新诠释,而死去的亡灵仍在天空飘荡,他们的思想、精神或是语言已深入诗人的骨髓,逐渐改变、塑造着全新的"我"。或许梦中的死亡,更是新生。

## 小　结

在诗歌内部营造戏剧场景,成为诗人们普遍使用的创作方式。他们或自觉带有戏剧情结,或在脑海里无意识闪回一个画面,足以让读者回味无穷。这里讨论的戏剧场景与普通场景自然有差别,辨识戏剧场景的关键就在于场景与场景切换间所暗含的动作、情节与冲突性。依场景类型区分,日常生活场景、家族历史场景和都市文化场景三者,分别以片

---

[1] 西川:《虚构的家谱》,唐晓渡、张清华编选:《当代先锋诗30年:谱系与典藏》,第427—428页。

段拼贴式、重复叠加式、多点跳跃式的方式拼贴，体现人物的内心突转，别有戏剧影视剧的观看效果；依场景形式来看，以镜像中人称的变化窥探性别关系，以梦境洞察死亡意识，看似错乱无序的场景切换，延展出的是跌宕起伏的心理剧场空间。

# 第四章

# 汉语新诗的戏剧声音

  除了戏剧动作、戏剧场景之外，20世纪80年代以来汉语新诗文本中最为突出的当属戏剧声音。诚如巴赫金关于作者与主人公的区分，诗人既有自我的意识、观念、情感和命运，又将个人的特征转化为主人公的形象，其本质是诗人透过角色或者人物的境遇而体现自我与创造物之间的审美关系。又如艾略特所区分出的诗歌的三种声音，包括诗人对自己说话、对听众说话以及对创造的人物说话。抒情性作品方有诗人与抒情主人公的差异，不单是对自己说话的第一种声音。何况诗人以戏剧元素入诗创造出新的形象，更是形成诗人与主人公形象之间的交流和对话。20世纪80年代以来的汉语新诗中，独白诗和傀儡诗蔚然成风。诗人或者塑造出角色和人物，或者依靠木偶和面具：第一，以他者的视角写"我"，更具客观性；第二，诗人操纵着那些模拟物，同时审视、反观着自我意识；第三，诗人赋予人物、角色等形象以生命，同他们对话，既推进剧情，又带给读者、观众以剧场体验。总之，20世纪80年代以来，诗人较为自觉地借用戏剧道具或者人物角色，形成一道可观的创作风景。本章分析诗人与诗歌中主人公形象之间的审美关系，走进诗人打造的内心剧场，洞悉人与自然、人与人、人与社会的关系，并探讨传统、当下与未来的共生与错动。

## 第一节　独白诗：戏剧角色与人物的声音

戏剧独白诗有着强烈而主导的声音，指向诗歌中独白人的情感、思想表达。戏剧独白诗的特点有三：第一，独白人不是作者；第二，独白人与他人展开对话，并和一人或多人构成呼应；第三，独白人向读者展示其气质与性格。[1]这里需要明确的是戏剧独白诗与戏剧抒情诗的区别，前者以表现独白人的心理活动、情感变化为旨归，而后者则将抒情的主体引导为作者。由此可见戏剧独白诗的核心在于独白人，而非作者。诗作的读者不是作者预设的听众，而是凭借戏剧化的角色或者人物说话，赋予读者以旁听者抑或是偷听者的身份。20世纪80年代以来，汉语诗人倾心于戏剧独白诗已是共识，他们不约而同地刻画戏剧角色与人物，让他们道出心声，最终以独特的视角还原独白人的生命意识。这其中，诗人的身份相当隐秘，他们面对历史境遇、现实环境所做出的价值选择，常常体现于独白人的声音中。

### 一　角色：边缘人身份

戏曲根据当行分类，传统的基本角色有生、旦、净、末、丑五种。当行各具特色，又都有一套较为严格的表演程式，在表演时，以唱念做打呈现不同人物的性格特征。在戏曲艺术里，讨论最多的莫过于程式化的局限与发展，的确，当行角色的细化和人物性格的深化几乎关系到传统戏曲的生命力。诗人同样关心几种当行角色的心理状态，试图以类型化还原它们的特色，又以类型化彰显个性，书写面对爱情、生活、理想等各个方面时的独特心理体验。

这其中，最具特色的，当属"小丑"。诗人与社会大众之间难以跨

---

[1]〔美〕M. H. 艾布拉姆斯著，吴松江等编译：《文学术语词典（中英对照）》，第141页。

越的鸿沟,昭示出其不断被边缘化的尴尬处境。诗人自喻为"小丑",与戏剧角色惺惺相惜,彼此心照不宣。听"小丑"的独白,其实是诗人忧虑、怜悯自身的命途。诗人成为被边缘化的一群人,主要因为汉语新诗初创伊始就被不断边缘化,诗集的销量低迷,教材编选人员对其视而不见,种种迹象都表露出现代汉诗已经沦为今天文学中的"弃婴"。[1]诗人如"独行的歌者""孤独的饮者""索居的隐士"一般孤独,又如"摘星的少年""执拗的筑塔人"一样觅求希望,这独行、怪诞的肖像,好似20世纪40年代的诗人路易士。然而,20世纪80年代以来,仍然坚守着诗的阵地的文人们,不再故步自封,与世隔绝,经营孤寂的小王国,而是放眼大众世界,审度社会现实,不仅寻找知音,广结诗的友谊,还逐渐走出内心的困扰,与同仁共图诗的志业。归根结底,从纷杂的外部世界取一瓢净水,实现人与人心灵的沟通,是诗人们的共同夙愿。

早在1958年,痖弦的《马戏的小丑》曾为小丑撰写过独白诗,以谣曲的形式,抑扬顿挫地歌唱出马戏小丑无人理睬、遭人嘲笑的悲哀:"在纯粹悲哀的草帽下/仕女们笑着/颤动着折扇上的中国塔/仕女们笑着/笑我在长颈鹿与羚羊间夹杂的那些什么//而她仍荡在秋千上/在患盲肠炎的绳索下/看我像一枚阴郁的钉子/仍会跟走索的人亲嘴/仍落下/仍拒绝我的一丁点儿春天//在黑色的忍冬花下/豹啊,我的小亲亲/月光穿过铁栅/把格子绒披在你的身上/在可笑的无花果树下/就打这样的红领结。"[2]"小丑"不断地呼唤着"小亲亲",却不能得到回应,"阴郁"的心情笼罩在"红领结"上,格外显得"可笑"。可见,"小丑"呼唤知音,是此篇诗歌的题旨。

延续"小丑"的独白,焦桐的诗歌《苦旦》《小丑》《优伶》和《龙

---

[1] 〔美〕奚密:《今天为什么要读诗》,《联合报》副刊,1995年8月26—27日。
[2] 痖弦:《马戏的小丑》,《痖弦诗集》,台北:洪范书店,2010年,第148—149页。

套》,几乎构成一组戏剧角色的群像,他们的内心独白各有特色。"小丑"也是焦桐较为倾心的写作对象,因为其身份低微、受尽冷遇,反而更能够贴近普通人的生活,更能够无所顾忌地道出自己的不幸。他于1987年创作的《小丑》,走向了更广阔的空间,不再拘泥于知音难求的痛苦,而是开始聆听外部社会现实的回音:

> 多少总是有一些错误
> 在我们之间埋伏,
> 一些坎坷在路途上窥伺,多少
> 总是有一些通俗的心事失足——
> 绊倒插科打诨的这一幕。
> 掌声中我听到震耳欲聋的寂寞。
>
> 聚光灯打量我跌跤的心事,
> 揶揄的铙钹在欢呼,
> 嬉闹着荒腔走板的岁月,
> 在插科打诨的这一幕,
> 喧哗的讪笑把我逗得好孤独。[1]

(《小丑》)

诗人焦桐为"小丑"的身份定位,作为一种角色,他们在聚光灯下最不起眼,无论掌声多么热烈,都与他们没有关系。与痖弦笔下的"阴郁"相似,"小丑"大多因为不受重视,内心更为细腻、敏感、自卑和压抑。

---

[1] 焦桐:《小丑》,《焦桐诗集:1980—1993》,第158页。

不同的是，焦桐的"小丑"是"孤独"的，与外界社会格格不入，甚至隔断联系，导致"我"成为被排挤的对象。前者强调自我的情绪，后者则偏向于与外界的关系。正因为此，焦桐的"小丑"不再渴望得到关注，而是独辟蹊径，独自在寂寞的花园里冷眼打量现实世界。呼唤过知音之后，去聆听外部现实世界的声音，最后诗人终于懂得"孤独"是苦也是甜，即便暗含生命的坎坷，却能滋生出更强的生命力。

1988年焦桐写的小诗《龙套》，为戏剧中最为普通的小角色献诗。"孤独"再次成为诗歌的主题，跑龙套的角色默默出场，又默默消失，他不仅在舞台上无人问津，在生活中亦不为人理睬。然而，与"小丑"的"孤独"不同，他似乎更清楚自身的处境，反而担心暴露于喧哗的噪音里，失去了自我的声音：

> 默默地上台，
> 复悄悄地离开，
> 戏里戏外
> 都客串一个小角色；
> 躲在聚光灯忽视的角隅，
> 又担心暴露
> 繁华中的孤独。
>
> 虽然是一场宿命的安排，
> 我想要一点光，
> 一点点对白，
> 喂嚅倾诉胸中的无奈；
> 我不爱谢幕，
> 不爱掌声和票房，

| 以戏入诗

> 只希望再和你同台演出。[1]
>
> （《龙套》）

对于"我"而言，在孤独的空间里独自发声，已是一种自觉。无所谓掌声与票房，在自己占领的一方土地上发光发亮即可。与同道人并肩而行，就是"孤独"所赐予的最珍贵的礼物。

诗人如寂寞的星，在暗夜里独行，究其原因，第一，与文类有关，古典诗歌在精英圈子中传看，现代汉诗却缺乏这样的读者基础；第二，与传播渠道有关，现代汉诗主要通过大众传媒，读者群体是消费者；第三，与文以载道的传统观念有关，读者常常以古典诗歌的传统认识来衡量白话诗歌，难免大失所望。凡是苛求其承担社会、政治使命或者使其娱乐、大众化的倾向，都将现代汉诗推向了异化和畸形化的深渊。[2] 随着20世纪八九十年代，汉语新诗的功用性已然为资讯媒体所取代，而它的娱乐性也被电影、电视、戏剧和小说所取代，企图让其背负社会、政治使命或者沦为大众化的娱乐工具都是变相的压迫。[3] 对诗人而言，"小丑"恰是边缘化身份的一种隐喻，与当前无所用、无所为的现状相关联。然而，小丑又是走索者，他战战兢兢圈出的地界，也可能是囚牢："别怕，小丑也怕：/跃过火圈/走上你的心我的心连成的钢索/攀住系在我们梦的高粱的秋千/用力往上飞——/即使失足，也是掉在/我们自己的王国。"[4]（陈黎：《十四行》）

当然，面对如此境遇，大陆诗人不甘于被"冷落"。他们加入诗

---

[1] 焦桐：《龙套》，《焦桐诗集：1980—1993》，第164—165页。
[2] 〔美〕奚密、崔卫平：《为现代诗一辩》，《读书》，1999年第5期，第91页。
[3] 〔美〕奚密：《今天为什么要读诗》。
[4] 陈黎：《十四行》，《陈黎诗集I：1973—1993》，第290页。

社,建立诗群,参加诗会,举办诵诗活动,这种现象在20世纪80年代的大陆蔚成风气。且不谈诗人之间的赠诗之多,单诗群就不可计数。众所周知,1985年以后,艺术群体和运动的大量涌现,是这一时期社会文化形式的典型特征。[1] 1986年10月21日,由徐敬亚、孟浪等发起,《诗歌报》联合《深圳青年报》推出"'中国诗坛1986'现代诗群体大展"第一、二辑,10月24日,《深圳青年报》又刊发了第三辑,共计13万字,65个诗歌流派、200余位诗人的作品与宣言,包括"非非主义""他们文学社""海上诗群""莽汉主义""整体主义""新传统主义""撒娇派""大学生诗派"等,大量的现代主义诗歌赫然登上了诗歌舞台。[2] 于是,"小丑"在寻觅知音的过程中,感受到"孤独"亦有优势,即在同仁圈子里得到更深远、更亲密的慰藉。

## 二 人物:喧哗与独语

关于人物的戏剧独白,主要由"我"作为说话人,完成对自我内心的剖析。诗人切中人物心理情绪的变化甚至是陡转,从人物的身份着眼,试图开掘出不同的人物类型,包括古典人物、近现代人物、日常生活中的普通人甚至是带有人之个性的物。另外,又从技巧出发以诗的形式实现人或者物的内心独白,包括分行、停顿产生的节奏,多重声音的混响等方式,运用得相当广泛。笔者以哈金的诗歌作品为例,透析诗人展现人物性格与气质时所开掘出的人物类型和表现形式。

在美国用英文写作的诗人哈金热衷于变换视角,赋予人或物以发声的可能。除了对于唐诗宋词的偏爱之外,就英诗而言,对哈金影响颇深

---

[1] 洪子诚:《学习对诗说话》,北京:北京大学出版社,2010年,第274页。
[2] 关于1986年以来的现代主义诗歌大展,可参看徐敬亚、孟浪等编:《中国现代主义诗群大观1986—1988》。

的便是乔治·赫伯特、哈代等这些相当重视诗歌与戏剧关系的诗人,而技法方面的启迪则来自艾略特的《四个四重奏》。同时,哈金的创作与中国大陆20世纪90年代开始关注日常生活,注重表现诗歌的叙事、戏剧化特征不谋而合。事实上,当时极力推崇日常生活化写作的诗人正是他的大学同学张曙光,从《给阿曙》一诗便可知移居美国后二人仍有信件往来。戏剧独白是哈金惯用的诗歌写作方式,他的独白诗极少选取古典人物,而是开掘出多种类型的人与物的形象,这些人或物可以是近现代历史上的帝王将相,可以是当下更贴近日常生活的人,还可以是带有人之情感、观念的物。

哈金的《鬼辩》是以林则徐为原型而撰写的诗篇,隐去诗人的声音,鬼的独语遍及喧嚷的历史长河里,亦庄亦谐,令人回味无穷。众所周知,林则徐因为在广东严禁鸦片,有民族英雄的称号,也因为强制外国鸦片商交出鸦片并集中将其销毁最终导致了中英关系的紧张,以致诱发了第一次鸦片战争,成为朝廷罪臣,被流放在外五年。置身于内忧外患的历史环境,截然不同的历史评价投射于具体的历史人物身上,尤其值得推敲。斯人已逝,若不是林则徐在家书里对郑夫人写道,"自身的生和死尚且置之度外,毁谤和称赞更来不及去计较的了",又说,"对于禁烟这件事,想必因为外面议论纷纷,抱怨责备我的这些传言,说我一生好的声名,将要断送在私自销售鸦片的外国奸商手里,于是深切地为我担忧,而现在英国兵船来到我国,既不能在广东得逞,必定要改窜到别的省,别省的海口都没有设防的准备,如果有什么疏忽和损失,那么这个省的总督和巡抚必然会将罪责推诿给我,说是我惹起外国人挑衅,闹起战争来的,那么是是非非也只有让公众去评论了"[1],那么,就无人知晓林则徐当时的真实想法,更难以推敲他生前的不平死后该如何表达。

---

[1] 林则徐:《林则徐家书》,北京:外文出版社有限责任公司,2012年,第177页。

尽管如此，死后的林则徐又在一片喧哗声里如何自释，启发了诗人展开不尽的想象，设想他的生前身后事。

通常情况下，历史人物要么过于崇高，要么过分低贱，总是处于两个极端。诗人哈金反观历史人物，无论是"英雄"或者"罪臣"，他首先是一个普通人。诗中"我"不再是民族英雄，林则徐一身正气、大义凛然的气节也灰飞烟灭，那位曾经高呼着"我明知道禁烟工作妨碍外国奸商的巨大利益，必定会有困难，但是毅然决然地担当起责任，不敢稍微存有畏惧的心理，因为将身体许给国家，只追求有福于国家，有利于民众，与民众除害"[1]的林则徐，在诗里却发生了极为戏剧性的转变，显得左右为难、懦弱无助，对于被后人评价为"罪臣"深感不满和无奈，但他以可怜的心态、可笑的行为回应前朝今世的众声喧哗。诗人虽聚焦于"我"，由"我"展开的独白却是散点式的，形成与"历史书""英国舰队""未来的孩子们"的对话，几乎从历史、当下与未来三个维度，将"我"内心的错愕、惶恐、担忧表现得淋漓尽致。诗中云：

> 在我们历史书上，我是个罪犯，
> 英国舰队靠岸时我没有
> 坚守广州，而受到谴责。
> 但我也没有安抚敌人，
> 我拒绝了他们的再三要求。
> 在他们眼里我是个玩笑
> 和怪物，欧洲报纸
> 把我称为野蛮的总督。

---

[1] 林则徐：《林则徐家书》，第177页。

他们攻打城市时我没有抵抗，
所以他们轻而易举就得逞了。
他们在高地上等着我
去投降，但我没有露面。
他们等不下去了，就扫荡街道，
地区，轮船，寺庙，
最后从一个律师楼里
把我拖到他们的旗舰上。

我以为会被当场枪毙，
但他们说没那么便宜。
他们把我运到加尔各答，
在那里的地窖里
我死于水肿和思乡病。
谢天谢地，他们没有更往西
把我运到欧洲去。

未来的孩子们，记住
我是个冤死鬼。
不错，我消极以待，
但我还能做什么来让城市
免受洗劫？
有办法止住他们的战舰吗？
最好是虚张声势，以使
朝廷不至于怪我
不抵抗敌军，

不至于在我死后灭绝九族。

我确实是个胆小鬼,
光荣和勇敢都不过是虚影。
未来的孩子们,记住,
我是自个儿一人死的——
不像那些英雄和将军,我没有
把别人带到阴间。[1]

(《鬼辩》)

熟悉哈金的读者便知道,《鬼辩》是哈金诗集《残骸》(2001)里相当重要的一篇,明迪曾评价过:"这本诗集的特点也是有很多'戏剧独白',每一个独白的声音不同,也语调不同,从黄帝到百姓,从慈禧太后到小太监,从朝廷大臣到鸦片鬼,《沉默之间》里的技艺,在《残骸》里发挥得更好,角色化处理得更精到,语言更丰富,某些独白还起到人物心理刻画的作用。"[2]饶有意味的是,诗篇《鬼辩》戏剧性十足,不仅以鬼的口吻发声,颠覆传统的思维定式,显得生动有趣,妙不可言,还以全新的视角理解特殊历史语境里的人物形象。

第一节,首句就抓住了读者的眼球,对历史进行评价言说。在中国的"历史书"里,"我"因为没有坚守住广州,从英雄沦为罪犯,这种视角既是诗人提升戏剧效果的切入点,又决定了读者的阅读期待。也就是说,"我"以罪犯身份发出的心理独白,是胆怯而又试图辩护的被审

---

[1] 〔美〕哈金:《鬼辩》,哈金著,明迪译:《错过的时光:哈金诗选》,第149—151页。
[2] 〔美〕明迪:《叙事与独白:〈错过的时光:哈金诗选〉译后记兼哈金诗歌述评》,哈金著,明迪译:《错过的时光:哈金诗选》,第254—255页。

判者。然而，纠缠于"我"身上的矛盾一方面来自中国的"历史书"，一方面则来自"欧洲的报纸"。在欧洲人眼里，"我是个玩笑"，是"怪物"，是"野蛮的总督"。当然，对"我"恶语相向，就意味着指责"我"当时的行为。尽管林则徐生前曾两次上奏朝廷，直言禁烟和抗英的合理性，却惨遭道光皇帝大骂。那么，对于一个死者而言，"我"更是无从辩护。但短短几句诗却迅速提出问题，追问朝廷皇帝、官员的谩骂和侮辱，到底立场何在？显然，若是守，便是罪犯；若是拒不合作，便是野蛮人。看来究竟"我"怎么做，都无法消除这骂名了。第二、第三节，对朝廷君王、官员言说，进而铺展与欧洲舰队之间发生的冲突，揭示"我"走向死亡的原因。从历史事实来看，道光二十一年，已经被贬谪留守广州的林则徐接到御旨，命他前往浙江镇海参与海防建设。没过多久，大臣琦善的将军与英军作战中不幸败北，为脱洗罪名，竟然上奏朝廷说：英军愿意讲和，他们只是对林则徐一人不满而已。随后，道光皇帝信以为真又急于求和，再次将林则徐贬至新疆。之后，道光皇帝重新重用林则徐为总督，在为清军效力抵抗太平军时，由于一路颠簸，疝气发作，最终与世长辞。对此，诗人哈金展开联想，并没有从内部的矛盾展开，而是将视线转向欧洲舰队，他们从"得逞""等待""扫荡"到"把我拖到他们的旗舰上""他们把我运到加尔各答"，这一系列的动作将"我"从"没有抵抗""没有露面"的外在行为推向"我以为会被当场枪毙""谢天谢地，他们没有更往西／把我运到欧洲去"的心理活动，内心的挣扎、恐惧、委屈、不安不言而喻。诗人一反陈陈相因的历史观念，而是从迁客逐臣的"思乡病"着笔，诠释"我"最终走向死亡的原因。如此逆向的思维，则从反面印证了"我"被流放外地的悲哀和不幸。尽管如此，诗人哈金却疏于渲染这种痛苦，而是以相对轻松的笔调，几个连贯的动作，尤其是"从律师楼拖出"和"谢天谢地没有被运送到欧洲"的情境，全然刻画出一个滑稽、可笑的总督形象。第四、第五节,闹剧过后,是"我"对未来孩子的言说。以回应第一节被无辜定下的罪名,"我"希望为自身正名,告诉后人:一来,"我"已是鬼魂,历史书或者欧洲人的评说都因为"我"的沉默而变得愈发嚣张;二来,"我"是冤死的,所有被虚构出的真相都将"我"的灵魂推向深渊,"我"无路可退、无计可施,然而一切指责的声音都显得那么荒诞可笑、自相矛盾;三来,"我"并不是英雄,一个人的历史只有靠一个人来书写,故而无论外界披上何等骂名,"我"的声音都来自自己,即便做令人怜悯的胆小鬼,蜷缩于一片骂名中,也要将自己的声音从过去延续至现在,甚至未来。总之,哈金的《鬼辩》有历史的原型,但又不落窠臼,视角新颖,将"我"的独白写得时而啼笑皆非,时而苦闷凝重。

哈金还开掘出物的独白。《岩石》一诗,"我"变形为物,以"岩石"的口吻完成独白。20世纪80年代以来的汉语新诗相当注重日常生活中的"物",李亚伟的《中文系》和丁当的《房子》都堪称这一时期流传度较高的诗作。对诗人而言,"艺术不再是单独的、孤立的现实,它进入了生产与再生产的过程,因而一切事物,即使是日常事物或者平庸的现实,都可归于艺术之记号下,从而都可以成为审美的"[1]。哈金直接以物的言说制造戏剧效果,取代叙述性地写物,颇具特点。譬如《岩石》一诗,就像卞之琳的《白螺壳》,依循物的纹路缝隙组织全诗的结构,道出"我"的静与外部世界的动之间的关系:

> 我死后想变成一块岩石,
> 丢进浅浅的河里。
> 三个月后它就会

---

[1] 〔英〕迈克·费瑟斯通著,刘精明译:《消费文化与后现代主义》,南京:译林出版社,2000年,第99页。

| 以戏入诗

长满青苔，屁股结实地坐进泥巴里。

很快鱼儿会游来，在沟沟

缝缝里产卵。

不久鱼仔会找些洞，

在石头下面安身。

然后来了些乌龟，它们喜欢

岩石肩头后面的阴影

和在周围游水的小鸭子的味道。

几条蛇闻到水中的生命，

也爬过来，打洞，

练习释放剧毒；它们爬上岩石去

晒肚皮——

我纹丝不动。[1]

(《岩石》)

前4行，诗人以亡者的身份，表明"我"就是岩石，因为被丢入水中，日积月累生出青苔。第5—8行，写"我"眼中的"鱼儿"，生生不息，在岩石下寻找安身之地。第9—11行，写"我"身旁的"乌龟"，性情温和，喜欢在岩石的阴凉处游戏。第12—15行，写"我"周围的"蛇"，释放剧毒，在岩石身上晒太阳。周围世事变幻，却因为"我"是岩石，而纹丝不动。由"我"的独白引出层层叙述，既把握住每一种动物的性情，又透过"我"的动作提升了小诗的哲思意蕴，尽得现代知性小诗的传统，但又摒弃诗人作为抒情主体的创作方式，将"我"化身为物，任

---

1 〔美〕哈金:《岩石》，哈金著，明笛译:《错过的时光：哈金诗选》，第88—89页。

其在"物"的身体形态里独白,与诗人拉开距离,真正体会"岩石"的心理感悟。

哈金诗作里的"鬼"或者"岩石",难免暗含着诗人的生活状态、价值选择和写作态度。常年漂泊海外,使他更关注如何在北美生存与生活,有如《感激》一诗所写:"自由在这里不是生存方式/而是买卖。要生存,/就必须学会怎样卖掉自己,/把自己捶打成铆钉或螺帽,/以适应某一行业的机器。"[1] 从这个角度而言,《鬼辩》里的迁客逐臣在南国度过了最为煎熬的贬谪岁月,他们的痛苦,"在很多情况下,实在没必要动用剑和绞索。还有其他凶恶的力量在那里等着流放者。最戕害人的就是那些热带疾病,疟疾是罪魁祸首"[2]。贬黜外乡的官员、文人之生活遭遇令诗人哈金感触颇深,当然,同样是流散的命运,不同环境的人面对的困境又各不相同。但从精神层面而言,孤独或者不适是最为普遍的生命状态。《鬼辩》里自嘲、调侃的语调,是哈金从社会现实和精神世界的苦海里撷拾起的一剂良药,而《岩石》里以静制动的哲思,是他徜徉瞬息万变、漂泊不定的空际里牢牢抓住的一根石柱。可见,诗歌里人或者物的声音,深深触及着诗人的神经,只是让读者遗忘诗人而记住诗中更为普遍、深远的声音而已。

从哈金的独白诗能够看出,与小说、戏剧相比,独白诗缺乏外貌、行为、动作的细节铺排,无从展开情节,但它的寥寥数语却时刻提醒剧作家真正关注人物的内在心理活动。只有立足人物的情绪、情感变化,一切故事情节才合理有效。不拘泥于人物的刻板印象,从新的视角观照其心理变化,才能演绎出不同历史时代里不同人物的自我意识。

---

1 〔美〕哈金:《感激》,哈金著,明笛译:《错过的时光:哈金诗选》,第64—65页。
2 〔美〕薛爱华著,程章灿、叶蕾蕾译:《朱雀:唐代的南方意象》,北京:生活·读书·新知三联书店,2014年,第79页。

## 第二节　傀儡诗：提线木偶与面具的声音

古往今来，若论诗人笔下着墨最多的剧种，傀儡戏[1]当列首位。傀儡戏出现于诗歌中，可称为傀儡诗。早在宋代，杨亿便提到"傀儡诗"。傀儡戏作为中国传统戏曲艺术的独特样式，由傀儡替代人，模仿人的行为，实现舞台表演效果，"中国戏剧并不仅仅以歌舞为其存在形式，傀儡、角抵、优语、戏弄、皮影等等，同样是戏剧的存在形式"[2]，而"在中国古代史记载中，对真人真事的模仿作态并不晚出，巫舞的表演，拟人的史事，优伶的立言，甚至假面的使用，几乎与中国民族史同时存在"[3]。观照20世纪80年代以来的汉语新诗，诗人以假人傀儡（提线木偶）或者假面傀儡（面具）为道具，更为立体地展现了主体与客体、个人与社会历史的关联。

### 一　提线木偶：灵肉的对话

20世纪80年代以来，提线木偶颇受诗人青睐，是此阶段汉语新诗创作重视营造戏剧情境的集中体现。一方面，与西方造型多变甚至演变出以物体取代人形的傀儡戏不同，中国傀儡戏万变不离其宗而仍以人形为主，与之相对应的傀儡诗不仅描绘偶戏的制作、演出情况，还以戏

---

[1] 通常而言，中古傀儡戏包括假人傀儡戏和假面（头）傀儡戏两种。前者主要指木偶戏和影戏，本文主要讨论的是木偶戏，着重分析其在诗歌中的表现特点。后者则是假面戏，譬如宋代杨亿的《傀儡》诗云："鲍老当筵笑郭郎，笑他舞袖太郎当。若教鲍老当筵舞，转更郎当舞袖长。"鲍老、郭郎佩戴面具引舞，就是傀儡戏中的滑稽角色。

[2] 王小盾:《试论〈资本论〉中关于事物的质的规定方法——兼谈中国文学艺术史上两种体裁的性质的确定》，《戏剧艺术》，1986年第2期，第8页。

[3] 唐文标:《中国古代戏剧史》，北京：中国戏剧出版社，1985年，第1—4页。

入诗[1],"可以咏民国之内阁,可以咏当时之名流"[2],借助傀儡抒发人生感叹,以傀儡的诙谐暂且慰藉诗人寂寞烦恼,叹息人生如戏般短暂,体现出诗人对不同世代的参悟反思。另一方面,与西方傀儡戏常采用人偶同台的形式亦不同,中国传统傀儡戏为突出木偶形象,体现故事情节的虚拟性、假定性和整体性,操演者往往被遮挡于幕后,进而分割出表演区和观众区。基于中西傀儡艺术的差异[3],对于中国诗人而言,他们通常将人形傀儡作为道具,展示傀儡与操演者之间台前幕后的张力关系。这时候,傀儡往往具有替代性功能,它既可以代操演者言说或是抒情,又具有独立的表演特质。正是有如此双重身份,中国诗人习惯于牵动着傀儡,让它的思想自由穿越客观世界,甚至触及他人或是社会的敏感神经,虚拟出更开阔的现实情境,进而反观自我的精神状态,诠释出主体精神与客观物境的关联,"主体与客体、个人与社会的历史关系通过主体的、回复到自我的精神的中介而必然留下自己的痕印"[4]。如果说得益于宋元以后勾栏瓦舍的兴盛,演出场地"棚"逐渐被诗人普遍关注,如俞樾所言,"眷属由来是强名,偶同逆旅便关情。如今散了休提戏,莫更铺排傀儡棚",那么,除了"棚"之外,古时候称木偶戏为"牵丝戏","丝"的重要性略有凸显。"提线木偶"是木偶戏的一种样式,尤其强调

---

1 历代傀儡诗不胜枚举,可见其在中国古代诗歌史上的重要性。譬如唐玄宗的《傀儡吟》有道是"刻木牵丝老作翁,鸡皮鹤发与真同。须臾弄罢寂无事,还似人生一梦中";梁锽的"世间尽被鬼神误,看取人间傀儡棚。烦恼自无安脚处,从他鼓笛弄浮生";黄庭坚的《咏傀儡诗》云"世间尽被鬼神误,看取人间傀儡棚。烦恼自无安脚处,从他鼓笛弄浮生";唐寅的"身后碑铭徒自好,眼前傀儡任渠忙。追思浮世真成梦,到底终须有散场";刘克庄题为《观傀儡》的诗也说"酒阑有感牵丝戏,也伴儿童看到明"。(参看秦学人:《不可忽视的偶戏史料——古代咏偶戏汇释》,《戏剧》,1997年第3期。)

2 杨荫杭著,杨绛整理:《老圃遗文辑》,武汉:长江文艺出版社,1993年,第662页。

3 陈世雄:《人、傀儡与戏剧——东西方傀儡戏比较研究(下)》,《文化遗产》,2003年第4期,第41—50页。

4 〔西德〕阿多尔诺著,蒋芒译:《谈谈抒情诗与社会的关系》,伍蠡甫、胡经之主编:《西方文艺理论名著选编》(下卷),北京:北京大学出版社,1987年,第710—711页。

"线"。宋代蒋捷在《沁园春·次强云卿韵》中写的"高抬眼,看牵丝傀儡,谁弄谁收?",顾城的《提线艺术》、焦桐的《悬丝傀儡》和车前子的《再玩一会儿》等诗篇,都牢牢抓紧木偶戏的"线"而展开想象,可代表20世纪80年代以来不同历史时空下诗人的精神诉求和创作心态。诗人们以"提线"的动作,传达内在精神世界的挣扎与自足,表露出与外部现实环境间的制衡关系。在他们笔下,木偶体内的"线",是他们思考自然、人际与传统进而反观自我的一条纵深的脉络。

### (1) 顾城的"那根线":回到自然世界

顾城创作于1982年的《提线艺术》,是一篇少有的既考虑剧场艺术,又纵情自然而返回到内在精神世界的佳作。在这首诗中,诗人顾城向自然发出邀请,其目的不在于构筑一座单面向的童话王国,而是融入他对于外部环境的立体思考。

顾城的诗歌创作,曾受到西班牙诗人、剧作家洛尔迦的影响。二位的神奇交汇,北岛在《时间的玫瑰》中特别提到:"当《洛尔迦诗抄》气喘吁吁经过我们手中时,引起了一阵激动。洛尔迦的阴影曾一度笼罩北京地下诗坛。方寒的诗中响彻洛尔迦的回声;芒克失传的长诗《绿色中的绿》,题目显然得自《梦游人谣》;80年代初,我把洛尔迦介绍给顾城,于是他的诗染上了洛尔迦的颜色。"[1] 可见,在北京地下诗人的"跑书"活动中,这部诗抄影响的诗人不胜枚举。顾城正式接触洛尔迦相对较晚,但所受到的影响却一点不亚于其他朦胧诗人。顾城毫不掩饰地表达对洛尔迦描摹的纯美世界之神往:"喜欢他诗中的安达露西亚,转着风旗的村庄、月亮和沙土,他的谣曲也写得非常动人,他写孩子在露水

---

[1] 可参看北岛的《时间的玫瑰》。顾城在《河岸的幻影——诗话录之一》提到他与洛尔迦的一次错过:"洛尔迦的诗,我们家也有,放在书柜的最下层,我把它抽出来时,看见封面上画着个死硬的大拳头,我想也没想就把它塞回去,那个大拳头实在太没趣了。"

中寻找他的声音,写得纯美之极,我喜欢洛尔迦,喜欢他的纯粹。"[1]这番言论几乎成为研究者讨论顾城童话诗渊源的重要佐证。

然而,除了以"童贞""纯粹"阐释洛尔迦与顾城的精神同构之外,笔者以为探讨顾城诗歌现代技巧的借鉴方面,不能忽略戏剧情境的营造。这点,倒不妨参考洛尔迦对木偶剧的关注。洛尔迦不仅是诗人,还创作戏剧。在诸多剧种中,他又格外热爱木偶剧。20世纪20年代,他沉浸于木偶剧剧本创作,了解到相当多的木偶知识,包括木偶的制作和操作,木偶的表情动作,木偶装置的设计,木偶与剧场环境的互动,木偶演员与木偶、观众的互动,等等。这些知识对他同时期创作的诗歌《吉普赛人谣曲集》有明显的影响。每首诗都如同插画,一连串圣人或者天使的故事在连环画里得到栩栩如生的呈现。诗歌又不满足于祭坛画里的二维空间,而是构筑了雕塑一般的三维立体空间。[2]

读诗作《提线艺术》,很难说顾城直接受到洛尔迦的影响,但是关于视觉形象所联想的二维或者多维通感却与之相仿,就连1979年初才开始接触现代技巧的顾城也说:"这种联想,二维或者多维通感是在超常态下进行的。它甚至不是在想,而是在不断显现,就像梅特林克《青鸟》剧中的小男孩,转动一下帽子上的钻石,另一个以奇异方式联系的童话世界,就出现了。他既在你前边,又在你左右,又在你之中。"[3]顾城依托对"线"的想象,同样开掘出操演者、木偶和观众的互动与制约关系。众所周知,顾城善于绘画,其诗作画面感极强。与诗歌相较,画面相当重视空间结构。顾城同样没有拘泥于二维空间,而是塑造了立体的

---

1 顾城:《河岸的幻影——诗话录之一》,《顾城散文选集》,天津:百花文艺出版社,1993年,第120页。
2 Stephen G. H. Roberts, "El retablo de Marse Federico: Lorca's Romancero gitano as puppet theatre", *Journal of Iberian and Latin American Studies*, Vol. 17, Nos. 2/3, August/December 2011, pp. 196-197.
3 顾城:《盗火者与女妖》,《顾城散文选集》,第111页。

| 以戏入诗

剧场空间。不妨先回到诗文本，看看顾城是怎样以诗的语言调动舞台效果的：

（一）
孩子们为花朵
捉住了蜜蜂
世界为自己
捉住了人
他把线穿在避雷针上
又把绳子绕在手上
他用另一只手
在脸上涂月光软膏
然后微微一沉
拉开了幕布[1]

第一节，诗人采用双重模仿，既还原木偶戏本身的动作，又以童话重新演绎木偶戏。这为观看木偶戏的观众拉开幕布，也为诗歌读者掀开扉页。在顾城看来，"孩子""世界"与"他"并置，是这出戏的主宰者或者操纵者，由他们演绎故事剧情，控制戏剧节奏，引导现场观众。即便三者同是操纵者，诗人顾城仍搭建出三重维度："孩子"最先出场，他是童话王国的主宰者；在戏院，"世界"面向的是观众；然而，真正发出动作的却是"他"，舞台表演效果全由"他"来决定。如何实现三者的融合并创造出曼妙的画面，取决于"他"左右手中的"线"如何跳动。"线"的一端缠绕着"避雷针"，"孩子们"与"世界"、"花朵"

---

[1] 顾城：《提线艺术》，顾工编：《顾城诗全编》，第723页。

与"自己"、"蜜蜂"与"人"一一对应,形成了三组同构关系,"他"的目的在于保护树木、花草、鸟兽这样纯美而干净的自然,使其免受伤害。透过"避雷针"的庇护,"他"的另一只手才能够以自然的"月光"、人工的"软膏"装扮木偶。诗人不仅观照台上台下,同时透过"捉""穿""绕""沉"等写出了木偶演员"他"的肢体动作,诗歌的舞台表演效果不言而喻。

(二)
天亮了
所有人都开始
手舞足蹈
他们抓住有浮力的皮包
匆匆忙忙
从城东涌向城西
他们迈过了铁路
铁路上没有青草
沥青粘住石子
像是一种麻糖[1]

第二节虽然没有出现"线",但"提"的动作却更为生动。"提线"动作的完成,有赖于一系列动作的配合。这一节最具特点的就是以动词"手舞足蹈""抓住""迈过""粘住"表现木偶的形体动作,以形容词"有浮力的"修饰"皮包",从而活灵活现地呈现了木偶的出场。通常而言,漂浮和灵动的舞蹈姿势,有如回到上古诗乐舞合一的情状,正与

---
1 顾城:《提线艺术》,顾工编:《顾城诗全编》,第723—724页。

| 以戏入诗

童年时期的记忆相吻合,只有在这样自然、纯一的情境中才能尽情地舞动。然而,木偶化身成的人,他们的世界里没有青草,只是匆匆忙忙地赶路,所谓的"手舞足蹈"或许是"指手画脚"的另类解释。于是所有的动作都变得浮夸,木偶的行为已经脱离第一节中"他"的生活方向,徒有一张木偶的面孔而已。"沥青粘住石子/像是一种麻糖",这一比喻正指向台前木偶与台后演员("他们")的关系,因为人与木偶之间的联系不仅依靠"线",更重要的是要达到相互配合还需要生活目的相一致。换言之,人与木偶将要守护纯美的自然,还是坚持麻木的生活?

(三)
那根线是鱼线
被水里的阳光粘住
所有愿望
都可以抽成透明的丝
只要诱惑
在水下进行
惊讶吗
那就绝望地跳跳
鱼终于学会了
使用鱼刺[1]

第三节,透过上一节的"粘"的动作,诗人最终回到"线",展开丰富的联想。木偶的动作,有如水的流动,灵动、透明而清澈,诗人由流线而发掘了一连串的隐喻:鱼线"粘"着阳光,"粘"着鱼的肉身。

---

1 顾城:《提线艺术》,顾工编:《顾城诗全编》,第724页。

这是诗人寄托于自然、寄托于生命的愿景,"透明的丝"显得清澈,正是因为清澈才未受到规训,在流动的世界里可以涌动属于人性的欲念。面对这种生活常态,为何会"惊讶"?为何会"绝望"?在僵化而麻木的人类世界,大概不能体会这种天然的乐趣,因此只有融入鱼的世界才能体会人性之美。但是在压抑的环境下,没有"避雷针"的庇护,只有"绝望地跳跳"。"终于",道出了一次又一次痛苦的经历,这之后,从"线""丝"到"刺",渐渐穿入"鱼"的肉体,与之粘(黏)合为一。诗人从舞台返回到内在心理世界,"鱼"不再借助肉身外的"线"而获得庇护,而是依靠体内的"刺"获得一种全新的生命力。

(四)
高空垂下
忽轻忽重的光线
人类在嗡嗡长高
吊车在行哪国军礼
别去管它
只想
那朵花呀,那朵花
那只蜜蜂
尼斯怪兽在湖中醒来
野兔在田野飞奔[1]

(《提线艺术》)

第四节,"光线"辐射着"人类"与"吊车",被诗人抛于自然之

---

[1] 顾城:《提线艺术》,顾工编:《顾城诗全编》,第724—725页。

外。这种抛弃,说到底,是渴望木偶挣脱身上的"线",摒弃"观众"与"他"的掌控,在舞台上自由地奔跑、戏耍。这首充满童趣的诗隐含着一种刺痛感,对顾城而言,有如他1989年在《木偶》中所写,"没有拿出枪来/对着你/你可以说话/说你多么爱儿童","你是一个暴行/有电的金属兰若/它们迫你走纯洁之路/所以诗是纯洁的"。一方面,在二元对立的"人"与"自然"关系中,贴近自然、回归生命本真是其夙愿;另一方面,所谓的纯洁并不是出于人性的意愿,而是至高无上的权力使然。在诗人顾城搭建的舞台上,他创造了一个异己的"木偶"与之对话,试图找到出口。木偶看似受到演员(操纵者)的摆弄,被提线扯着身体走动,被观众当作滑稽角色嬉笑,但一句"别去管它"便是诗人的态度,所有的牵制似乎转瞬灰飞烟灭。

诗人顾城想象的世界纯美而单一,这并非是对社会现实的逃避,而是与诗人思维结构相契合的一种生活状态,同时是诗人主动对于政治意识形态做出的反抗。当然,他享受自然而自得其乐,也因为厌弃人的世界丧生于激流岛。在那样一个嘈杂而纷乱的时代里,他最终主动选择做"哑孩子",其实是诗人基于强烈的反抗意识,拒斥社会的噪音而坚守内心感觉的表现。"文革"已经过去,但经历过精神浩劫的人们究竟该如何面对未来?诗人顾城同样忧虑主体绝对精神的变质,"我首先读到的洛尔迦——一个被长枪党残杀的西班牙诗人:'哑孩子在寻找他的声音,偷他的声音的是蟋蟀王……'他竟在一滴露水中找,最后:'哑孩子找到了他的声音却穿上了蟋蟀的衣裳'"[1]。现在看来,这提线木偶何尝不是"哑孩子"的化身?令顾城担忧的是,找到声音的"哑孩子"又是否换上了"蟋蟀"的外衣?事实上,"抒情诗之退回自我、发掘自我,远离

---

1 顾城:《盗火者与女妖》,《顾城散文选集》,第108页。

社会的表层，然后通过诗人之脑，社会的东西变成了创作冲动"[1]，顾城的追问里所隐含的反抗又不是个人化的，他只是透过一种个性化的表达，将处于压抑状态下的自我转变为更有尊严的个体，进而将压抑人的社会转化为正常而尊重人的社会。

### （2）焦桐的"几条线"：挣脱世俗格套

以"一根线"牵动出的自然，抽象地诠释出诗人顾城对人的拒斥心理。台湾诗人焦桐与之不同，他则是潜入矛盾的深处，剖析人与人之间的世俗人情。他总是渴望能够再具体些，切实打探清晰客观世界的纹路，从而勾勒出人际关系的虚假与荒谬。由于戏剧专业的学习背景，台湾诗人焦桐的诗歌中，不乏戏剧角色。包括《苦旦》《小丑》《武生》《优伶》《龙套》等，构成他诗歌创作生涯里不可忽略的一组形象。焦桐在就读戏剧专业时，深受挪威剧作家易卜生的影响。易卜生的剧作相当关注人，注重角色所隐含的内在生命价值。受到19世纪虚无主义运动的影响，易卜生尤其厌恶人与人之间客套的交际，从而追求独立的人格。[2] 读过大量易卜生剧本的焦桐与顾城截然不同，他大胆而直白地表现坦率与真诚的人性，而摒弃虚伪的人际关系。在他用语词构建的世界里，现实的污秽没有被自然冲淡，反而推动诗人更关心现实，创作了大量的写实诗。对于诗而言，焦桐认为："我对诗的基本要求，不免还是传统的——每一首诗，最好都是一种复杂的舞蹈组织，严格控管现实事物的变形、象征出现，并具备将抽象概念具象化的能力。"[3]

---

[1] 〔西德〕阿多尔诺著，蒋芒译：《谈谈抒情诗与社会的关系》，伍蠡甫、胡经之主编：《西方文艺理论名著选编》（下卷），第709页。
[2] 钟淑贞：《相继还有一些忧郁的主题：诗人焦桐专访》，《幼狮文艺》，第85卷第4期，台北：幼狮文艺文化事业公司，1998年，第13页。
[3] 焦桐：《焦桐世纪诗选》，台北：尔雅出版社有限公司，2000年，第5页。

尽管深谙舞台艺术，但他创作于1990年的《悬丝傀儡》却无所谓舞台，而是化空间的舞蹈组织为诗人的思维运动轨迹，力求具体地呈现诗歌内部的结构组织，依靠动作推进情节并探讨现实与梦幻缠绕交织出的灵肉关系。焦桐笔下的傀儡戏，紧扣"悬丝"和"傀儡"的主题，极尽可能地突出"线"两端的力量，形成了一场心理拉锯战。"总是有几条线"作为"神经，骨骼和血管"植入木偶的肉体，虚构出一个在权贵显要面前奴颜媚骨的形象：

> 暗地里总是有几条线，
> 取代神经，骨骼和血管——
> 一条控制阿谀逢迎的五官，
> 将欲望拉扯得团团转；
> 一条主宰卑躬屈膝的姿态，
> 另一条窃听欲言又止的喉咙，
> 灯光下的声音和举动
> 完全由阴影中的老人来操纵
> 冥冥中还有一条线，
> 牵动灵魂，多愁善感地
> 拨弄命运的离合悲欢，
> 将现实
> 纠结成梦幻。[1]

(《悬丝傀儡》)

统观傀儡诗传统，仅少数诗人能够在短小的篇幅中展开舞台表演的

---

[1] 焦桐：《悬丝傀儡》，《焦桐诗集：1980—1993》，第168页。

想象，绝大部分诗人的着眼点不在于铺排舞台效果。由于"在木偶剧中，演员被一分为二：台后演员与台上演员。前者是真人，后者是木偶；前者赋予后者以生命，后者使前者的'心中之戏'得到物质的外壳，并从而传达给观众"[1]，诗人焦桐格外留心台后演员与台上演员的关系，由台上傀儡向台后演员发问，揭出表面一套、私下一套的世俗格套，进而还原物质外壳背后的"心中之戏"。开篇处，诗人便营造出晦暗的氛围，辐射至文本的缝隙。"暗地里"一词定下全诗基调，意味着操控木偶的人身份之隐匿，其无形的掌控力犹如卡夫卡笔下把守"法门"或者"城堡"的权力。正是因为无形而虚幻，反而有着更神秘可怕和不可抗拒的魔力。诗人又以"线"操控"声音和举动"，描摹出三种不同的心理动作："阿谀逢迎""卑躬屈膝""欲言又止"。此三种心理动作，并非平行而设。透过填补诗行的空白，我们不难发现，动作推动着情节的发展。这点尤为可贵，因为动作（外在的或者内在的）是戏剧文学的核心，人物性格的塑造、故事情节的发展都主要依靠动作来实现。回到焦桐的诗歌中，可以看出，诗人相当重视"提线"的动作，由此起到延展舞台效果、表现情感心理、推进情节发展等方面的作用。由于欲望的驱使，趋炎附势的奴性昭然若揭。但，丑陋的面目令自己憎恶，内心暗涌着强烈的不满。由此"另一条线"做出"窃听"的动作，道出波涛汹涌的心理活动。外在表现和内在心理的纠缠，驱使诗人探寻更幽暗处的灵魂。在舞台灯光的照射下，焦桐冷峻而客观的书写，更像是一把手术刀，一刀一刀地深入人际关系的纹理。从人体内流淌出的血液便是对外部世界的反应，诗人固执地坚持任性的柔软可以击碎现实的暴力。

"阴影中的老人"，预示着生命的晚期，争名逐利的人走到尽头仍需面对死亡。"老"还是一种生命过程，在时光的湖水里倒映出从"过

---

[1] 董健、马俊山：《戏剧艺术十五讲》，北京：北京大学出版社，2004年，第51页。

去"延续至今的体征变化。受到西方未来主义及前卫诗形式实验的影响，焦桐推崇形式的革新。与20世纪80年代后期的夏宇、陈黎、林耀德、罗智成等诗人一样，焦桐创作了不少音像诗，以拼贴、戏仿的技巧游戏诗歌。焦桐提到："'前卫'（avant-garde）一词的法文原是军事用语'先锋'之意，目前，前卫派一般用来描述艺术家或作家，在作品中可以而自觉地实验、追索新的形式、技法和题材。前卫艺术是一种追求美学自由的过程，也是一种社会现象的反映。"[1] 显然与《完全壮阳食谱》诗集的大胆尝试不同，《悬丝傀儡》算是保守的诗作。饶有趣味的是，诗人透过旧戏作诗，思考的是过去、现在与未来的关联性。唐捐在《向麻木开火——〈焦桐世纪诗选序〉》中提到："无论何者，每每出以一种格套化的形式，久而久之，不免由示范变成规范，框限吾人的耳目。扩大来讲，日常生活中一切僵化的行为模式，乃至人间种种强制性的集体信仰，都可算是隐形的谱。"[2] 总体而言，"谱是对世俗格套的模仿，诗是破谱而出的力量"[3]，焦桐的《悬丝傀儡》以木偶的动作模仿，又以诗的力量反观世俗格套。随着传统傀儡戏的生存状况举步维艰时，那些借助于灯光、影像的台湾霹雳布袋戏似乎获得了物质上的满足。但这种形式的翻新，是否就意味着傀儡戏找到了未来？与悬丝傀儡戏的命运相仿，诗歌所要突破的世俗格套同样引发了诗人焦桐艰难的思索。

"冥冥中还有一条线"，隐去的主体"我"被生活里的虚假套牢，故而这条"线"不能决定灵魂的去向，只能如隐形人般活在梦幻世界里。遗憾的是，"将现实/纠结成梦幻"的结局非但不能自救，反而因为"梦幻"的不确定性最终暴露了自身的迷惘，陷入更深的僵局。现实与梦幻的缠绕，大陆女诗人翟永明的《玩偶》同样有所体现，"像静

---

1 焦桐：《台湾文学的街头运动》，第65页。
2 唐捐：《向麻木开火——〈焦桐世纪诗选序〉》，焦桐：《焦桐诗集：1980—1993》，第243页。
3 唐捐：《向麻木开火——〈焦桐世纪诗选序〉》，焦桐：《焦桐诗集：1980—1993》，第256页。

物 也像黑暗中的灯泡/面目丑陋的玩偶不慌不忙/无法识别它内心的狂野/当我拧亮台灯 梦在纸上燃烧/我的梦多么心酸 思念我儿时的玩伴/躺在我手上,一针又一针/我缝着它的面孔和笑容"[1],这里的"线"勾连出的是"我"的童年记忆。缝合在一起的"面孔和笑容"毕竟显得勉强。翟永明的"玩偶",预示着童年的梦已残暴地消失在记忆里;与之相比,焦桐的"悬丝傀儡"则点出未来道路受阻的现实状况,从而揭示出20世纪90年代初台湾诗人的心态,在世俗里求突破,反而沦落到半梦半醒的彷徨境遇。

(3)车前子的"一捆提线":坚守文化传统

新世纪以来,面对多样化的政治、经济和文化选择,文学与市场、精英与大众、传统与个人等冲突逐渐突出。对于诗人而言,诗性精神的坚持显得格外不合时宜。车前子的《再玩一会儿》,创作于2000年2月4日,可看作他对新世纪社会文化环境飞速变化的回应。都是围绕木偶戏而生发联想,这里的"提线"不若顾城《提线艺术》里的一根抽象之"线",不若焦桐《悬丝傀儡》里的"几条线",指的是操纵着木偶的"一捆线"。

车前子生于1963年,样板戏几乎伴随他走过了童年乃至青少年时期。然而,他却格外喜欢看不同种类的戏剧,包括京剧、昆曲、皮影戏、白戏和木偶戏等,这些戏在其诗歌和散文里常常出现。回忆起与木偶戏的缘分,多是动画片里的木偶引起他的兴趣。真正看到木偶戏演出,已经是成年人了,"人常常能在木偶身上,看到自己的笨拙,如果他看木偶剧的话。有时候我想,木偶的提线再多一些,那么它的行动会不会更加自如,表情会不会更加丰富?有一次,某位木偶剧团的副团长

---

1 洪子诚、程光炜主编,张清华本卷主编:《中国新诗百年大典》(第15卷),第176—177页。

回答我,他说:'线再多,就把我们搞乱了!'我哈哈大笑。一个能被木偶搞乱的木偶剧团,该是多么好玩的地方。其实我们已在这个地方,只是不知道它的好玩"[1]。"提线再多一些"的想法被副团长否定了,却在车前子的诗里得以实现。

车前子摸索的前路,是踏着传统文化走下去的。"一捆线"就是艺术之精髓,它贯穿着中国文化的历史脉络,牵引着文人的风骨气节,它可以是具体的书法、绘画、戏剧和诗歌艺术,可以是事物之间一种神秘的联系,不可名状。[2]车前子全然抛弃舞台,注重心理动作,呈现操演者对木偶的操控以及木偶对操演者的抗议,一方面将"我"化身为木偶,使"线"与木偶的关系转换为"线"与"我"的关系,追问动作发出的根由,另一方面将"线"植入"我"的身体,操纵着"我"的思想、行动,完成自我肉体与灵魂的对话。如诗:

> 在我体内的是什么人?
> 在我脑瓜里血管里的是什么样的人?
> 在我若有若无的灵魂中,
> 那说出这话的是一个什么人!
>
> 让我说出了这话,让我逆来顺受,
> 公正的嫉妒,小心眼的崇高,
> 让我负起上贡的责任是什么人?
> 什么人在我体内装了一捆提线,
> 让我跌倒什么人把手猛地一松,什么人

---

[1] 车前子:《好玩的地方》,《手艺的黄昏——车前子散文自选集》,上海:上海文艺出版社,1998年,第153页。
[2] 车前子:《一根线》,《老车·闲画》,哈尔滨:北方文艺出版社,2015年,第57—63页。

> 又猛地一拽提线，拔高我，
> 超过了涨价。我是什么人的傀儡，
> 我是什么人的皮囊，我是什么人的
> 灵魂在我体内原形毕露，而我却什么也看不出

木偶以物象人，演员被遮蔽于幕后，借助提线操纵木偶的表情、语言和行为。这一传统的戏剧艺术，被诗人车前子化用，上演了一出木偶心理剧。第一节，诗篇从头至尾追问"在我体内的是什么人？"诗人借用木偶戏的提线动作，将演员与木偶的灵魂分离，透过语气的变换，完成木偶的内心独白。木偶不断向台下的观众和台前的"我"发问，两个问句显得急切而气恼，一个感叹号看似是对演员的不满，实则是指责显在的"我"违背隐在的灵魂，表达对任由其操控的愤然。第二节，在"我"与演员、灵魂三者的拉锯战里，肉身的"我"是最软弱、无力的。在世态炎凉的现实世界，"我"的自主性显得微乎其微。诗人以"提线"的高低，反观自我生存状态的得势与失势、顺境与逆境。木偶的皮囊上下浮动，"猛地一松"又"猛地一拽"，猝不及防。然而，"我"的痛苦就在于，皮囊之下还有灵魂。那些"让我说出了这话，让我逆来顺受""让我负起上贡的责任""让我跌倒"的人，已经压迫着"我"的"灵魂"，可吊诡的是，倘若"我"离开了这操纵，甚至浑身乏力，更无以安抚灵魂。诗篇逐渐显现出一身公正、富贵、崇高皮囊之下任人摆布、虚空无力的真实面目，诗人以批判的口吻反问"到底'灵魂'应置身何处？"，颇具力量地反讽了当下最为司空见惯的异化的社会现实。

> 什么人快告诉我，什么人，
> 你是什么的后代，你是哪路英雄，
> 你是，哪条街头转悠的大王，

| 以戏入诗

> 你是哪座学院裏穿着西装的黄色粉笔,
> 你是哪家的祖宗,你是你的事你是厂里的保安,
> 仓库里的老鼠,管浴池的老头,你是
> 什么人!美国换下的内裤和总统,
> 阿根廷的农民,法兰西的骑兵队长,
> 醉倒在甘肃省的一个印度律师,
> 你是什么人,替贵妇人弯腰捡起中国扇子的
> ……

  20世纪90年代末,意识形态与商品经济的错动,在诗人身上表现得尤其明显,"今天的诗人要无愧于后代,必须通过一代人的共同努力,让当下诸多缺乏情感色彩的词汇——商品、交易、石油、钢铁、警察、政治、税单、指令、软件等等,最终体现出现时代的内涵来"[1]。诗人车前子将千禧之年支离破碎的故事情节、新闻事件拼贴、杂糅在一起,同时选择中国的传统傀儡戏结构全篇。那时,诗人正为法国作家克劳德·西蒙的小说《弗兰德公路》写随笔,自然联想到法兰西的骑兵队长,以及故事诙谐、嘲讽的风格,流溢出深刻的幽默感。一位印度人把官司打到了甘肃,醉酒后被医院抢救的新闻,使诗人感到两个地域产生关联的神秘与荒诞。而"英雄"与"大王"、"祖宗"与"保安"、"贵妇"与"中国扇子"等,这些参差对照、新旧交叠的语词,正是诗人试图弥合传统与现代相断裂的一种方式。正在上演的傀儡戏,由于不断更新的新闻事件的介入,其诗体如同诗人的身份一般遭遇着质问。终于,咄咄逼人的追问,使得诗人陷入认同危机的恶性循环中,体内激荡出"诗人,你是什么"的回声。

---

[1] 杨克、温远辉:《在一千种鸣声中梳理诗的羽毛》,《山花》,1996年第10期,第77页。

第四章　汉语新诗的戏剧声音

在我若有若无的灵魂中，
发问的是什么人，再不告诉我，
我就扯断提线无非像扯一个谎，我就割开皮囊，剪下一大块，
送给苏州道前街上的两三个鞋匠师傅，快告诉我，你是什么人，
那说出这话的是一个什么样的人，
再不说，灌辣椒水，上老虎凳，美人计，活埋，枪毙，
再不说，我就不玩了。

"是我。再玩一会儿吧。"[1]

（《再玩一会儿》）

大量的语词堆砌和铺排看似内容杂乱无序、节奏松散，诗人却着力制造出颇具层次感的戏剧对话，带有戏谑和游戏的效果。悬丝傀儡穷追不舍、步步紧逼，向身体里的"一捆线"发出质疑，想得知到底藏在灵魂里面的"发问"是如何产生的。"扯断提线"的动作，后来在年轻诗人须弥的《宅诗学》曾有过类似的表达，"人偶。拆一团线，扯出数条／行动的轨迹。女人书。泡面。第二人生"，暴力的动作一旦发生，体内的一切"隐灵之物"都会跳出体外，与这个世界面对面地进行一次直接而真实的对话。"提线"作为外部动作不过是个游戏，但跳动与扯断的行为却隐藏着深刻的心理动作。自我折磨和自我拷问，使滑稽的傀儡戏渗入"含泪的微笑""有思想的幽默"。

"灌辣椒水，上老虎凳，美人计，活埋，枪毙"这些手段被搬上舞

---

1　车前子:《再玩一会儿》,《散装烧酒》, 第129—130页。

台表演时，车前子以游戏的姿态嘲讽社会时代风气之荒谬的意图就得到了实现，但根本而言，"装配规则的狂热交织在共处的线性的所谓现实之上而不是现实之中。被颠覆的除了空虚，还有就是诗人自己。审视人类生存状况的最后是诗人，因为他们被剥夺一空，剥夺一空是诗人的法器"。政治、经济与文化的急速变迁带来了"我"的选择困境，造成了社会环境与诗之间的撕裂与冲突，以至于出现了语词的炸裂和重新编码，"一种编码隐隐约约地以某种权力与诗对立，一些片段，一些图像，陈词滥调成为价值观念：诗的精神财富无耻地转换出逸闻趣事。一个幻觉：复数幻觉，复数的文本幻觉"。"一捆线"所编织的正是这种复数的幻觉，它可以是松散的一根又一根线头撕裂着主体的思想和精神，也可以是拧成一股线团，由主要力量而决定其他线条的归宿。因为深谙诗人与诗之间的危机，车前子宣称"艺术是喧嚣之日哑默的独有手法"[1]。他不再纠缠于令焦桐焦灼的世俗格套，而是透过艺术坚定自我的信仰，让噪音的复数世界转化为整一。1998年诗人车前子迁至北京生活，他在创作年表里言及，"2000年，终于对北京和苏州有了区别：北京是装神的地方；苏州是弄鬼的城市"。诗篇回到苏州街道，诗人的记忆也被拉回熟悉的故乡。苏州是故园，是失去的家园，那些死去的场景拼贴成了鬼城；而北京是现实，是诗人需直面的社会环境，所以在一位无限贴近自由的诗人眼里，便是装神的地方。结尾处，"是我。再玩一会儿吧"，表面是冲突爆发后的和解，深层反而张扬着"我"作为权力的主宰者形象，自由往返于历史与现在、传统与现代的时空关系里。在这场游戏里，只有"我"可以驾驭线里线外的关系，因为"人类的根本冲突是内在冲突，戏剧对话从根本上说是自我与自我的对话"[2]，当冲突赤裸裸地指

---

1 车前子：《车前子说诗》，《散装烧酒》，第218页。
2 〔美〕乔治·斯坦纳著，李小均译：《语言与沉默：论语言、文学与非人道》，第150页。

向自我时，大概车前子的解释就是，"传统，每个人都可以揭示或创造属于他自己的传统"[1]。

对于诗歌研究而言，探讨主观精神与客观物境这对关系，是古老而恒久的话题。20世纪80年代以来，书写傀儡诗似乎是诗人们达成的共识，区别于过去凭借语言、声音、意象等方式所产生的抒情效果，而是营造别样的戏剧情境，借助形象、动作、舞台等艺术形式为此议题输入新的质素。有趣的是，他们又不约而同地发起对于"线"的联想，寻找到一条借用道具进入思维深处的路径。上述三首诗作各具特色地呈现了从"一根线""几条线"到"一捆线"的傀儡诗脉络，彰显出诗人与时代变化相互缠绕的现实境遇愈发复杂而多元。诗人试图透过多对关系探讨主观精神与客观物境的制约、对抗与和解：顾城以反抗意识贴近自然，焦桐潜入细部呈现具体的人际心态，车前子则是以游戏的姿态嘲弄变迁的社会。诗人不再全然专注于自我，而将视线移向更开阔的客观世界。傀儡戏有着显在与隐在、台前与幕后、台上与台下的丰富秉性，诗人采用旧戏新作的方式能够凸显传统与现代的转化与赓续，既反映出时代更迭带来的生活气息与心理现实的变化，还可以有效地洞悉未来在人与自然、人与人、人与社会之间进行对话的可能性。事实上，尽管诗愈发趋向于个人化甚至是私人化，但归根到底，诗不单是情绪的宣泄，而是集情感、想象、知性、经验、语言、意象、形式、韵律等于一体的综合艺术。因此，重新审视现代人在多对关系中的生活经验和精神状态，是汉语诗人始终需要面对的新课题。

## 二 假面以歌：传统的回声

假面戏，即以"面具"作为道具的傀儡戏。剧作家尤金·奥尼尔曾

---

1 车前子:《车前子说诗》,《散装烧酒》,第220页。

指出,"面具本身就是戏剧性的","它比任何演员可能作(做)出的面部表情更微妙,更富于想象力,更耐人寻味,更充满戏剧性"。[1]列维-斯特劳斯甚至以法语la voix(声音)的同音词la voie(道路)翻译"面具之道"[2],可见面具蕴含多种对话的可能。"面具"既是古老的世界文化遗产,又融合了远古人类对于宗教、艺术的高度想象。形形色色的"面具"展现出世间的众生相,可谓彰显社会现实的一面镜子。"面具"是戏剧艺术里的换头术,从动物至鬼神,从阴间至凡间,它遮蔽演员表情,引导观众迅速走进剧场空间,回到人性本身而展开灵肉对话,"他们头上插着翎毛,戴了/面具,向后反穿了衣服,举着/火把嚎叫着穿过冬日的午夜"[3](阿特伍德:《胡闹》)。区别于戏剧[4],诗歌中的"面具"别具一格、翻新出奇。与脸谱丰富的色彩、图案的观赏性相比,诗人更热衷营造戏剧情境,区分"面具"与人脸的显隐转换,提炼"面具"长期积淀形成的象征意义,透视客观物境与主观情绪的关系。"僧面佛面皆是人面"(周伦佑:《头像》),无论是"鬼神面"还是"兽面",大都带有人面的特征,是人将其内心的体验外化,塑造出"面具"。换言之,人类塑造"面具",将自我行为外化,本质是塑造自我,犹如波德莱尔曾谈到诗人所享有的特权:"他可以随意保持自己的本色或化为他人。他可以随心所欲,附在任何人的身上,像那些寻求肉体的游魂一样。"[5]诗

---

[1] 中国社会科学院外国文学研究资料丛刊编辑委员会编:《外国现代剧作家论剧作》,中国社会科学出版社,1982年。

[2] 〔法〕克洛德·列维-斯特劳斯著,张祖建译:《面具之道》,北京:中国人民大学出版社,2013年,第4页。

[3] 〔加〕玛格丽特·阿特伍德著,周瓒译:《吃火》,郑州:河南大学出版社,2015年,第116—117页。

[4] 吴晟在《中国古代诗歌与戏剧互为体用研究》(第57页)中,提到"面具"在古代戏曲的内涵:"中国古代戏曲脸谱的色彩及图案,一方面具有直观的观赏性;另一方面经过长期的伦理道德内容的积淀,而内化为一种心理结构和审美经验。"

[5] 〔法〕波德莱尔著,钱春绮译:《恶之花 巴黎的忧郁》,北京:人民文学出版社,1991年,第401页。

人使用"面具",将自我附着于其他物或者人身上,令人们忽略其真实身份、地位或者所属阶层,进而遮蔽社会人的面目,触碰乃至质疑客观现实,为主体内心世界的孤独、焦虑、压抑、创伤探寻归宿。20世纪80年代以来杨炼的《面具》、车前子的《风格》《内省的蜗牛》和于坚的《面具——为西班牙诗人Emilio Araúxo作》,或假托"鬼神面"在古老的语言文字里寻找传统文化的回声,或头戴"兽面"拖曳着苦难的肉身游弋于抽象的图形里,或凭借"他人之脸"在诗国里创造语词剧场,总体而言,都是凭借古老的艺术形式(面具)返回语言之乡,进而为汉诗由传统转向现代、从历史迈向未来寻求出路。

(1)杨炼与"鬼神面":唤醒古老的文化记忆

"鬼神面"自古有之,《春秋元命苞》曾有记载:"头者,神所居,上圆象天。"原始人就将头看作灵魂栖居之处,关于此,从古人将"天门"看作"灵府"便可知。可以说,对于肉体的消匿与存在,头颅的作用不可小觑。阳神自由穿梭于生者的头颅中,待死后,头颅开始对抗阳间。与此相关的神话传说不一而足:蚩尤被皇帝砍下头颅藏于寿张县阚乡城,每年10月此冢一股赤气冲向云霄,其状犹如旗帜,甚至被称为"蚩尤旗";防风氏被大禹斩首会稽山后,化为硕大的头颅,阴魂活跃不休;伍子胥直谏却被吴王夫差将头颅悬于城门,待夫差兵败自刎后,只见伍子胥的头巨若车轮,使得灾难不得平息;眉间尺为报父仇,头颅大战取得楚王之首级。[1]这些例证,无不说明头颅是鬼、神相向的枢纽。假借头颅,人的灵魂可以上天入地,而关于头的崇拜与祭祀由此而生。头颅崇拜转换为"面具"崇拜,是通过祭祀人头(以"面具"代替)驱除灾祸而完成的,可以说:"面具的活力是居住在头颅中的精灵给予的。"[2]

---

1 详细论述,可参看郭净:《中国面具文化》,上海:上海人民出版社,1992年,第38页。
2 郭净:《中国面具文化》,第43页。

因此，祭祀祖先，还原生命本真，从传统、现在与未来的对话里寻找诗性精神的栖居地，是此阶段汉语诗人的一种言说方式。

提及头颅里居住的精灵，杨炼创作于1989年的《面具》组诗最具代表性。20世纪80年代末，杨炼从澳大利亚漂泊至新西兰、美国、德国、英国等地，作为经历过"文革"岁月的"今天派"诗人，对政治意识形态话语尤其敏感；作为卷入寻根热潮的流散诗人，格外留恋长期被割裂的汉诗传统。在奥克兰回望悉尼的生活，一间靠海的房间，波光粼粼，阳光明媚，诗人似乎看到满墙的面具瞪着眼睛看着他。此情此景，既令他追忆北京的"鬼府"小屋、西安的古老陶俑等，又思考诗人与诗千年的对峙关系。于是，挂在墙上的诗人之脸一直在寻找"另一张脸"，而神秘的汉字戴着面具砌成文化记忆之墙（见杨炼：《摘不掉的面具——〈面具与鳄鱼〉序》）。故而，杨炼的诗歌中，"面具"是镌刻于人脸之上的历史痕迹，烙有祖国传统文化的印记，模拟、掩饰、填白着文化传统，又审视、度量、拷问着现实中"面具"之下的人脸。"面具"塑造完成之后，头戴"面具"的人脸必然会发出"面具"的声音。可是，真实的人脸则因无力发声而变得哑口无言，甚至违背自我意愿说出谎言。当"面具"的声音迫近人脸，直至将其逼向绝境时，"另一张脸"便应运而生，期盼着于剧烈的噪音、无力的失声状态下嘶喊出新的声音。

这何尝不是传统与现代的相互表述？扭曲的人脸正是"影响的焦虑"所造成的变形，象征着过去与现在、虚构与现实、传统与现代的隔膜。《面具》第18节，诗人选择幼小脆弱、残缺不全而又充满灵气的"婴儿的腭骨"意象，凭借婴儿的声音，实现了一种镜像书写的可能，"婴儿的腭骨细小而结实／被死亡摘下／学会无声地喋喋不休／几粒乳牙与生死／对视了多年／早已苍老得皱纹纵横"，即新生与衰老、出生与死亡的对照关系。一方面，新生婴儿的喋喋不休，唤醒了记忆里最古老的回声（第19节），"你熟悉一张脸／和脸后面某种回声／深邃地传来／自白骨星座/黑暗中躲避你的瞳孔/走投无路的回声",使得传统文化的气息挥之不去,有如死亡的墓园——阴郁、潮湿,遍地霉菌;另一方面,"被死亡摘下"的新生婴儿,几粒乳牙与生死的对视,新生婴儿的脸反而变为苍老的面孔,"面具"象征的传统文化与"脸"象征的现实处境相互对峙、相互依存,促动诗人去寻找一条纽带,将二者的缝隙弥合:

墓碑是最后摘下的面具

放弃脸的人们

终于彼此认出

开始说同一种语言

耳朵烂掉时

海　洞穿头颅越响越清晰[1]

死亡面具被对象化,成为一尊供人们缅怀脸部记忆的静物。在诗人笔下,对死亡面具的崇拜,是永恒的记忆,是残存的图像,亦是对文化传统的祭奠。早在1941年,穆旦的《鼠穴》就化用"骷髅"隐喻传统文化记忆的亡魂,"丰润的面孔"指称活着的青年人,被亡灵团团围住,失去前进的方向:"我们的父亲、祖父、曾祖,/多少古人借他们还魂,/多少个骷髅露齿冷笑,/当他们探进丰润的面孔,/计议,诋毁,或者祝福。"对于世世代代沿袭下来的传统根脉,只能留给"我们是沉默,沉默,又沉默/在祭祖的发霉的顶楼里,/用嗅觉摸索一定的途径"[2]。同为新旧交替的时代,同新/旧、古/今、传统/现代的二元对立思维判然有别,杨炼以为,弥合裂隙必须透过语言寻找答案。他笃信:正是因为使

---

[1] 杨炼:《面具》,《大海停止之处:杨炼作品1982—1997》,第245页。
[2] 穆旦:《鼠穴》,《穆旦诗选》,北京:人民文学出版社,1986年,第35页。

| 以戏入诗

用"同一种语言",彼此才能相认。这无疑是诗人的暗示,是汉语将中国诗歌的血脉延续下来,不论文化传统如何转型,都必然会回到汉语之乡。而汉语可以摔碎一个"面具",生出无数的"面具":

> 29
> 面具从不对自己说话
> 寂静中一场谋杀
> 面具只流通面具间的语言
>
> 在死亡中咬文嚼字
> 神是一句梦呓
> 被满口牙秽剥出去
>
> 30
> 你在海边的房子里看面具
> 当水光泛起
> 每张脸下无数张脸
>
> 一齐说话　粼粼
> 眼波把你淹没
> 你流走时认出万物是你[1]

汉语作为文化记忆的一部分,可以使"面具"与人脸统一,"鬼面"与"神面"相应和,死亡与新生携起手。同时,不断为汉语这张人脸重

---

[1] 杨炼:《面具》,《大海停止之处:杨炼作品1982—1997》,第249—250页。

新塑形，汉语新诗的古老传统便甘愿卸下"面具"，迎接无数张新脸。在杨炼看来，"我们根本的困境，来自语言内部也来自自己内部。一个当代中文诗人，必须敏感到，先于任何政治的、社会的困难，他的诗已先天被传统置于这样一块双重死地"[1]。所谓的双重死地，指的是中文古典诗作为传统文化在当下所面临的困境，不仅包括形式的，还包括内容的转型。而走出困局的根本在于，诗人必须破除"自我"的思维局限，从干涸的历史里拓出新的活水。"在一个人身上重新发现传统——那就是说：一个'活的传统'，必须以'自我'（'现代性'的前提）为地基和能源；而任何诗人的精神视野若想避免残缺和单薄，也必须包括深刻反思'传统'的层次。解脱出'对立'的困扰，'传统'与'现代'，两种表述，指向同一个自觉。"[2]事实上，这种自觉取决于语言与现实的对称关系，是"语言，敞开了我的现实。诗人创造诗句的痛苦，正是他忍受的各种现实苦难的根本象征。他忍受，甚至享受这一代价。因为，正是这些文字，使这个世界在太多死亡中仍然是'幸存的世界'——与'一个字已写完世界'对称的是：一个世界让所有字成为可能"[3]。而诗人的使命就在于调度古老的语言并创造新的语言，实现传统的现代转化，就好像他在长诗《Yi》里造字的努力。与口耳相传的语言相比，文字显然具有恒久的记忆，镌刻着民族文化的集体记忆。

（2）车前子与"兽面"：编织个人化的抽象图形

回溯上古神话，中国鬼神多带有鸟兽特征。"兽面"同为诗人最为青睐的"面具"，戴着不同的动物"面具"，构成"转化或者展开自我

---

[1] 杨炼：《磨镜——中文当代诗的三重对称》，《鬼话·智力的空间：杨炼作品1982—1997（散文·文论卷）》，上海：上海文艺出版社，1998年，第188页。
[2] 陈超编：《最新先锋诗论选》，石家庄：河北教育出版社，2003年，第363页。
[3] 杨炼：《磨镜——中文当代诗的三重对称》，《鬼话·智力的空间：杨炼作品1982—1997（散文·文论卷）》，第192页。

的一种戏剧化手段"¹。"面具"的演变经历了由简至繁的过程，人面的局部特征慢慢被抽离出来，以抽象化形式替代视觉功能。诗人颠倒人兽关系，借动物表情和身形表达主体的心理感受，譬如痖弦的《我的灵魂》："啊啊，在演员们辉煌的面具上／且哭且笑。我的灵魂／藏于木马的肚子里／正准备去屠城。我的灵魂／躲在一匹白马的耳朵中／听一排金喇叭的长鸣。我的灵魂。"²藏在木马肚里的"我"像是动物傀儡，表情看似辉煌，胸腔却激荡出咆哮的轰鸣声，预示着一座城池的灭亡。

饶有趣味的是，如狄金森笔头层出不穷的花，如博尔赫斯绘制的花园迷宫，车前子魔术般地建造了一座动物庄园，生活在里面的有猴子、公鸡、独角兽、金鱼、犀牛、马、猫、老鼠、蜗牛、老虎、羊、长颈鹿、喜鹊、燕子等。20世纪80年代，车前子看到路上的耍猴表演，回想起年少时看到南宋画家李嵩的《骷髅幻戏图》。画中显示的是，头戴幞头、身着纱衣的大骷髅，正曲腿弓步，抬脚伸手戏耍手中的悬丝小骷髅。大骷髅以悬丝傀儡戏引诱幼童，身后的母亲上前阻拦；小骷髅渴望挣脱大骷髅的操纵，被大骷髅背后的招凉仕女尽收眼底。明万历年间，《顾氏画谱》曰："吴来庭李嵩骷髅图跋，李嵩精工人物、佛像，观其骷髅图，必有所悟，能发本来面目耳。"³由于宋代傀儡戏盛行，李福顺认为该图是民间艺人以真骷髅表演悬丝傀儡戏，以体现生死、苦乐、愁闷与天真的矛盾。确实，图中暗含着操纵与被操纵、生命与死亡、虚拟与真相的张力，意味深长，值得思考。车前子未开蒙时，看到骷髅的形象，便感到异常惊恐，成为他记忆里时常浮现的鬼影。看到为了生计、卖艺街头的猴戏，市井氛围、戏耍招式，令诗人车前子又回想起那幅《骷髅幻戏图》。他采用时空叠映、古今对照的方式，借"古代的猴子"一词

---

1 刘正忠：《杨牧的戏剧独白体》，第305页。
2 痖弦：《我的灵魂》，《痖弦诗集》，第262页。
3 李福顺：《李嵩和他的〈骷髅幻戏图〉》，《朵云》，1981年第2期，第166页。

彰显市井剪影，而后考虑到观者、艺人与傀儡三者的参差比对，最终由猴子演戏戴的"面具"诠释传统与现代的关系：

山高月小，古代的你，养猴子的你，酒酣耳热，戴上猴子面具，跳呵，跳呵。一个趔趄，他死了。宠坏的猴子，挣脱锁链，跑到你身边，嘶嘶叫着，摘下有些压坏的猴子面具，它戴上。想来你养的猴子，也是古代的猴子。要知道一只猴子戴上猴子面具，不会更像猴子。哪怕是古代的猴子。打着红灯笼的猴子，山高了，月不一定就小。[1]

(《风格》)

诗人观看"鬼神面"，却书写"兽面"。他点出"猴子的面具"，区别于"古代的你"和"猴子"。由于"面具的作用就是因为演员在广场演出，不仅靠面部表情，而且要动员身体的每一部分，要求演员的姿势代替语言，如果身体每一部分配合起来，才有表现力"[2]，故而一连串快节奏的动作，贯穿于三者之中："养""戴""跳""趔趄""死"，完成了"古代的你"的行为；"猴子"的动作由"挣脱""跑""叫""摘下""戴上"构成；与上述活灵活现、惟妙惟肖的动作相比，"猴子的面具"则始终是被动的角色，它是"压坏"和被"戴上"的。显然，"古代的你"戴上"猴子的面具"，变成了游戏者，回到大象无形的状态；"古代的你"死后，将传统的仿造者赋形于"猴子"，戴上"猴子的面具"，返视自我，自语道："要知道一只猴子戴上猴子面具，不会更像猴子。"这

---

1　车前子：《散装烧酒》，第189页。
2　黄佐临：《我与写意戏剧观》，北京：中国戏剧出版社，1990年，第286页。

其中无不渗透着诗人对传统的理解,即被模仿的传统是没有未来的,未来滋生于创造。有关对传统与未来关系的认识,有如附着于金鱼、蜗牛等动物的隐形"面具"。戏剧家路易吉·皮兰德娄(Luigi Pirandello)曾区分过"面具"与"面孔"。在他看来,"面具指的是外在的形式,而面孔则指受难的生灵"[1],金鱼是诗人的一张面孔,肉身受难,从它融化的身体里,可以感觉到存在的痛感与虚无的空洞。《金鱼》开篇两句,点到"两条金鱼融化,/需要这猜得到的存在"[2],关于"融化",车前子的解释可归纳为三:其一,融化是肉体受难的过程,它损耗着体力和精神,但融化过后,便留有大量的空隙需要填补,"损耗,让我又有了积聚能量的空隙"。其二,填补空隙,是诗人以内心的对话探测自我的存在,"一个我穿着宽大的白袍(不是白大褂),与另一个我交谈。另一个我在橡皮树的暗影子中",这种存在正隐藏于被遮蔽的阴影之处。其三,阴影固然缺少光亮,但同时指引着"我"开启另一扇向阳的窗户,"我常常把电筒照向另外的地方"。[3]金鱼融化是诗人从肉体到精神的自我拷问,更是从传统通向未来的思考。在他的想象中,存在也面临着虚无的可能,而虚无却反而能够通向存在。当然,诗人无意处理哲学问题,所谓的存在与虚无的话题,不过是投射在日常生活中的一个断片而已。

车前子跳脱出杨炼笔下"鬼神面"所召唤的文化记忆,而是从鬼神戏里发现"兽面"并提炼出抽象化的"面具",探索更贴近个人化风格的语言形式。擅长水墨画的车前子,对图像格外敏感。他透过与动物的神秘对话,编织抽象化的形式,如图像诗《龟》以汉字"田""由""电""申"等呈现龟的收缩动作,"以抽象的语言表现抽象

---

[1] 〔美〕艾瑞克·班特莱著,林国源译:《现代戏剧批评》,台北:联鸣文化有限公司,1985年,第181页。
[2] 车前子:《金鱼》,《散装烧酒》,第140页。
[3] 车前子:《车前子说诗》,《散装烧酒》,第209—211页。

的感觉，其效果将逊于抽象的旋律之于音乐，抽象的线条之于绘画。事实上，抽象也具有形象的性质，只是这种形象我们不能给它以确切的名称。表现这种抽象的形象，是由外形的抽象性到内形的具象性，复由内在的具象还原于外在的抽象。从无物之中去发现其存在，然后将其发现物化于无"[1]。20世纪90年代，车前子修改完成的《内省的蜗牛》中，蜗牛的收缩动作牵动出的抽象图形，体现出蕴藉于其中的生命体验：

> 虫子在县城，设若我看到内省的蜗牛
> 彩色的脸蛋与花布都返回棉田
> 又搬上了驳船。驳船上加重棉花
> 去织布厂仓库，"吃过午饭，浑身轻松！"
>
> 而虚妄的织布机，如云头花朵
> 虫子在外面的——左边，痕迹似抽
> 抽出，正方形中正方形的逻辑
> 从正方形中不拘抽出正方形一格
>
> 平等：柔软的部分并非蜗牛自省
> 内省的中心，是上足发条的肠子
> 正如云头花朵虚妄的织布机："并非并非并非
> 内省的这一行文字。"
>
> 业余自省的人，从肠子中
> 给我们带来内省的逻辑，上足发条

---

[1] 覃子豪：《覃子豪诗选》，香港：文艺风出版社，1987年，第122页。

| 以戏入诗

> 除了仓库，厂子里也都是棉花
> 瞧！织出俗语的织布机离你最近[1]

　　车前子倾向于发现"兽面"隐藏的有趣图形，寻找古老的象形文字传统；又将图像文字与心理结构相联结，描摹动物的动作，录入现代的个人化记忆。第一节，"设若我看到内省的蜗牛"，"蜗牛"的软体区别于"内省的蜗牛"，诗人以"我"的口吻，探出"彩色的脸蛋与花布"，将顶在软体上的躯壳作为"棉田"。而"我"并没有出场，只是作为显露在躯壳之外的软体部分，触摸外部世界。其中，一个"搬"的动作，体现出裹在软体之上的躯壳所承担的重量，这对于"蜗牛"而言，无疑是受难。第二节，"蜗牛"内外收缩，车前子将其比作"织布"。"抽出"恰体现出诗人试图提取出的动作，以抵抗"正方形"的逻辑形式，这是虫子露出躯壳的痕迹。可见，车前子对诗歌写作的抽象表达，即不拘泥于固有的结构，不受限于严密的逻辑思维，而追求连绵不断地创造新形式。第三节，点睛之笔"平等：柔软的部分并非蜗牛自省／内省的中心，是上足发条的肠子"，进一步区分出"柔软的部分"和"上足发条的肠子"，从而解释第二节出现的"虚妄"的"云头花朵"。虫子究竟还能否退回躯壳，实现"蜗牛的自省"？诗人因此问题而感到虚妄。第四节，织布机的内核，其实是"蜗牛"究竟在自省什么。最直接的答案是"上足发条"，用一部懂得创造的织布机"织出俗语"。因为在车前子看来，显露出"面孔"是不再缩回躯壳的时刻，是驰骋于想象力的世界、解读宇宙密码的时刻，"诗人的癖好是不让它们从历史和未来跳出，把它们按紧在历史和未来的棺材里婚床上放大，它们兽头人身。也就是不让它们缩回去。兽头人身：活跃着想象力和宇宙密码的：诗的：内部

---

[1] 车前子：《散装烧酒》，第190页。

或轮廓"[1]。可以说，动物的面孔，又充当着面具的功能，可参照阿特伍德在《彼国动物》中对于人与动物的思考，以一句"在彼国，动物/有着人的面孔"开端，又以"在此国，动物/有着动物的/面孔"转折，最后以"他们有着/'无人'之脸"[2]结尾。其中，被戴上人的"面具"的动物，讲究礼仪、斯文而优雅；而保持动物面孔的动物，它们的生命一闪即逝又无所谓优雅，这种逆转颇具戏剧效果，又以看似平静、克制的笔调颇具反讽性地还原了人与动物的差异，同时更是揭示出动物性与人性的区别。表面上二者无所谓优劣，只是在边界线两边，各自各自的王国；但实质却是，动物的肉身却戴着人的"面具"，显得格外荒诞，所谓的动物性与人性的差别，不过是一张皮囊的差别而已。阿特伍德的诗歌《胡闹》里就出现了戴着"兽面"、举着长矛抵抗的人，诗歌结尾那句戛然而止的逆转与问句"停。变回人类？"[3]极尽可能地凸显了人类只能假托"兽面"反抗的悲哀。由是反观车前子的诗，没有身份的调换，亦没有反讽的语气，而是保持着动物面孔的"蜗牛"，它的肉身遍布诗人的感受和思考，试图从动物的身形里编织出人的想象力，以动作体现人的思维的运动轨迹。借用"兽面"延伸出抽象图形，在汉语新诗中比比皆是，杨牧的《蜻蜓》《介壳虫》等亦如是。[4]"在图像那里会出现一种一次性的、不可变更的'脱离肉身'，而在文字那里是可以任意重复返回肉身的机会，就像把文字作为种子这种很普遍的隐喻所证明的那样"[5]，诗

---

[1] 车前子：《车前子说诗》，《散装烧酒》，第213页。
[2] 〔加〕玛格丽特·阿特伍德著，周瓒译：《吃火》，第51—52页。
[3] 〔加〕玛格丽特·阿特伍德著，周瓒译：《吃火》，第118页。
[4] 此处不再赘述，可参看拙作《静伫、永在与浮升：杨牧诗歌中声音与意象的三种关系》，《清华学报》，2014年第44卷第4期。第四部分"浮升：抽象的螺旋"中，解读了杨牧的诗歌《蜻蜓》《介壳虫》，特别强调诗人以语言文字组合而成的抽象结构。
[5] 〔德〕阿莱达·阿斯曼著，潘璐译：《回忆空间：文化记忆的形式的变迁》，北京：北京大学出版社，2016年，第244—245页。

人以文字的反复构成抽象图形,完成了返回又脱离肉身的心理动作,既以动物造型塑造出一个高于自我的形象,又为未来融入相片、影像等跨媒介书写,提供了更开放的空间。

(3)于坚与"他人之面":创造跨媒介的公共性剧场

与杨炼的"鬼神面"、车前子的"兽面"不同,于坚笔下的"面具"是"他人之面"。就是说,仿造人脸制造的"面具",通常作为舞会、狂欢节或是剧场等场所伪装外表的道具。假面形象,自古有之,如清代俞正燮说:"戴面自是倡优假面,斗很者以护面,亦别有意。"[1]可见,"他人之面"尤能遮蔽自我的形象,自由地出入于另一种情境,既消除个人与他人、与环境的隔膜,又具有表演和观赏性。

于坚2008年写作,2010年修改完成的《面具——为西班牙诗人Emilio Araúxo作》大概因为是赠诗的缘故,鲜有批评者关注。作为赠诗,不难想到波德莱尔献给雕塑家厄内斯特·克里斯多夫的同题诗《面具》。雕塑家刻画的双头妖怪,令人瞠目:正面优雅迷人、高贵诚挚的面庞,不过是舞台上的"面具";背面抽搐蜷缩、残酷可怖的脑袋,才是现实生活的面孔。在波德莱尔看来,"面具"就是在世人面前掩盖过错和痛苦。同为赠诗,如果说波德莱尔透过雕塑联想文艺复兴时代的生活假象,于坚则打破时空界限,创造出别开生面的公共性剧场,由此设想诗的未来。

通信十年却从未谋面,不论是云南与西班牙的遥远距离,还是寄来的照片所呈现的布景和人,都充斥着于坚的想象空间,包括白昼与夜晚的更替,包括水井与产床的静穆,包括"母亲渐瞎、乌鸦发白、祖母去世"的渐逝,就像他提到的"我喜欢你的生活 在我的祖国这是一个

---

[1] 〔清〕俞正燮:《癸巳存稿》,沈阳:辽宁教育出版社,2003年,第219页。

梦/那是你的面具　那些停在河谷两旁的农场/那些旧城堡　那些在人们身后等候秋天的村庄/那些我不知道名字的树　如果有风/它们也会随着窗户摇晃"(《致西班牙诗人Emilio Araúxo》)。沉浸于Emilio Araúxo描述的生活情境，难免令于坚去想象这耽美而曼妙、神圣而庄严的"面具"到底隐匿着怎样的经验，如第5节写道："戴着死者的面具/我们来到世界上/取下这张惟妙惟肖的纸/我们就死。"一方面，戴着"鬼面"来到人间，以死者的身份环视世界，万物都显得本色天然又具有神性，如果摘掉"鬼面"，所谓的现实足以灼伤甚至摧毁人类；另一方面，"鬼面"象征着伟大的文化传统和历史资源，摘去"鬼面"就意味着脱离记忆，没有记忆的人类是无法通往未来的孤魂。

　　这位戴着死者"面具"的人，或许就是诗人。因为，诗人是最具创造力的群体，创造并超越着模具之脸、生活之脸，他们"在黑暗里悄悄地脱掉短裤/打开灯戴着面具上床"(第7节)，进入一种神秘而幽暗的自我意识，头戴独制的"面具"以诗性创造出上帝，进而朝向自由、无限的未来：

1.
大家好　全体看镜头　系好纽扣　整整头发
微笑　你们要集体微笑　像天真的犹太人那样
露出牙齿笑　排好队就往快门深处走　快走
快走　穿过一片片透镜　快走　你们这些纸人
暗房里有一只显影罐　温水750毫升　米吐尔
2克　无水亚硫酸钠100克　几奴尼5克　硼砂
2克　加冷水至1000毫升　摄氏20度时
上海牌胶卷10—16分钟　保定胶卷8—12
分钟　依尔福胶卷6—8分钟　最后定影

| 以戏入诗

5—10分钟　统一切成长方形　一张张
还给你们脸[1]

他模拟戏剧的脸谱,透过人脸的表情和装扮等还原出模式化、规范化的动作,进而实现了诗文本与剧场的互动。这样带有集体面具的特征的模拟,于坚早在1994年1月发表于《大家》杂志的《0档案》中就有展现。奚密教授认为,"这首长诗正是以极端个人的方法来写一个极端非个人——或者说'去个人化'的经验,以最个人的方式来揭露、讽刺最贫乏空洞的存在"[2]。以照相馆的装置为舞台背景,如同医院、工厂或是军队,被诗人于坚布局为冷冰冰的空间。类似冰窖般的客体化空间,还有龚学敏写攀钢工人的工作车间,"车间在背景中用面具识别真相,/直到钢铁,把雨季一列列送得更远",工人打造的钢条演变为纤细的流线体舞台装置,"钢的线条越来越瘦,/直到被描成条规上的一出黑白话剧"(《在攀枝花南山宾馆会议室与攀钢劳模座谈》)。作为群体出场的人们,随之被制造出一种整体的舞台印象:"全体"意味着一道命令下达后,所有人都必须完成一套整齐划一的行为动作,包括"系好纽扣""整整头发""集体微笑""露出牙齿笑""排好队""往快门深处走""快走"。这样的动作序列,"特写/慢镜头","零碎的字正拼接/卷宗的底细"(桑克:《闭嘴》),如同军事化的训练,注重统一和规范。经过调整过的脸,包括表情、目光、姿态等的表演过程和自我再现被记录了下来,形成连续性的舞台场景——"快走穿过一片片透镜快走你们这些纸人"——显得客观化、单一化,最终被规训为缺乏个性、丧失多元性的"纸人"。经由摄像者指挥的人们,就像是操纵者摆弄出的木偶,完成了

---

1　于坚:《彼何人斯:诗集2007—2011》,第151页。
2　〔美〕奚密:《诗与戏剧的互动:于坚〈0档案〉的探微》,第103页。

规定的动作，露出了规定的微笑，丧失了主体意志力和精神性。舞台空间转向暗黑的拍照室，诗人将胶卷的成像过程全然量化，以具体的数字丈量镜头前的人脸。罗列的数字与单调的人脸，恰是互相补充的关系。就好像舞台上的人与物之间的对话，各自在摄影师的指挥下进行，而"制造面具的意义在于使面具固化为某种表情，而社会对这一表情具有支配权"[1]。这种固化的表情，恰恰就是一种"变形的媒介"（罗格·凯洛斯），支配着佩戴面具者的肢体动作，呈现出僵化、呆板和驯化的特征。

2.
抬面具的人们已经散去　跟着大路上的灰
只留下一张相片　餐具般光滑
曾经盛满海鲜　通宵达旦　痛饮狂歌
洗印店在加利西亚以北　靠近地中海
旅游手册介绍　种土豆的人很多
盛产白色的阳光和幽灵午夜
黑暗的原野上底片已经丢失
五英寸的硬纸　搁在哪儿
哪儿就被遮起一片[2]

因为摄影技术，人脸得以保存，成为一种定格化的新型面具形态。然而，随着时光流逝，图像的记忆必然会模糊消退。主体面部表情固化的"相片"，所承载的内容显得单薄。诗人的意义就在于，让晦暗与隐秘的世界敞开，不再无端受到所谓的规范的制约，而可以自由地"通宵

---

[1] 〔德〕汉斯·贝尔廷著，史竞舟译：《脸的历史》，北京：北京大学出版社，2017年，第43页。
[2] 于坚：《彼何人斯：诗集2007—2011》，第152页。

达旦痛饮狂歌"。这何尝不是精神之旅？从云南到西班牙，于坚打开了另一个舞台空间：白昼与黑夜里有蓝色的地中海、白色的阳光和幽灵，色泽鲜艳而纯美全，然遮蔽了象征着秩序的黑暗世界。

> 3.
> 这是一个午后
> 秋天在我楼下
> 街边停着三辆汽车
> 都是丰田牌　闪着微光
> 像是刚刚抬走了死者
> 邮递员跨上单车离开时
> 歪了一下前轮　我没有按下快门
> 那时猫取下脸　朝着垂死的阳光[1]

并不像莎士比亚所提到的那样，在人生的大舞台上，每个人都可以决定扮演什么角色。于坚笔下，镜头里的人脸没有决定权，而是根据规范、规则塑造的模具，它的一颦一笑都受制于操纵者，留下的是统一而易于被遗忘的脸；与之相比，猫脸则是日常生活场景里，偶尔擒获的一个瞬间，这自然的造物无须受控于他者，但它却沦为当下人类生存语境里的悄然逝去、无人问津的个体，最终会将脸伸向死亡。那么，谁来传递或者缔造新的"面具"？这是没有按下快门的"我"渴望找寻的谜底：

> 4.
> 上帝已经割断了脐带

---

[1] 于坚：《彼何人斯：诗集2007—2011》，第152—153页。

## 第四章 汉语新诗的戏剧声音

谁可帮我们取下面具[1]

这两行诗句,简洁而不乏张力。通常而言,"面具"掩盖了上帝造物的真容,应该摘去,才能展现真实的脸。[2]而在于坚笔下,人类越来越不需要"面具"遮蔽面孔,通过角色扮演的途径,完全可以演绎出多重人格。亡灵的鬼面附着于"我"的脸,淹没于浩瀚历史汪洋里的"面具"终归需卸下,为创造新的人脸做准备。对于诗人而言,"'发明'一种语言,不过是找到你自己的舌头"。但"在发明之前,诗人恐怕得先搞清楚,他那个自以为是的舌头到底是谁的。也许并非发明,只是搏斗罢了,在一群已经固定死亡的语词之间搏斗,在对语言的批判中获得活力,一个去蔽的过程。诗是什么,只有上帝知道"[3],于是,彻头彻尾的塑形便发生了:

6.
在自己面部挥霍颜料　脂粉
涂掉　修改　铲平　勾勒新草图
校牙　用推土机　将圆鼻头填成鹰勾
在嘴巴里浇灌水泥　安装防盗门和插销
头发染成黄色　脑袋削尖
在耳朵上接通一部歌剧
我们创造了上帝
8.
请为我画上眼睛

---

[1] 于坚:《彼何人斯:诗集2007—2011》,第153页。
[2] 〔德〕汉斯·贝尔廷著,史竞舟译:《脸的历史》,第43页。
[3] 于坚:《答西班牙诗人Emilio Araúxo九问》,《彼何人斯:诗集2007—2011》,第153页。

请为我画出骨头

请卸去我双腿间的盔甲

请清除我藏在胸腔里的恐惧

请注销我的档案

请将我的秘密画成大海

请为我画上蔚蓝色额头和波浪牙齿

请为我画上三千丈白发和长舌头

请让我素面朝天　一望无际

9.

逝去的千年的李白啊

亡者洛尔迦啊

你们的面具一定留在大地上了[1]

(《面具——为西班牙诗人Emilio Araúxo作》)

都是触及传统与现代的关系，于坚给出了自己的答案，即"我们创造了上帝"。蕴含在创造动脉里的细小血管，指向一切不甘于被规训的抵抗性的动作，包括"挥霍""涂掉""修改""铲平""勾勒""填成""安装""染成""削尖""接通"等直接的行为，还包括"请为""请卸去""请清除""请注销""请将""请让"等客气的指令。事实上，亡者的永恒与不朽，可诉诸诗者的创造性。因为诗人的创造性，戴面具的主人公在剧情与现实里穿梭，而"言辞的魔术师从有到无／他的后背永远是射击者的靶子"，"言辞掀起惊涛骇浪，砸向岩石的／金甲武士，犹如一把世袭的利剑"(森子:《夜布谷》)。言辞使得虚幻的"面

---

[1] 于坚：《彼何人斯：诗集2007—2011》，第154—155页。

具"才能够留在大地上。关于此,吉狄马加的《面具——致塞萨尔·巴列霍》表达了相似题旨:"独有亡灵在黄昏时的倾诉/把死亡变成了不朽/面具永远不是奇迹/而是它向我们传达的故事/最终让这个世界看清了/在安第斯山的深处/有一汪泪泉!"[1]于坚献给西班牙诗人的诗,结合文化传统的理解,融入社会公共性的思考,提出对于诗性精神的寄望,即真正抵达自由、创造、日常、幽默等多元化的创作空间。

自20世纪80年代至今,大陆诗人相继以"面具"为载体,与自我拉开距离,塑造一个发现自我、高于自我乃至反自我的形象,思考传统与现代、历史与未来的关系。他们从文化记忆里走出来,转向日常化场景和公共性剧场寻找主观情绪得以栖息的空间,为观者呈现多维度的客观现实环境。由"鬼面""兽面"到"他人之面",形式愈富变化性,由文字本身拓展至平面图像,又由平面图像过渡为立体场所,逐渐开拓出一条由古老语言、抽象图形到语词剧场的审美方向。不难发现,媒介技术使得"面具"趋向退场,透过相片、影像记录凝固的人脸表情,扮演各类角色;同时,语言作为一种美学追求而言,又始终是诗人们的集体信仰。以上两点,在深受叶芝面具理论影响的臧棣的诗《地铁里的乞丐入门》里发挥得淋漓尽致,我们从中可以看到"面具"消失的背影("一幅面具,因为从背后看去/他在我们的生命原型中"),汉语诗歌乃至人类社会的障碍依然是语言("语言的电流就无法穿透/意义的神经")。但需要指明的是,语言形式的追索绝不是诗人创作的唯一目的,譬如台湾诗人惯于凭借"面具"完成主体的自视和内省:覃子豪的《金色面具》,主体胸中燃烧着官能的狂乐,而客体对象却迷幻冷漠,感觉与知性相互激荡出诗人忘却旧我、寻找新我的愿景;纪弦的《面具》,商店、

---

[1] 吉狄马加:《面具——致塞萨尔·巴列霍》,《吉狄马加自选集》,昆明:云南人民出版社,2017年,第226页。

宴会、办公室里虚伪的谈吐动作,与摘下"面具"后肆意哭笑、享受孤独相对照,体现出诗人渴望于沉默里审视与剖析自我的期望;渡也的《面具》,身带剧毒的"你",其实是自我的影子,二者如同镜像般,厮杀决斗又相互同情,体现了诗人内心的多重矛盾;白荻的《只要晨光醒来》,梦醒的人总是戴着面具"做一个无所谓的人",而忘记了黑暗与死亡的悲怆,凸显出诗人对"晨光"所象征的现实美好光景的怀疑。不妨借用美国剧作家尤金·奥尼尔在《面具备忘录》中的言论,"一个人的外部生活在别人的面具的缠绕下孤寂地度过了;一个人的内部生活在自己的面具的追逐下孤寂地度过了"[1],总体而言,讨论假面傀儡诗,需描述"面具"的形貌,辩证看待"面具"与人脸(包括面孔、面容等)的关系,浸没感知表演者的展演和观者的体验,深入探索客观物境和自我意识、自我表达共同延展出的"海洞"奇观。

## 小 结

借用艾略特的界定,戏剧声音包括诗人对自己说话、对听众说话以及对创造的人物说话。如果说抒情声音是诗人作为"我"的情感表达,那么,戏剧声音则主要指向诗人与人物之间的对话。20世纪80年代以来,独白诗、傀儡诗最具特色,是诗人借角色、人物、木偶或者面具实现戏剧化的表达。就独白诗而言,诗人以小丑自喻,暗示边缘化的身份处境,欲透过一个个角色剖开自我的边缘人身份,又在一片喧哗声里创造人或物的形象,让其独白发声,倾吐内心的幽幽情思或愤然不公。就

---

[1] 中国社会科学院外国文学研究资料丛刊编辑委员会编:《外国现代剧作家论剧作》,北京:中国社会科学出版社,1982年,第76页。

傀儡诗而言，诗人牵动着手中提线木偶，由"线"触及台前幕后、台上台下的剧场关系，深入到更复杂缠绕的现实世界中，直面自然、人际与文化的多元冲突。诗人以面具（包括鬼神面、兽面和人面）为道具，从传统的回声里追问汉语新诗语言的未来，想象如何结合汉语新诗的传统，且融入立体化的日常生活感受，走向颇具公共性的剧场空间。诗人以各自的创作风格建立着诗王国，愈发渴望与客观现实建立联系且激发出无限的想象力，去感知和解读主观与客观之间绵密错综的心理结构。

# 第五章

# 汉语新诗的舞台呈现

从20世纪80年代起,诵诗和唱诗活动愈发活跃,得益于新媒体技术和演艺平台的推动,诗乐分离已成趋势。与徒诗相比,诵、唱突出唱技、乐技等,对于语言文字的要求以易读易诵、便于记忆为主。20世纪90年代至今,从诗歌文本到剧场空间,出现了"同题异体的改编热潮""以诗入戏的原创诗剧"和"诗(歌)剧场的空间展演"三种样态。与诵诗、唱诗不同,将汉语新诗搬上舞台并不意味着走向大众,因为相当多的诗都被普通读者视为"看不懂",即便在舞台上演出也不意味着能够达到普及与传播的目的。舞台演出需要编剧、导演和演员等戏剧工作者的合作,从语言、音乐、肢体、舞蹈、装置、布景、灯光、表演等多方面诠释一首诗,营造一种戏剧情境。汉语新诗的舞台呈现作为活跃在当下的新型跨界实验,极具挑战性,同时不乏争议性。本章结合具体的舞台演出,讨论诗歌转化为戏剧的过程中,诗人、戏剧人及其他艺术家的设想与实践。跳脱出懂与不懂的观众争议、诗与剧的文体隔阂、文本与剧场的观念区分,在展示跨界艺术的多种可能性的基础上,回答诗歌是如何融入戏剧,而戏剧又是如何影响诗歌的。或者说,诗与剧结合后到底有哪些艺术观念的变化,出现了哪些新的艺术形式,带来了哪些不同的审美特质?本章将带着这些问题,探入诗与剧共生的新空间。

## 第一节　同题异体的改编热潮

20世纪90年代以来,《0档案》《口供》《镜花水月》以及《随黄公望游富春山》等，相继被搬上舞台，掀起了一股把诗歌改编为舞台剧的热潮。提到同题异体的改编，可以说，自古有之。譬如，唐代白居易写成的新乐府诗《井底引银瓶》，一句"墙头马上遥相顾"，虽未道出具体人物细节，却引发后来的创作者浮想联翩，反复被改写为戏曲、曲艺，包括宋官本杂剧《裴少俊伊州》、金院本《鸳鸯简》与《墙头马上》、诸宫调《井底引银瓶》、宋元戏文《裴少俊墙头马上》等。白朴的元杂剧《鸳鸯简墙头马上》，一改"止淫奔"的悲剧结局，而发出"爱别人可舍了自己"的声音，相信姻缘天赐，由此增设人物且巧置情节，深化了"一见知君即断肠"的印象，堪称不朽之作。同样，白朴的元杂剧《唐明皇秋夜梧桐雨》，又源自白居易《长恨歌》中一句"秋雨梧桐叶落时"，从《长恨歌》《杨太真外传》等取材，铺陈唐明皇回到长安后，每日哭祭杨贵妃，思念入梦乡，醒后听到雨打梧桐的声音，触怀感伤而情不能自已，不失为元杂剧的经典。如果说讨论古代戏剧的改编，主要依赖于文本主题、情节、人物等的改与编，那么，回到当下的舞台剧，我们更关注的是诗歌如何在剧场得以呈现，这关乎编剧、导演和演员，乃至灯光、设计、服化等各个环节的配合协调。从诗歌到戏剧，因为受众群体不同，导致戏剧与非戏剧之争议、懂与不懂之噪音此起彼伏。本节重点讨论三部戏剧的演出情况，分别是《零档案》的"文本风景，声音剧场"、《镜花水月》的"增补情境，调整结构"、《随黄公望游富春山》的"打碎文本，存意探境"，从中可以见得，诗歌文本绝不是照搬上舞台，由演员完成诗朗诵即可，而是需要重新编排诗行，营造出不同的情境以彰显诗的意义。以此为基础，本节的目的正是从现象回到问题，关注改编过程中的艺术性而非话题性，逐渐突出从诗歌到戏剧必然要面对的现实,进而展示戏剧人不断尝试的突破与局限。

## 一 《零档案》:"文本风景,声音剧场"[1]

1992年,于坚创作长诗《0档案》。最初,诗作发表于1994年1月的《大家》杂志上。奚密教授认为,《0档案》是"现代汉诗中最重要、最值得研究的作品之一",是于坚提出"我们正在重建诗歌精神"(1988)后的"最有力的见证"。[2]一个根本原因就在于,诗人没有在公共与个人化空间、政治与日常化语言、诗与非诗之间做二元区分,而是有效地将形式、语言与意义合而为一,直击当代人的生存境遇,进而回到了对于诗本质的思考。[3]

同年,应布鲁塞尔艺术节的委托,导演牟森将其改编为舞台剧《零档案》。随着1995年该剧在比利时、法国、意大利等欧洲国家和地区巡演,引起了戏剧文学界广泛的关注。其演出内容和形式,都相当具有实验性。当然,如此先锋的表演,不乏质疑声。戏剧界难以接受的原因是:(1)"激进的思想内容、放大的主观感受、变形的情感状态";(2)"解构既定框架、颠覆既成秩序、超越群体意识";(3)"取消戏剧艺术与生活的界限"。[4]同样,文学评论者表现出一些不适应的反馈,主要是由于实验剧演出的动作、对话和气氛分散了诗歌文本作为"语词集中营"的注意力,反情节的动作性表演显得虚假,反而造成了走进长诗《0档案》的障碍。[5]不过,文学界的态度又表现得颇为宽容,似乎正视障

---

1 〔德〕汉斯-蒂斯·雷曼著,李亦男译:《后戏剧剧场》,北京:北京大学出版社,2016年,第194页。
2 〔美〕奚密:《诗与戏剧的互动:于坚〈0档案〉的探微》,第106页。
3 〔美〕奚密:《诗与戏剧的互动:于坚〈0档案〉的探微》,第108页。
4 吴戈:《当代戏剧诸象》,第129—130页。
5 张柠:《感伤时代的文学》,北京:新星出版社,2013年,第185页。

碍,也是在寻找出路。

早在改编《0档案》之前,牟森就导演过于坚的诗剧《彼岸——关于汉语语法的讨论》(1993),而于坚则出演了牟森导演的舞台剧《与艾滋有关》(1994)。得益于二人此前的两次合作,无论是诗歌还是戏剧的整体风格和处理方式,彼此都颇为熟悉。牟森坦言,他对于坚诗歌的理解就是"突出了一种制约,一种人与人之间的制约,或者叫关系,这是一个中性词,不褒也不贬,只要人存在,这种制约就可能存在,它超越国家和民族,包括意识形态的背景"[1],而这一点正是《0档案》文本意义的核心价值。在改编《0档案》之前,于坚对舞台形式有着个人化的想象。饶有趣味的是,大概他笃信沉默是对语言的反抗,故而揣测牟森的改编是否会采用哑剧形式。但恰恰相反,牟森充分调动了人声、切割机声、老式录音机声、纪录片声和鼓风机声,在剧场空间里创造性地实现声音与沉默、声音与声音之间的对抗性。

提到人声,随着诗歌朗诵结束,牟森特意安排了一位事件的叙述者吴文光(而不单是作为诗歌的朗诵者)出场。开场时的诗歌朗诵部分,是照搬诗歌文本《0档案》开篇的诗行,即"建筑物的五楼　锁与锁后面　密室里　他的那一份/装在文件袋里　它作为一个人的证据　隔着他本人两层楼……"[2],主要交代档案存放的地方以及存在的"意义"。桌台上摆放着录音设备,发出的朗诵声音,在空旷的舞台上回响。朗诵的声音淡去,吴文光以表演者的身份出场,他开始以敦实、质朴、日常的口吻自述个人及家族的档案情况。尽管一上台就介绍了自己主动要求参与牟森的戏剧,但听上去他并不像是个演员,倒更符合一位普通人的自我陈述。诗歌文本《0档案》中的"他"变成了"我",叙述视点的转

---

[1] 吴文光、于坚、牟森:《从诗到戏剧——访问于坚和牟森》,孟京辉编著:《先锋戏剧档案》(增补版),北京:作家出版社,2011年,第386页。

[2] 于坚:《0档案》,《0档案:长诗七部与便条集》,第29页。

化，取消了转述的方式，让观众更直接地走进人物，较快被带入现场的戏剧情境。由"我"讲述的事实，改变了诗歌原作中叙述的内容，仅仅保留了"档案体"。吴文光讲到自己生于云南、长于云南，父亲从早期做国民党的飞行员到后来被斗争、下放到农场……一连串的历史事件像年表一样被翻出档案袋，只是被赋予了讲述者的情感和温度。关于父亲开飞机的事实，他重复了多次，强调所有人对父亲过往经历的质疑，怀疑父亲怎么可能开过飞机。吴文光反复讲述时，多种杂音（包括切割机、录音机等）开始在剧场出现。它们共同抵触、压制着他的叙述主体性，体现出人声与机器声的相互排斥与抗衡。而此时，个人在冲突中的反应，或是逃离现场，或是顽固对抗，或是沉默不语，都体现出一种声音暴力下的自我选择。

具体而言，在讲述过程中，吴文光的叙述声音多次被打断。蒋樾将切割机搬上舞台，在现场用电焊枪在钢筋上焊接钢板。噪音占据了整个剧场空间，吴文光的声音淹没在巨大的机器声里，乃至观众几乎听不到他的声音。可是，从他频繁回望蒋樾的动作中，不难发现，他并没有放弃讲述，没有保持沉默，而是挣扎着试图继续讲下去。于是，吴文光反复回头观望的结果是，选择挪动身前录音设备的位置，以开拓新的发声空间，直到切割机的电焊声音成为背景音。然而，噪音并没有被消除，文慧带着一台老式录音机登场，固执地播放《0档案》文本的录音，又让录音机发出嗡鸣声，彻底打断了吴文光的叙述声音。无奈下，吴文光打开鼓风机，让白色的飘带在舞台上被吹远吹高，缠绕着文慧的脸庞和肢体。一切人声都归于沉默，电焊声有节奏地响起，等待着吴文光发声。每一次叙述的开始，是主人公去填补档案的空白，同时是还原生活的本来面目；而每一次叙述的中断，则是社会暴力的介入，同时是对个人记忆的消耗。

吴文光关于"父亲与我"的故事接近絮语，反复念叨着二人生活的点滴记忆。他对父亲的感情,从听父亲那些无聊的教育故事,到父亲谈起漂亮姑娘而产生的反感,再到看不起甚至厌恶父亲的言行举止。这时,录音机继续播放《0档案》卷一《出生史》,银幕上出现婴儿心脏手术的纪录片。对父亲的反叛声,被手术画面和语言动作冲击着——"手术刀脱铬了 医生48岁 护士们全是处女/嚎叫 挣扎 输液 注射 传递 呻吟 涂抹/扭曲 抓住 拉扯 割开 撕裂 奔跑 松开 滴 淌 流/这些动词 全在现场 现场全是动词 浸在血泊中的动词"[1]——血色的布景、冰冷的舞台、暴力的动词四处蔓延。

这时,蒋樾手持稿件,大声诵读着个人的恋爱史。吴文光眼中的父亲与蒋樾眼中的女友,两位未出场的人物被叙述者讲得栩栩如生,仿佛活跃在舞台上。也许父亲的故事太单调,不如蒋樾与女友的情爱生活吸引人。二人开始同声诵读蒋樾的"恋爱史",作为卷三《恋爱史(青春期)》《正文(恋爱期)》的舞台诠释。可是,整个恋爱过程从萌动、激情到庸常,俨然不过是顷刻之事。最后,在"我们厌倦了"的声音里,诵读戛然而止。与卷四《日常生活》里的流水账一样,睡眠、起床、工作……似乎是为了活着而活着,为了记录而记录,一切都将归于零。这时,吴文光、文慧和蒋樾将之前放在焊接好的钢筋上的苹果和西红柿摘下,用力地砸向鼓风机,使它们粉碎成汁液,在舞台上四溅开来。挂满苹果和西红柿的树林,刹那间被摧毁成一片荒芜、衰败的枯木林,徒剩萧条的舞台景象。奚密曾对苹果和西红柿意象有所解读:"长期生存在档案所象征的世界里,人们已将种种制约内在化而精神萎缩、畸形,以致死亡了。苹果召唤的自然、丰饶的生命力,对他们来说是异端、病态,是讽刺而难以接受的,因此他们对苹果的摧毁凸显了他们眼中的异化,甚至他们和档案体制的同谋关系。"[2] 事实上,以暴力的手段反抗暴

---

[1] 于坚:《0档案》,《0档案:长诗七部与便条集》,第30页。
[2] 〔美〕奚密:《诗与戏剧的互动:于坚〈0档案〉的探微》,第111页。

力,这本身就是一种同化行为。吴文光与蒋樾坐在一起,没有互相干扰而是共同发声的时候,所谓的合谋就顺理成章地完成了。这种同化可以说是潜移默化的,可以说是潜伏于人类心底的魔咒,它无声无息地吞噬着那些曾经凭借语言发声的个体。

## 二 《镜花水月》:增补情境,调整结构

2006年5月18日至28日,廖一梅编剧、孟京辉导演的舞台剧《镜花水月》在北京东方先锋剧场演出。时隔两年,2008年1月23日至27日,上海话剧中心再次上演这部当代多媒体话剧,此次演出是作为参加墨西哥国际艺术节之前的一次试验。剧本根据西川诗作《镜花水月》和《近景·远景》改编而成,同时采用中国电子音乐先驱、中国噪音音乐教父丰江舟,中国当代多媒体艺术家蒋志,中国当代装置艺术家沈少民和中国当代雕塑家姜洁等的艺术作品构成多元的剧场空间。

演出后,评论如潮,但更多是争议。出于对孟京辉戏剧的期待,普通观众和专业的剧评人主要针对"看不懂"和"何谓先锋"等问题展开议论。"荒诞戏剧:不仅仅是看不懂",或者"所谓先锋,不过是'装疯'"的质疑声此起彼伏,体现出对孟京辉此次携诗剧重回先锋舞台的疑惑和不解。赵川的看法,颇具代表性。他认为,"《镜花水月》显然没能将演剧的艺术发挥出来,孟京辉没能在剧场里创造完整丰富,如西川诗中用文字创造的意象世界。舞台上的破碎,与其说是因为诗,不如说正意味着孟导演没有获得一种剧场中的诗意表达手段"[1]。赵川提出"剧场中的诗意"问题,变相批判了孟京辉将舞台的破碎等同于文字意象的导演方法之失败。如何表达诗歌的声音与意象,编剧廖一梅对"镜花水月"做出的解释是"镜和水其实就是舞台,就是艺术;那么花和月其实

---

[1] 赵川:《冬天里〈镜花水月〉很冷》,《外滩画报》,2008年2月14日。

就是我们大家，是我们的生活。我们的生活投射到舞台上，投射到镜中，投射到水中，它呈现出不同样式的一些影画，都是很实在可以触摸到的东西"[1]。诚如廖一梅所述，装置艺术与多媒体技术反射出的破碎舞台艺术，正映射出我们日常生活的琐碎状态。在这出戏里，尽管习惯于线性叙事、丰富剧情、饱满人物的观众看到被冠以"先锋"之名的孟京辉全然抛弃固有的审美观念，更不顾及"看不懂"的呼声，而是有意标榜甚至追求另类的艺术效果，纷纷表示无法理解，但是，暂且抛开是与非、对与错的简单判断，当我们回顾十年前的这场演出时，从跨艺术的角度考量，其呈现的方式和策略确实值得分析，尤其是从朗诵到改编、从诗到剧的转换，融入了编导的一些或许还不够成熟的想法，供后来的实验者们参照和反思。

罗塞拉·费莱丽就认为，《镜花水月》卷入了戏剧观念和戏剧吸引力的紧张关系当中。因为与传统戏剧观念引导下的舞台实践不同，它结合了"存在主义的反思"，"以错综复杂的听觉、视觉和感官效果，以及高水平的技术表演，表达出现代派非叙述性戏剧和自由诗"。[2]而媒介参与其中，不仅是装饰性的感官刺激，而是涉及媒介间性，由此打破了以往的戏剧观念，没有规定的角色、情节和冲突，以一种诗歌与戏剧相互融合的观念，调度语言、图像和声音，以新的方式体验和创造时空中的身体表现力，建构区别于传统戏剧观念，甚至区别于过往对"先锋戏剧"之界定（"反叛政治意识形态、社会文化边缘性、与大众疏离、本体论虚无主义"）的新的文化、社会和心理模式。全剧以

---

1 http://blog.sina.com.cn/s/blog_5540382b010006qw.html.
2 Rossella Ferrari, "Performing Poetry on the Intermedial Stage: *Flowers in the Mirror, Moon on the Water*, and Beijing Avant-Garde Theatre in the New Millennium", Li Ruru ed., *Staging China: New Theatres in the Twenty-First Century*, p. 128. 原文为 "Flowers enacts a tension between a theatre of concepts and a theatre of attrctions, in that it combines existentialist reflection-with intricate aural, visual, and sensory effects and state-of-the art technological display".

"镜""花""水"和"月"如此短暂易逝的意象,象征男女自我及其精神世界,让语言、空间与声音登上舞台成为主角,从而感受存在本身而不是现实表现。[1]

演出时长约一个半小时,在这当中,西川的诗歌或被原文朗读,或打乱、重组,分情境重新编排《镜花水月》。在巨大的蟑螂装置前,演员们开始依次并交替大声朗读西川的诗歌《鸟》《幽灵》《自行车》《国家机器》《天文爱好者》《废墟》《赌徒》《风》《没事人》《海市蜃楼》。除《国家机器》由两位男演员,《风》由两位女演员,《废墟》和《海市蜃楼》由六位演员集体诵读之外,其余皆为每位演员独立完成。这样的编排,无疑融入了编导对西川诗歌的个人理解。如果说"国家机器"冷漠无情,更注重现实性,那么"风"则是有温度的生命运动,象征着永恒。在理想与现实之间,"鸟是大地与天空的中介","天文爱好者眺望着天空";在生命与死亡间,"死亡通过幽灵作用于生者";在集体与个人间,"自行车意味着自力更生,自己运送自己"。[2]对于大众而言,与工具理性相关的"机械""权力""财富"等,像是"废墟"或者"海市蜃楼",蚕食着人类的精神世界。每个个体陷入无限的空虚、堕落与混乱的黑洞里。当然,不能苛求每位观众都在进入剧场前阅读诗歌,但评论者过多关注朗诵的音调、朗诵者的表情以及诗歌之间的关联性,这本身就是一种形式主义的观摩误区。舞台表现的样式固然丰富,但编导在开场选择什么诗篇相当重要,其涉及的文字内容及艺术形式,共同构成诗歌与戏剧共振的整体基调。不再基于形式上的限制,当观众理解了诗人和编导共同表达的主旨时,这个时代与时代中的个人才会引起关注,而

---

1　Rossella Ferrari, "Performing Poetry on the Intermedial Stage: *Flowers in the Mirror, Moon on the Water*, and Beijing Avant-Garde Theatre in the New Millennium", Li Ruru ed., *Staging China: New Theatres in the Twenty-First Century*, pp. 128–129.
2　西川:《深浅:西川诗文录》,北京:中国和平出版社,2006年,第65—72页。

置放于舞台上张牙舞爪、黑暗冰冷、繁衍蚕食的机械物"蟑螂"的意义才能够被发现。

对于导演孟京辉而言，如何强调诗歌内容，并以此为基础营造开场的剧场氛围，将观众更好、更快地代入其中，就显得极为重要了。就这点而言，导演显然处理得还不够，这是造成观众无法深入其中的一个原因。除了开场需要铺垫，从诗朗诵到戏剧情境的转换，自然也需要一些过渡。比如随着朗诵的结束，"海市蜃楼"作为幻境，在渐起的轻音乐里消失。与之对应的是，台上严肃的朗诵者们转换身份，开始进入角色。此时，多媒体上，排列整齐的人群聚集在一起，张望着台前的演员与台下的观众。白衣女孩儿成为焦点，她呼吸纸袋里的氧气，遮蔽室外刺眼的光照，像是个体对外界的一种拒绝姿态。事实上，这样的过渡，在全剧起着关键作用，既能够引导观众进入迷幻而偶然的情境，还能够辅助观众理解现代人的迷茫和焦虑，另外，是为后面大幅度的改编做一些基本的铺垫。

廖一梅编剧、孟京辉导演的《镜花水月》，一方面没有任何删改地保留了不少原作的内容，另一方面则沿用了西川诗歌的主题观念，所以，不能算作是对西川诗歌的颠覆。从诗文本到舞台呈现，编导主要集中于补充戏剧情境，将展演的文本做结构性的调整，总体上起到提升情节性、塑造人物个性的作用。归纳而言，其方式主要有三种：

一是以诗为日常对话，诗为体，戏剧为用，重组出新的情节。编导将《陌生人》《熟人》两首割裂的诗篇焊接在一起，透过"天没有下雨，我要游泳"回答"你要干嘛"的疑问。看似毫不相关的提问与回答，可以说是凭借"水"产生关联，包括自然的水、饮用的水和游泳的水。也可以说，毫无关联。因为西川的《陌生人》正是如此，当"我"反复回忆"陌生人"是谁，并用报纸挡在"我"与"陌生人"间时，便产生了自我怀疑；《熟人》亦如此，当"我"与"张三""李四""王五"因沟通不畅而被痛打时,便走入自我封闭的狭小空间。其实,这两首诗组合在一起,都是在表达人与人之间的隔膜。

  女:油价涨了,东边的房子也涨了,今天有风沙,我渴,天没有下雨。

  男:油价跌了,东边的房子也跌了,今天没有风沙。我渴,我要游泳。

  女:天没有下雨。

  男:我要游泳。

  女:天没有下雨。

  男:关我屁事!

  女:(接入诗歌《陌生人》)我等人,一个男人在桌对面坐下,不是我要等的,但也说不定。他要了杯茶,冷眼关注我的一举一动,仿佛关注天下大事。他把一片茶叶送进嘴里,嚼着,嚼着。他的右手在裤兜里摸来摸去。……[1]

【男拥抱女,说道:"我昨天晚上梦见你了。"女倒在了沙发上。】

  男:(接入诗歌《熟人》)张三请客,李四与王五同来。李四点菜。我们往死里吃喝……张三说,我们开始吧,我说,干嘛?李四打了我一拳,我说,干嘛?王五踹了我一脚,我说,干嘛?张三看着我将一口唾沫啐在我的脸上。他们三个将我打得鼻青脸肿,他们终于有了一种吃饱的感觉。我倒在地上,坚持追问,干嘛?三人齐声喝道:你说干嘛?

---

[1] 根据《镜花水月》的演出资料整理。

男：我要游泳

女：天没有下雨

男：我要游泳

女：天没有下雨

男：我要游泳

女：天没有下雨（回声）

汉斯-蒂斯·雷曼在《后戏剧剧场》里提到"场景诗"，他谈及罗威尔斯的剧场作品便是将舞台手段融汇为诗意的语言，"对不同情节瞬间做片段化的处理，又把它们拼接在一起，这使观众不再关注所叙述的故事中的悬念，而专注于（叙述与行为的）情节过程的张力，使人全神专注于展演者的存现与交互映现"[1]。很难说孟京辉到底在"诗"上下了多少功夫，但新增的"场景"却将片段化的诗拼接在一起，因为场景之间有联系也有隔膜，使得观众聚焦于表演者的情绪起伏。

二是以诗句为独白，戏剧为体，诗歌为用，赋予人物独特的气质。西川的诗歌《没事人》，是"我"在出租车上；《小两口》是在列车上；《天文爱好者》有汽车驶过马路的场景。可以说，公交交通工具，是西川笔下不断出现的城市意象。于是，戏剧情境首先切换至公交上，演员们握紧左手拳头，举过头顶。一个男人推动另一个男人，所有的演员跟着颤动身体，其次又转向中国国际航空公司正在飞行的航班上，空姐推着餐饮车上场，例行惯例，提醒乘客安全须知，为乘客提供饮料。在与空姐的对话中，神经官能症患者乘客始终被阴影笼罩着：

空姐："去年五月十六日，您在干什么？"

---

1 〔德〕汉斯-蒂斯·雷曼著，李亦男译：《后戏剧剧场》，第139页。

乘客:"为什么头等舱只有我一个人,能陪我聊聊天吗?"

空姐:"不能。去年七月十八日,您又在干什么?我看到您长头发的照片了。"

乘客:"你伤害我了。我的大夫告诉我,我得了神经官能症。我明明把门关上了,却总认为它在开着。关门开门反反复复无数次。"

戴纸袋的男子坐在他的旁边,他说:你能陪我吗?我感到很孤独。(接入诗歌《阴影》)我长大成人,我有了阴影。我对它不可能视而不见,除非它融入更大的阴影。而黑夜又是什么人,或者什么东西的阴影呢?……

而后,由沈佳妮饰演的空姐,她的一段独白无疑是全剧的点睛之笔。与神经官能症的乘客相同,看似再平静不过的空姐却隐藏着内心巨大的痛苦。只是这隐蔽的痛苦,像是一场大雪掩盖了城市的本来面目,不会轻易被他人察觉。同样生活在阴影中的女孩儿,她的故事成为剧场的焦点。如同西川惯用的意象"鸟",对现实感到悲伤的空中乘务员同样不会在地上留下脚印。大地与天空间,区隔出的是理想与现实的差距。女孩儿提到化成黑烟的母亲、始乱终弃的男友、被杀死的邻居。在冰冷的冬至那一天,白雪与黑烟形成色调对比,反衬出城市人的压抑与忧郁:

空姐(独白):农历十一月初三,冬至,雪已将这个城市覆盖。除了城市边缘那根黑色烟囱,一切都被染成白色。女孩儿站在烟囱底下,看着母亲的身体化成的黑烟。许久,地上的两只脚印向远处延伸而去。女孩儿走了,地上的脚印变成了四只,她有一个男朋友。又过了一年,地上的脚印是六只,这个城市又多了一个始乱终弃的故事。她身边的男人被一条狗替代了。半年后的一个清晨，女孩儿杀了那条狗，因为它舔了邻居的脚指头。女孩儿厌恶了脚印，脚印是情感付出的见证，所以她选择了一个不会在地上留下脚印的职业——"空中乘务员"。

三是取诗题衍生戏剧情境，跳脱出诗歌文本的限制，凸显风格化的剧场表现力。城市的深夜，脆弱的人们空虚、寂寞，陷入各式精神困境。他们拨打热线电话，寻求与陌生人对话的可能。《镜花水月》中的一个情景是"深夜物语"栏目，主持人接通热线，请译制片的配音演员朗诵"今天我们为大家准备了一首小小小小小小的小散文"。配音演员说这篇小散文的题目就是《小两口》(西川的诗歌)，没有逐字逐行诵读，不过是调侃听众，节目时间有限，没有时间让他讲一段"小两口"的故事，因此被一语带过。此时，令还沉浸于神经官能症乘客的呓语中的观众，突然跳出沉重的气氛，发出阵阵笑声。紧接着接通下一个热线观众，一位女孩儿想通过安医生的对话寻求援助。女孩是医院的特殊护理，安医生是城里最好的心理医生。女孩儿像是患有抑郁症，产生了杀人的念头。她表述杀人的原因有千万种，包括长相丑陋、手里有凶器、总是被盯着……问题千奇百怪，但安医生的回答只有一种："那你就离开他，那你就去整容。"

与之相仿，西川的诗歌《伴侣》被衍生出一段三角恋的故事。身体陷入沙发里的男子喊着"我饿了"。第三者而非原配夫人说"为什么不让她做饭？"，点出男女间的三角关系。在这样的关系里，作为情人的第三者最终陷入琐碎的日常生活里，直至男子又回到了原配身旁。其中"外卖小哥"送餐的情节，因为与男人风趣的对话，制造了很多笑料。这样的对话似乎可有可无，但却是"戏剧顽童"孟京辉一贯的娱乐风格，为话剧大餐添点佐料，缓解压抑气氛的同时，让观众嘲笑生活、嘲笑生活中的自己。三角恋情境中，还穿插西川的诗《毒药》，"有毒的事物是美丽而危险的"，暗示三角关系的美丽与危险，又涉及诗歌《衬衣精》，"这件白衬衣已经太旧，但我却无法脱掉它。/并非我舍不得与它分离，而是它已经有了我的体温、我的细菌。我们竟然长在了一起"，点出主人公不愿割舍的恋情所造成的痛苦。此处，多媒体上燃起了熊熊火焰，正呼应了西川的《火焰》："人们通常视火焰为创造的精灵，殊不知火焰也是毁灭的精灵。"[1]

回到评论界有关"先锋戏剧"的争议，孟京辉向商业化的倾斜，违背了原初的先锋本色。就《镜花水月》的改编而言，西川的诗不都是沉重的，其中不乏诙谐的一面。孟京辉故意制造噱头标榜谐趣风格，倒并非遵循诗歌文本的情感基调，而是在某种程度上迎合了大众。从普通观众的视角来看，这似乎是先锋戏剧走向商业化的必然。但依专业戏剧研究者的评价，媚俗化的孟氏实验剧却招来不少骂评。这其中不单是个别剧本创作和演出情况的优劣问题，还涉及"先锋戏剧"所遭遇的尴尬处境。孟京辉执导的《镜花水月》，从侧面反映了导演在商业和审美之间做出的个人选择。

## 三 《随黄公望游富春山》：打碎文本，存意探境

2010—2013年间，诗人翟永明创作了长达26节的长诗《随黄公望游富春山》，其中前15行最初刊于《今天》杂志2012年的"飘风专辑"。2014年，由周瓒编剧、陈思安导演，在北京国际青年戏剧节（朝阳9剧场）首演。后来，翟永明根据演出，创作了长诗的第27节，并于2015年完成全诗共30节900行，由中信出版社出版。据完整版文本改编而成的舞台剧，经过2015成都八点空间、朝阳9剧场的两次复排，2016年两岸

---

[1] 西川：《深浅：西川诗文录》，第54—72页。

小剧场艺术节（台湾戏曲中心/高雄市立图书馆小剧场）和2016年国家话剧院小剧场的演出，直至2017年在9座城市的11个剧场演出过39场。[1]

顾名思义，"随黄公望游富春山"指涉的是抒情主人公跟随元代画家黄公望寻访富春山的所感所悟。黄公望所画《富春山居图》，展示了富春江两岸秀丽风光，"峰峦叠翠，云山烟树，沙汀村舍"尽收眼底。诗人翟永明同样醉心于这幅流动的画卷，深入主（抒情主人公）—客（山水画）关系，从中打开别样的时空秩序，如商伟所言："诗人频繁地往还于当下与过去之间、出入于现实与画卷内外，以个人真实的和想象的行旅为主线，串连起当代上火中形形色色的蒙太奇画面，最终将跨越古今、时空交错的一幅宏大'风景'，呈现在了读者的面前。"[2] 抒情主人公"一步一景"的行动与感受，从线条到影像、语言，从政治、经济到日常，完成了包括载体和精神在内的"散点透视"。

大概是因为原作者、编剧、导演皆为诗人，这部诗剧较之前两者（《零档案》《镜花水月》）而言，可谓从导演中心转向了文本中心。换言之，观众、评论界不再围绕"戏剧性"问题产生争议，而是开始聚焦于诗的表演。所谓诗的表演，是一个立体而综合的世界，既关乎诗人与编剧的表演、演员的表演、导演的表演，还包括观众的表演。就像林国源将"模仿"翻译为"表演"时所做的阐释：诗人想象的是一个戏剧世界，由演员负责呈现诗人想象的世界，而观众又透过身心体验在脑海里构筑了一个表演性的世界。[3] 可以说，导演陈思安对于文本和表演关系的思考贯穿始终。从一开始，她就自问："作为戏剧人：一种极少在舞台

---

[1] 陈思安：《面向诗歌的剧场与面向剧场的诗歌——〈随黄公望游富春山〉札记》，谢冕、孙玉石、洪子诚主编：《新诗评论》总第22期，北京：北京大学出版社，2018年，第2页。

[2] 商伟：《二十一世纪富春山居行——读翟永明〈随黄公望游富春山〉》，翟永明：《随黄公望游富春山》，北京：中信出版社，2015年，第77页。

[3] 林国源、尹庆红：《诗、戏剧与表演——台北艺术大学林国源教授访谈》，《马克思主义美学研究》第20卷，第1期。

上处理的文本——当代新诗的文本——到底该如何寻找最适合它表现的方式进行舞台呈现？作为诗人：阅读诗歌文本时唤起的多种复杂体验，能够被舞台所捕捉并具象化吗，这是对文本的丰富还是伤害？作为戏剧人同时是诗人：走入剧场中的诗歌究竟能为剧场提供些什么，而面向诗歌的剧场又到底能够敞开到何种程度？戏剧的诗性，与诗歌的诗性是否具有共通互化的可能？"[1]陈思安以更开放的心态勾连诗歌与戏剧的关系，这是她所遵从的跨界观念，即以创作者主体的需要为出发点，进而选择更合适的形式予以表达。从这个角度而言，她尽量保留诗歌的意涵内蕴，试图跨越文体或者艺术的边界，以舞台表演营造出剧场空间的戏剧情境。

以2016年的演出版本作为分析对象，可见编导没有照搬诗篇，而是择取30节中的19节，打碎文本，再次组合，呈现出三幕诗剧：第一幕"'它'来了"，第二幕"观画叹何穷"，第三幕"我的心先于我到达顶峰"。整体上是"诗—画—人"的线性逻辑的结构，引导观众从文本走向图像，再从图像思考人的境遇。

第一，抽取文本片段，勾连抒情主人公的"行动"链。

"游"作为全剧的核心动作，贯穿始终。开场时，潺潺的流水声中，诗稿依次铺排在地面。演员透过肢体动作一边沿着诗稿的轨迹行走，一边解答"谁是诗人"的疑惑。将诗歌的普通读者从固有的思维里解放出来，是导演引导观众入戏的首要方式。陈思安为诗人正名，让那些读诗或者不读诗的朋友明白：诗人不是疯癫、鬼魂、小丑的异类。登上舞台的不是江湖卖艺的小贩，而是出现在任何一个空间里的普通人。这本无须解释，可是20世纪80年代以来出现的一次又一次的诗歌事件，包括海

---

[1] 陈思安：《面向诗歌的剧场与面向剧场的诗歌——〈随黄公望游富春山〉札记》，谢冕、孙玉石、洪子诚主编：《新诗评论》总第22期，第3页。

子卧轨自杀、顾城魂断激流岛等，不免改变着普通读者对现代诗人的看法，构成普通读者走近诗人、理解诗歌的一重障碍。当然，导演将诗歌搬上舞台，不是为现代诗当下的接受困境解围，亦不是向市场经济时代的诗文本寻找兜售空间。陈思安层层解套，说明"诗人是行色匆匆的旅人"，他或者她可以是奔跑的、行走的、工作的、经营果园的人，就出现在我们的日常生活中，随处可见。

由语言动作的重复，追问"游"的意义。就这个层面上，编导完成了从诗人"怎样"到"为何"写诗的追问。演员不断重复"慌乱"和"从容"的心理状态，引领观众进入诗人的创作活动，体会诗句降临时的瞬间体验——"当诗句来到　如箭飞跑／内心也如兔子慌乱／时间在每分钟里／养出一股下沉之气"——缓慢铺叙出从慌乱到从容的心理流动过程。演员们渐次发声，重复"从容"二字，"从容地在心中种千竿修竹／从容地在体内撒一瓶净水／从容地变成一只缓缓行动的蜗牛／从容地　把心变成一只茶杯"，以多声部的方式让观众屏息凝神，感受与沉默之诗的对话。紧接着，一句"'它'来了"，强调诗神缪斯的可贵，就在于它总是不经意间靠近，带给诗人惊喜，由此回到"他们为何写诗"的问题，从演员热泪盈眶的眼神中，不难理解，被诗神青睐是多么幸福的事。诗人们视文字为信仰，不为政治权力或是经济利益摇摆，寄望从诗句里获得身份认同感。对他们而言，无论时空如何斗转，发现并超越"自我"才是理想："五十年后我将变成谁？／一百年后谁又成为我？／撑筋拔骨的躯体置换了／守住一口气　变成人生赝品。"[1]

第二，诗画对照，以多媒体展示措置的时间和立体的空间。

如果说从诗人到诗，是导演将观众带向剧场的导引，那么，诗人与画家、诗与画的融合，则是诗人、编导以剧场空间实现的跨艺术尝试。

---

[1] 翟永明：《随黄公望游富春山》，第4页。

跟随诗人即抒情主人公的脚步继续行走,轨迹延长至黄公望的画卷里,"一三五〇年,手卷即电影/你引首向我展开/墨与景　缓缓移动/镜头推移、转换/在手指与掌肌之间"[1]。白色的画轴,由演员展开、卷起,最后缠绕于身。交叉的卷轴,被四个演员拉展至不同的方向。这时,"诗人"的扮演者走向画卷中心,而后被弹出,如此反复,形成身体的对抗。当然,"推"的动作同样将画幅的时间推向至过往的历史记忆,"山被推远,慢慢隐入云端/生于南宋,南宋亦被推远"。

文字投映于多媒体幕布上,与被推远的动作、时空交相辉映。白色幕布前,身着黑衣、扭动肢体的演员像是山水间的植物,又像是一抹清雅的墨迹,在纸卷上自由摆动。幕布上的文字如碎片,颠倒措置,投射于黑色的衣衫上,与摇摆的肢体相得益彰,如同一行行迁移、行走的文字。这些不成文的方块汉字,正是诗人置身画卷、酝酿诗句时凌乱思绪的外化。导演以诗画对照,主客叠映,将抒情主人公作为一位时间穿行者,自由行走于古代与现代之间,"这是亿万分之一秒的时间在追赶/把上千年光阴挤为粉的光年/我感觉自己在透支　也在穿透/新的距离　双眼在调距","作为一个时间的穿行者/我必然拥有多重生命/每重生命都走遍每重山水/即使长夜永昼在一刹那中更迭/政治更迭　也在身边飞速运转"[2]。

诗人与"画中人"的角色转化,同样借助多媒体完成。云气缭绕的幕布上,缱绻着演员舞动的肢体动作。诗人翟永明的朗诵声,作为画外音在剧场空间里回荡。演员在白色幕布前舞着,像是天地氤氲间的"画中人"走向山林深处,"到画中去、做画中人、自徜徉/没有一个美学上级可以呼唤你!"结尾处,"一百年后我将变成谁,一百年后谁又成为

---

[1] 翟永明:《随黄公望游富春山》,第6页。
[2] 翟永明:《随黄公望游富春山》,第24页。

我"的字样再次出现、定格，正说明诗人是在画中寻找自己，辨识自我与自然、与社会的关联，"'关系世界中的自我'，是由人、我与物、我之间的动态协调及其共识所产生；原本被强调的心灵、精神也许应该放回作为感知所在的身体，而身体应该置放回社会环境及宇宙自然之中"[1]。从这个角度而言，抒情主人公所敞开的外部世界，同样是她内心世界的映照。

第三，史诗互证，借戏中戏还原历史场景且诠释长诗注脚。

全剧以旁白、独白的方式展开，少有对话。仅有的一段对话，便是两位舞者的相声，以及帘幕后的戏中戏诠释出"收拢，置于火中/收藏家焚以为殉/这是一个中国式的公案：/火，带走人的万般无奈/后世，享用他的千重风采"[2]。

正是这段戏中戏，道出了《富春山居图》焚烧前后的来龙去脉。提起黄公望的水墨作品《富春山居图》，可谓声名远播、无人不晓，几经历代收藏家青睐，被誉为"中国十大传世名画"之一。关于这幅闻名天下之画作的传奇故事，同样广为流传。明朝末年收藏家吴洪裕珍爱此画至极，生命垂危时便命侄子焚烧以殉葬。当侄子从热火中救出这幅名画时，只可惜画作已被烧作两段：前段《剩山图》，现藏于浙江省博物馆；后段《无用师卷》，今藏于台北故宫博物院。但流传中画作的真伪、无用师的身份、黄公望的籍贯乃至所画山水是否富春江，都颇受争议。导演借暗场处理这段传奇故事，意在使隐蔽的历史显影。当然，演出看上去滑稽可笑，有戏说历史之嫌。可是，从观众的笑声里不难看出，编导对历史人物的戏谑、嘲讽乃是刻意为之。事实上，无论如何叙述这段陈年旧事，都无法抹去人对物的占有欲，隐去真相的虚伪。以现代的眼光

---

1 郑毓瑜：《文本风景：自我与空间的相互定义》，台北：麦田出版社，2014年，第24页。
2 翟永明：《随黄公望游富春山》，第30页。

打量历史,彰显出当代人对于"人"的理解。

整体而言,长诗以时空之经纬,呈现抒情主人公的行走轨迹。这轨迹不仅是肢体动作,更是逐步晕染出内心感受。因为关涉政治、经济与文化大变迁环境下的诗性精神,长诗行云流水又含纳万千,令观众感受到的是两个时代中的艺术触觉。舞台剧中,导演依循自己读诗看画的轨迹,牵引观众走进画家与诗人共同勾勒出的富春山。然而,一台舞台剧的容量毕竟有限,导演只能有所取舍,重点突出诗人走入画卷始末的部分心境。诗歌文本是寻意探境的一种方式,肢体动作、媒体音效等皆能够传递"游"的行动与精神,而以抒情为基调的诗剧同样可以借戏中戏达到叙述的功能。对于观众而言,对演出形式乃至主题意旨,或许仍有几分隔阂。值得说明的是,跨界艺术作为当下的艺术新潮,必然面临着来自观众的挑战,需要完成艺术的超越。但归根结底,依托文本与剧场深入现代人生活困境并探寻出路,是诗人、戏剧人共同需要做出的努力。

诗人与戏剧人合作,通力将诗歌搬上戏剧舞台,尽管面对着实验性与争议性的双重挑战,但在保留诗的深层韵味和引导观众的观赏性方面,又各自提出了不同的展演路径。值得一提的是,除了《零档案》《镜花水月》和《随黄公望游富春山》之外,2005年,导演李六乙还将徐伟长的诗歌《口供,或为我叹息》改编为舞台剧《口供》,在北京朝阳文化馆"9剧场"演出。观看过演出后,龙吟就《口供》的内容,谈了个人的看法:该剧"有成功后的沮丧,成名后的忏悔,受表扬后的内疚,有干好事后对虚荣的自省,说好话后对虚伪的自责,自己成功后对别人造成伤害而对自己灵魂的鞭挞,高喊口号其实是为达到个人目的的谴责"[1]。与之不同,廖奔观看的感受是"台词的叛逆与舞台表演的叛逆

---

[1] 龙吟:《艺术追求不必从众——观话剧〈口供〉》,《中国文化报》,2005年8月1日。

联手打造出一台形式至上的检阅,彻底颠覆了作为戏剧内核的情节和人物。这大约也正是李六乙和其他创造者的原初目的。但如果目的仅仅是为了颠覆戏剧,那把戏剧颠覆了之后又做什么呢?难道观众只是来看戏剧是如何颠覆而不是来看'戏'吗?"[1]当诗歌被改编为戏剧后,就必然要面对受众群体的反馈。对于先锋戏剧人牟森、孟京辉、李六乙而言,求新求变的精神难能可贵,确实为当代诗歌登上戏剧舞台起到推波助澜的作用。然而,走出话题性,打造更具有质地的戏剧作品,还有相当长的路需要探索。这其中,周瓒、陈思安等引导的"存意探境"艺术方向,不失为一种改编方案。无论是考虑诗歌的精英化,还是顾及戏剧的观赏性,都必须顾及观众,没有观众就没有演出。这并不意味着戏剧人一定要迎合观众,达到诗歌传播的目的,而是摸索更多的可能性,为诗歌与戏剧的跨界尝试找寻最具活力的生机。

## 第二节 以诗入戏的原创诗剧

诗剧处理的是诗与剧两种艺术形式,其难度可见一斑。袁可嘉就提到过,"诗剧形式给予作者在处理题材时,空间、时间、广度、深度诸方面的自由与弹性都远比其他诗的体裁为多,以诗剧为媒介,现代诗人的社会意识才可得到充分表现,而争取现实倾向的效果"[2]。当然,诗剧与剧诗有别。诗剧是诗形式的剧,无论是形象创造,还是情节设计等都符合戏剧的文体和演出要求;剧诗是剧形式的诗,冲突、角色和台词都不

---

[1] 廖奔:《品剧日记(2004—2010):关于戏剧内涵与本质的探寻》,北京:中国社会出版社,2011年,第67页。

[2] 袁可嘉:《新诗戏剧化》,《论新诗现代化》,第28页。

必以戏剧标准强求，而遵循诗歌的表达效果。[1]本节主要讨论的诗剧还包括一个重要的因素，即以20世纪80年代以来的汉语新诗入戏，以此为基础，观照诗人与导演、与剧作家的身份转换和相互合作，总体性地理解此阶段跨界艺术的多种面向。就这点而言，我们考量的不单是戏剧演出的艺术特点，更重要的是理解将诗歌融入戏剧所呈现出的新型样态。这种新型样态指的是，当诗歌与音乐、舞蹈、肢体动作等高度结合后，自然滋生出别具特色的艺术样式。与同题异体的诗歌改编不同，这些原创诗剧并不依赖诗歌文本，而是选择以诗入戏的方式，寻找与人物心理状态相契合的诗句，与演出的情境相对应。想要越出诗剧的传统边界，而走向新型的实验，相当困难。尽管如此，一些诗人、戏剧人仍坚持去探索诗歌在戏剧中的生长点，极尽可能地发挥诗的效用，从而实现演出题旨和人物精神的最终升华。鉴于此，下文将重点分析张献编剧、组合嬲演出的《舌头对家园的记忆》和李轻松编剧、张旭导演、北京舞蹈学院音乐剧中心演员演出的《向日葵》，讨论各个创作团队合力打造的"中性空间"和"吟唱的剧"，呈现以诗入剧的特殊艺术表现方式。可以断言，尽管艺术种类千差万别，但诗歌与戏剧融合后所追求的诗性精神却同气相求。

## 一 《舌头对家园的记忆》[2]：创造"中性空间"

2005年，《舌头对家园的记忆》由张献编剧、组合嬲[3]参与演出。其

---

[1] 吕进：《一得诗话》，成都：四川文艺出版社，1985年，第186—187页。
[2] 《舌头对家园的记忆》的文本资料共有三个版本，包括"今天版""越界版""大山子艺术节版"。本文根据"越界版"的文本，并参照张献提供的影像资料展开分析。
[3] "嬲"是方言用语，读niǎo。作为动词，意为戏弄、纠缠、调情、纠缠、搅扰、tease、flirt with等；作为形容词则有"有趣""有意思"的含义。"组合嬲"成员取汉字的图像效果作为剧团的Logo，他们常戏称自己为"嬲人"，称自己的作品为"嬲剧""嬲舞""嬲艺"。

中，四位舞者（努努、囡囡、小珂、封真）同时兼任编舞，另有音乐家殷漪、DV作者张学舟、跨媒体艺术家刘BB也参与其中。此剧于2006年受邀参加阿姆斯特丹舞蹈节（Julidans）和苏黎世戏剧节（Zürcher Theater Spektakel）的演出，并获得苏黎世戏剧节唯一的最高奖项。

2005年，张献结识了一批80后青年。他们的另类舞蹈观念，引起了张献的注意。于是，张献加入其中，成立了组合嬲这个现代舞蹈团体。作为一个独立艺术家的联合体，每个成员既是舞者又有其他社会工作，他们自由出入于组合嬲，戏中紧密合作，戏外又互不干涉。小珂是其中的主要成员，她与nunu、囡囡、李震、殷漪、张献等，共同组成了这支联合体。这些视听艺术家、新媒体艺术家、生活和其他实验艺术家之间达成了某种默契，他们彼此互为编导和演员，可以互相协作完成一部作品，又时常各自选择和拓展新的演绎空间。[1]

在《舌头对家园的记忆》中，艺术家们创制了一个"中性空间"（liminal space），无所谓白天或是黑夜，无所谓过去或是现在，所有的人都像是被幽闭于集体性的空间中，弥漫着超现实的气息。这样的空间与上海这座都市空间形成呼应，透过海上诗人王寅、张真、陆忆敏的诗语与无意识里的图像互相诠释、生发，最终流泻出梦幻与现实共生状态下的城市。如朱大可所说，"城市，这个用无机物堆积起来的空间，为那些卑微的生命提供了一项新的身份：或者说，城市是一种机遇，一种生命的可能性，一个功利性愿望的庞大对象，它不仅提供各物，而且提供能够安抚肉体的所有触手。城市是一个功利性民主的营地"[2]。置身城市里的人，时常产生不知身在何处的心理体验，即挪威学者诺伯舒兹曾提出的"场所沦丧"。所谓的"场所沦丧"，"就一个自然的场所而

---

[1] 张献:《从国家表演到社会表演》，《新天使》，第6期，第387页。
[2] 朱大可:《懒惰的自由——宋琳及其诗论》，《当代作家评论》，1988年第3期，第18页。

言是聚落的沦丧,就共同生活的场所而言是都市焦点的沦丧。大部分的现代建筑置身在'不知何处';与地景毫不相干,没有一种连贯性和都市整体感,在一种很难区分出上和下的数学化和科技化的空间中过着它们的生活"。因此,"场所沦丧"的核心在于方向感和认同感的缺失。造成"场所沦丧"的两个重要原因,一是"都市问题",二是"与国际样式有关"。[1] 一幕幕场景的出现弥合了公共场所与私人场所之间的裂隙,这些颇具代表性的上海建筑更多呈现的是具有深厚历史沉淀的空间,是诗人在幻想和回忆中发出的私语。即便通过那些不变的场景"外白渡桥""分界水线"进行自我定位,这些外部的场景反而更让人"晕眩"。因此,"人为了保持住一点点自我的经验,不得不日益从'公共'场所缩回'室内',把'外部世界'还原为'内部世界'。的确,诗人的'漂泊无依的、被价值迷津弄得六神无主'的灵魂只有在这一片由自己布置起来的,充满了熟悉气息的回味的空间才能得到片刻的安宁,并庶几保持住一个自我的形象"[2]。城市作为外部环境的变迁,使得诗人的心理空间随之动荡。伴随着"场所沦丧",诗歌也带给读者一种移动感。

张献对上海这座城市的感悟与知觉,从诗歌文本中找到了对应。他说过:"对我而言,城市与城市、中国与国外、男性与女性都不是最重要的。在你的世界,这些事情不是很清晰,为什么要清晰地谈论这些问题。我的成长中,就是各种边界、概念和规定的交流方式不断提醒着你,就得反复往返于想象、思辨与现实。我就是要跨越这个边界。"[3] 可以说,他的目的不是表达当代人显在的城市意识,而是深入到人类的潜意

---

[1] 〔挪威〕诺伯舒兹著,施植明译:《场所精神——迈向建筑现象学》,武汉:华中科技大学出版社,2010年,第186—192页。

[2] 陈旭光:《中西诗学的会通——20世纪中国现代主义诗学研究》,北京:北京大学出版社,2002年,第364页。

[3] 张献、翟月琴:《"我永远在探索更远的边疆"——上海先锋剧作家访谈》,暂未刊。

识层，去触碰早已麻木不仁的关乎人之生存状态的神经，从而完成越界的可能。他选择用舌头去记忆、去感知，有着更为深层的隐喻性：如果说"文革"所遗留的革命话语有声而空洞为人们所记忆，那么，舌头作为沉默的身体器官则容易被遗忘。然而，身体是最为个人化的表达，人体器官有着最为直接和感性的体验。舌头可以记忆自我、记忆他人，还记忆着一座城市乃至一个时代。《舌头对家园的记忆》在上海上演时，节目手册上就写着：

> 舌头，舌头，所有的舌头都是拿来说话的。
> 可是，可是，舌头真的只是拿来说话的吗？
> 舌头可以品尝滋味，可以试探冷暖，可以亲吻爱抚，可以猥近人，可以侮辱人，可以有它自己的记忆。它的记忆不仅是味觉的，也可以是触觉的，更可以是有超越神经官能的生命自觉的。

张献全面感知身体的能动性，极尽可能发掘舌头的记忆功能，像是他在接受采访时所说："当你有了自己的身体时，也就有了自己跟别人的身体的关系，所谓你跟外部世界的关系是一对一的身体关系。舌头就是这个言说工具转为一个特别身体的东西，可以尝试味道，可以亲吻人，可以舔人，可以勃起，并且保留只属于自己的记忆，它与其他器官以及肢体构成一个更为一体化的生命概念，指向一种诗意的叙述。"[1] 开场时，四位舞者平躺在地板上，远处传来"铁路调度的喇叭声，列车压轨声以及播送社论声"，起伏的声音将舞台空间切换至矿区。此时，显示在多媒体上的诗句，与人物的肢体动作相契合，形成一股不言而喻的

---

[1] 刘永来、张盈：《独立戏剧：上海1985—2007》，上海：上海科学技术文献出版社，2008年，第122页。

意识流，在舞台上肆意地蔓延。诗人王寅像是城市的漫游者，游动的身体与流动的城市相互激荡，恰如"白色的海洋"漫过他走过的"医院""玻璃""人行道""水泥地面"。城市是冰冷的，身体是温热的，而"我"的内心始终是悲伤的：

> 白色的海洋穿过黎明的医院
> 裸露的玻璃尚有余温
> 我躺在冰冷的人行道上
> 水泥地面像镜子一样冰冷，城市
> 在我的脊柱之下
> 无声无息地运行
>
> 在悲伤的底层
> 不是夜晚又能是什么
> 我的沉睡唤作沉睡
> 我的哭泣是所有的哭泣[1]

(《白色的海洋》)

每位舞者在床上交替发声，艰难地表达着"啊""噢""嗯"的声音。他们站立、起舞，又回到床上，二人一组并列全场一圈一圈绕行，肢体动作从僵硬变得娴熟，逐渐忘记行动本身的意义，脱离了原先的行动轨迹，最终无法控制自我的身体，任其怪异地扭转、摆动、变形。就这样，演员们被暴露在光影里，循环往复地还原压抑的生活情境，而舌

---

[1] 王寅：《王寅诗选》，广州：花城出版社，2005年，第6页。

头在口腔抬起最终牵动头颅和身体的扭曲，从而释放出内心动荡又反叛的情绪。此时，小珂为一个又一个演员拍照，记录他们身体的正面、侧面以及扭曲的表情，而后将相机平举，僵硬地对准自己照相。nunu 对这样压迫感极强的重复忍无可忍，终于夺过相机，表达着愤怒。当她强迫性地对准口腔时，恐慌感、压迫感和暴怒感一并爆发。nunu 在发出尖叫声后，即刻按下了快门。随着络绎不绝的踏步声、此起彼伏的呼唤声，四位演员的身体如幽灵般，成为黑暗里盲目的行动者。

紧接着，白色头套里蠕动的舌头，刷牙和漱口的动作，可以说，进一步放大了口腔。红色的屏幕，平缓地移出一行行文字，沉默的状态被打破，演员开始断续地发语、嗫嚅着舔舐。像是在梦境里游荡，在如此的"中性空间"里，主体对外部世界的身体体验得以彰显，而"舌头对家园的记忆"之意义被表达得淋漓尽致。滚动在屏幕上的诗是王寅的《睡眠者》，这些文字被赋予了图像的意义，似乎在描述在城市的夜里，"手""嘴唇"和"肩膀"飘浮在空气里，"鞋子"埋入沙土里，梦游一般地无目的、无规律地浮动而后下沉，正与不可名状的"中性空间"相契合：

> 玻璃一样的脸
> 如一只水母
> 一片小城之光……
>
> 黎明的黑暗深处
> 道路苍茫
> 和所有相遇的手交错而过
> 嘴唇张开融化在空气里面
> 肩膀在被单下了无痕迹

木盆盛满皂液

鞋子陷入沙中

偶然的梦

像野外的床

像一朵花转向无意的方向

你梦见我

梦见我脸上

也长出玻璃

这一切都因为有了风的缘故[1]

(《睡眠者》)

"因为有了风的缘故"如一句暗语,照相者与被拍者相互转化角色。当小珂再次身着中山装、拿着相机上台时,被拍照者已经不再顾虑她的存在,甚至撕开她的上衣,让她裸露的上身暴露于灯光下。灯光暗下,小珂惊慌的表情,留在观众的记忆里。这时,甩动头部、蠕动舌头的舞蹈持续着。在持续的时间里,他们等待的是被封存的记忆。刘BB带着陶罐上场,他插起三炷香,炼狱般被熏烤、被质问。塞满食物的嘴里喃喃着时代留下的印记,直到演员们从陶罐里取出一个又一个窃听器。"窃听器"记录着容易被遗忘的记忆,投影反射出现实的弧度,探听着每个人口腔里曾发出的声音。全剧结束时,屏幕上放映着演员们儿时及父母的照片,回放逝去的时代记忆。

接近落幕前,上海诗人陆忆敏的诗《元月》出现于屏幕上,回到了全剧的题旨,"留在桌上"的"舌头",它无时无刻不记忆着我们生存的家园:

---

1 王寅:《王寅诗选》,第202页。

> 我吩咐洒扫之后
> 就把舌头留在桌上[1]

(《元月》)

以上分析的是"越界版"剧本及演出情况。值得一提的是,在"大山子艺术节版"的剧本中,张献除了征引上述三首诗之外,还吸收了张真的《我和我的鬼》,王寅的《花园》和翟永明的《女人》(组诗)中的部分片段。这个版本突出了"鬼魂"和"梦境"的状态,同样呼应了"中性剧场"的概念。比如张真的"只有一炷沉香/总在静静地烧",与nunu陶醉、迷乱的烟熏状态相互诠释、生发,像是都市里的镜中魅影;王寅的"两个花园犹如一面镜子/犹如我们共同读一首诗/用牙齿撕开鲭鱼皮",口腔的动作放大了镜像,自我成了镜中变形的他者,在忽远忽近的审视中愈发变得陌生化;翟永明的"海是唯一的,你的躯体是唯一的",被演员们声嘶力竭地重复着,与集体蠕动、挣扎、从下体抽出白布的分娩表演和屏幕上绽放的迷人花园景观,共同将全剧推向了高潮,而此时,观众们一定在心里嘶喊着"海是唯一的!你的躯体是唯一的!"可以说,无论是"越界版"还是"大山子艺术节版"的《舌头对家园的记忆》,从剧本到舞台呈现都相当具有审美价值,成为当下独立戏剧不可忽略的重要实验性作品。

## 二 《向日葵》:被吟唱出的剧

李轻松编剧、张旭导演的实验诗剧《向日葵》(2008年6月10—11日),由北京舞蹈学院音乐剧系师生参演,在北京市朝阳区文化馆"9剧

---

1 陆忆敏:《元月》,胡亮编:《出梅入夏:陆忆敏诗集(1981—2010)》,第24页。

场"(后SARS小剧场)汇报演出。[1] 评论家吴思敬提到,"由诗人直接创造的诗剧并加以演出的,李轻松是第一个"。极简化的舞台布景、简单明了的剧情,使得人物心理成为全剧重点晕染的内核。《向日葵》以家庭伦理剧为线索,讲述的是自责、内疚的男人成为旧日情人葵花的精神科主治医生之来龙去脉。他的妻子(精神病医院院长的女儿)五年前与丈夫一同逼疯葵花,现在又介入其中,致使已经逐渐清醒并摆脱精神病的葵花最终选择了自杀。葵花自杀后,男医生精神崩溃,沦为精神病患者。该剧不过是一个男人与两个女人之间的情感纠葛,却打开了精神病患者生存的别样世界。

无果的爱情,自然是悲剧。然而,悲剧性更在于,主治医生反成了病号,病人与医生的角色互换,极大程度上模糊了清醒与疯狂、压抑与反抗、道德与欲望的界限。"诗剧《向日葵》是以戏剧的形式、诗的内容向观众展现了发生在精神病院的爱恨情仇,但这并不是一场庸俗的三角恋","《向日葵》正是一部从内心出发的诗剧,探讨罪恶与救赎的、疯癫与文明,爱与被爱,治疗与被治疗,人类的孤独处境,自由与囚禁等等问题"。[2] 当葵花感悟到"病与不病都是相对而言。那主流的、庸常的一切,是多么可耻!而异类的、小众的可能更优异!相对于你们,我是病人;而相对于我们,你就是病人。让我来治疗你吧,用我的思维我的逻辑我的爱情,用我最纯净的欲望,帮你除掉那被污染的血、被变焦的眼睛、被转基因的肉体,还有,那麻木思想和规范的精神"[3] 时,当女人威胁着丈夫"你给我听着,在这座精神病院里,还没有谁敢如此蔑视

---

1 2008年6月12日,首都师范大学中国诗歌研究中心组织、举办了"《向日葵》研讨会:诗歌与戏剧的联姻",吴思敬担任主持,赵敏俐、王士强等学者及演职人员参与了这次讨论。

2 卢秋红:《新诗戏剧化的宁馨儿:李轻松诗剧〈向日葵〉》,《首都师范大学驻校诗人李轻松诗歌创作研讨会论文集》,2008年6月25日,第95页。

3 李轻松:《向日葵》,《诗探索》,2009年第2期,第181页。

我作为院长女儿的尊严，你要胆敢再跟一个疯子偷情，我就会把你也变成疯子关进去！我手里的权力随时都会把你关进精神病院"[1]时，该剧可谓从家庭伦理跨向社会问题剧的门槛，使得实验诗剧《向日葵》中个体自由与社会制约的矛盾得以凸显。就像女人暗示的社会征兆一般，一些事物需要重新认识："一些被认识的事物需要重新认识，还有更多的病，都有了各自的征兆。"[2]"葵花"与"梵高"是爱情和艺术的化身，象征着纯洁与永恒，是人类的显在美好追求。与之相比，男人（欲望）、女人（权力）和病人（被压迫者）无所谓姓名，不受客观的时空限制，隐藏在每个人的主观世界里。

从家庭到社会，疾病所隐喻的道德、政治和伦理关系令观众充满遐想，这正是诗人李轻松思考自我与艺术、艺术与疯狂、艺术与社会关系的幽暗隧道。与被诊断为病理学意义上的精神病患者不同，剧场里每一位病患都是艺术家，他们歌唱、弹奏、表演。就像疑似梵高的患者作为一位另类"病"友，以疯狂的画画替代药物的治疗。他清楚地看到伪君子、奸商、政客、流氓的虚假与伪善，更愿意沉浸于艺术空间里，守护那棵永恒的向日葵。可以说，他的迷狂显得纯粹、彻底，更贴近艺术。曾在精神病医院工作过的李轻松，以同情的态度观察这些病患，从而反视自我的创造性写作生活，"在精神病院里，许多漆黑的夜里，在那些歇斯底里的叫喊中，我在一种近于迷狂的依恋与厌恶中开始写诗。那两种情绪交织在一起，仿佛一种虚幻的气息，它浮动在我的经验之上，生命之上，使我通过语言找到最后的归宿：写诗对于我，像某种自毁，是因为我太爱或太嫌自己的生命；是在报复我自身最丑陋的部分，也是在纵容我生命里最自由的部分，以此达到自救"[3]。当谈到一位21岁的学生

---

[1] 李轻松：《向日葵》，第191页。
[2] 李轻松：《向日葵》，第192页。
[3] 李轻松：《垂落之姿》，北京：中国文联出版社，2000年，第528页。

时，她的印象尤其深刻。这位患者进入极度狂躁焦虑的状态时，反而摆脱了社会、道德和体制的束缚，从心理到肢体呈现出的都是"本我"，如同回到了人类的起源阶段或是人的幼儿时期。女朗诵视疾病为迷宫，所谓的理想不过是困在迷宫里的虚幻追求。而艺术本身既有光芒万丈的狂欢，也有虚无迷幻的悲凉：

> 你风一样的笑，遮住了世界的火
> 火中的灰。灰中的气息
> 你迷失在疾病的迷宫里
> 怀抱着一团虚无的理想
> 左冲右突，却终是被什么揪得更紧
> 一匹闪电的马秘密地跑过
> 想表达什么却先于声音沉默[1]

诗人李轻松将诗歌融入戏剧，起初特意设置"朗诵者"角色念出这些台词，更像是饱含激情的诵诗或是唱诗。但后来考虑到采用字正腔圆、缺乏个性的诗朗诵未必能打动观众，"如果是朗读的话，几乎都是用一个腔调，饱满的、激越的情绪，或者是用平静的、叙述的情绪。而到了剧里就不同了，每一句诗要根据剧情的需要，根据演员的角色来重新定位，如果那个角色恰好是个抑郁症患者，他朗读出来可能就是萎靡的；如果是个躁狂症患者，可能就是呼喊的"[2]，所以在演出时，导演取消了"朗诵者"，而透过不同的人物代替"朗诵者"的角色设置，赋予诗歌文本以人物的生命和温度。从文本的功能性来看，这些诗句由始至终

---

1 李轻松：《向日葵》，第204页。
2 李轻松：《英雄的时代与弱者的口气——诗剧〈向日葵〉的台前与幕后》，《新世纪剧坛》，2011年第5期，第36页。

贯穿全剧，起到如下作用：第一，烘托精神病院的压抑氛围。譬如开场处，女朗诵者点燃蜡烛，男朗诵者手持蜡烛出场（剧本版，演出版是由女朗诵者直接带手电筒上场），逐个照亮晃动在病号服里的躯体。随着阴森可怖的音乐声起，月光下的精神病院弥漫着死亡的气息。第二，代替精神病患者发声。复仇的声音与胆怯的呻吟交相呼应，在空旷的剧场里回荡，形成不同心理力量的较量，就好像男朗诵者主动地要求"我要主宰一切，做个一流的、残酷无情的杀手/报复这个伤害我的世界"，而女朗诵者则被动地忍受"好像有一只无形的手紧紧地扼住我的咽喉"。第三，实现角色的转化。女朗诵者转化为剧中女主角葵花便是如此，"她吓坏了，尖叫一声，狂奔起来，她的黑衣、蒙面全部脱落，原来是葵花……"[1]。第四，外化主人公的内在心理。他们或挣扎着诉说痛苦，或暴怒地喊出人间之恶，或放声地歌唱自由，总体上，向内深掘，直至精神病患者的潜意识层，从而完成抒情主体的内心独白。如男朗诵者反复发问着"谁在……""谁在……"，以音乐的旋律释放和排泄着身体的毒素，透过干净、平静的肉身荡涤出清洁的精神：

> 谁在命定的疾病里相遇？
> 谁在火里挣扎？谁在约定谁的背叛？
> 谁在筋骨里抽掉份量？
> 谁内心里暗藏杀器？
> 谁在纵容谁在解救谁在自毁？
> 谁在虚无里出逃谁在返回？
> 把我的矿物质再沉积一些吧！
> 我把其中的核心剖开，露出里面的雪崩

---

[1] 李轻松：《向日葵》，第177页。

> 我愿意这个患有炎症的躯体
> 通过高烧、消炎、痛苦
> 而排出精神的毒素,排出杂质
> 使我变得更干净、更爱、更自如……

如此激昂的抒情化表达,作为人物的内心独白,不只是情绪的宣泄,更需要戏剧情境的营造。尤其是人物与人物、人物与环境之间的关系,可谓支撑剧本的重要链条。李轻松格外注意诗文本与意象的配合,这对于突出戏剧的情节线、避免情感的过分放纵、表达《向日葵》的主题观念不无益处。"魔鬼"形象便是如此,他像是一种情感中介,能够激发或是破解每个人物的心理动机,故而制造了不少心理对话的场景,既为全剧增添了诡异和悬疑的气氛,又起到了平衡情节与情感关系的作用。"魔鬼"身着黑色披风,自由穿梭于舞台上。他以全知全能的形象出场,与每个人物当面对峙。他或是旁观独语,或是诱导男女主人公说出心声,潜伏于人类的灵魂深处,试图带走那些因为疯狂而获得自由的人。诚如朗诵者所说,"魔鬼已经吸附在他们的中间/一尾鱼要穿过欲望的荆棘","鱼"作为象征自由的意象,不得不经受无处不在的"魔鬼"层层设问、步步逼近。"鱼"与"魔鬼"共同激起男人与葵花的内在视听能力,反复地拷问自我的灵魂。剧作者李轻松借"魔鬼"之口说出:"这个戏根本就不涉及道德,别再提道德!我对男人女人,女人男人那点破事根本就不感兴趣,她不是你的第三者,你也不是什么受害者。道德不过是任意翻动的纸牌,你真的要看看纸牌的背面吗?""魔鬼"形象的设置,颇具凝聚力。男、女朗诵者合声而歌,语词简短而掷地有声,停顿间释放出"魔鬼"身体的毒素,将他的催眠术、控制力与引导性全盘托出:

| 以戏入诗

> 黑暗、暴力、牺牲、破碎、恐惧、血腥,
> 天空坍塌的声音不可收拾。
> 魔鬼剧烈地搅动往事
> 倒伏。催眠术。控制权。
> 时间的停顿像一个契机
> 手是一道暗器
> 直刺灵魂里的幽暗[1]

  导演张旭与编剧李轻松合作,在舞台呈现上加强该剧的诗化风格。与一般意义上的舞蹈表演不同,《向日葵》中,次要人物总是重复主要人物台词里的关键词,制造出重叠复沓、回环往复的声音效果,这本身就是诗与音乐的另一种融合。这部分主要由舞台上来回游走的精神病人们共同完成,借助重复的语词凸显主人公的心理诉求和精神困境。当然,出于对古希腊戏剧中"歌队"形式的青睐,在演出版本里,精神病人以群像出场,算是李轻松对"歌队"的借鉴。梵高、钢琴演奏者、地球拯救者、戏子等众多精神病人活跃在舞台上,集体展示出精神病医院病人的日常生活状态。他们摆动着肢体,发出一串串呓语,以合唱队的形式集体亮相,作为主人公的和声重复台词,增强台词的表达效果。他们配合主演,适当调整肢体动作,由病人变身为"鱼""水";提示时间线索,将剧情转换到"五年前"葵花与男人相恋、女人出场阻止的场景;评论剧情,以观众的视角审视三个男女主人公的悲剧恋情。这些病人的存在,无疑是有价值的。但他们的语言和动作不单作为符号,而是变成"有意味的形式",还有待进一步推敲。遗憾的是,这组群像过于功能化而缺乏个性化的表达,偶尔又为提示外部环境、凸显主题(比如

---

[1] 李轻松:《向日葵》,第197、204页。

他们扭动肢体,重复着"药片,不吃""一股腥味""爱情""道德""第三者""受害者"等台词),或者博得观众一笑(比如"不想当导演的编剧不是好演员""拯救地球""少吃点蒜"的台词和"咿咿呀呀"的唱戏等表演),徒增闲笔反而导致台词的重复性多于变化性,落入插科打诨的俗套,无益于丰富精神病人的心理世界。

兼具诗人和剧作家双重身份的李轻松,她的跨文体观念格外明确。她的个人感受"小说是我的柴米油盐,散文是我的一道靓汤,电影是我的一个梦,戏剧是我的另一个人生,只有诗是我的灵魂"[1],体现出《向日葵》这部戏剧中诗歌存在的意义,因为每个人物吐露的诗句正是全剧的灵魂。但对于观众而言,他们更关注的是剧情发展、人物形象、舞台呈现和表演形式等共同营造的演出效果,而不是诗歌与戏剧的跨文体、跨艺术之差别。所以,以"总体艺术"或者"综合艺术"的观念为指导,究竟如何总体上挖掘戏剧中流淌的诗意,又该如何点亮诗歌在戏剧里的灯火,才是李轻松试图解释的核心问题。从这个层面出发,她看到了音乐剧的魅力所在,"古代的诗歌都是用来吟唱的,国外把音乐剧里的唱段称为剧诗,而戏曲里的唱腔更让我魂牵梦绕",音乐剧从音乐的角度出发,为李轻松勾连各种文体、不同艺术的关系提供了思考的方向。"我试图展现诗歌的多种呈现方式,而不仅仅是念出来,因为那太单调了。我要表达诗被吟出来被唱出来的韵律之美,我要探索诗在戏剧里的种种改变。"[2]音乐剧的优势就在于融诗歌于音乐中,充分发挥音乐剧专业的演员们的特点,透过钢琴伴奏的动听旋律,以深情的独唱或和声取代单调的诗朗诵,有效地提升了舞台剧的节奏感,全面地调动了观众的情绪,为这株持续盛开、永不凋谢的"向日葵"增色不少。

---

[1] 李轻松:《寂寞转身二十年》,《诗刊》(下半月刊),2007年第5期,第18页。
[2] 李轻松:《英雄的时代与弱者的口气——诗剧〈向日葵〉的台前与幕后》,第36页。

除了《向日葵》之外，由屈轶担任编剧、导演、作曲的音画诗剧《面朝大海》，采用音乐的形式，融入剧情，展示诗人海子所象征的理想主义精神侧影。全剧以海子的诗《面朝大海》为题，增设四个人物和叙事者，包括雨儿、芳芳、母亲和海子，将人物符号化处理，赋予全剧象征意味。如果说海子是诗人的代名词，象征着向善向美的理想化人格，那么，母亲则蕴含着母性的光辉，引导人们怀揣感恩之心拥抱现实，雨儿是追求理想的年轻女性，热爱生命却困惑迷茫，芳芳是被现实困境、人性欲望阻隔去路的另一理想追求者。为了让观众融入剧情当中，诗剧采用"观演互动"的形式，在钢琴声里引导观众参与海子诗歌的朗诵。作曲者屈轶特别强调了音乐在诗剧中的重要性："以旋律逆行、和声倒影、调性移位等专业作曲技法重新构成了钢琴曲谱。选择钢琴作为现场唯一的乐器（以往还有现场吉他弹唱），有两个原因。一是钢琴本身包含了整个交响乐队的音色、音域，它能传达出极为丰富、变化细腻的情感；二是现场钢琴演奏不同于录制好的音乐，技巧娴熟、充满创造力的钢琴师能够跟随演员的表演状态、台词强弱而变化。"[1] 以旋律带动演员与观众的情绪，是诗与剧融合的重要元素。屈轶将原创歌曲《山顶上》插入戏中戏的演出，让观众跟随演员的节奏，分层次拍击，由台下至台上渐次增强声音，形成环绕立体的合唱效果，以乐感完成演员、人物与观众的对话。

虽然以上讨论不过是局限于"以诗入戏"的舞台剧，但由此生发出"诗剧"的问题，却更值得深化讨论。事实上，当下不少舞台演出，因为标榜诗意，而被泛称为诗剧。这其中，牵涉不同创作团队对"诗意"的理解。严格意义上的"诗意"是抒情与写意的概括。二者相互诠

---

[1] 屈轶：《面朝大海　天人合一——音画诗剧〈面朝大海〉创作谈》，《中国艺术时空》，2016年第5期，第93页。

释又相互补充，都格外推崇主题情感的外化与内聚。其中，抒情与叙事有差别，是立足客观世界的人或事物，表现其流露出的情思意绪和隐微心曲；写意与写实相区分，则是由客体而生，返回主体的内在资质与神采情态，最后回到客体，联动出的是一条由"客观生活→全体心理→艺术语言（广义）→审美主体"[1]的复杂的艺术链条。就像黄佐临所说的，"诗化，在我看来，一是用审美方式挖掘主观心灵，二是用审美方式挖掘客观本质"。这既是"主观情意的抒写"，是"写实对象的超逸"，归根结底，诗化即是心灵与本质、主观与客观、感性与理性的融合。[2]因此，不像剧诗那样有相对明晰的外在形式要求，诗剧的概念越来越模糊。但是，探索人性最深处的光与暗，向内深掘而触碰人的情感，始终是诗剧的精神内核。从这点来看，即便是以诗入戏，是去发现更符合心理情境的诗融入戏剧中，最终呈现为一出完整的舞台演出。

## 第三节　诗（歌）剧场的空间展演

与上述两节相比，诗（歌）剧场算是艺术家们尝试的一种新鲜的剧场实验。对于诗（歌）剧场，周瓒曾有过界定："诗歌剧场实践更侧重于发明身体语言和行动的方向，促成语言文本的视觉转换，从抒情诗的语言文字（诗的声音）向着同样具有抒情性的诗意演示（包括声音和画面）转换。身体语言和行动的方向来自诗歌文本，因此应该有相应的舞台视觉风格。"[3]可见，在诗（歌）剧场中，叙事并不重要，营造戏剧

---

1　余大洪：《摭谈戏曲的写意性》，《戏剧艺术》，1984年第3期，第56页。
2　黄佐临：《我与写意戏剧观》，第444—445页。
3　《诗歌剧场作品〈随黄公望游富春山〉演出后，答〈南都〉记者问》，https://www.douban.com/note/428276838/。

冲突不是目的。想从诗剧中获得完整的情节，也是徒劳。诗（歌）剧场的核心仍是"诗"，是由诗歌与诗歌的片段组合拼贴成的剧场。这就意味着，在剧场空间里，抒情性的表达才是关键。调动一切方式诠释诗歌意象，充分实现语言文字向声音和画面的诗意转换。就周瓒个人的编、导、演实践而言，她总是致力于完成这种"转换"，与陈思安合作的舞台剧《随黄公望游富春山》便是一例。考虑到第一节"同题异体的改编热潮"中已有分析，这里不再就其舞台演出情况展开讨论。本节主要围绕剧团、剧社等关于"诗剧场"理念的提出及其实践活动，比如上海的测不准戏剧机构、北京的瓢虫剧社和深圳的"第一朗读者"等，结合发起人和创作团队的戏剧艺术观念，阐释文本和剧场表现形式，解析当下诗（歌）剧场的现状与问题。

## 一 上海测不准戏剧机构：先锋诗歌剧场

上海的民间实验团体测不准戏剧机构[1]，尤其凸显诗歌剧场中的观看艺术，因为"如果没有观察者（观众或在场者），则'戏剧'原本会是怎样的面目？我们永远不得而知。有了观测者，则必须会对演出和演出者本身产生不可忽略的影响"。由于导演邰晓琴本人从事诗歌写作，作

---

[1] 测不准戏剧机构成立于2004年11月，由邰晓琴（阿部）、吴威德和胡海天等创立。此后，2006年末，郑力烽（马龙）、冯巍（冯伟）、张宁（阿强）、顾俪影（西瓜）、清清（李清月）、苏毅（布瓜）、原佳妮等的加入，使"测不准"进入了一个全新的阶段，一些重要的作品在此期间产生。2014年之后，则有更年轻的成员加入，排演方式也因此有所变化。此后，"测不准"开始和更多独立艺术家合作，寻求更多样的作品创作方式。"测不准"的名称源自于物理学家海森堡的"测不准原理"（uncertainty principle），现在也翻译为"不确定性原理"，原意是指基本粒子的速度和确定的位置不可能被同时测得，现有的观测方法总是会改变它的固有状态。由测不准戏剧机构演出的作品包括《三点水：人人都是同性恋》（2004）、《玛莉玛莲》（2005）、《贰：纸门》（2005）、《隐体宫》之《安提戈涅》（2005）、《勾引家日记》（2007）、《瑜伽：由此及彼》（2007）、《明》《观火》（2008）、《浮游语切切》系列（2009—2010）、《伊胡记》（2013）、《裸形的事物》（2014）、《逸出：白马思黄马》（2014）、《本事诗》（2014）、《上阳台》（2016）等等。

为诗人，她参与编导的"剧本不可避免地带有诗化语言的印记，虽然阅读能给人快感，但用于演出则表现为生涩难懂，在诗意表达和观众理解之间设置人为障碍，肆意颠覆传统戏剧观念、剧场惯例的手法和做派形成'测不准戏剧机构'独特的剧场美学"[1]。诗歌剧场《贰：纸门》《本事诗》和《笙诗》是阿部及其团队成员的新尝试，"剧场中出现了诗歌，当然不是简单地传播了诗歌，而是运用和发现了诗歌，甚至可能是解放了诗歌，同时，应该说，诗歌也刺激了当代剧场，扩大了剧场中的表达元素，丰富了剧场语言"[2]。测不准戏剧机构打造的诗歌剧场，主要将古典和现代诗文本融入剧场实验中，结合演员的即兴表演，从书面文字转化为视听语言。其用意是换一种方式挑战包括布景装置、声音控制和观演关系等在内的传统剧场形式，并试图以诗歌这一更为直接通达内部的方式，探索如何应对剧场中身体与声音表现中的陷阱。上述三部诗歌剧场中的观看艺术颇值得分析，无论是"被观看""全视"还是"即兴"参演，体现的都是戏剧人试图越出传统戏剧的边界、规矩和隔阂，理解演员与观众交流过程中人的存在与关系，进而探寻一种诗歌与戏剧跨艺术领域交叉的新型剧场艺术。

（1）《贰：纸门》：被观看的秘密园地

《贰：纸门》是测不准戏剧机构尝试的首部诗歌剧场艺术，当时称为"诗歌戏剧"。该剧于2005年7月23、26日和8月6日，在下河迷仓（龙漕路200弄100号3层）演出三场。下河迷仓乃是上海的非营利的民营剧场。2004年，王景国租下上海漕河泾地区的一个老厂房，改建成剧场，

---

[1] 杨子：《乌托邦剧场与主体性重建——对民间剧场艺术精神的再思考》，《马克思主义美学研究》，2016年第2期，第107—108页。
[2] 周瓒、翟月琴：《当代诗歌剧场与跨界实验》，收入翟月琴主编：《朝向诗的未来》，北京：生活·读书·新知三联书店，2021年，第213—241页。部分内容刊于《上海文艺评论》，2020年第2期。

取名"下河迷仓"。1600平方米的空间由黑白两厅组成,黑厅是剧场,白厅则用于展览。王景国创办下河迷仓,特意请张献任艺术总监,其用意就在于免费为上海非主流戏剧剧团的原创提供排练和演出场地,后来在下河迷仓排练演出的剧团包括九维空间剧社、测不准戏剧机构、802戏剧工作室、三角实验空间剧团、聆舞艺术群体、草台班、组合嬲。下河迷仓运营的经费主要来源于王景国的商业公司,还靠卖一些个人的画来解决资金问题。运营三年后,为了改善民间剧团鱼龙混杂、良莠不齐的情况,还设置了当代表演艺术原创作品实验支持机构,采用双向选择的扶持计划,为申请者提供场地和演出帮助,优化戏剧作品。下河迷仓所打造的当代艺术交流平台、迷仓概念艺术节、迷仓电影节和秋收季节,不仅推出了不少原创作品,还为有才华的艺术家提供了发展空间,可以说全面地从理念和实践上实现了市场与艺术的联盟。该剧场直到2013年宣布关闭,为输出上海先锋戏剧提供了重要的实验场地。[1]以下河迷仓为平台,测不准戏剧机构算是最先加入的民间前卫戏剧团体,其展现的表演形式可谓开放而前沿,代表了新世纪以来上海先锋戏剧的一种新潮的发展动向。

尽管《贰:纸门》演出后,编导郜晓琴并没有视"诗歌剧场"为未来主要的实验性方向,但算是较早洞悉到跨界艺术的生长点,探索性地引导诗人和戏剧人共同寻找诗歌与戏剧结合的可能。《贰:纸门》是一部女性题材的舞台剧,关注女性成长过程中所遭遇的暴力。演出前,编导曾展开社会调查,以座谈会敞开聊及个人的生活经历,包括性与暴力。诉说者提及的往事,令人触目惊心。参加座谈会的大多数为女性,也有为数不少的"妇女之友",对女性的观察细致敏感,抱有强大的同理心。无论是难以理解,还是心理阴影,创伤记忆都难以抚平,总会有

---

[1] 详细介绍参看拙文《新世纪以来上海先锋戏剧生态刍议》,《戏剧艺术》,2019年第3期。

些许刺痛感。她们讲述的一些细节，被编排入戏，比如一边恳求一边打女友耳光的男子，再比如身着雨衣的露阴癖男性。用郜晓琴的话："这个戏是轻柔的、伤心的。就像一些人的笑容，柔和，可是伤心。那是彻底的伤心。"[1] 郜晓琴的诗篇《贰：纸门》，以文字诠释出了这种痛感，"一张张空中飞舞的伤疤！／一个苹果，刺满钢针"；一幕幕惊人的场景再现："红线缠绕、红线缠绕／镜中少女描描画画：／一层一层揭开雨衣下面的尖叫／和空洞。"这就是两个少女对镜自照后，她们相互叙说、相互抚慰而走近的"空洞的纸门"。或者可以说，"贰"就是一，这分明是一位女性的一体两面，"两个少女，回头乍望／周匝灼灼的眼睛"。

纸盒子是全剧的核心道具，像是女孩的心事被包裹着，最终被层层揭开。开场时，舞台上的白色纸盒子是隐形的，观众看到的只是网罗舞台的根根红线。昏暗的灯光下，坐在高排的观众似乎能看到纸盒子里移动的身影，但又是那么模糊。纸盒子里的灯光亮起，女孩的故事从普拉斯的诗句开始，缓缓从密闭的狭小空间里流泻而出："群山移步，隐入白色。／或许是人抑或星辰／观注着我，神色哀怨；我辜负了他们。"女孩儿始终处于被观看的位置，"群山"此时隐喻着在场俯看她的观众，黑压压的人群与白色的纸盒子形成情感色调的对比，那一刻，被观看的"我"显得无比悲哀，乃至自怨自艾，"它们威胁／要让我穿过一座天堂，／没有星、没有父亲，黑水一汪"。

两个平行的纸盒子里，站立着两位女子：一个是幽暗中的呓语人，一个是火焰上行走的照镜者。从没有出口的纸盒子里，呓语的女子破纸而出。舞台交给了另一个纸盒子里手持火焰的女子，听她在被观看的世界里独自发声，任由她以彩色颜料玷污洁白的纸盒子，直至同样破纸而出。"你不仅仅要承担纯洁，还要把污秽一块儿承担"，在明暗交替

---

[1] 2019年8月28日，与郜晓琴的文字对谈。

的灯光下，纸片的晃动、纸盒的推移旋转，像是游移而后淡出的秘密园地，外在的封闭装置化为内心的敞开的牢笼，与女孩儿心事的尘封和打开形成对位比照。"因为有人不断行走，可是困在盒子里的女孩，她们只能打破盒子才能出来。她们打破的是不是同一个盒子？我想设定的是：她们是镜像，分割却联合，而另外两个，却是单独的，完全独立的。超出所有人的想象。最终这些都会打破，好像里面藏了一些什么似的……一直有人会这么想。一直在发现。惊惧是经常的，累积的。"[1]惊惧感被反复描述，转化为"妈妈"嘱咐的声音，进而延伸至对"母亲"一词的害怕，"妈妈从高台上俯视，我很吃惊。我想要的是：离开我一点儿、离——开。你离我太近，刚刚洗完澡的、热腾腾、散发着湿气的身体，让我害怕。母亲，他们用这个词诅咒你，我害怕"。"俯视"一词，同样是一种观看的姿态。那是一种与母体的距离感，让"我"感到压迫和恐慌。此时的"妈妈"，与观众并无差别，只是更为亲密的观看者而已。"妈妈"是"我"出生之日起见到的第一个女人，她教我跟她一样作为女人而成长，可是，我却那么怕成为"母亲"。语词的转换，意味着"我"在暴力世界不可承受的生命之轻。男子残暴的声音挥之不去，缠绕在她们周围。鼓风机吹乱了女孩儿的头发，她们奔跑着，找不到出路。心里的恐惧转化为身体的力量，她们合力将男子一次次推倒在舞台上，仿佛要挣扎着抛却创伤记忆。但最终，她们失败了。男子有力地站着，无论怎么推，都纹丝不动。光线忽明忽暗，女孩儿再一次将纸盒子移向舞台中央，打开缺口而未发现一人。确实，人不可能一生都躲在纸盒子里。她们坐立不安，从内心为自己被困扰的生活找寻出口："光亮是打出来的。而绳索却把光亮切断，像是你自己切断了手腕，黑红色的血喷出，就像这一条条绳索，她把你的整个生活都包围上了。"而她们

---

[1] 2019年8月28日，郗晓琴提供的当年的排演笔记。

的秘密，只有自己感受得到。说到底，观看者只是观看而已。

演出结束时，《贰：纸门》将现场的感受交还给观众，让他们亲自移除"纸盒子"。因此，"纸盒子"的隐喻意义，在演员与观众的沟通中得以凸显。每个人都可以将纸盒子撕成碎片，可以画出新的纸盒子："两人手持钢针刺向盒子。一针一针，鼓风机吹了起来，头发散乱的女孩们衣服裂开，露出毛边边的裹紧的最后一层衣服。女孩们互相看着，手持剪刀剪下一条，在盒子上写一个字，然后把剪刀交到观众手中。如同小野洋子的著名作品一样，观众依次剪下衣襟，有人写字，有人撕下盒子上的纸片。"[1]此时的旁观者，推翻第四堵墙走上舞台，成为剧场的参与者，间接融入剧中人的生活。换个视角而言，这也是郜晓琴设计的戏中戏。站在剧场最外围的观者，是《贰：纸门》的编排者。

凡是剧场演出，必然面对资金问题。但郜晓琴无所谓演出是否盈利，她相信资金问题在未来总可以不依赖票房得以解决。作品是否成立，是否对每一个参与者、观众造成冲击，则是更重要的。观看演出的观众，有男性也有女性，反响自然各不相同。对于女性观众而言，因为全剧以女性的口吻叙述内心的细腻情感，"14岁，所有人的目光像钢丝一样刺过来，我一走到街上，就觉得无地自容"，因此无论是否遭遇过暴力，但对于内心隐秘情感的大胆吐露，或多或少会有所共鸣。[2]对于男性观众而言，以旁观者的视线打量女性的内心独白，则显得有所隔阂。更有甚者，女性心声的吐露毕竟显得私密，而观看者就像是窥视癖患者，当意识到自我作为观看者、作为男性身份存在时，有几分被揭穿的

---

1 根据郜晓琴提供的《贰：纸门》剧本。
2 郜晓琴补充："在迷仓演出之时，有数位女观众当场落泪，不一定是因为其中的暴力，也可能是因为'成长过程'在心理层面曲曲折折的艰辛。它不一定落实为真正的实事，或许只是一些不为人知、自己极其敏感而又因其过于纤细导致不敢言说的幽微心境，成为女性在成年后集体回顾现场，对于尚处于无力与迷惘时期的自己，陡然涌起一种猛然发现与怜惜之情。"

尴尬，有几分现场间接"参与"的冒犯感。当然，由于性别的差异，在剧场体验一位毫无关联的女子的绵绵细语，难免因为强制关联而产生情感不适应或是瞬间的错觉体验。对测不准戏剧机构而言，或许这种"测不准"的观演体验，恰是剧场的意义，也是剧场的生命力所在。

（2）《本事诗》[1]：全视的操纵演练

继《贰：纸门》之后，长达9年，邰晓琴再未涉足诗歌剧场。直到2014年11月16日，《本事诗》率先在上海民生美术馆2F微剧场展演，其后又于11月29、30日在1933老场坊2F微剧场演出，她又以全新的姿态走入诗歌剧场。[2] 从测不准戏剧机构选择的演出场地来看，包括民生美术馆和1933老场坊，都是上海十余年间持续活跃的重要艺术展示空间，为这座演艺之都输送了不少具有先锋性的原创艺术。上海民生美术馆作为非营利组织，是国内首个介入艺术领域的金融机构，自2007年开始扶持文化公益活动，为跨艺术领域的各类演出提供了展演平台。1933老场坊的历史更为悠久，前身是"工部局宰牲场"，于1933年落成，地处华洋杂处、工业集中的公共租界虹口区。经20世纪70年代改为制药厂后，经营30余年后闲置，直到2006年方才被上海创意投资有限公司承租，打造成了上海虹口区创意产业集聚区，2007年正式开园。无疑，"1933微剧场与空中剧院因规模大小承担不同的剧场功能。针对小剧场话剧演出场地匮乏、场租成本过高，从而遏制上海原创实验剧目成长空间的现状，拥有120个座席的微剧场弥补了上海低廉小剧场的空白"[3]。

《本事诗》的剧本脱胎于白行简创作的唐传奇《李娃传》，讲述的是

---

[1] 剧本为1933老场坊版。
[2] 2015年1月10日在MOCA上海当代艺术馆也演出了一场，应用到了一楼场馆和连接到二楼的透明玻璃楼梯，字幕则以超大字体打在两侧柱子上，宛若大型木构建筑物上的楹联。
[3] 杨子：《表演上海：剧场转型、文化重构与城市想象》，《河南社会科学》，2014年第9期，第86页。

娼妓李娃与荥阳公子郑生的爱情故事。但测不准戏剧机构不是简单地搬演剧情,而是突破常规表演模式,在小剧场实践原创剧目。全剧以《李娃传》之事为纲,穿插古典与现代诗篇,复原唐曲与诗歌吟唱的功能。她倒是并不忧心现代诗的传播,反而从古人生活之雅看到了古典诗的活力。对古人而言,"他们将诗歌视为日常,写下伟大诗篇不过别友、酬宾、思念、传情;他们吟之诵之,将诗歌被于音律弹琴击鼓歌之,兴起之时纵饮起舞也不过等闲之事。这一口气息如何接续?或者依然只是想象。即便是想象"[1]。无论是唐传奇之纲,还是诗文本之要,在舞台上演出,一定涉及肢体表现。从她对于肢体戏剧的诠释,不难看出波兰戏剧家格洛托夫斯基的影响,"质朴戏剧认为戏剧中唯一不可取消的是表演,而表演无非身体的表演。身体大于语言。真正的表演者,训练的是身体感,自我洞察,气息和节律,自然性,以及其中包含的神性。身体是感应和表现世界的终极媒介。它本身就是作品"[2]。

在表演方法上,格洛托夫斯基创立了一套演员训练的基本方法,涉及形体训练、面部表情、发生训练等方面。格洛托夫斯基对法国戏剧家杜兰的面部表情技巧和节奏练习、戴尔萨特的外向性反应和内向性反应,以及苏联戏剧家梅耶荷德的生物动力学训练、瓦赫坦戈夫的综合训练法有研究,对中国京剧、日本能乐和印度的卡塔卡利舞等东方艺术亦有所涉猎。很难说她在多大程度上借力于格洛托夫斯基的表演理论完成诗歌剧场的实验,但从服装造型、肢体动作、面部表情和语言发声等方面,较专注于演员的训练,甚至专请上海昆剧团青年演员、师承岳美缇老师的女小生胡维露担任身段指导。该剧设置的角色、采用的道具,还

---

[1] 邰晓琴:《〈本事诗〉写到今天》,见测不准戏剧机构豆瓣小站https://www.douban.com/group/topic/70445512/。

[2] 邰晓琴:《肢体诗剧〈本事诗〉》,见测不准戏剧机构豆瓣小站https://www.douban.com/group/topic/68297895/。

是一如既往地致力于尝试消除观众与演员的距离，这同样是格洛托夫斯基践行的戏剧观念。

《本事诗》以鼓声、琴声、箫声、人声贯穿始终，突出诗歌中"歌"的意义。其中，穿插的诗篇古今参差对照，既有历史感又有原创性，综合考虑诗歌的日常表达。涉及的诗歌文本包括（先秦）《诗经》，（汉）乐府相和，（姚秦）鸠摩罗什译《金刚经》，（唐）玄奘译《心经》，（唐）武则天、李白、王维、卢照邻、唐玄宗、张九龄、贺知章、岑参、张祜、僧皎然的诗句，（现代）萧红的诗句，（当代）海子、张枣的诗句以及剧组成员自创词与诗句。诗人笔下典雅的文字，成为每个人物口头表达的言语。郁晓琴试图从古典艺术中抽离出一些元素，参与到当下的日常生活中，以非古非今的杂糅探看真实与语词世界的关联。所谓"本事诗"之名，即在于"有某实事而本其事以形于言，成乎诗"。这其中的杂糅，有火花也有摩擦，总之，是让诗意的栖居显得自然流畅、顺理成章。当然，她的奇思妙想，固然值得肯定，但是真正在舞台上实践，却相当具有难度。既让观众毫无违和感地融入剧情，又不因另类表演而出戏，还需要综合考虑演出效果。对于测不准戏剧机构而言，或许如斯困局会一直存在。

全剧最有意味的就是弄骷髅戏者上场，可谓现场还原了宋代画家李嵩的《骷髅幻戏图》。在演员训练阶段，剧组专门请来木偶戏老师段元勋承担操演技术设计。插入牵丝傀儡戏尤其是《骷髅幻戏图》，平行演绎生死苦乐之境，寓意"牵丝弄戏，有骨无皮／肉眼真藏，假药自医／落月满屋梁，犹疑照颜色／雨是一生过错，雨是悲欢离合"。对郁晓琴而言，"每个人的命运从来不会单一进行：彼此相关，轻轻推动，操纵者即是被操纵者，欺骗者同时是被骗者"。除了弄骷髅戏者之外，该剧还增设了俗讲僧人、卖眼药者与村妇等角色，以人物关系呈现出骷髅幻戏的现实图景。这些人物像是真实存在的被操演者，却以虚假造作的面孔存活于世。从弄骷髅戏者与俗讲僧人的互动不难看出，"绊倒"僧人的动作似乎是一个提醒，让虚假之人意识到身体的假动作。一句"我手中无线，你身上倒有线呢"，点破操演者与被操演者的关系。村妇与卖眼药者互相怀疑，又各自证明未患眼疾，可见真真假假，假假真真，即使明白了真相，有时不过是一场闹剧。这些增设的人物，都是李娃生活里的幻影。他们存在过，且存在着："村妇、僧、卖眼药者、李娃依次如幻影一般出现，在不同的磁力线弧线里移动又出去。唯有李娃站住。"这卖眼药者来自另一幅宋画《眼药酸》，除了高耸的帽子，其他的衣服道具差不多全套复原。所有其他演员的服饰也向对中国传统服饰颇有研究的朋友定制，力求在考据基础上复原再现。另外六个角色的设置也有一些有趣的考虑：一僧，一生，一妓，一村妇，一戏，一贩，大体上勾勒出一幅唐代市井人物图。然而郑生又是出身贵胄，上可通将相；而李娃又是长安花魁，结交贵人也是寻常。世事往复之间，翻云覆雨，见出人世真章。还有一个有趣的设置，是其中卖眼药者的演员还扮演了郑生父、李娃母、李娃姨、凶肆长、挽郎同伴等共六个角色，穿梭来去，变幻无端。

　　如果说弄骷髅戏者已是剧中人物的旁观者，那么，观众的影像被投射于屏风之上，更是形成看与被看的吊诡。当弄骷髅戏者与僧人互问"哪个是你，哪个是我"时，座席与舞台上的观众形成一组镜像，反观自视，照见自我。卖眼药者将无线摄像头照向观众，以嬉笑之态调戏观众。最后，从袋中抓出一把眼睛撒向观众，更是凸显了"看"的意义。在真假难辨的现实中，即使让观众身上长满眼睛，就能看得清这个世界吗？哲思意味，由是显现。当然，投向观众席的不单是一个个眼睛，还有散落的花朵，营造李娃借张枣诗篇《镜中》诉说心事的氛围，"想起一生中后悔的事，梅花便落了下来"。弄骷髅戏者几乎是以全视视角审度每个人物，就像环视全场而后背对观众的郑生一样，从真真假假的世界里黯然退场。除了观众被投射至舞台上之外，演员（卖眼药者）为了躲避弄骷髅戏者的视线，会走下舞台，跑向观众席，成为落跑的被操作、被观看者。作为全剧的尾声，观众再次感受到"测不准"的意义，以及与演员互动的另类方式。

（3）《笙诗》：由古入今即兴参悟

《笙诗》于2018年7月13、14、15日，同样在1933老场坊2F微剧场演出。全剧以《诗经·小雅·鹿鸣之什》中的《南陔》（《南陔》《白华》《华黍》《由庚》《崇丘》《由仪》六篇的合称）为纲。此六篇诗仅有篇名而无文辞，宋代朱熹称其为"笙诗"，又称"六笙诗"。本剧择其四首《华黍》《由庚》《崇丘》《由仪》，分别对应全剧的时间、万物、高阜、人间四个篇章。另，又以《鱼丽》《南有嘉鱼》《南山有台》和逸诗《棠棣之花》对应"人间"或是"万物"篇章。测不准戏剧机构透过重新想象且填补未竟的诗行，进而配合即兴声音与肢体表演编排成戏，完成了一场剧场艺术实验。

演出之前，郗晓琴曾召集演员，讲读《诗经》，引导演员进入即兴情境。即兴表演并非漫无目的地现场即兴。对演员而言，一是有基本的道具、装置为依托，展开联想；二是有初步的剧本，再做发挥。声音与肢体表演，能够表达出有意味的形式，需要演员的艺术悟性、思想深度和表演技术的高度融合。从整场演出来看，并不一定达到郗晓琴所期待的效果，她甚至期望每隔一年重排一次，每次都像从头开始一样，可能会排出完全不一样的版本，而所有参与者与创作者将在此中获得更深的感受。2020年初，疫情期间，测不准戏剧机构就在线上一起共读《诗经》，并选取室内艺术空间、崇明村野荒地、闹市公园绿地，将进行夏季、秋季、冬季版的创作与演出,最后综合为一个大作品在剧场呈现。演员以声音与肢体表现为载体,切身探入初民时代人们的生活环境,而后借想象中的古人生活穿越回当下,进而讲述自己的故事,便基本完成了该剧的表现诉求。在这个过程中,古今对照,既点明"不学诗,无以言",又是对历史的怀想与仰望。从历史延续到当下的"未之思也,何远之有",内里蕴含的人文信仰和情感传递值得注意。据郜晓琴所言,产生这一创作想法,也与个人的家族历史有关。"郜"姓是因国得姓,文王第十五子分封到郜地而得姓(姬姓郜氏)。于是,由个人家族史探入,回溯人类的生活史乃至精神史,乃是她创作《笙诗》的一个背后动因。

综合来看,几首诗本是宴饮乐歌,乃贵族聚会时的颂德祝寿歌。全剧由起初的声乐至结束的旨酒,传递出现场的情感氛围。诗词里有乐感,回环往复,"南山有台,北山有莱。/南山有桑,北山有杨";演员借用声乐,"电光火石/无穷无尽/嘀嗒嘀嗒嘀嗒嘀嗒嘀嗒";演出以乐歌回溯初民时代,将浩瀚缥缈的星空作为起点,凸显时空之无限。流水、星辰、鼓声表示"时间",将宇宙万物网络入剧场空间,"有始有终/避免陷入永恒的一把尺/是朋友,包罗万象/休止符的断层,方见真容/是万象本身,在宇间伸缩变化/消融一切/你消失时/便是终结之日"。网格里荧光星点闪烁,演员被硕大的"斗"字框限。仰望星空,斗转星移,神秘莫测,"散布的七星啊!/密不透风,藏在深蓝里/静得嗡嗡的声音"。这种框限却更是一种无限。在时间无涯的荒野里,个体渺小,思绪却悠远。作为诗人,郜晓琴借用《小雅·大东》里的"维北有斗,不可以挹酒浆",表达仰望星空的瞬间灵悟,"夜晚星光一照,我就醒了"。此一悟,是诗人自由穿梭于古今而不觉恍惚、突然的重要一环。每个个体如同网格里的一个星点,作为历史与当下产生关联的生命体而存在。万物与这个世界的联系,因为声乐语言而得以开展,"一开一合/万物出生/花花绿绿/星星色色/你就是你/我就是我/你中有我/我中有你/你就是我/我就是你"。所以,与其说"北斗"是高高在上的星辰,不如说是大千世界里的鲜活的芸芸众生。

"很多后戏剧剧场艺术家来自于造型艺术领域,这不是偶然的。后戏剧剧场是一种状态剧场,一种场景的、动势的造型剧场。"[1]可以说,现场的造型艺术所体现的状态、场景和动势,为即兴演出提供了条件。四位演员走向观众,即兴讲述昨日发生的三段故事。《笙诗》是郜晓琴从冷峻的观看视角抽离,试图温和地亲近观众的一次尝试。他们将嵌入冰块的植物分发给现场的观众,"这那/柔软怀抱/中流砥柱/温暖/冰冷/消散殆尽"。被冻结的万物,在冷热间被流逝的时间耗损又显形。而由古入今,人们还在讲述着当下发生的一切。就像古人以诗交谈一样,每位演员自然地叙述曾经的真实经历。回忆过往的经历,本身就是追溯历史的一种方式,像是演员们回望《诗经》时代。那些琐碎零星的记忆片段,包括参加婚礼、派对、演出等等,一切巧合或是偶遇,一切悲伤或是欢悦,都成为语言记录,古人又何尝不是以《诗经》记录日常生活呢？Birdy拿着几个手机,依次和手机里的人工智能对话时,除了流走的远古时间,空间不断延展出剧场之外,如同回到仰望的北斗星空。

即兴表演同样是北京帐篷小组剧场演出的特点。在本人与帐篷剧社核心成员周瓒的访谈中,她特别介绍道:"剧组的密集排练一般不对外公开,特别是需要演员即兴的时候,导演会认为如果公开,可能会影响演员的坦诚和自信。所以,你知道,在排练中的即兴有时候会成为最终演出的素材,但是如果这些即兴素材被用到剧场作品中,就成了可以分享的一部分了。自主排练方法的运用其实在帐篷剧场中更普遍更自觉,

---

1 〔德〕汉斯-蒂斯·雷曼著,李亦男译:《后戏剧剧场》,第78页。

而且它有一个专门的名称,即我上文所说的'自主稽古'。帐篷剧场中的演职员大多为非剧场专业出身,他们在自主排练时需要更多的激励与保护,因此,'自主稽古'只在剧组内部进行,而帐篷戏剧有其独特的表现风格和视觉冲击力。"[1]测不准戏剧机构所尝试的即兴表演,采取自主排演方法,视即兴为剧场演出的素材之一。主要由演员分享一些经验,如同将冰块传递、交给观众的行为一样,令其感受到一种现场能量的蓄积,"展演文本不再着重于表现,而更多地重视存现;不着重于传达经验,而更多去分享经验;更强调过程,而不是结果;更强调展示,而不是意指;更重视能量冲击,而不是信息提供"[2]。

即便坐在后排的观众没有机会与演员互动,但他们可以环视剧场,观看他人的行为,注意到自身的在场性。对于观众而言,他们的视线不再停留于演员身上,而是自觉将自我视为表演的一部分。在无声的传递中,观众透过冰凉的道具,为自我创造了属于个人的剧场艺术。当然,《笙诗》由古入今,专设"时间""万物""高阜""人间"各篇章,演员有所依傍又即兴发挥。有些观众因为不理解创作团队的意图,难以融入戏剧情境。从演后谈便可看出,跳跃性、随意性,似乎是观众的普遍反映。但事实上,《笙诗》仍有章可循,并不抽象。倒是模棱两可、变幻莫测的情境设计,反而更符合郜晓琴所认识和追溯的《诗经》时代。恰是如此,更方便引导每位演员在剧场空间探索当下日常生活隐藏的诗世界。当然,测不准戏剧机构还将于未来几年反复重排《笙诗》,可能会呈现截然不同的剧本或演出形式。至少,就目前的演出版本而言,未完成亦为一种完成。

无论在剧场选择、文本编织还是现场展演方面,测不准戏剧机构都

---

1 周瓒、翟月琴:《当代诗歌剧场与跨界实验》(全文),收入翟月琴主编:《朝向诗的未来》。
2 〔德〕汉斯-蒂斯·雷曼著,李亦男译:《后戏剧剧场》,第103—104页。

表现出别具一格的剧场艺术美学观念。从观看艺术的视角来看，艺术工作者借布景装置、造型艺术、即兴表演等方式，创造了一个共享空间："展演者和观看者共同经历、共同使用这个空间"，"这个空间是敞开的，没有人被排除在这个空间之外"。[1] 以上三个演出，由演员至观众，体现的是双重视线的观看。这种观看，由台上、台下交替完成，观众可以有意识地出现在舞台多媒体屏幕上，可以无意识地从观众席走进舞台中央，还可以静坐观众席随时展开与演员的互动。但归根结底，都是让观众走进剧场，意识到"看"的多样性，由是开展从观众转换为演员的特殊剧场体验，理解自我从观看者转向参演者的心态。即兴参与，令演员、观众与编导都看到了独一无二、不可重复的剧场演出效果。这正是陌生的人与人之间随即产生关联、开展心理交流的实验。当然，因为偶发性、随机性的特点，演出难免显得还不够成熟，有待进一步完善。与北京瓢虫剧社的《企图破坏仪式的女人》《乘坐过山车飞向未来》，以及周瓒、陈思安编导的《随黄公望游富春山》等相仿，诗歌剧场实践既要接受政治、经济与文化场域的弹性化选择，还需直面观众"看不懂"的质疑，更要探索从诗歌文本到剧场艺术的跨领域实践之可能性。作为"非主流"的诗歌剧场，尚处于"非主流"的研究境地。西方话语"后戏剧剧场"的引介，一方面，可反观国内戏剧理论与批评当中隐现的文本/剧场的二元对立关系；另一方面，则引导我们回看和瞻望此概念引进中国前后的新型独立剧场艺术。对于屈指可数的从事实验性、独立性剧场艺术的研究者而言，能够不落入主流/非主流的二元窠臼，从多角度认识正在发生的剧场艺术在中国演艺界的生机与活力，乃是讨论后戏剧剧场相当重要的意义之一。

---

[1]〔德〕汉斯-蒂斯·雷曼著，李亦男译：《后戏剧剧场》，第156页。

## 二 北京瓢虫剧社：女性诗歌剧场

新世纪以来，当代女性诗歌剧场开始活跃，引领了跨界实验的新风尚。2008年，周瓒和曹克非共同创办了瓢虫剧社，英文名字为Ladybird，该剧社最为关注女性（lady）生存状况的话题。起初，瓢虫剧社选择了两个当代女作家的剧本，一个是《远方》，根据英国当代女剧作家卡瑞·邱琪儿（Caryl Churchill）的同名剧改编；一个是《最后的火焰》（2009），由德国当代女剧作家德艾·罗尔（Dea Loher）编剧。2009年，该剧社着手打造女性诗歌剧场，先后推出《企图破坏仪式的女人》（2010）和《乘坐过山车飞向未来》（2011），"尝试将诗歌文本与小剧场戏剧、现代舞、实验音乐结合，在剧场或非剧场空间演绎，与观众直面与互动，在此过程中，让词语的白日梦变成舞台景观，让诗歌释放其自身的声、色、光、影"[1]。周瓒、曹克非作为编导，主要以女性诗人及其创作活动为出发点，洞悉女性的生活挫折与精神困境，探索文字、语言、身体、音乐等元素在剧场空间可能发生的奇妙反应。除了瓢虫剧社的演剧活动之外，当代女性剧场实践还包括周瓒编剧、陈思安导演的《随黄公望游富春山》（2014）和《吃火》（2015），前者所选文本源自翟永明的同名诗集，后者则依据玛格丽特·阿特伍德的诗集《吃火》改编而成，皆体现出女性诗歌剧场的多元化发展趋向。其中，《随黄公望游富春山》立足于诠释女性与社会、与历史的关联，突破二元对立的性别模式，以画中画、戏中戏的舞台时空错动形式诠释女性的自我主体性。此处以《乘坐过山车飞向未来》《企图破坏仪式的女人》为讨论对象，着重分析她们以性别操演、女性哀歌为主旨，展现诗歌文本在剧场空间的表现力，不仅体现于姿与言、言与声的互动，更是意与境的延展。她

---

[1] 周瓒、曹克非：《诗剧场：乘坐过山车飞向未来》，张尔主编：《飞地》第一辑，2012年，第144页。

们从跨越到融合的剧场实验，为未来的当代女性诗歌剧场实践提供了可参照的资源。

### （1）《企图破坏仪式的女人》：姿与言的性别操演

由曹克非导演，翟永明、周瓒共同策划，联袂核桃室、《翼》女性诗刊创作，由北京瓢虫剧社参与演出的《企图破坏仪式的女人》，于2010年7月10、11日在北京东城区蓬蒿剧场上演。诗剧以吕约的诗歌《致一个企图破坏仪式的女人》[1]为题，将几位女性诗人的诗文本嵌入其中。涉及的诗歌包括沈木瑾的《飞》，唐磬的《快，饮干她们》，阿芒的《姊姊妹妹考古队》，成婴的《我们手拉手坐到房梁》，翟永明的《烟花的寂寞》《战争》，宇向的《洪》，巫昂的《精神病史》，尹丽川的《妈妈》，吕约的《致一个企图破坏仪式的女人》《ELLE》，曹疏影的《姑娘姑娘你的海怎么了——给蛛蛛和海威，我的姐妹们》和周瓒的《翼》。

吕约写过一首诗歌，题为《致一个企图破坏仪式的女人》。后来，她曾回顾过当年写诗的原因。一次，一位穿着时尚的女人企图破坏一场公众仪式。后来，毫不例外，她在挣扎与尖叫声中被巴黎警察带走了。在电视荧幕中，看着大庭广众下被带走的女人，吕约有感于观看与被观看的关系，由此生发出对于性别权力的解读，从这个角度来看，镜头中被带走的女性身体显得尤其扭曲：

　　她像兴奋的猴子一样尖叫，抓住警察的手荡秋千，
　　　　露出一节肚皮

---

[1] 吕约：《致一个企图破坏仪式的女人》，《破坏仪式的女人》，天津：天津社会科学院出版社，2009年。

> 小腹结实得可以抵挡子弹，光滑得可以登上男人帮
> 　的封面
> 上面没有枪眼，只有形状不够文明的肚脐，像我们
> 　一样
> 她有我们所有的零件
> 白色T恤，灰色牛仔裤，头巾要带，鞋子袜子，耳
> 　环戒指项链[1]

女性像是"猴子"一样，从表情、肢体到着装、装饰，几乎彻头彻尾地被打量、观看。这位"女观众"，是在场的看客，也是闯入者；女诗人吕约，同样是看客，却看到了闯入者。诗人很快跳出"观众"的身份，开始思考同为"女性"的生命遭际。闯入者兴奋、惊慌的样子，与端坐在电视机前观看节目的女诗人，形成巨大的反差。男性角色的出现打破了围观与被围观的对立，制造出一种新的性别权力制约关系，让吕约从中联想到被物化的女性形象。可是在吕约看来，这位女性不是"猴子"，不是"异族人"，而是与坐在电视机前观看的她的女人一样的"女人"。在吕约看来，"女性写作的语言使命，是'诗与真'，创造一种更求真的生命语言；女性写作的文化使命，则是在批评与修正男权文化及其话语机制的基础上创造性别对话与交融的可能"[2]。吕约敏锐地察觉到的"尖叫"声音，正是最具辨识度的女性声音。女性诗人常常收紧声道，在诗行里发出刺耳、尖厉的声音，如翟永明的《静安庄》里，"分娩的声音突然提高"[3]；如宇向的《一阵风》里，需要被填充的身体，肆意

---

1 吕约：《回到呼吸》，太原：北岳文艺出版社，2014年，第90页。
2 吕约：《作为幽灵的女性写作》，《戴面膜的女幽灵》，重庆：重庆大学出版社，2012年，第155页。
3 翟永明：《静安庄》，《称之为一切》，沈阳：春风文艺出版社，1997年，第31页。

发出类似于尖叫的声音,却还是强调"此时我的叫声一定不是惨叫"[1];路也的《身体版图》里,"脆到要从中间'咔嚓',一折两半"[2],干渴的身体像"干麦秸"断裂时发出的"咔嚓"声。在《致一个企图破坏仪式的女人》中,吕约看似追问"固执的女人,你尖叫/是因为比我们更勇敢,还是更容易受惊?"[3],实际已经有了回答,"受惊"是历史化的女性命运,而"勇敢"则是个人的行为。她视此情此景为写作契机,最终从女性的个人行为回到女性的命运史,外部的"尖叫"声像是回音壁里的重叠音,返回到女诗人的声道,发出巨响声:"你一定要睁开固执的眼睛看看我们,/我们比你更强悍。"

由低音到高音的演变,又揭示出一部女性发展史。深知女性被观看的历史,又受到最强音的鼓舞,全剧以吕约的诗作为出发点,首先由周瓒手持诗集,配合表演诵读。周瓒躬身爬向舞台的边缘,由她诵读的部分结束于"一位没有尾巴的妇女为什么突然躺倒在大街上/而不是和我们一道沿着大街上的黄色箭头爬向一个叫未来的洞穴?"由于"未来"的不确定性,周瓒没有停止在地面上爬动,同时将诗集传递给下一个演员,以交替表演的方式,让"企图破坏仪式的女人"纷纷登场。正如曹克非所说的,每个演员都是导演。在场的每一位演员,都可以跟随自己的感觉,寻找诗歌的情绪纹理,以各自感到舒适、自然的姿态完成诗篇的诵读。他们或蹲着诵读沈木瑾的《飞》,"只求能浇灌一畦自家的菜地,/菜地里一棵梨树"[4];或站着吟诵翟永明的《烟花的寂寞》,"假若

---

1 宇向:《一阵风》,《宇向诗选》,武汉:长江文艺出版社,2012年,第35页。
2 路也:《身体版图》,谭五昌主编:《21世纪诗歌排行榜》,南昌:百花洲文艺出版社,2010年,第168页。
3 吕约:《致一个企图破坏仪式的女人》,吕叶主编,广子、阿翔等编选:《70后诗选编(下)》,武汉:长江文艺出版社,2016年,第234页。
4 沈木瑾:《飞》,莱耳主编:《诗生活年选2006年卷》,广州:花城出版社,2007年,第225页。

我的意志也可以升空/我也想四分五裂"[1]；或者弓步诵读唐磬的《快，饮干她们》，"快，喝穿她们/饮干她们/让她们比你更加一无所知"[2]；或者闲步扭腰而分享曹疏影的《女招待》，"她憔悴她是女招待，越累越不在乎"[3]。演员之间的衔接，只是通过传递诗集的方式完成，显得流畅、自然。诵读完成后，演员们逐个从舞台中央漫步向后退，作为布景配合前台朗诵者表演，极尽可能地突出语言的表情色，表达女性试图飞跃、升腾的愿景。

编导还透过叙述声音的转变，以多声部模糊男女的性别差异，回归到人性本身。一者，穿插口语、方言等，营造戏剧情境，增强现场感，取消诗歌与观众的隔阂。演员坐成一排，叙述着一场命名为"寻找母亲的花园"的考古行动。例如台湾当代女诗人阿芒的《姊姊妹妹考古队》："我的姊姊妹妹真大胆，你知道吗/从小我们都是被女鬼故事吓大的/女鬼又凄厉，又恐怖/我的姊姊妹妹真大胆，又幽默/她们把这次行动命名为/'寻找母亲的花园'。"[4]二者，由男性演员代言，透过男性的视角讲述女性的故事。男演员张开血盆大口，先是定睛木讷地看着前方，而后以狰狞的表情发出呓语，"我该做你没做的事么，妈妈/你曾那么地美丽，直到生下了我"[5]。由男演员以女性口吻，讲述母女之间的亲密或者隔膜，显得十分另类。从另一方面讲，全剧有意安排男性角色介入，似乎在女性剧场里取消男女性别的严格界限，而是让男性体验女性心理，让女性被这个世界（包括男人和女人）完全理解。能够解释的是，这位男

---

1　翟永明:《烟花的寂寞》,《终于使我周转不灵》, 第62页。
2　唐磬:《快，饮干她们》, 杨义主编:《中国文学年鉴2007》, 北京: 中国文学年鉴社, 2008年, 第215页。
3　曹疏影:《女招待》, 吕叶主编, 广子、阿翔等编选:《70后诗选编（下）》, 第1085页。
4　阿芒:《姊姊妹妹考古队》, 高春林主编:《21世纪中国诗歌档案2》, 重庆: 重庆大学出版社, 2013年。
5　尹丽川:《妈妈》,《大门》, 重庆: 重庆大学出版社, 2015年, 第8页。

性演员的表情之所以如此夸张,主要的原因就在于,他试图还原到婴儿的姿态咿呀作声,用成年人的口吻叙述"当我在回家的路上瞥见/一个老年妇女提着菜篮的背影/妈妈,还有谁比你更陌生"[1]。"瞥见"的一瞬,显得母女的关系十分陌生。对于男演员而言,更是陌生的陌生化体验,而那定睛一看的神情却成了男性眼中的偶然一瞥。确实,他偶然瞥见了这一对母女。再者,反复诵读的诗篇,分角色由多位演员轮流展示。比如,曹疏影的《女招待》和吕约的《致一个企图破坏仪式的女人》则像复调一般,诗节重复出现,由不同的乐章演绎出新的奏鸣曲。

在舞台上极尽可能地展示多元的声音,是编导的首要任务。面具作为最常见的道具,主要是为了区分模具的脸和自我的脸,彰显出主体与外部社会、内部世界交互叠映的戏剧声音。伴随着女诗人巫昂的《精神病史》的诵读,戴面具的男人摘下煞白的面具,开始讲述自己的发病史,分别是在看电影时、考音乐学院时和门口保安被调走以后,非常规的事件引起他的情绪波动。随着叙述的声音越来越激动,他剥开被层层纱布包裹的苹果,大口大口地吃了起来。与之同时,发病的女子踉跄着出场,满地打着滚儿,像是男精神病人的心理外化。在此时,观众不禁想问:男性与女性的差异性何在?谁又能保证男性就是绝对理性的,而女性则是感性和柔弱的?男精神病人的状态,由女子颠倒错乱的步伐予以呈现。同样,当男演员朗诵成婴的《我们手拉手坐到房梁》时,戴着面具的女演员们如幽灵般登场,"却想与她相依为命,她美妙的头颅/为我一低再低/她去亲近事物,努力把它们的平静之爱/放到我的胸中/而我专情地注视/观察她被磨损、消耗的面容"。

全剧的特点,还在于透过姿与言的错动,解释性别的差异与相似。与语言相得益彰的是演员曼妙的舞步。"身体在礼俗的残酷中寻找着承

---

[1] 尹丽川:《妈妈》,《大门》,第9页。

受的极限,从自身中把诡异和陌生表现到极致:冲动的姿势、湍流和喧哗、歇斯底里的抽搐、自闭的形态分解、失衡、跌倒、变形"[1],《企图破坏仪式的女人》以一切方式打开身体这一未知领域。与站立、行走、躬身、爬动、躬身等动作有别,舞蹈的姿势融入语言和动作,显得更为流畅、更具审美性。在这场演出中,演员以独舞、双人舞和群舞的方式,绘制出超越秩序的身体画面,展示了生命升腾与下坠、绽放与熄灭的始末。两位女演员炽烈的双人舞,将全剧推向了一次小高潮。随着乐音节奏的持续加快,她们的身体格外轻盈、柔软,彼此靠近又远离,缠绕又孤立,跌倒又翻转,像是诉说一段热情的感情故事。之后的一段独舞,伴随着翟永明的《烟花的寂寞》,女演员如同一朵肆意绽放的花朵,在舞台中央尽情地、狂乱地舞蹈。她能够如此绽放,亦能引爆自我,她是瞬间绽放、熄灭的一场烟花。在翟永明读过《战争》(配音)后,插入了一段三位女演员的群舞。她们痉挛着,或向上伸出孤悬的手,或向下瘫落在地面上,既是"硝烟中奔跑的女孩",也是"战争的旋律在往上升",更是"死者的灵魂往下落"。全剧在结尾时,借用周瓒的诗《翼》,男性与女性演员纷纷登场,她们伸出双臂,晃动着肩膀,在舞台中央找寻平衡点,自由翱翔。

(2)《乘坐过山车飞向未来》:由言入声的女性哀歌

曹克非导演,瓢虫剧社参与演出的《乘坐过山车飞向未来》,于2011年在成都文艺之家和白夜酒吧演出,后来参加了2012年台湾第五届女性戏剧节。全剧糅合且展演了玛格丽特·阿特伍德、马雁、翟永明、吕约、周瓒、巫昂、曹疏影、尹丽川、宇向等女诗人的诗歌文本。以身体为介质,在语言与行动之间构成某种关联,是演员们的诉求:"参演

---

[1] 〔德〕汉斯-蒂斯·雷曼著,李亦男译:《后戏剧剧场》,第215页。

者们力求深入语词,将诗歌变成身体的一部分。他们以各种方式接近语词,把自己交给诗句,嬉戏文本,与诗(人)相爱……意在进一步突破限定空间,把词的声音、表演者的身体、演出环境与观众等因素,置于互相倾听、言说和行动的对等关系中,在当下日益分离隔绝的个体和不断深刻分化的社会阶层之间探索新的精神交流与互动的可能。"[1]整个演出,以诗介入戏剧,编导试图处理的问题是"被听到的诗歌和被看到的诗歌,这两者怎样在舞台空间上,变成一种戏剧的一部分"[2]。换言之,从语言到声音的转换,是全剧的核心。

该剧被命名为《乘坐过山车飞向未来》,借用了马雁的诗《我们乘坐过山车飞向未来》的题目。2010年,马雁因病不幸在上海意外辞世。瓢虫剧社的这次展演,正是为了纪念这位女诗人。诵读这首诗,会不自然地陷入一种"乘坐过山车"的眩晕状态里,刹那间的狂欢、刺激与恐慌、失重,一齐喷泻而出。从语言文字产生的韵律来看,"飞向未来""波浪""飘荡"等词,嵌入诗文本的不同位置,强调"飞"的动作及被抛向空中而后滑落的身体状态。诚如艾略特所说:"一个词的音乐性存在于某个交错点上:它首先产生于这个词同前后紧接着的词的联系,以及同上下文中其他词不确定的联系中;它还产生于另外一种联系中,即这个词在这一上下文中的直接含义同它在其他上下文的其它含义,以及同它或大或小的关联力的联系中。"[3]马雁以词与词联动出的音乐性,与语词的意义可谓高度契合。整个飞跃过程是诗人展开语词联想的"想象"轨道,直至反转的身体在制高点上俯视下面的人群与动物。马雁首先想到的是,生命体的高级与低级形式、社会成员的高贵与低贱

---

[1] 周瓒、曹克非:《诗剧场:乘坐过山车飞向未来》,张尔主编:《飞地》第一辑,第144页。
[2] 鲍栋、孙磊主持:《视觉艺术语言与诗歌语言的对话》,张尔主编:《飞地》第一辑,第130页。
[3] 〔美〕T. S. 艾略特著,王恩衷编译:《诗的音乐性》,《艾略特诗学文集》,北京:国际文化出版公司,1989年,第181页。

身份。然而，所谓的"高"与"低"的划分，却因为波浪线的起伏和视线的倒转，呈现出截然相反的价值认知。换个视角，高乃是低，低乃是高；俯视即仰视，仰视即俯视。最后，诗人回到了高与低之间的中间地带，那是一处相对平稳的日常生活领地——相互支撑和抚慰的家庭、恋人关系，因为脱离了人与人之间的歧视链，往往会感到沉醉，犹如荡漾的小船，划向微泛涟漪的湖水当中。

> 我们乘坐过山车飞向未来，
> 他和我的手里各捏着一张票，
> 那是飞向未来的小舢板，
> 起伏的波浪是我无畏的想象力。
> 乘坐我的想象力，他们尽情踩蹦
> 这些无辜的女孩和男孩，
> 这些无辜的小狗和小猫。
> 在波浪之下，在波浪的下面
> 一直匍匐着衰弱的故事人，
> 他曾经是最伟大的创造者，
> 匍匐在最下面的飞得最高，
> 全是痛苦，全部都是痛苦。
> 那些与我耳语者，个个聪明无比，
> 他们说智慧来自痛苦，他们说：
> 来，给你智慧之路。
> 哦，每一个坐过山车的人
> 都是过山车建造厂的工人，
> 每一双手都充满智慧，是痛苦的
> 工艺匠。他们也制造不同的心灵，

> 这些心灵里孕育着奖励,
> 那些渴望奖励的人,那些最智慧的人,
> 他们总在沉默,不停地被从过山车上
> 推下去,在空中飘荡,在飘荡中,
> 我们接吻,就像那些恋人,
> 那些被压缩在词典册页中的爱情故事,
> 还有家庭,人间的互相拯救。
> 如果存在一个空间,漂浮着
> 无数列过山车,痛苦的过山车……[1]

以"痛苦"作结,奠定了整首诗的基调。"漂浮"的状态,恰是人生常态。"拯救"则意味着苦难人生的救赎心理。这几乎是女诗人马雁的一种自我暗示:不必大起大落,活着且安稳地活下去。与"乘坐过山车"的"我"相平行的是,无数列的过山车穿梭在不同的轨道里,从痛苦之此岸抵达绵绵无尽的自我救赎之彼岸。以马雁的诗作为引子,"从诗歌中的动词出发,让身体带动情绪、情感和记忆,在舞台空间里飞,没有边界,也没有终点"[2],舞台剧串联起多位女性诗人的诗文本,展现社会各阶层女性的生活境遇,如同一场由诗的乐章串联起的时代奏鸣曲。

演出一开场,舞台空间由外景向内景切换:先是在多媒体上出现破败楼宇,而后是散落在舞台上的鲜花枝条,旋转不停的老式电风扇道具。这时,演员喉咙里发出了阵阵巨响,预示着压抑环境里的嘶吼。首先,由周瓒诵读阿芒的诗篇《女战车》。《女战车》写的是母女之间的一

---

1 马雁:《我们乘坐过山车飞向未来》,冷霜编选:《马雁诗集》,第135—136页。
2 周瓒、曹克非:《诗剧场:乘坐过山车飞向未来》,张尔主编:《飞地》第一辑,第144页。

段对话，女儿以积木堆出战车，以坚不可摧的力量攻打"我"之外的敌国。周瓒基于对阿芒诗歌的整体理解，"阿芒的诗极具戏剧性，除了前面说到的声音（音调、节奏）外，诗中总有场景和行动，隐含的对话，内省式独白，虚拟角色的发声等"，以声音塑造角色，以角色营造戏剧情境。[1] 她模仿着母亲和女儿两个人的声音完成诵读，一是母亲成熟的问询声，一是女儿稚嫩的回答声。看似成熟的母亲，却成为无知的发问者，反而要依赖幼小女儿的回答来解读这未知的世界。两个不同年龄段的女人，凭借一问一答的对话形式，建构出她们共同抵御的敌国世界。

演员借助声音模仿不同的人物，使各类人物纷纷登场。独语、对话、狂笑、重叠音、电子音等，各式的声响在剧场里回荡。周瓒与李增辉等演员交替诵读宇向的《她们》，以多人的声音叙述"她们"鲜活的生命因子，在"我"的记忆里散乱地跳动着：包括失恋自杀的高中同桌、躲避异性的女工、淹死于游泳池的感性的同事、像男孩子一样保护"我"的小学女同学、被卡车撵断右臂后来在精神病院接受治疗的远房表姐。短短的诗行，凭借演员的诵读与表演，每个人物都有了一个完整的故事，每个生命体都浮出水面。演员们以个人化的口吻陈述"她们"的生死命数，最终回归到诗人"我"叙述的音轨里，实现了叙事与抒情声音的混合。

诗人、演员与角色的声音缠绕交替，立体化地展现了人物的生存境遇以及与之相关的社会评价。两位女演员周瓒和杜杜重叠发声，如回音般诵读翟永明的诗《关于雏妓的一次报道》。在舒缓压抑的音乐声里，

---

[1] 周瓒曾为台湾女诗人阿芒的中英文双语诗集《女战车》撰写序言《自我完成中提炼诗歌的性别维度——〈女战车〉序》，特别提到其诗歌的戏剧特点，在女性主题方面有所开掘，"包括女性对自己身体的赞美，因女儿而成长的母亲经验，姐妹情谊，女性自身的历史挖掘意识，女性对自我、儿童、爱情和战争的认识等等"。该书收录了阿芒的20首诗歌，2016年由女书文化出版社出版，菲奥娜·施·罗琳（Fiona Sze-Lorrain）翻译。

一些词汇因为重复显得格外醒目:"12岁"成了一个阴影,语音的反复像是一次次回放那段伤痕累累的时光;"爸爸"的"寻找",这一动作反反复复,成为雏妓生涯的起点,完成了故事的叙述。此后,女演员杜杜虽然是以叙述者身份独语,但以抓狂、厌弃的肢体表演进入雏妓角色,制造出双重声音效果:"她一直不明白为什么/那么多老的,丑的,脏的男人/要趴在她的肚子上/她也不明白这类事情本来的模样/只知道她的身体/变轻变空  被取走某些东西。"[1]角色化处理在杜杜读尹丽川《你想当什么样的老女人》时也有所体现,她张开大嘴模仿着那位"不停吃药、不停老下去"的女人;而女演员周璎则跳脱出雏妓角色,回到叙述者(诗人)的身份,以审视的眼光诠释现实的残酷与诗歌的正义:"看报纸时我一直在想:/不能为这个写诗/不能把诗变成那个这样/不能把诗嚼得嘎嘣直响。"演员李增辉演绎郑晓琼的《钉》时,选择用锡纸包裹的冰冷棍棒疯狂地捶打着地面,重复着流水线工人的身体动作,发出"叮叮"的声响和有节奏的语词诵读声,配合有力量感又充斥着黑色情感的重金属音乐,越来越强烈地推进演出节奏,与打工妹心底的集体嘶吼声形成共鸣。四位演员群体出场,错落站立而晃动身体,肆意发出狰狞的笑声,而后交替诵读马雁的《我们乘坐过山车飞向未来》,像是平行轨道里不同的乘客,全程因为恐惧而尖叫,反转身体而瞥向周遭发生的一切,在剧场形成复调式的环绕声。与台北版的简化演出不同,在成都演出的版本里,演员化妆,戴着面具,扮成玩偶的样貌,同样是为了丰富声音的层次感,让观众听到每个个体发出的声音。

同样,以"面具"作为道具可以成功地塑造角色,而后由表演者与角色共同发声。诚如与曹克非合作过四年的诗人多多所说,"我们所谓的文本的语言,已经经过了印象、节奏还有角色化的处理"。在曹克非

---

[1] 翟永明:《最委婉的词》,北京:东方出版社,2008年,第18页。

看来，舞台上存在两种"面具"，一种是戴上面具，"表演者的个性开始消失，身体获得了空间感，动作具有仪式性"；一种是脸部训练，"表演者面部肌肉的变化和变形来创造"。[1]一束光线，扫向栅栏门，场景从《钉》（郑小琼）切换至《灾难》（周瓒）的演绎。暗影里，演员李增辉不再是拄着棍棒发出"叮叮"声响的伟岸形象，而是蜷缩弯曲着身体从有光的栅栏门走向幽闭的黑暗空间，"灾难"开始。周瓒的诗歌《灾难》，是一场身体的受难。但诗人由此联想到不可控的自然灾害，乃至卷入人为的政治与经济风暴。在这场灾难里，受难者痛苦的声音此起彼伏，连同肉身与心灵被推向未知的深渊。但正是因为彻底，才感到周身的净化与升华，像是找到了另一扇通往光亮的栅栏门，"洗涤七窍的湖海，密发的丛林/但它们也阻止不了肋骨与胫骨的战争/黑夜的鼻尖冰凉，伫立如一支孤独的灯塔"[2]。对于女性而言，体内何尝不是呼啸着强劲的风暴，导致她们身心遭受着无尽的创伤，高唱着凄厉的哀歌，一步步无声无息地探寻前路。在演出中，李增辉首先戴着面具，在舞台上摸索前行，这是从一个出口向另一个出口进发的身体动作。而后轻抬面具，将迷惘、恐慌而后镇定的面容显现出来，向观众展示灾难降临时的真实面部表情。遗憾的是，在这一情境中，面具的功能没有尽然体现，外部的刻板化印象（面具）与内部的精神炸裂（面容）缺乏更丰富、细致的编排，导致演员的表演显得相对单一化。

当代女性诗歌剧场是诗歌剧场的分支之一。致力于女性诗歌剧场实践的曹克非也与诗人们合作，改编过车前子的《斯特林堡情书》（2005）、多多的《在一起》（2007）和《天空深处》（2009）。2013年，她还把杨键的《哭庙》编排成《往事并不如烟》。自20世纪80年代开始

---

[1] 曹克非：《"诗剧场"创作笔记》，《今天》，2017年第115期，第115页。
[2] 周瓒：《哪吒的另一重生活》，南宁：广西人民出版社，2017年，第149页。

女性诗人书写的丰富文本，牵引我们由语言文字走入一个令人神往的"女世界"，暗含女性与社会、与男性、与自我的多重关系，成为当代诗歌创作与批评的新思潮。曹克非、周瓒、陈思安等因为长期关注女性诗人的创作活动及文本，相当熟悉女性诗人的内在情绪与诗文本的外在表现。她们又作为编剧、导演的身份理解剧场环境，了解演员表现力，将女性诗人所书写的个人化甚至是私人化的诗语在公共剧场空间予以展示。对她们而言，诗的精神内涵不仅局限于语言文字，还具有流动性与延展性的特点。无论是诗人还是戏剧人，其目的不在于"跨"界实验，而是在跨越中弥合艺术间的隔阂。瓢虫剧社没有采用专业演员，主要选用舞蹈、设计等其他领域的工作者。在表演过程中，演员们自选诗篇，由语词产生联想，凭借声音与身体进入表演情境。如周瓒在"当代诗歌剧场与跨界实验"的访谈中所说，"从把诗歌带到当代剧场中的那一刻起，我们就很留意剧场工作者对诗歌的兴趣和态度"。没有经过职业化训练的演员，以非专业或半专业化的身体自然进入剧场，由舞台上下的经验探索性别、身份与空间的关系。尽管她们的尝试还不算成熟，却为女性与社会、诗歌与戏剧、文本与剧场的关联提供了新的思考路向。当代女性诗歌剧场仍在继续，呈现出流动性、非商业性与边缘性的特点。他们在尝试与创新之外，又不乏争议与挑战：剧场之外要经过政治、经济与文化的社会约束与磨砺，剧场之内要面对观众的审美需求与接受心理。即便困难重重，但如何跨越艺术的边界、如何跨越性别的阻隔，是他们置身当代女性诗歌剧场的恒久追求。

### 三 深圳"第一朗读者"：市民化诗剧场

2012年，深圳"第一朗读者"创立。创始人从容为深圳市戏剧家协会主席、国家一级编剧、诗人。在此之前，深圳戏剧家协会还创办了

"创意剧场""中国诗剧场"[1]等文化品牌。以"第一朗读者"为跨界实验平台,主办方选择书城、校园、广场、咖啡馆、美术馆、博物馆、演艺场所等公共场地,除了诵诗和评诗之外,还开展原创的唱诗、演诗和诗剧场等活动。长达八年的经营,不单邀请中外知名的诗人、音乐人、戏剧人和批评家等参与其中,还培养了导演、演员等跨艺术领域的专门人才。与测不准、瓢虫等民间戏剧社团、机构不同,"第一朗读者"受到深圳市宣传文化基金资助,由深圳市文联等主办,深圳市戏剧家协会承办,资金相对充沛、人员调度相对稳定、剧场空间相对灵活、演出设施相对完备。总体而言,创办者有意突破雅俗界限,引领诗歌成为市民文化不可或缺的一部分。这些年,创作的诗剧场包括《黄钟入室》《涟漪·实时路径》《寂静的回声》《经验与天真》《我是你秘密的猜测者》,等等。整个演出过程中,诗歌、戏剧、音乐、肢体表演舞蹈和影像等多种艺术元素交织在一起,邀请观众参与其中,激活市民的感官体验,直观感受文字的视听化效果。

(1) 都市的平行创意空间

提及"市民化",深圳"第一朗读者"主要是从剧场空间的灵活性和观众层次的丰富性出发,让更多的市民参与到诗剧场当中。从这个意义上而言,到底在多大范围上吸引观众走进剧场或是其他文化空间,又在多大程度上调动观众的视听感受或是审美兴趣,是"第一朗读者"颇为重视的环节。这与上海的测不准戏剧机构和北京的瓢虫剧社等相对边

---

[1] 从容在2009年提出"中国诗(歌)剧场"概念,将诗歌、唱诗、肢体、影像乃至所有可以进行艺术创作的各类元素,运用到诗歌剧场当中。关于戏剧与诗歌的跨界传播实验,从容在1999年深圳市成立20周年的大型晚会上曾担任艺术总监。她邀请国家话剧院王晓鹰担任导演,制作了一台有戏剧情节、场景、人物、主题,同时借用多媒体、转台,配合民歌歌手、小提琴、二胡、钢琴演奏和舞蹈表演等的大型诗歌剧《在共和国的窗口》。详细介绍,可参看从容:《诗歌的跨界传播实验与探索》,《艺术广角》,2020年第4期。

缘、小众的亚文化、非主流创作不尽相同。似乎对他们而言，只要吸引艺术气息相对契合的观众走进剧场，至于看得懂与看不懂并不重要，关键在于创作主体的戏剧理念和实践过程的完成度有多高。

有评论者认为，从容创立了"诗意的'平行世界'"（燕子：《从容创造的诗意"平行世界"》）。事实上，这一"平行世界"不仅是诗歌与生活的平行，更是多样态演绎空间的平行开放。这种平行开放，有赖于城市的包容性，就像从容在《一座城市高贵的坚守——诗剧场的跨界传播实验与探索》中所说的："我们2013年第二季的'第一朗读者'在中心书城能够成功举办，就有赖于这座城市和市民的特殊性。中心书城的听众基本上都是来休闲的市民，真正的市民。市民带着还在到这里来吃饭，来买书，来喝茶，各种人都有，很多人偶尔经过这里也会在此停留一会。"当然，这与广东的经济发展不无关系，与都市空间里企业单位与文化艺术的合作共商也息息相关。包括政策导向、经济发展和文化变革在内，整体的都市环境为市民提供了诗意栖居的物理空间。于是，便有了从容所说的"行走的诗歌"与"行走的戏剧"的遇见与碰撞。

诗人、戏剧人及其他艺术家共同走向城市公共生活空间，推动了创意文化空间的生成。"伦敦已经明确提出了创建'创意城市'的主张，突出强调了两个核心内容：文化与创意性，并将触角延伸到了城市环境、工作与家庭生活模式、人与人之间的沟通方式、旅游的体验、享受科技的种种便利、日常文化休闲娱乐活动等各个城市生活环节。"[1] 这些公共生活空间将伴随着现场表演，凝聚为市民的共同文化记忆。单向度的城市人，在压抑、麻木的工作之余，获得了精神交流与沟通。资金与人员流动不停歇的城市，塑造了文化创新的想象。

---

[1] 包亚明：《空间、文化与都市研究》，杨剑龙主编：《都市文化》，上海：上海人民出版社，2014年，第55—56页。

事实上，"第一朗读者"每季所选择的主题，多与都市及都市人的生活相关。譬如第一季便以"诗歌与城市"拉开序幕，另含"诗歌与工厂""诗歌与女声""诗歌与异乡""诗歌与车站""诗歌与乡村""诗歌与时间""诗歌与家族史""诗歌与生活""诗歌与南方"几个主题。从2012年9月15日至2013年1月26日，每期特邀两位嘉宾作为主题诗人，为其颁发最佳诗歌奖，进行现场朗诵、弹唱、表演诗歌文本。作为"第一朗读者"最初的实践活动，从都市空间到诗歌文本的选择，切实尝试着为市民建造一座"创意城市"。

（2）都市人与"现代心灵禅诗"

深圳"第一朗读者"的创作形式，同样是结合诗、乐、舞，调度人声、乐音、肢体表演和多媒体技术完成演出。编导着力于提升舞台上的演出效果，不追求完整的故事、情节，更无所谓跌宕的悬念、冲突，而是充分展示跨媒介的艺术综合魅力。这种跨越艺术边界的实验，为打破普通市民与各类艺术形式的边界，跳出日常生活而追求普世价值的理想提供了艺术条件。将诗篇带入剧场，拉近与市民的距离固然重要，但艺术也要引领大众超越自身，获得升华或是净化的艺术感受。就这点而言，从容曾在访谈中提到，深圳这座城市带给她快节奏、高效率的生活体验，置身其中就像是凤凰涅槃一般，她在压抑的都市环境里寻找的是"现代心灵禅诗"。

《隐秘·莲花》于2014年11月28、29日在深圳华夏艺术中心小剧场首演。剧中的诗作皆来自从容的诗集《隐秘的莲花》，由深圳戏剧家协会会员张娟和周露朗诵，樊兴华担任舞蹈语汇设计。还邀请了舞美设计张仲文、灯光设计崔鹏与积木鱼音乐组合。以现代舞、影像装置、灯光等形式，唤醒观众对于"诗"的感觉，是整场演出的初衷。由两对舞者演绎的《故宫》，以现代女子凄美的情感体验，讲述爱而不得的创伤。

朗诵的声音，显得舒缓而悲伤。诵者反复诵读着诗句"她将去古代修一个书生回来"。男子背着女子远行，女子的身体被演员们托举着，像是被送回古代，让她与杜甫、李白重逢。之后，演员们的身体层叠站立，以柔软的腰身和纤细的手臂舞蹈出莲花之美。《隐秘·莲花》组诗的意义便在于，每个人的日常生活里都隐藏着盛开的莲花，只是未被发现，或者不愿观赏罢了。因为苦难与修行，那隐秘的莲花才得以显影。在从容看来，"花园"是个人的修行之地，就像推车而过的男子，他推走了生命里的匆匆过客，推走了瞬间燃烧的欲望，可是，养殖"永不褪色的花"，需要的是心与性的修炼。这种修炼，是与流泻于器皿之中的金色砂石一样，与时间共生。演出节奏缓慢，尽量让观众沉浸于相对静态的时间里，感受空间中语言与肢体形式的交融，极尽可能地凸显诗文本的意义，将"现代心灵禅诗"予以呈现。

如果说《隐秘·莲花》让普通市民走出琐碎的日常生活，体验了一场心灵的修行之旅，那么，《爱》更是如此，可谓透过从容个人的行为表演，将"神性的信仰与情怀"和"诗歌的涅槃和返魅"之舞台表现推向另一层面。作为当代戏剧双年展的展演作品，2016年3月20日下午，在关山月美术馆3楼D展厅，数百位观众观看了这场诗剧场的演出。伴随着从容的诗篇《北京哭了》的朗诵声，"繁华落尽见真淳"的清净轮回的世代之隔被取消，"有一世，我们情同手足／你为了帮我砍柴掉进了深渊／我寂寞地活了许多年直到死在寺院里"。古今变换、空间流转，在生生沉沦又遁入空境的情境之中，诗人从容的一根根发丝，被剃落满地。她像是一位念诵经文的出家人，将心经传递给在场的观众。在封闭的空间里，忘记时间的流逝，仅剩下人与人之间因为"剃度"行为而产生的精神关联。那一刻，对从容而言，"我"成了客体，在被观看的过程中，完成了他人眼中的净化与升华；对观众而言，"我"是主体，将个人的感受赋予被观看的对象，无限地赋予其意义生成的可能性。事实上，因为"爱"的传递，主客之间的界限又不再清晰，沉浸于"忘我"之境。

2017年10月14日，第六季以"影子的内部"为主题的诗剧场活动，在深圳中心城胡桃里上演，分为"前缘之约""今生相遇""灵魂窒息""埋葬一切"四个环节。歌声、舞蹈、多媒体主要是配合诗人的朗诵，让观众不单沉浸于文字的世界，而是营造一种演出氛围，让诗人的文字转化为声乐、视象和肢体表演。在深圳音乐厅演出的诗剧场"鸟影从头顶飞过"，星光闪烁中的鸟鸣声、战栗着的姑娘的回声、灯光里转动的人偶娃娃、玫瑰丛里爱的呼唤等等，或荒凉的，或渴望的，这些情境组合在一起，共同诠释着诗人们对"鸟"意象的想象。众所周知，对于20世纪80年代中后期的汉语诗人而言，"鸟"意象何其重要。包括周佑伦的《想象大鸟》、于坚的《对一只乌鸦的命名》、陈东东的《乌鸦》、西川的《秋天十四行》、钟鸣的《鸟踵》等等，都以"鸟"升腾的姿态追问自我所面临的精神和写作困境。"第一朗读者"显然已经关注到这一诗学现象，值得肯定。未来在诗剧场中，倘若继续呈现此命题，其内涵与表演还有相当大的空间可以深入开掘。

（3）大时代与都市景观

深圳"第一朗读者"朝向"市民化"的努力，还体现于诗剧场的主题选择方面。结合大时代发生的事件，从内容上贴近与普通人息息相关的日常生活。此类演出通常书写一个时代的新篇章，择取相关主题的诗歌文本，结合朗诵者、演员及其他艺术家，是借助音乐、舞蹈与多媒体技术等共同开展的大型剧场活动。总体而言，"场面、格局与制作之'大'，已是近年来衡量精品舞台的高端评价指标"。

早在2011年，"第一朗读者"还未正式创办之前，深圳市戏剧家协会创立的"中国诗剧场"就曾排演过大型诗剧《穿越百年》，以跨时空的方式,让当代青年男女与辛亥革命时期的知识分子、革命者在舞台上实现情感对话。在《穿越百年》的歌声里,诗剧拉开帷幕。透明幕帐区隔出舞台前后,以凸显古今百年的历史之变。由从容、何波编剧,全剧集结40首诗作,在诗歌与戏剧间跳转,跨越青年与老一辈的时间距离,完成不同时代、不同代际间的关于爱情、生活的时空对望。该剧被认为是"对于阐述重大历史题材,取得了巨大突破"(江非),"无论是从诗剧场这样一个概念的提出,还是对辛亥百年这样一个重大历史题材的处理,都具有突破意义"(吴思敬),其"只能在深圳诞生,体现了一种深圳精神,也体现了深圳精神的生长"(江非)。可以说,现代都市男女与历史人物的对照,戏剧与诗歌的融合,在当时看来,都是突破性的尝试。但如此融合与创造性,到底能在多大程度上从"大"格局走向"小"心灵,从"大"时代贴近"小"情怀,仍需要打磨和探索。就像评论家吴思敬在座谈会上所说的,"两种形式的结合不是a+b的混合,而是一种融合和新的创新。在当今的许多影视剧、先锋网络小说家中,穿越题材已经被他们玩儿的登峰造极了,这种穿越作为一种形式来讲,确是打破了一种时空的限制,极大丰富了我们的想象力和表现力,但有很多是过于宏大和脱离现实的,出现了一些弊端",就该剧而言,"两个都市男女的部分(快男快女),在进入和推出历史场景的处理上可以穿插得更灵动自然","建议把诗歌的朗诵性和戏剧性更好地结合,朗诵者动作的一些环节可以更丰富。有些片段过于冗长,给人以沉闷的感觉,影响朗诵效果,可以在今后的发展中,辅之以小剧场、小制作的演出,进一步丰富诗剧场的概念,从古代和历史题材中进一步挖掘"。

与之相仿,2019年9月7日,《窗口》在深圳保利剧院演出。作为向深圳市建市40周年的献礼作品,舞美设计师陈祈充为了凸显深圳这座城市的都市景观,采用高8米,占地100平方米,由建筑工程脚手架的钢管搭建而成的纯钢架结构,试图带给观众视觉冲击。整场演出以40首诗歌、40张照片、40个章节，且召集了各行各业的40位深圳人共同呈现了深圳40年来的代表性事件。譬如路也的诗歌《火车开上了那座桥》，讲述的正是1978年绿皮火车开过罗湖口岸的场景，"一列灵魂铿锵的绿皮火车，开上了那座桥"，引起了不少从那个时代一路走来的深圳人的集体共鸣。《蛇口记事》指向1979年迎面而来的"深圳速度"，《饮食男女》以饮食为纽带牵系男女之间的沟通方式。在"大"题材与"大"制作之外，更见城市与诗歌的关联。具体而言，深圳这个地域所滋生的诗歌，体现的是深圳人的城市心态。从城市心态出发，感知诗人所流露的精神状态，触及的是这座城市最为敏感的神经。因此，与《穿越百年》一样，如何透过深圳人的情感生活，在"大"舞台读出动人的"小"诗篇，是全剧的突破口。

近年来，跨界合作越来越被艺术家青睐。诗人与音乐人、舞者合作的实践案例，不胜枚举。2015年1月18日，由北京当代艺术基金会（BCAF）与蜂巢剧场联合主办的"大街上传来的旋律"——翟永明、高平"音·诗剧场"，在北京蜂巢剧场举办。整场演出由高平的音乐和翟永明的诗歌组成，第一部分"诗·吟"，高平的即兴钢琴曲，穿插翟永明的吟诵《怎样的必然在我们的身体中》《给我爱情我就爱她》《胶囊之身》；第二部分"诗·歌"，由音乐《秋池》、歌曲《和雪乱成》《转世灵通》和诗歌《潜水艇的悲伤》《菊花灯笼飘过来》组成；第三部分"诗·乐"，由五个作品组成，风别是《闻香起舞》《残余的探戈》《致阿赫玛托娃》《两首苏联爱情歌曲》《大街上传来的旋律》。钢琴、口风琴、口哨声、水声或者话筒的音效，与语言文字相互叠映，营造出一场美轮美奂、行云流水的音·诗剧场。[1] 当然，出于传播的目的，诗歌的舞台展

---

[1] 孙程程：《乐与诗的舞蹈——感受"'大街上传来的旋律'翟永明、高平/音·诗剧场的'新'与'妙'"》，《音乐生活》，2015年第4期，第39—41页。

演,更易于引导观众进入情境,理解其中的蕴含。然而,让诗歌走向大众视野,毕竟不是诗的全部意义。对于诗人而言,诗文本最为关键,无所谓大众还是小众之分。而进入剧场的诗歌,则有赖于其他艺术家、艺术团队的集体制作,取决于他们打造诗剧场的理念和定位。

## 小 结

本章围绕"同题异体的改编热潮""以诗入戏的原创诗剧"和"诗剧场的空间展演"三个部分概览20世纪90年代以来汉语新诗的舞台呈现方式。诗歌一旦搬上舞台,就面临着从文本到剧场的重新编排。以上三个方面,有赖于编剧、导演和演员等通力合作,将诗转化为剧,完成集剧本与剧场为一体的立体展示。在这个过程中,诗人可能兼顾多重身份,参与艺术形式转化的跨界实验,且践行跨界理念。因此,诗人与自身、与他人的交流格外重要,这是一种相互理解、相互生发的过程。

难能可贵的是,此阶段出现了不少相对完整的剧场作品。它们或者引领跨界风尚,或者招致业内非议,已是这个时代不可回避的新型艺术生态。与20世纪80年代台湾的"声光诗"实验相比,个别片段的演出显然不能满足诗人和戏剧人的跨界需求。走进戏剧情境而感受诗生活的魅力,需综合把握剧场选择、剧本改编、导演编排乃至演员即兴。与诗人的个人化写作不同,剧场演出需要观众。受到文化单位和基金项目资助的演出外,有相对稳定的观众群观看表演。除此之外,有相当多民间剧团的跨界实验还较为边缘化、小众化,来到剧场的观众主要是艺术气息和审美趣味相契合的人群。他们只能借助廉价或者免费的剧场空间,完成一些低成本的剧场实践,常常入不敷出。其生存境遇之难,可见一斑。如何维持生计,却完成高品质的创作;如何保持独立性,又能够吸引观众走进剧场,是创作者当前普遍面临的问题。

  针对目前的演出情况来看,笔者有以下两点建议:首先,剧场工作者要重视"意""境"和"情",将语言、声音、舞蹈、肢体、装置等视为有意味的形式,避免故弄玄虚和随意发挥;其次,要跨越一切空间限制,将咖啡馆、酒吧、社区、街道等作为演出场地,实践新的剧场空间理念,让当下的人与剧场发生互动。总体而言,无论是主题观念、情节结构、人物塑形还是剧场表演,诗与剧结合后,艺术家可产生源源不断的创意。

# 结　语

当诗歌的抒情性研究脉络独占鳌头时，有关诗歌的"戏剧性""戏剧元素""戏剧化"等问题，如同一条隐性的线索在百年新诗史中残喘。回过头来，重新梳理这条脉络，其实有相当一部分文本被历史湮没、被研究者忽视。20世纪80年代以来，当诗人、批评家或者研究者走出抒情主义的重重壁垒，开始以跨界的目光投注于诗歌与戏剧的关系时，就会浮现出奇妙的文本景观。同如此丰富的文本资源相比，与之有关的理论探索仍显不足。

针对此，笔者从戏剧领域借用"戏剧情境"一词，又透过阅读20世纪80年代以来的汉语新诗，重新赋予它更契合诗歌文本的内涵。与侧重于抒情、叙事的诗歌不同，诗人营造的戏剧情境更倾向于采纳间接、客观的表现手法。戏剧情境作为一种关系构成，处理的是主观情境与客观物境之关系，包括剧中人物活动的特定时空环境、影响人物的具体事件和人物之间的关系。戏剧情境首先应围绕戏剧动作、戏剧情节、戏剧冲突展开，在特定的情境下赋予人物形体或者内心动作，且让本不具备戏剧因素的人物做出强而有力的戏剧动作。戏剧动作是其他戏剧要素发生的前提，联动着诗歌中人物活动的动机、戏剧冲突爆发的契机、戏剧情节的展开、人物性格形成的原因等。

实现戏剧情境的方式是多种多样的，20世纪80年代以来的汉语新诗创作实践提供了丰富的案例。笔者主要透过"汉语新诗的戏剧动作""汉语新诗的戏剧场景""汉语新诗的戏剧声音"和"汉语新诗的舞台呈现"四个方面进行论述，在拓展"诗歌的戏剧情境"之包容性之外，思考诗歌与戏剧两种文体之间的交融与互渗，从而将这一议题推向动态化的研究方向。

首先，"汉语新诗的戏剧动作"。谈论戏剧情境的首要元素就是动作，汉语新诗的戏剧动作既是行动又是象征，牵动着情节与矛盾冲突的发展。而具体的戏剧情境则是生成和促发动作的原因。20世纪80年代以来，汉语新诗的戏剧动作分为三种类型，分别是形体动作、语言动作和静默的动作，前者为外部动作，后两者为内部动作。形体动作专指可见的肢体动作，语言动作包括语言形式的动作性和人物台词的动作性，静默的动作可区分为以静制动和以静促动两个方面。以上三种动作，由外部行为动作至内部心理动作，或隐或显，或强或弱，或有声或无声，牵动情节，引发冲突，是汉语新诗中最直接而基础的戏剧情境构成要素。

其次，"汉语新诗的戏剧场景"。诗人以场景营造戏剧情境，重点在于如何组织场景。探讨汉语新诗的戏剧场景，就是从诗篇的结构里发现一幕幕场景的流动过程，观察各个场景中的具体事件，并传达出与心理动作有关的情感激变。从诗篇结构出发，观察20世纪80年代以来的汉语新诗，可归纳为三种主要类型的戏剧场景：日常生活场景，凭借片段拼贴式，体现的是诗人的散点透视与视角变换；家族历史场景，体现为重复叠加式，不乏疾病的痛感以及创伤的记忆；都市文化场景，采用多点跳跃式，蕴含着新旧错动的心理变化。除了以上三种类型之外，又专设镜像和梦境两个方面，分析诗歌意象与戏剧场景的互动：镜像不单是意象的呈现，更是人称的变化，在"你""我""他"的缠绕中感受现代都市两性关系的微妙之处；同样，梦境不单是意境营造，更是心理结构，诗人置身颠倒错乱的梦境里，遵循的是非秩序中的秩序，其诗作渗透着浓郁的死亡意识。

再次，"汉语新诗的戏剧声音"。戏剧声音是诗歌中发出的多重音效，包括诗人主体及塑造对象的对话或者独白。其中，角色和人物，木偶和面具，作为诗篇内部发出声音的另一主体，是诗人创造的形象、挑选的道具。结合几位诗人与剧本、剧场之间的微妙关系，可见他们在短小诗篇里所要处理的传统与现代、个人与社会、人类与自然间多元复杂的矛盾。戏剧独白诗和傀儡诗，是传达这些复杂性的有效诗歌门类。戏剧独白诗指的是诗人创造出戏剧角色、人物，与其完成对话：丑角频频登场，暗指诗人的边缘化处境；想象古典、历史人物，像是喧嚣语境里的幽深独语。傀儡诗主要谈诗人笔下的提线木偶、面具，由此展开线里线外、假面以歌的遐思：提线木偶尤其强调因"提线"的动作而产生的灵肉对话，面具则是以鬼神面、兽面和人面激荡出传统文化的回声。

最后，"汉语新诗的舞台呈现"。就"同题异体的改编热潮"而言，主要考量诗文本改编为剧场表演的过程，涉及文本的重组与删改，包含声音与肢体的舞台表现力，还关乎意与境的艺术追求；就"以诗入戏的原创诗剧"而言，讨论的是诗歌文本在戏剧演出过程中的意义，无论是还原无意识状态还是吟唱情思意绪，向内在心理空间深掘是诗剧之恒久追求；就"诗剧场的空间展演"而言，主题观念与剧场空间的选择决定了诗剧场的方向，上海、北京和深圳三大城市各具特色，测不准戏剧机构从与观众建立的关系出发打造先锋性诗歌剧场、北京瓢虫剧社以女性诗人的作品为基础创造女性诗歌剧场、深圳"第一朗读者"将诗歌与剧场交还给普通市民，形成了当下诗（歌）剧场的三种美学趋向。这些演出，尽管融入了集体的心血，但实验才刚刚开始，未来还面临着更多的挑战。这当然意味着，汉语新诗的舞台呈现还有更大的发展空间。

20世纪80年代以来汉语新诗的创作情况纷繁芜杂，并非皆为佳作，诗人们目前仍处于探索实验阶段。过分推崇主观情绪而忽略客观现实的诗歌易于产生感伤主义的弊端，而一味将碎片化的客观世界填充进诗歌则造成诗性的沦丧，因此，如何协调诗人的主观情思与客观物境的关系，仍然是当下诗人亟待解决的难题。就现阶段的创作情况来看，有一部分作品过分调度戏剧技巧、随意使用混杂的文体形式而忽略了诗的本质，从而使得文本冗长、拖沓、繁杂又松散，沦为毫无诗性可言的文字拼贴和语言堆砌。尽管汉语新诗的表现形式日渐多样化，然而，诗歌始终是语言、节奏、意象、感觉、情感、理智等多种因素共同组织而成的结构性文本。仅仅将戏剧元素视为诗歌的装饰物，而忽略情境的营造与设置，就有损诗歌文本的张力，更无法牵动现实环境、人物关系中戏剧动作、情节与冲突的演变。当然，诗歌文本有它的局限性，无论是冲突、事件还是人物都无法展开书写。但，诗歌同样有不容低估的优势，语言形式、节奏韵律、意象意境等与生俱来的特质，它们交替促动又互相抵触，于矛盾中求统一，反而能够以更简洁精练的方式抵达人类的情感心理。考虑到此，当20世纪80年代以来诗人竞相追逐戏剧化创作方向时，应该考虑诗质与诗形的完美结合。

尚有一些议题，可作为后续研究。首先，笔者以诗歌的"戏剧情境"取代诗歌的戏剧性、戏剧元素以及戏剧化等概念，既考虑到戏剧动作以及与之有关的情节、冲突等作为本论题展开的首要问题，又分别以"戏剧场景"考量主体与外部现实环境共同构成戏剧情境，分别以"戏剧声音"分析诗人同诗歌里塑造的角色及人物之间的关系。但并不足以充分展现诗歌的"戏剧情境"内部的多样化，如何在文本细读的基础上，更拓展诗歌的"戏剧情境"的内涵，还需要更深入的思考。其次，诗歌与戏剧之间的跨界关系，一直是笔者在写作过程中较为关注的问题。尽管第二章《汉语新诗的戏剧动作》提到象征与行动的关系问题，第三章《汉语新诗的戏剧场景》中涉及诗人如何以意象组合、拼贴场景的议题，还不足以体现诗歌与戏剧之间更丰富的跨文体特征。诗人如何处理"旋律与图像的不谐和音""言说方式与言说内容的不谐和音"等，可提供更详尽的分析。第三，诗人或者剧作家曾提供了不少诗歌舞台表演的资料，譬如台湾诗人白灵改编的40首声光诗、周瓒与陈思安改编的诗剧《吃火》和《随黄公望游富春山》、深圳剧作家和诗人从容的诗剧《隐秘·莲花》、牟森改编的于坚的《0档案》、孟京辉改编的西川的诗剧《镜花水月》等等，这些视频材料得来实属不易，为第五章《汉语新诗的舞台呈现》之顺利开展提供了依据。还有相当一部分视频资料未能及时获得，需要在未来的研究中继续关注，这对于多元感受诗歌与戏剧的跨界实践、展现剧场空间的戏剧情境不无意义，由此可为未来汉语新诗的舞台呈现引导方向。

除了谈"20世纪80年代以来汉语新诗的戏剧情境"以外，"戏剧的诗意"同样有着可观的研究前景。笔者曾撰稿《剧何以通往诗？——从黄佐临的"写意戏剧观"谈起》《缘何抒情，怎样写意？——王安祈戏曲研究中传统与现代的相互表述》两篇文章，以抒情与写意作为理解"戏剧的诗意"的核心要素，陆续展开个案研究。无论是剧本的写作还是舞台灯光的表现，无论是导演的编排还是演员的演绎，都需要以诗意突破原有过于直白、缺乏内蕴的编剧、导演和演绎方式。这对于深化诗歌与戏剧的双向互动研究颇有益处：一方面借鉴戏剧理论与技巧，重新审视并深化"20世纪80年代以来汉语新诗的戏剧情境"论题；另一方面以戏剧剧本和表演为材料，转换过往的戏剧研究思路，以诗歌研究之长探讨戏剧艺术的表现与再现、抒情与叙事等问题，多维度展现戏剧艺术的诗意品格。

# 附录一　个案研究

## "东方面目的悲剧精神"：杨牧诗歌中"声音的戏剧"
## ——论《林冲夜奔：声音的戏剧》和《妙玉坐禅》

## 一　前言

台湾诗人杨牧（1940—2020）富有精深的古典文学修养，又不乏比较文学的视野，奚密教授称赞他"语言和视野高度是其他诗人难以企及的，即使放眼百年现代汉诗史"[1]。他得益于开阔的诗境，以独特的"杨牧体"为抒情诗注入新鲜血液，同时又不落入"抒情主义"[2]的窠臼，而是尝试"抒情性与现代性的相互表述"[3]，由情思的内聚转为外射，以间接、客观化的表达为古典人物赋予现代生命，使得抒情诗独具戏剧

---

[1] 翟月琴、奚密：《"现代汉诗"：作为新的美学典范》，《世界华文文学论坛》，2019年第2期。

[2] 张松建认为，与西方Lyricism泛指文艺作品的美学精髓、旨在表现个人主体情绪不同，中国的"抒情主义"推崇抒情诗至高无上的地位，视之为中国古典文学的民族性格。张松建一语诊断出中国现代主义诗学中的"抒情主义"病症：经过中国本土化诠释的"抒情主义"，已然沦为唯情感至上、尊崇神秘灵感的古老的思维方式和价值判断，而忽略了诗歌内部的复杂性和综合性，无视"节制内敛、艺术规范与形式约束"，乃至抹杀了其他诗歌样式的合法性。

[3] 奚密：《反思现代主义：抒情性与现代性的相互表述》，《渤海大学学报（社会科学版）》，2009年第4期。奚密认为，现代主义既不等同于抒情主义，又不代表反抒情，而是主张抒情与主知并不矛盾，借鉴林亨泰在《主知与抒情》（林亨泰：《找寻现代诗的原点》，彰化：彰县文化，1994年，第23页）中的观点，不应以抒情的分量界定诗是抒情主义还是主知主义。他通过分析郑愁予的《错误》与叶珊的《屏风》进一步阐释了现代主义如何抒情。

的张力。

他创作的《林冲夜奔:声音的戏剧》(1974)通常被论者以戏剧独白体[1]的运用解释"声音的戏剧"之内涵,即通过分析说话人与受话人的对话性互动,讨论诗人以不同角色的声音创造出的戏剧诗,进而理解杨牧与他所创造的角色之间的关联性。事实上,所谓"声音的戏剧"并不局限于此,而是指诗人通过调度汉语的声音(语音、语调、辞章结构、语法等产生的音乐效果),达成有声与无声的辩证,探索古典人物发声之可能,实现诗人自我的个体诠释。以东方形式理解亚里士多德的"悲剧精神",也就是杨牧所说的"东方面目的悲剧精神":"这种效果并不一定要通过舞台表现,亦即,舞台下之覆诵可使闻者产生这种感觉,其能使闻者产生恐惧与悲悯的感觉者,便已具有'悲剧'之初步条件。"[2]

本文从"声音的戏剧"所蕴含的古典与现代意义出发,解析杨牧从表现自我到放逐自我的心路,并着重细读《林冲夜奔:声音的戏剧》与《妙玉坐禅》两首组诗,讨论无声胜有声的洗涤作用和有声亦无声的恐惧心理,理解他所创造的"东方面目的悲剧精神"。在此基础上,分析诗人杨牧是如何由声音入戏剧,跨越艺术边界创造"诗-剧场",形成"以诗为体,以戏为用"的独特书写风格。

---

[1] 关于戏剧独白体的界定,可参看〔美〕M. H. 艾布拉姆斯著,吴松江等编译:《文学术语词典(中英对照)》,第141页。刘正忠在《杨牧的戏剧独白体》中,黄丽明在《搜寻的日光——杨牧的跨文化诗学》中对此皆有讨论,他们主要分析了说话人/受话人的对话性互动。黄丽明认为:"检视这些声音如何把汉语的抒情传统和西方的抒情传统连结在一起——不仅融汇而已,还包括借由两者的互动反映双方文化的独特性。"本文跳出说话人/受话人的分析模式,从汉语的声音形式(语音、语调、辞章结构和语法等产生的音乐效果)出发,理解杨牧的戏剧观念。所谓"东方面目的悲剧精神"一词,更能够体现东西方文化相互融合,又各具特点。

[2] 杨牧:《公无渡河》,《传统的与现代的》,第9页。

## 二 由古典而现代的"声音的戏剧"

杨牧善用戏剧独白体写诗,《延陵季子挂剑》(1969)、《林冲夜奔》(1974)、《郑玄寤梦》(1977)、《吴凤成仁》(1978)、《妙玉坐禅》(1985)、《喇嘛转世》(1987)、《宁靖王叹息羁栖》(1990)、《以撒斥堠》(2001)等作品堪称经典。他创造了"面具"抑或"他人之面",赋予古典人物发声的可能,进而摸索其人格内外的复杂多变性,"写一个个人的故事,可以发挥我年轻时代就喜欢的戏剧情节,还可以使用自己的声音,完成一种戏剧独白体"[1]。他擅于揣摩古典人物隐秘幽微的情思意绪,与其教育背景不无关系。杨牧于台湾东海大学读书期间(1959—1963)师从徐复观、萧继宗学习中国文学典籍,后在美国加州大学伯克利分校学习期间(1966—1971)跟随陈世骧专攻中国古典文学,还深入研读古希腊和中世纪欧洲文学。他寻觅先贤的足迹,追问古人的心声,以"换位"取代"拟古",进而"跳出既定的视角与口吻,转入特殊的情境或情绪,从而造成诗意偏移的一种实验"[2]。

杨牧为古典人物注入现代血液,在抒情诗里借古典人物的独白发声,亦为驱逐自我、逃避自我的另一种尝试。20世纪五六十年代的现代诗运动当中,纪弦提倡反抒情主义而注重知性与抒情的混合,"建立了新的习尚和新的文学价值"[3]。在这场运动当中,杨牧无疑是先驱者之一。他从不怀疑诗的抒情功能,"即使抒的是小我之情,因其心思极小而映现宇宙之大何尝不可于精微中把握理解,对于这些,我绝不怀疑"[4]。但写抒情诗,却不是提倡"抒情主义","在现代主义启发下发展出来的现代

---

[1] 翟月琴、杨牧:《"文字是我们的信仰":访谈诗人杨牧》。
[2] 刘正忠:《杨牧的戏剧独白体》,第296页。
[3] 奚密:《杨牧:台湾现代诗的Game-changer》,《台湾文学学报》,2010年第17期,第8页。
[4] 杨牧:《〈有人〉后记:诗为有人而作》,《杨牧诗集II:1974—1985》,第529页。

诗并非反抒情,而是反抒情主义;它吸收了中国古典诗传统的养分,但是它却是,如杨牧所说的,'绝对的现代'"[1]。与抒写个人情绪、唯情感独尊的诗相比,杨牧格外认同的是艾略特"去个人化"的观念,抒情诗人应该以间接、客观的书写方式逃避自我的情绪,抒写更具有普遍意义的诗篇。因此,他肯定地说:"我对于一个人的心绪和思想之主观的诗的宣泄——透过冷静严谨的方法——是绝对拥护的。"[2]进而言之,杨牧是通过冷静理解人物的内在心理与外在环境之关系而营造现代汉诗的戏剧情境:"戏剧化就是境遇化,现时性的戏剧动作和角色化的戏剧声音均是特定境遇的反应。境遇即人物活动的戏剧性境遇或场面,是人物心理、行为赖以产生的变化发展的环境依据,包括自然环境、人文环境和具体的人际关系。"[3]

杨牧的戏剧观念一以贯之,内涵丰富,尤其是对"声音戏剧"的阐释,显然已不局限于戏剧独白体的运用。他曾评析梁实秋译莎士比亚戏剧(1968),在台大任教时讲授《莎士比亚戏剧》课程(1975—1976),也曾撰写诗剧《吴凤》(1979),翻译莎翁的《暴风雨》(1999),"入戏"之深,可见一斑。他的诗尤其重视人物、动作、情节共同营造的戏剧情境。由此生发出跨文体、跨文类、跨艺术领域问题的思考,包括场面与场面的跳转,单线结构与声音、意象的互动,甚至舞台上下和剧场内外的观众心理等,都值得深入探析。"声音的戏剧"一词,出现于1974年杨牧创作的《林冲夜奔:声音的戏剧》诗题。时常被人们忽略的副标题,恰体现了他以戏入诗的创造性表达。其中,诗人对"声音"的解释不单指人声而是极富层次感:第一,他调动可利用的文字音效,通

---

[1] 奚密:《反思现代主义:抒情性与现代性的相互表述》,《渤海大学学报》,2009年第4期。
[2] 杨牧:《〈有人〉后记:诗为有人而作》,《杨牧诗集Ⅱ:1974—1985》,第529页。
[3] 张岩泉:《20世纪40年代中国现代主义诗歌研究九叶诗派综论》,武汉:华中师范大学出版社,2012年,第141页。

过语音、语调、辞章结构和语法等产生的音乐效果,搭建文本内部的剧场空间;第二,他将古典人物分裂为多种声音,通过不同声音的诘问与辩难,理解特定情境中的人物心理;第三,他则从自我的想象与思考出发,在诗内部植入诗人的戏剧观念,达成个人的诠释:"所谓个人的诠释,当然,根据悉在自我,我的思考和想象,戏剧的理与势,诗的必然。"[1]同样,他对"戏剧"的理解,不受到诗文本的限制,因为汉语的声音形式突出"剧场性",让读者产生置身剧场的幻觉。读其诗如坐在观众席,观看舞台上的人物动作、情节冲突,留心布景设计、演员表演,沉浸于立体综合的"戏剧的诗"或者"诗的戏剧"之中:"啊夏天,华丽的剧场/舒畅,明朗。所有的生物/都在安排好了的位置搭配妥当/成长,让我们也在精心设计的/布景前专心扮演指定的角色/去奉承,乞怜,去嫉妒,迷恋/在血和泪中演好一场戏。"[2](《她预知大难》,1990)

## 三　无声胜有声的洗涤作用

1974年,杨牧完成《林冲夜奔:声音的戏剧》。该诗被列入《杨牧诗集I:1956—1974》最后一篇,乃是此阶段最长的一首诗,被视为他的力作。他曾说道:"全诗以'林教头风雪山神庙'为骨干,故声音也以林教头、风、雪、山神庙四种为主,只增加了小鬼与判官,试想当然耳。我于水浒人物中最爱林冲,认为他的勇敢和厚道,实非其侪辈如武松,鲁达之流所能比较。林冲之落草,是真正的走投无路,逼上梁山。"[3]

第一折"风声·偶然风、雪混声",率先登上舞台的是风、雪。诗

---

[1] 杨牧:《抽象疏离(下)》,《奇莱后书》,第233页。
[2] 杨牧:《她预知大难》,《杨牧诗集III:1986—2006》,第265—266页。
[3] 杨牧:《瓶中稿后记》,《杨牧诗集I:1956—1974》,第625—626页。

人杨牧以复沓回环式的语言音效,为剧场营造风雪翩然起舞的氛围。随着主体(风、雪)从单数("我是")变为复数("我们是")乃至重复("我们是,我们是"),不断拉长宾语的修饰语(从"风"到"沧州今夜最焦灼的风雪"),同时变化语序与语词(从"沧州今夜最焦灼的风雪"到"今夜沧州最急躁的风雪"),带给观众急切焦躁的观看效果,就像杨牧谈及李白的《早发白帝城》"以猿啼持续的悲怆做背景,行船者不断地面对时远时近的河崖,所有的印象都是交叠重沓的,一如现代电影的'蒙太奇'(montage)"[1]。风雪不单作为背景音而存在,杨牧以拟人化的修辞手法,由演员扮演自然风雪走到台前。他们如同古希腊戏剧中的歌队,由独唱到合唱调高音调,加快速度,通过情绪变化侧面道出观众眼中的林冲形象。同时,风雪像是布莱希特的叙述体,通过"我是听说过的"的古老的讲述方式,站在台前为观众交代林冲的生存环境和现实遭遇:"《林冲夜奔》是旧戏,京戏里面就有了,想把它改过来写,让山神、小鬼、风雪都参与进来讲话,使用另外一种形式,不是普通戏剧的表现方法。可以讲出人的性格、人的环境遭遇,以及戏剧结束时候要产生的结果、指标等。"[2]

风雪之外,山神、判官、小鬼在第二折("山神声·偶然判官、小鬼混声")登场,参与进来讲话。山神作为叙述者,探看头戴毡笠、花枪挑酒、料峭而来的林冲,问一句"东京八十万禁军教头,人称/豹子头林冲的是谁?"舞台上,增添假山作为影片式布景,山神的叙述则是画外音。而林冲展露神情动作,却不言一字,作为京戏武生亮相。另有"判官在左,小鬼在右",与之周旋。同样默不作声,如同京剧《三岔口》的演员无声的打斗表演。"我枉为山神看得仔细",以山神的声

---

[1] 杨牧:《唐诗举例》,《传统的与现代的》,第47页。
[2] 翟月琴、杨牧:《"文字是我们的信仰":访谈诗人杨牧》。

音诠释舞台上的观看效果：山神眼见四处放火，林冲萧瑟孤单、憔悴凄凉地行走于风雪之中；看着林冲与判官、小鬼的戏中戏演出，不自觉地吆喝道："雪你/快快下，林冲命不该绝！"直到"第三折"，林冲才真正发声：厉声呵斥陆谦，引发矛盾冲突（"甲　林冲声·向陆谦"）；生死两难之际，追问出路（"乙　林冲声"）；因为朱贵发的一支响箭，选择落草（"丙　林冲声·向朱贵"）。杨牧以戏剧独白体由外视听转向内视听，让林冲回溯情节、道出愤懑，同时回应风雪与山神的助力，为最后的抉择做铺垫。

第四折"雪声·偶然风、雪、山神混声"中，明明是"风静了""默默的雪""山是忧戚的样子"，却命名为"混声"。沉默亦是一种声音效果，在舞台上退却为背景音出现，配合丛丛芦苇的布景设计，突出人物林冲的行动："他在/败苇间穿行，好落寞的/神色。"整个剧场营造出一幅凄寒悲戚的哀音景象："仿佛有歌，唱芦断/水寒，鱼龙呜咽。"一句"渡船上扶刀张望/脸上金印映朝晖"，林冲的形象即刻在静风默雪中定格。古典意象"渡河"，是杨牧诗歌中常出现的人物动作。他曾以郭茂倩《乐府诗集》的诗《箜篌引》（"公无渡河！/公竟渡河/堕河而死/将奈公何！"）理解"东方面目的悲剧精神"。据崔豹《古今注》所说，该诗讲述的是朝鲜津卒霍里子高晨起刺船，不料一白首狂夫披发提壶，乱流而渡，其妻疾呼止之，不及，遂堕入河中。于是，妻子援箜篌而鼓之，声音凄切动人，曲终亦投河而亡。[1]在杨牧看来，此诗中"河"与"何"的同音音响结构除错动抒情、哀而不伤、短促悠远之外，更有驱除自我、超越自我的格调。短短四行小诗却"展开了一个人物动作之过程：从意欲渡河，至竟已渡河，这时其妻之恐惧亦随人物动作之

---

[1] 杨牧：《公无渡河》，《传统的与现代的》，第6页。

延长而增大,形成无比之戏剧张力(dramatic tension)"[1]。妻子如在观众席中,因为其夫从"渡河"到"堕河"后产生恐惧心理,声音从高声制止("公无渡河")到低声惋叹("公竟渡河"),抑扬转折间令观众产生"洗涤"的效果,"此洗涤作用,才是悲剧的真谛"。杨牧解释说:"洗涤也可以说是戏剧紧张的松懈,不只是松懈,也是放弃,甚至是从这种恐惧和悲悯中引发出来的喜悦。希腊悲剧根植于节庆祭祀,若非此洗涤作用之存在,我们几乎无法了解为何悲剧竟根植于欢乐的节庆。"[2]

在静默中,林冲以"渡河"的动态化行动结束"声音戏剧",可谓杨牧戏剧观念的投射。如果说林冲"兀自向火"的紧张局促感令观众感到恐惧,那么,他在芦苇丛中行走的神情,则使观众产生悲悯而后洗涤的悲剧效果。由无声到有声再到无声,侧面亦体现出杨牧从"等待"到"超越"的个体生命历程。早在叶珊时期,他就写过"猎队已远,号声零落/我却走不出这日夜交叠的河床"(《九月尾印象》,1961),"潮来的时候/渡船静泊在云里"(《淡水海岸》,1961),青年诗人总是在静默地寻求某种泊向远方的可能。如《箜篌引》中堕入河中的丈夫子高,"渡河"看似撑船远行,颇有几分自在的情趣,实则意味着一场撞击身心的生死劫难,"在死亡中接受刀尖和火蹈的蹂躏/让渡船翻覆,草鞋磨平"(《鬼火》,1962),"完全一样,流动的警戒线闪烁/如鬼火,埋伏冷枪,快速换岗/渡河去上山,三千五百名独立勇士/分头撤退,相约在阿尔坎喀喇集结"(《失落的指环》,2000)。走投无路的林冲落草,是一次偶然的劫难,更是一次必然的超越。诗人以林冲形象疏离自我,同样实现了"渡河"之精神洗涤。

---

[1] 杨牧:《公无渡河》,《传统的与现代的》,第10、12页。
[2] 杨牧:《公无渡河》,《传统的与现代的》,第15页。

## 四　有声亦无声的恐惧心理

1985年，杨牧作《妙玉坐禅》。全诗分为五部分，在诸多声音的交错重叠之中，烘染《红楼梦》里"入空门带发修行"的妙玉心绪之波动："鱼目"以静悟动，状写妙玉在一片死寂中孤身聆听外界声音的情景；"红梅"化用《红楼梦》里宝玉访妙玉、折红梅的细节，追忆当时如梦如幻之战栗心绪，如一阵轰鸣声穿透内心；"月葬"由外向内反观自身，情绪由激越转向安宁，预兆着罪恶与不祥的降临；"断弦"铺展妙玉辗转于尘世与佛缘间扪心自问，来路或归宿渗入迷惘与挣扎的心境，直到弦的断裂声响起；"劫数"描写遭持刀之贼轻薄却如痴如醉的妙玉，是甘心受辱还是不屈而死确难枉议，而自然万物的声音却呼唤着她从欲念走向了死亡。

跌宕起伏的声音可谓妙玉内在情绪的外化，如杨牧在《有人》后记中所说："结构、观点、语气、声调，甚至色彩——这些因素决定一首诗的外在形式，而形式取舍由诗人的心神掌握，始终是一种奥秘，却又左右了主旨的表达。"[1]贯穿妙玉内心的主导情绪无疑是恐惧："烈火和黑烟合成，一种恐惧"（"一　鱼目"）。这种恐惧感主要来自妙玉分裂的自我意识。因为恐惧，妙玉的思绪几乎无法流畅地进行，而是不断被打断又重组。诗行的停顿、逗号、分行形式，以突转或是激变的方式呈现，可见主体思维的高度紧张、错乱与跳转。且读"断弦"：

> 深奥的四叠早在我手掌握中
> 乌云追赶着明月，瞬息间
> 星斗移换，银河向西倾斜

---

[1] 杨牧：《杨牧诗集Ⅱ：1974—1985》，第530页。

| 以戏入诗

>     我们曾坐听屋里或人抚琴
>     渲染生死签,君弦升高了
>     激越地张开一面爱的罗网,又如利斧
>     以冷光照射镣链,熔解一具心锁
>     好似伏魔的宝剑带万仞锋芒
>     狂潮向我的意志和情绪扑来,扬起
>     无限的怨愤:试探,谴责,报复
>     歌声尽识我寒潭渡鹤的玄机
>     且以凄厉的变征撕裂金石
>     攻打我的精神,剧烈地颤栗震撼——
>     我前胸炽热如焚烧,背脊是潺潺冷汗
>     突然,却在我迷醉颠倒的关口
>     蹦的一声断了[1]

第二行出现"瞬息间",由逗号分隔出情绪的逆转,结束了主人公平缓的叙述声音。"星斗移换"紧接上一行,有力地冲击"深奥的四叠早在我手掌握中",使原有的心理秩序遭到破坏。第六行"激越地"又掀波澜,妙玉回到记忆里,以琴音喻指情绪涨潮,最终难以克制尘世的爱恋而陷入迷乱。倘若说前五行的诉说尚且是平稳中偶带波澜,那么从第六行起,由诗行字数的增多便可得知情绪的绵延、铺展,逐渐进入陡转的状态,随后从精神的激越到肉身的战栗,全身心的感受瞬间股股流溢而出。倒数第二行,"突然"一词又触及妙玉内心挣扎的极限,此前诗人一次次加快节奏,"狂潮向我的意志和情绪扑来,扬起/无限的怨愤:试探,谴责,报复",不断地以逗号、冒号打断句子,彰显情绪的跳跃与

---

[1] 杨牧:《妙玉坐禅》,《杨牧诗集Ⅱ:1974—1985》,第492—493页。

顿挫，以至于"气遍布于体内各部，深入于每一个细胞，浸透于每一条纤维。自其静而内蕴者言之则为性分，则为质素；自其动而外发者言之，即为脉搏，即为节奏"[1]。气韵贯通体内各部，甚至每一个细胞、每一条纤维的波动，都激荡出妙玉情绪的戏剧变化而外化为节奏，将其遁入佛门而又尘缘未断的痛苦挥发出来。

如斯恐惧心理，时常发生于主人公得知自己将要赴死或必然死亡的时刻。杨牧在《吴凤成仁》（"虽然我还是恐惧，啊"，1978）、《施琅发铜山》（"而那狂风暴雨的日子难道／就已经到了吗？虽然／未必然"，1990）、《失落的指环》（"黑鸟鼓翼向对岸飞去，我回头／看到密努突卡广场又一只黑鸟／聒噪赶到，相同的姿势停在／桥头：复制的幽灵"，2000）等诗篇中皆有表露。杨牧尽量隐藏自我身份而与所创造的人物保持距离，使其高度个性化。即便如此，在妙玉的生死境遇里行走一遭，难免隐含诗人的自省意识。爱尔兰诗人、戏剧家叶慈问："我们怎能自舞辨识舞者？"[2] "舞可能是永恒欢愉和超越的悲哀，但舞者只是舞者，谢幕下台"[3]，深受叶慈影响的杨牧在《瓶中稿自序》（1974）中如是说。他纠缠于舞与舞者之间，甚至愈发将诗歌文本想象为舞台空间。一来，作为"舞者"的文字书写者需不被打扰而进入沉思状态，"你沿着河水往下走，不久／就看见那舞台了。所有的道具／都已经卸下，人员（检场的）／四个，灯光二）已经到齐／两小时内一切就绪／不要打扰舞者：让她们／像白鹭鸶那样掩翅休息"（《地震后八十一日在东势，1999》）。二来，永恒之舞有赖于持续的变化，"永远的流动，不安的灵魂它正／对肉体示意和解"（《舞者》，1999），"妙玉和所有的生命体一样，都会不安

---

[1] 钱谷融：《论节奏》，《钱谷融论文学》，第25页。
[2] 〔爱尔兰〕叶慈：《在学童当中》，叶慈著，杨牧编译：《叶慈诗选》，桂林：广西师范大学出版社，2016年，第201页。
[3] 杨牧：《瓶中稿自序》，《杨牧诗集I：1956—1974》，第618页。

分地流动转化，寻求合适的存在样式"[1]。对永恒的渴望，使杨牧更加迷恋无声的境界。妙玉的恐惧感包孕于静之中，当这个世界静到接近死亡的状态，又怎会不心生恐惧。静指向一种相当可怕的境遇，预示妙玉的劫难与宿命，象征永恒欢愉与超越的悲哀。"劫数"中：

> 结跏趺坐禅床
> 妄想必须断除
> 一心一意趋真如——但那是什么声音？
> 蜈蚣在黑暗里饮泣，蝎子狂笑
> 露水从草尖上徐徐滴落，正打在
> 蚯蚓的梦乡，以暴雨之势……
> 成群的蚍蜉在树下歌舞
> 呐喊。萤火虫从腐叶堆一点
> 升起，燃烧它逡巡的轨迹
> 牵引了漫长不散的白烟
> 那是秋夜的心脏在跳
> 冷月和激情交换着血液
> 远方的坟穴里有炬光闪烁
> 啼眼张望如约驶来的驴车
> 迎接一个赤裸的新鬼
> 风为裳，水为珮
> 纸钱窸窣[2]

---

[1] 赖芳伶：《孤傲深隐与暧昧激情——试论〈红楼梦〉与杨牧的〈妙玉坐禅〉》，《东华汉学》，2005年第3期，第295页。

[2] 杨牧：《妙玉坐禅》，《杨牧诗集II：1974—1985》，第494—495页。

当静到极致时，才能全方位唤醒妙玉的内在听觉。她一次次提醒自己，禅修者应断了妄想。可是又怎能说断就断，外界传来的窸窸窣窣、若隐若现的音景从弱到强，不断定格放大。每一个声音，都牵动着妙玉进入更恐惧的氛围之中，乃至出现"白烟""坟穴""新鬼"的幻象。与"一　鱼目"相呼应，妙玉侧耳倾听"什么声音在动？是柳浪千顷，快绿/翻过沉睡的床褥。风是虚无的控诉""我听到声音在动？是什么/莫非是蟾蜍吐舌，蜥蜴摇尾巴？/栀子檐下新添了喜悦的雀巢？又有点耳鬓厮磨的暖意"。此前回忆里暧昧激情的床褥与暖意，却在"五　劫数"生死交隔的时空里，伴随着蜈蚣、蝎子、蚯蚓等声音，裹杂着似真似幻的欲念，最终走向寂灭。禅修与妄想并置，狂笑声、饮泣声、暴雨声、呐喊声、驴车声、心脏的跳动声以及纸钱的窸窣声纷至沓来，声声敲入心碎，破坏蚯蚓的梦乡，扰乱妙玉的心性。混响式的声音效果渲染外界狰狞恐怖的气氛，推动人物心理的发展变化，与布罗茨基的论断"歌是重构的时间，对此哑默的空间一向怀着敌意"[1]相呼应。混杂的声音深藏于妙玉的潜意识层，隐隐召唤她怀揣敌意对抗沉寂的夜，进而打破静默的空气，重构内心的秩序：

　　时间迭代通过。我胸前热炽
　　如焚烧，背脊冷汗潺潺
　　冰雪在负，怀抱烈火空洞的风炉
　　呼呼如狂犬夜哭，熔化夜叉白骨
　　一块马蹄铁，两块，千万马蹄铁
　　当当敲响凌晨满天霜
　　月亮见证我滂沱的心境

---

[1] 〔美〕约瑟夫·布罗茨基著，黄灿然译：《小于一》，杭州：浙江文艺出版社，2014年，第114页。

| 以戏入诗

> 风雨忽然停止
> 芦花默默俯了首
> 溪水翻过乱石
> 向界外横流
> 一颗星曳尾朝姑苏飞坠。劫数……
> 静,静,眼前是无垠的旷野
> 紧似一阵急似一阵对我驰来的
> 是一拨又一拨血腥污秽的马队
> 踢翻十年惺惺寂寞[1]

有声亦无声。在流逝的时间里,一切混响又回到哑静。翻腾在妙玉心悸的碎语,终于被马蹄践踏,依旧没有尘世的爱恋,依旧寂寞如初。这一悲哀的结局,既诠释了妙玉向佛而生又背佛而死的宿命,又以尘世的悲凉、凄冷反视妙玉作茧自缚、在劫难逃的自我怀疑。由此,交响乐般的轰鸣声将妙玉对自我的言说推向极致,所有追问都没有答案,但"劫数……"留下不尽的余响。这场"声音的戏剧"在沉静里落幕,不过是妙玉的独角戏而已。奔驰的马队作为无声的、动态的布景画奔驰而过,观众看到的只是妙玉从炽烈到落寞的神情姿态。这场劫难有开始,就必然有结束,可妙玉翻滚的情思意绪短暂却也永恒。诗人杨牧从舞/舞者转而思考抽象/具体的关系,选择抛弃典故的定式思维、重塑妙玉恒久常新的一生之舞,"明天是一种微微的飘摇,明天是/一种发生,开始,结束,永远/你将单独诠释这短暂的时刻/以具象诠释抽象,右手一翻/使用的是我佛大悲的手势/这是你一生之舞,允许我/以抽象诠释具象/我不再使用典故"(《答舞》,1976)。

---

1 杨牧:《妙玉坐禅》,《杨牧诗集II:1974—1985》,第496—497页。

## 五 结 语

杨牧在《林冲夜奔》和《妙玉坐禅》两首组诗中,以"声音的戏剧"调度语言文字、结构诗行篇章,回答了何谓"东方面目的悲剧精神"。其中,高度凝练的语词、分行停顿的节奏都可以激发多重音效,产生别具一格的声音效果,由此足见"杨牧体"的另一侧面。他潜入古典人物内心的内外空间,深感无声胜有声、有声亦无声。于是,无声的有声化处理使读者像是走进剧场空间,从视听效果上感知主人公的生存际遇与悲凉心境,在恐惧与怜悯中得到身心的净化。这其中,无论是对诗文本还是对戏剧剧场的理解,都贯穿着诗人的戏剧观念。他重新解释所谓悲剧的内核,进而在深化洗涤作用和恐惧心理的基础上探寻虚构且未知的人物心理,最终让自我的情感归于静默,进而抵达个体生命的超越与永恒,正如他的诗中所说:"维持一种永恒的虚构,我们怀抱的/未知,如露水类聚孤悬的叶尖/期待子夜阴气上升以接近幽暗的魂灵。"[1](《池南苕溪二》,2005)从这个角度而言,即便杨牧在诗歌中并未让人物角色直接发声,也未与其相互对话,但仍能够传达出他永不停息的诗性追求。

---

1 杨牧:《池南苕溪二》,《杨牧诗集Ⅲ:1986—2006》,第486页。

## 附录二 诗人访谈

### 周瓒：当代诗歌剧场与跨界实验

作为诗人、译者、学者的周瓒，也是戏剧工作者。2007年，她加入北京帐篷戏剧小组，作为北京流火帐篷剧社成员开始从事戏剧工作。2008年，她又与曹克非创办瓢虫剧社。这些年，她陆续尝试了不少诗歌剧场实践活动，比如《企图破坏仪式的女人》《乘坐过山车飞向未来》《随黄公望游富春山》《吃火》等。此篇访谈聚焦于"当代诗歌剧场与跨界实验"，结合周瓒十余年从事的诗歌剧场实践，从编、导与演三个维度探讨诗文本与剧场的融合与交流。她以诗歌与戏剧的跨界实验为出发点，涉及诗歌、身体与影像在剧场的创造性表现，延伸至演员、观众的观演体验，多视点解读当代诗歌走向跨界实验的可能。

#### 一 当代诗歌剧场实践的驱动力

**翟**：2008年，您和曹克非共同创办了瓢虫剧社，英文名字为Ladybird。在这之前，有过戏剧方面的尝试吗？创办瓢虫剧社，是怎样的契机和考虑？

**周**：在跟导演曹克非一起创办瓢虫剧社之前，我是个地道的戏剧爱好者，喜欢看戏，读剧本，但直接参与戏剧写作和制作的经历并不多。2003年前后，诗人成婴曾邀请我跟她一起改编过三岛由纪夫的能剧剧本《班女》，参加当时林兆华策划的戏剧节，但因故未成。之后，近距离地接触一个剧团的经验，是2007年参与了樱井大造的帐篷戏剧《变幻痂壳城》在北京朝阳文化馆门前的公演，我作为志愿者去搭帐篷，并在演出时帮助维持入场秩序。

2008年7月，曹克非、诗人多多和我相约在朝阳9剧场看了一场来自韩国的剧团（剧团名为"梯子移动研究所"）演出的《沃伊采克》。当然，这之前克非和我经常一起相约看戏。梯子移动研究所剧团把毕希纳的名篇，也是德国戏剧史上的经典之作《沃伊采克》表现得相当惊艳。十几名演员清一色的黑背心黑长裤，带着一模一样的木椅登场，用它们搭建各种舞台布景和道具。他们用丰富的肢体语言和质地朴实的木椅，以多变而紧凑的节奏，酣畅淋漓地演绎了这部经典剧作。看过戏后，我们三人一起吃夜宵，交流观剧感受，席间我们中的一位忽然冒出组一个剧团的想法，另外两人便积极响应，一拍即合。现在回想起来，2008年左右北京的小剧场氛围其实相当不错，我们虽然一时起兴，但很快就付诸行动，周围也不缺喜欢戏剧、愿意每周抽出一天（通常是周末）参加排练的朋友。此外，克非的艺术家朋友王国锋免费让我们使用他在798的工作室作为排练场。

当时，导演曹克非在北京的小剧场界也颇活跃，此前排了《在路上》《习惯势力》《火脸》《终点站——北京》和《斯特林堡情书》等小剧场作品。诗人多多对戏剧也有很大热情，有一段时间，只要在北京，他都会抽时间来参与我们的排练、聚谈。

**翟**：Ladybird，女人和鸟。这个名字，或许代表您未来创作戏剧的一种方向性选择？

周：剧团的名字是克非、多多及当时的剧社成员们起的，2008年秋天，我刚好去美国出了一趟差。我还在国外的时候，他们起了这个名字，据说是从甲壳虫乐队得到的启发。瓢虫的英文名ladybird又刚好是女人和鸟的组合，非常适合我们。导演和编剧都是女性，开始的时候成员大多也是女性。鸟的意象和我主持的诗刊《翼》又有着意外的巧合。克非和我共同的朋友、诗人翟永明也是瓢虫剧社的积极支持者，她只要来北京就会参与我们的讨论或聚会。

翟：起初，瓢虫剧社选择的两个剧目，都是推出剧作：其一是《远方》，根据英国当代剧作家卡瑞·邱琪儿（Caryl Churchill）的同名剧改编；其二是《最后的火焰》（2009），由德国当代剧作家德艾·罗尔（Dea Loher）编剧。这两部戏涉及"暴力"和"交通事故"等社会问题，为什么会选择这两部戏？也许从一开始，就想触及一些现实题材？

周：选择这两部剧作具有偶然性，但当然也体现了我们自觉的关注方向。剧社成立不久，大家商量找一些短一点的剧本让大家试炼，《远方》是我当时刚好从台湾诗人、剧作家、导演鸿鸿主持的诗刊《卫生纸》上读到的，非常喜欢，推荐给了克非。德艾·罗尔是克非熟悉的德国当代剧作家，《最后的火焰》是她翻译过来的。这两位女剧作家都积极关注社会问题，但艺术风格又非常不同。《远方》从人性、历史的角度探讨暴力，有着凝练的思辨和诗意，而《最后的火焰》则取材日常生活，透过一起交通事故牵引出背后一个家庭和一连串的人物，老年痴呆症患者、吸毒的不良少年、精神失常的军人、焦虑的警察等，他们的故事折射出欧洲当前的各种社会矛盾与问题。两部剧作都具有鲜明的女性意识和女性主义色彩，对于瓢虫剧社的成员而言，选择这两位欧洲女剧作家的作品进行试演既是自我训练，也是与之对话。

**翟**：到了2010年，《企图破坏仪式的女人》算是"女性诗歌、戏剧、音乐、现代舞互演绎"的开始。这种诗歌与戏剧跨界演出的想法，是怎么萌生的？

**周**：2010年5月的一个下午，我和克非在北京草场地看了田戈兵导演的新戏《朗诵》，这个肢体剧探讨了词语（或声音）和身体的关系。导演在剧中运用了不同类型的语言文本，包括经典文学作品选段、说明文、身体检查报告等，演员被要求背诵这些文本，用丰富、突变的身体形态对这些文本加以诠释。不过，也可以反过来描述这个过程，导演从肢体表现出发，加入不同类型的语言文本，在身体节奏丰富的运动中，语言像是砸向它们的石块一般，冲撞着、拉扯着，语言解读着又似乎对抗着身体。我的观剧感受是，语言文本和人的身体产生了一种类似于诗歌中不同类型的词语组合时所形成的意义张力。我理解但不太赞同田戈兵导演对于语言文本的极端怀疑态度。也是在看了这部戏之后，我记得，和克非一起喝茶谈戏，交谈中突然冒出了排一个有关诗歌的剧场作品的念头。回想起来，应该跟我对《朗诵》中所体现的排斥文学文本的极致表达有关吧。既然田导那般不信赖文学文本，那我们何不将文学文本中最具代表性的诗歌搬到剧场里来试一试？

**翟**：其实，诗歌改编为戏剧，20世纪90年代以来大陆诗坛也有过类似尝试。比如，1994年牟森改编过于坚的《０档案》，2005年李六乙改编了徐伟长的《口供，或为我叹息》为《口供》，2006年孟京辉根据西川的《镜花水月》和《近景·远景》改编成《镜花水月》。您是否看过这些演出，怎么看这种新的艺术现象？我想，这绝不仅仅是为了传播当代诗歌。

**周**：我看过《口供》和《镜花水月》，但没有看过牟森改编的《零档案》，我只在孟京辉的《先锋戏剧档案》一书中读到该剧剧本（应该就是《0档案》诗文本）和相关访谈。说到新千年以来的当代诗歌状况，我当时对诗坛或所谓诗歌圈子颇有些厌烦。新千年的第一个五年里，诗人们大多数在互联网论坛活动，写诗发帖子并发起论战，我在诗生活网站上担任两个论坛的版主，一度沉迷网络诗歌交流，继而有些厌倦，个人兴趣遂转移到了戏剧上。我几乎是怀着新鲜、兴奋的心情看了《口供》和《镜花水月》，惊讶于诗句激发出的身体和舞台行动或是优美，或是扭曲，或是激烈，或是轻柔，或是混乱，或是拘谨，诸如此类。剧场中出现了诗歌，当然不是简单地传播了诗歌，而是运用和发现了诗歌，甚至可能是解放了诗歌，同时，应该说，诗歌也刺激了当代剧场，扩大了剧场中的表达元素，丰富了剧场语言。

翟：这些导演纷纷选择诗歌文本予以改编，不知是什么动力驱使之？
周：我理解你的疑惑，但我不能代替他们（这些导演）回答或揣测他们选择诗歌文本予以改编的驱动力，也许你应该去采访一下他们。当然，我前面的回答（关于看了《朗诵》之后起意做诗歌剧场的经历）也许还不足以充分说明我参与诗歌剧场实践的驱动力，因为那更像是一时兴起。待这种依凭直觉的一时兴起过去之后，也等到我们开始正式的诗歌剧场编剧、讨论和排练的时候，这个问题才真正变得日益急迫了。我的思考带出了四个元素，即语言、身体、身份和空间，我认为诗歌剧场实践是对这四种元素在当代剧场中的重新激活。正因如此，我也才持续地摸索和实践，从2010年那次开始，做了不止一部诗歌剧场作品。稍稍回顾一下，你也会发现，你刚才提到的那些导演，大概只做了一回就没有继续下去了。

说到这里，我想把这个话题展开一下，我所谈及的内容仅限于我自己的思考，而且可能是基于编剧和表演者视角的思考。因为你知道，导演的视角很可能跟我完全不一样。我多半从一名诗人、编剧及剧场研究者的身份来思考语言、身体、身份与空间等问题。首先说说剧场语言。随着戏剧的日益市场化和商业化，当代剧场中的语言多半是模仿电视剧的，而且观众也经常抱着一种看故事的心态看戏。当然，戏剧可以也应该讲一个好的故事，但是我们发现，在讲故事的过程中大部分编剧的语言观念相当薄弱，只满足于日常化的写实性的对白和独白。把诗歌带到剧场里来，某种意义上是用诗歌语言——凝练抽象的语言——去冲击过度生活化、口水化的戏剧语言。其次是剧场中的身体观念。我们知道，戏剧演员需要身体训练，以适应舞台上自然和有力的角色呈现，但仅仅把身体训练的功能理解为更好或更真实地表演并不够也不恰当。我在北京的帐篷剧场与导演樱井大造的交流中，发现他指导演员时有一种看法非常有意思。他观察中国的年轻人，发现不同年代出生的年轻人的身体感是不一样的。比如说六七十年代出生的人身体是向上的，因为接受的教育跟身体是直接相连的，有些身体不可能被轻易消费，或者用他的话来说"是有内容的"。他认为80后、90后年轻人的身体是缺乏深度的。同时，他把文化、语言跟人的行走姿态或者站立姿态连接起来，他说"帐篷戏剧"中大多数角色都是劳动者，劳动者的身体重心都比较低，因为他们要弯腰干农活。而我们多少能够理解，在市场化的小剧场空间里面，中国演员的身体已经被规训了，成为一种"舞台腔"的身体。而在我们理想的诗歌剧场里身体呈现应是多样的，不应等同于小剧场里面的那些专业演员们被规训了的身体性。我们邀请了专业的舞者、戏剧演员，以及素人艺术家跟我们一起来排练，在不同的身体碰撞当中就会产生一种新的身体性，达到一种新的舞台呈现。第三是身份问题。我们不完全找专业演员，甚至我们不要专业演员，如果有专业演员或者专业舞者来的话，我们希望他的身体表现不要那么职业化，这样一种方法也是我们做诗歌剧场实践时要去思考的，即你要把你的身份带到这样一个剧场里面来。身份中携带着你的问题和观点，把它们带入剧组交流，产生一种新的工作方式。最后一点是有关空间的思考。我们可以在专业的剧场里面演出诗歌剧场的作品,也可以在非剧场的空间表演,甚至我们更愿意在非剧场空间来呈现。为什么?因为诗歌本身不是纯粹的戏剧文本,诗歌文本有它的多样性,它跟空间的关系在我们演出的时候能产生一种瞬间的张力和表现力。

## 二 诗人、剧作家"跨文体写作"的可能性

**翟:** 提到跨界,戏剧人陈思安的思考颇有启发性。她认为"跨界"的表述不能概括诗文本与剧场的流动性与延展性,而应该以精神内核选择适当的表现形式:"诗歌的特殊性在于,其内在精神含量及所指要远大于文字形式本身:并不是所有断了行来写的字都叫诗。诗歌剧场的实践也如此,所选择的形式皆由其精神内核所指向所决定。而诗歌的另外一个特殊性则是,具有极强的流动性,思维所及之处,一切皆可入诗。诗歌剧场的创作思维延承了这种流动性,所谓的'跨界'对应诗歌剧场的创作来说,是一个业已过时的词汇,留下的问题和探索进深仅在于,如何为作品的内核挑选最为恰当的表现形式。"[1] 您如何理解"跨界"?是否有更贴合的词汇概括这种艺术现象?

**周:** "跨界"这个词只是显示了创作者身份变化和艺术分类的结果,显示一个诗人搞起戏剧这么个事情,或者说,诗歌和戏剧相当不同,需要我们格外注意。然而,为什么一个诗人不能搞搞戏剧、电影或其他事情(且不仅限于艺术)呢?诗歌和戏剧果真有那么不同吗?所以,我赞同陈思安的理解,在我们进行诗歌剧场实践的时候,我们关注的其实是

---

[1] 陈思安:《诗无穷流动》,《新诗评论》2018年总第22辑,北京:北京大学出版社,2018年。

如何以当代戏剧的形式来呈现诗歌的"精神内核",或者说,诗歌文本向剧场索取一种与其诗性相称的戏剧性。因为诗以语言为载体,而戏剧的介质主要是身体并包括了语言,故而也可以说,诗歌在剧场中所处理的是如何用身体传达诗歌语言的全部意涵,出声地念出诗歌(所谓的朗诵)只是一种方式而已。对于创作者而言,跨不跨界或许没那么重要,他/她只考虑如何使一种艺术形式得到最恰当、完备的表达,不管这种形式是诗还是戏剧,而从另一角度看,当代的不同艺术形式之间也存在着相互激发和影响的现象,因为一些艺术手段本身就是不分边界的,比如隐喻、象征、反讽、并置等,仅是承载它们的介质不同而已,而这也许就是创作者自觉跨界的结果吧。

**翟**：国外这方面的演出情况,您了解吗?

**周**：在诗歌剧场的实践过程中,我们有自觉地了解和关注国外的相关创作与演出情况。比如,我们从网上看过美国著名导演罗伯特·威尔逊根据莎士比亚十四行诗改编成的剧场演出,看过西班牙著名的弗朗明哥舞蹈大师玛利亚·佩姬根据佩索阿、博尔赫斯、尤瑟纳尔等的诗创作的舞蹈,也了解到台湾的剧场工作者改编狄金森、西尔维娅·普拉斯的剧场表演。这些当然在剧场创作中是相当小众和个别的,但他们的舞台呈现都带有先锋、实验气质,然而,这些创作者并没有把这些工作看成是一种"跨界"。

**翟**：我最近也在读通常被认为是剧作家的梅特林克(1862—1949)、布莱希特(1898—1956)、阿尔托(1898—1976)等的诗。艺术家尝试不同文体的写作,似乎是一种常态。您似乎也关注当下的跨文体写作,想请您详细谈一谈。

**周**：正如你所说的,艺术家写诗是一种常态,而诗人做点艺术就变成了

"跨界",这是相当有趣的现象。换言之,诗歌作为一门语言艺术,大概门槛不是很高吧;相反,其他艺术,诸如绘画、音乐、舞蹈及舞台艺术,门槛就相对高一些。作为文学批评工作者,我确实比较关注"跨文体写作"现象。我所观察到的部分当代剧场工作者努力尝试打破传统的观演形式,在剧本写作和舞台呈现上都努力跨越各种界限。剧场文本可以是非故事性的,比如我们所选择的是诗歌,田戈兵导演还选择过各种生活文本,比如在《朗诵》一剧中的说明书、医院诊断书等,李建军导演选择普通人登台讲述他们自己的生活故事,曹克非导演选择让她的剧组成员分享各种文本,然后由剧作家统筹为一部剧作。我了解的日本帐篷剧场导演樱井大造有着独特的剧本创作方式,即先由参与帐篷剧场的成员进行"自主稽古"(一种简短的自主表演),然后大家讨论,导演点评,最后由一位编剧(经常是大造本人)再根据这些素材创作一部新剧作。当然,细心的观者会发现,大造的新剧也往往会借鉴之前剧作的一些片段和信息。这些多样的文本创作法显示了当代中国剧场工作者的活跃思路。

**翟**:陈均对"跨文体写作"(又称"混合性写作")词条进行梳理,他认为20世纪90年代以来诗人打破诗歌与散文、戏剧、小说的界限,"将其他文类的形式和诗歌的精神杂糅在一起,从而体现一种新的写作可能性"[1]。在姜涛看来,这是文本的社会历史性体现,是内在的诗歌语言与外部生活语言的相互渗透。[2] 您怎么看?

**周**:从你的引述中可以看到,陈均和姜涛对同一问题的理解角度并不太

---

1 陈均:《90年代部分诗学词语梳理》,王家新等编:《中国诗歌:九十年代备忘录》,第403页。
2 姜涛:《"混杂"的语言:诗歌批评的社会学可能——以西川〈致敬〉为分析个案》,张桃州、孙晓娅主编:《内外之间:新诗研究的问题与方法》,北京:社会科学文献出版社,2012年,第171页。

一样。20世纪90年代的当代先锋诗歌呈现出强劲的活力，那时候的写作场域是敞开的、流动的，写作个体思路活跃、开放，出现了你引用到的这个概念，描述的是一部分诗人自觉的写作探索。有关不同文体之间的差异我们似乎一直有理论和观念可循，比如"诗是抒情"（或"诗言情"）的这样一种观念，大概是80年代被普遍接受的观念，虽然当时针对的更多是此前相当长的一段时期当代诗歌被要求服务于政治那样的写作方向。在为朦胧诗张目的批评话语中，让诗歌回归抒情是最具说服力的一条。这样看来，90年代诗人们从其他文体吸收表达手段，自觉拓展新诗抒情性之外的元素，就是对于写作可能性的进一步打开。"跨文体写作"或"混合性写作"是从写作形态上对先锋诗歌的实验性进行的一种现象描述。姜涛的观点应是基于对"文本"概念的理解。当代文学批评话语中，"作品"被"文本"取代，意味着对文学的生产过程、批评的对象以及文学接受的动态的把握。"文本"提示了自身的生成、开放和包容的特性，因而既有其"社会历史性"，也具有其能动性。那种认为存在一种值得诗人去寻找的所谓诗性的或优美的语言的观念基本是可疑的，取而代之的是不断探索和创造的实验意识，要求诗人们自觉地将诗歌语言的历史性和可能性结合起来，在具体的写作实践中焕发诗歌语言的生机与活力。

**翟**：20世纪90年代以来，诗人们也在诗歌内部开展混合语体的写作，比如侯马的《他手记》、柏桦的《水绘仙侣——1642—1651：冒辟疆与董小宛》、西川的《个人好恶》等。可以理解为，这是诗人的一种艺术自觉吗？就像孙文波在《我理解的90年代：个体写作、叙事及其他》中提到的，"90年代，诗人则更愿意在写作中呈现出这种关系（诗同人性、时间、存在的关系）在具体时间和空间中的样态，使之由景象、细节、故事的准确和生动来体现，力求做到对空洞、过度、嚣张的反对。……现在，构成诗歌的已不再是单纯的、正面的抒情了，不但出现了文体的综合化，还有诸如反讽、戏谑、独白、引文、嵌入等等方法亦已作为手段加入到诗歌的构成中"[1]。

**周：**正如你列举的这几位诗人所做的，"混合语体的写作"帮助他们实现了个人写作的阶段性突破，但也要注意的是，90年代以来的"文体的综合化"并未形成诗歌写作的主流。当然，孙文波所提到的那些艺术手段在现代诗写作中得到普遍运用，那是不争的事实。从理论上讲，诗人的技艺越精湛，他/她创作的文本的艺术性也就越强。与其考察90年代以来当代诗人在诗歌内部开展混合语体的写作实绩，进而肯定其必要性或前瞻性，不如仍然回到当代写作者基于经验的拓展的需求本身来谈论这个话题。侯马、柏桦和西川的实践是否成功另说，但的确为汉语现代诗歌打开了新的语言和经验向度，口语的、散文的、日常生活记录的、文体混搭的……总之，这些实践说明了诗人对于经验的创造性转换的执着，远远大于抒情或言志的热情，这是否可以称得上"艺术的自觉"呢？或是一种经验的自觉？

## 三 "后戏剧剧场"视域中的诗歌、身体和影像

**翟：**当下，诗剧场备受艺术工作者的青睐，譬如上海的测不准和深圳的"第一朗读者"。诗剧场毕竟与诗剧又是两个概念，与前者的实验性相比，诗剧的历史可谓源远流长。当然，讨论二者，同样关系到剧

---

[1] 孙文波：《我理解的90年代：个体写作、叙事及其他》，王家新等编：《中国诗歌：九十年代备忘录》，第14页。

场性与文学性的差别。您认为呢?

**周:** 我一直使用的概念是"诗歌剧场",是将作为文体总称的"诗歌"与后戏剧剧场视域下的"剧场"组合而成的一个概念。也许你所引用的"诗剧场"带有实验性,但在观念上它其实是临时的、非自觉的,它的着眼点基本是诗及诗的传播,而非在剧场中或对剧场的新探索。我在汉斯-蒂斯·雷曼的"后戏剧剧场"意义上使用"诗歌剧场"这个概念。雷曼提出,"剧场文本遵循的法则与错置规律与视觉、听觉、姿势、建筑等剧场艺术符号并没有什么区别",换句话说,在后戏剧剧场中,文本(或戏剧剧本)不再是具有戏剧性的传统的文学性剧本,而应是能够使得当代剧场得以"自我反思"与"自我命题化"的文本;而在我看来,诗歌可以充任这类文本。在诗歌剧场中,诗歌文本"仅被视为剧场创作的一个元素、一个层面、一种'材料',而不是剧场创作的统领者"[1]。诗歌剧场打破了传统的戏剧性和文学性的区分,试图在开放的戏剧构作中,再造和发明新的戏剧性和文学性。我也曾把诗歌剧场与皮娜·鲍什的舞蹈剧场概念进行类比,我说诗歌剧场就类似于舞蹈剧场,但你也知道的,皮娜的"舞蹈剧场"和"舞剧"不是一回事。当代诗剧的写作是另一个话题,我就不多说了。

**翟:** 就像于坚所说,"戏剧不再是剧本的努力,它的文本就是它自身的运动。戏剧的开始就是它被创造出来的开始。它的结束也就是它创造过程的结束或暂停"[2],从诗歌到戏剧,尤其要考虑剧场性。

**周:** 我不知道于坚在什么语境下发表这番观点,大概跟他参与实验戏剧的经历有关吧。他的长诗《0档案》被牟森导演改编成实验戏剧,而这

---

[1] 〔德〕汉斯-蒂斯·雷曼著,李亦男译:《后戏剧剧场》,第3页。
[2] 于坚:《戏剧作为动词,与艾滋有关》,《正在眼前的事物》,第240页。

部实验戏剧也调动了在当时很前卫的表演和呈现的手段,比如影像、现代舞、参与者的即兴讲述等。这些元素的引入带来了非传统的剧场性,建立在布莱希特的"间离"前提之上,并且是一种更深入、更彻底的间离,甚至有了一种浸没效果。也许正因如此,才有了于坚的关于戏剧是脱离了或超越了剧本的一个运动过程的理解。

**翟:**您编剧的《乘坐过山车飞向未来》,融合了玛格丽特·阿特伍德、马雁、翟永明、吕约、周瓒、巫昂、曹疏影、尹丽川、宇向等女诗人的诗歌文本。您曾经特别强调诗人的个性化声音,"每一个诗人的成功都必依赖于此种'个体声音'的特异"[1]。能谈谈这些诗人的个体化声音特点吗?在这场演出中,每一位诗人的声音是否有所体现?

**周:**诗人声音的个体性是由现代诗歌自身的特点决定的,自由体诗歌没有固定的格律,也没有风格上的规定性,对于尚且年轻的中国新诗而言,每一位写作者都肩负着语言探索与文体建构的任务。在自由体的现代诗歌中,诗人的声音形态决定了一首诗的总体情绪和风格,通过呼吸般的微妙变化,在选词、语顿、句长和音高等方面呈现出来。一个诗人有他/她自己较统一的声音特点,而具体到每一首诗又各有其声音气质。这需要通过对每个诗人的研究来判断。在排演时,我们既注意准确把握每个诗人每首诗的声音特征,也会尊重每个演员对诗歌文本的声音阐释。诗歌剧场的表演并非为了还原某个诗人的声音特征,而是为了尽量靠近其声音的真实性并打开其声音的可能性。

**翟:**您说过:"诗歌剧场实践更侧重于发明身体语言和行动的方向,促成语言文本的视觉转换,从抒情诗的语言文字(诗的声音)向着同样

---

[1] 周瓒:《透过诗歌写作的潜望镜》,第213页。

具有抒情性的诗意演示（包括声音和画面）转换。"可否列举一些实例具体谈一谈？

**周：**你有看过我们的演出视频，所以我举的这些例子可能对你来说更易理解，而对于没有观看诗歌剧场作品的读者来说，我不确定我的转述是否有效。瑞士学者埃米尔·施塔格尔在《诗学的基本概念》中提出以抒情式、叙事式和戏剧式来代替抒情作品（诗歌）、叙事作品（小说）和戏剧作品（戏剧）的诗学分类，并以"回忆""呈现"和"紧张"三个词语来概括这三种文学类型的本质特点。如果我们大致同意他的描述，在将诗歌文本搬上舞台时，我们所做的工作就是将显示内心活动的"回忆"转换为展示戏剧性的"紧张"，而舞台上的紧张感是通过演员的声音、神情、动作、行动的方向等身体表达展现出来的。所以，在舞台上仅仅进行诗歌朗诵是非常单一且单薄的，因为它所涉及的行动只是声音和神情，当然也可以配合一些程式化的或无意识的动作。在《乘坐过山车飞向未来》中，你看到我们是如何表现马雁的诗作《我们乘坐过山车飞向未来》的，它作为本剧最后一个段落呈现，几乎全体演员都参与了，像是一场群戏。一方面看起来，一群演员把这首诗读了一遍，不同的读法交织；另一方面，演员们戴着各式各样的面具，为了丰富诗歌语言的表现力，还以恐惧和狂喜作为外化情绪传达，像是从诗句延伸开去的表情和笑声杂糅在爬行、畏缩和挤成一团的身体运动中，不断增强着戏剧的紧张感。

**翟：**2011年，《瞧，土格哩子》在深圳演出。在此之前，走访深圳与成都，接触不同身份、职业、年龄的普通人，并组织戏剧工作坊和访谈。这些素材被融入20个不同的场景中予以展示，这其中，现实经过了怎样的艺术化的处理？

**周：**我参与了这部戏前期的调研、工作坊和访问，以及排练中的编剧和构作。这是一次委约创作,有相对明确的主题(关于"幸福"),而工作方式又是一个"working in progress"的戏剧实践。作为主创者之一,我参与了整个过程。从素材的搜集,到工作坊的设计,我们都力图结合当代剧场的诸种方法,比如"一人一故事""问题剧场""诗歌剧场"等形式,来结构素材,达到你所说的"艺术化的处理"。在这个过程中,包括演员在内的主创人员被要求根据所了解的素材和自己的体会提出他们的问题,自然地,个人经验和社会热点都得到打开和触及,不同的看法和立场也显露出来。经过反复的讨论、辩论,形成一些瞬间,不是问题得到解答或者大家形成共识的瞬间,而是展现富于戏剧性的瞬间。这大概也算是一种艺术处理吧。

**翟:**《随黄公望游富春山》是根据诗人翟永明的同名长诗改编而成。将画卷延展出一出戏剧,一定不能脱离空间的转换,您怎么理解这种空间性?

**周:**由一幅画卷到一首长诗,再到你看到的一出戏剧,这三种艺术类型各有其空间性,绘画被称为空间的艺术(相应地,音乐被称为时间的艺术),它占据固定的位置,展示可视的固定的空间,而画作内部的空间性则是另一个话题。在长卷《富春山居图》中,有中国传统绘画的散点透视所呈现的平面化的空间,它的景深是铺展出来的。此外,"这种一边展示,一边卷起的颇为隐秘、流动的"观画方式,又为长卷画作的接受增添了一种时间性。长诗《随黄公望游富春山》的空间性需要借助想象活动,通过阅读完成。一方面,可以说,长诗是时间性的,读者必须从第一行开始阅读,直到读完最后一行,才能了解这首长诗的整体面貌;另一方面,熟悉了长诗整体的读者又可以任意选读其中的一首、一节或一行,翻开诗集任意挑选,皆因长诗本身的空间性所决定,这首长诗由30首独立的短诗构成。诚如诗集标题"随黄公望游富春山"所示，这个行动本是空间的转移，所谓移步换景，景随情迁，翟永明这首长诗的空间性可以用这两个短语来大致描述。跟随游览的结构也让我们联想到但丁的《神曲》，那是西方文化中的典型的空间呈现。到了同名剧场作品中，我们还要加上剧场这个环境空间，来考察戏剧表现的多层性。剧场中的空间性呈现了固定而又流动，可见而又富于想象的特征。

我们根据长诗也是剧作的核心元素——"穿行"，构作出一个主体结构，并根据所采用的诗节内容进行场景和场次的切换。当然，并没有一个故事性的线索引导观众从头至尾欣赏该剧，不如说，是翟永明长诗中的不同段落担任着引路之职。诗人跟随黄公望，我们跟随诗人，同时，作为当代观者的我们还可以任意"穿行"于舞台（观看的流动性）和诗句想象"穿越古今"世界（联想的多重性）。我们试图唤起的，正是这种基于观看和想象主导的剧场的空间性。

**翟**：《随黄公望游富春山》自2014年北京青年戏剧节（朝阳9剧场）首演以来，经过了2015年成都8点空间、朝阳9剧场的两次复排、2016年两岸小剧场艺术节（台湾戏曲中心/高雄市立图书馆小剧场）和2016年国家话剧小剧场的演出。作为编剧，既构思改编了长诗，也与导演、演员等合作创作。请问，这其中，各个版本有没有特别的变化？

**周**：除了你列举的这几次演出外，2017年《随黄公望游富春山》还受邀"城市戏剧节"，在北京、重庆、广州、东莞、深圳等地巡演，连续四年排了四个版本。其实，几乎每一次复排都有改进，不仅剧本有增删变动，而且演员阵容和舞台呈现也进行了不断的修改。2014年我们决定将《随黄公望游富春山》改编成戏剧的时候，事实上翟永明还没有写完这首诗，我们读到的是未定稿。2014版的剧本是由四位演员出演，我在改编时也将表演人数（4人）、舞美设计和9剧场演出的空间特征考虑进来，这一版中，有四块白纱制成的带轮子的屏风作为主要道具，当然它并不能直接唤起观众有关绘画长卷的联想，但是，屏风作为一个带有传统色彩的意象在舞台上可以发挥灵活的组合与运动的功能，也能带动想象。到了第二个版本中，翟永明把她看演出的体会写成一首诗（即长诗第27节），并完成了长诗诗稿，结集出版。2015年复排时，演员增至6名，导演陈思安要求我将长诗中的第27节加进剧本，舞美也做了很大的改变，设计了两副用两根木轴撑开白色的棉布制成的长卷样道具，似乎是模拟《富春山居图》被烧毁后断成的两截。显然，这两副道具在剧中发挥的作用跟纱布屏风完全不同，因而舞台风格也发生了变化。到了2016年复排第三版的时候，导演又要求我为剧作写几段独白，独白的发出者为诗人、画中人、黄公望等。独白的构思也调整了剧作的基本结构，使得这部戏的内在线索变得相对清晰起来。剧本并不是仅由翟永明的诗歌文本构成，还有我写的有关这幅画流传的小故事，模仿皮影戏的方式呈现。当然，在后戏剧剧场视域中，导演陈思安的这些合理、灵活和能动的调整、改动都是正常的而有效的。

翟：在台湾的演出，是什么契机促成的？观众回馈过一些现场感受吗？
周：剧组受邀参加2016年的两岸小剧场艺术节，以此为契机，《随黄公望游富春山》进行了第三次复排和巡演。在台北和高雄两地的演出，应该说在台湾的反响还是不错的。特别是台湾剧场工作者朋友的回馈，让我们特别感动，他们不仅跟我们分享了台湾小剧场中曾经的诗歌剧场经验，也对《随黄公望游富春山》这部剧提出了自己的看法。

翟：据我所知，在台湾将诗改为戏剧，早在1985年诗人白灵、杜十三发起的"声光诗"实验，就曾经尝试将40首诗歌改编为短剧。其中包括北岛的《触电》、洛夫的《剁指》、向明的《仁爱路》等。这种尝试，是早期诗歌完成舞台呈现的雏形。后来，也出现了一些影像诗，参加台北艺术节的竞赛单元。无论是声光诗还是影像诗，都像是艺术工作者将诗改编为剧的一种未完成式。您认为这样的尝试，未来还有生存的艺术空间吗？

周：当然，你这个提问并非向我这样的艺术工作者寻求某种预测，这年头做预测的似乎属于出身于艺术管理专业的人士吧。我理解你的发问主要基于一种担心，或者怀疑，这类跨界艺术实验自身究竟有没有更大的发展空间？在当前的文化生产和传播空间中，它的接受度究竟有多大？而我只能从艺术工作者对于创造性的执着来进行一次乐观的估测。诗歌剧场实践在两岸虽然一直算是小众的尝试，但未来应该还有生存艺术空间的，虽然它的市场效应并不很高。你题中所涉及的"声光诗"是一种舞台实践，而参与艺术节的"影像诗"实际上属于当代艺术，随着影像艺术的增多，我们经常会在当代艺术展览中看到这种影像诗。

翟：2017年9月22—24日，在南京TPM紫麓戏剧空间·戌度剧场，举办"诗歌·影像——灵晕的追寻"艺术节。这场艺术节由TPM紫麓戏剧空间和歌德学院（中国）共同发起，得到德国诗歌之家、德国斑马诗歌电影节协助。能分享一下在艺术节的观摩体验吗？您怎么看诗歌与影像的关系？

周：与你上个问题中的"影像诗"相类似，这个艺术节是从德国的斑马诗歌电影节引入的，诗歌电影虽是另一个话题，但也属于从诗歌出发的"跨界"尝试。我在2017年的这个艺术节上看到了各种风格的诗歌电影，主要是从斑马诗歌电影节的历届获奖作品中选出来的。"诗歌电影"和作为当代艺术的影像诗有所不同，影像诗更侧重影像，以图像和图像的运动演绎出诗意，体现诗性，即便其中用到语言，但语言形式的诗并非核心元素，而诗歌电影是从诗歌文本（往往是一首诗）出发而制作的影像文本，作为出发点的诗歌似乎更重要。当然，中国这类诗歌电影作品并不多，我曾看到过台湾的诗人叶觅觅和阿芒根据诗歌拍摄的电影和影像,她们的作品比较接近诗歌电影。从诗歌到影像也有着媒介表意功能的转换,语言艺术作品的声音和视觉性都需要得到外化和具象化,与剧场化诗歌不同的是,影像化诗歌时相对可能更自由,毕竟没有舞台空间的限制,虽然电影的历史比戏剧要短很多,但是影像技术突飞猛进,且普及到了几乎每个借助移动智能手机的人都会使用,这样看来,诗歌和影像的关系将来会得到更深广的开掘吧。

**翟:** 记得台湾演出过《给普拉斯》,编剧周曼农和演员徐堰玲都颇有实力,算是相当有代表性的小剧场诗剧。您是否看过这场演出,能谈谈感受吗?

**周:** 很遗憾,没有看过现场演出。但在网上看到过片段,虽然是大约十分钟左右的剪辑合成,但是冲击力依然很强。台湾莎妹剧团出品的这部剧剧本应算是编剧周曼农写下的一首长诗,由廖俊逞执导,徐堰玲担任主演。无论是舞美设计还是主演的表现都非常出色,但因为不清楚全剧总共有多长,单谈看到片段剪辑,有一种让人窒息的感受,又有些歇斯底里,这部剧就像一个漫长的独白,导演的语言也富于暗示性和象征,颇贴合普拉斯的生活,尤其是她生命中最后日子的状态。这部《给普拉斯》的确是一部相当有代表性的优秀的小剧场诗剧。

## 四 戏剧的"观""演"经验及其他

**翟:** 2015年,我有幸去蓬蒿剧场观看了《吃火》。这部戏改编自玛格丽特·阿特伍德的同名诗集。您担任编剧,陈思安是导演。能谈谈你们合作的过程吗?

**周:** 我翻译的玛格丽特·阿特伍德的诗集《吃火》2015年3月由河南大学出版社出版,当时沉迷戏剧的我决定做一部诗歌剧场作品。如你所知,之前我已经和曹克非合作,做了两部诗歌剧场作品《企图破坏仪式的女人》(2010)和《乘坐过山车飞向未来》(2011),这两部剧场作品的共同点是选择的文本出自不同诗人(当然都是女诗人)之手。陈思安是诗人、小说家和编剧,此前也有过小剧场编导的经验。我们的合作始于2012年,她邀请我参加她编剧的《溺水》一剧,作为艺术指导。2013年在北京公演的帐篷戏剧作品《赛博格·堂吉诃德》,我任编剧,思安担任灯光设计。2014年9月北京国际青年戏剧节上,我和陈思安合作,将翟永明的长诗《随黄公望游富春山》搬上舞台。而这一次,我们决定以诗歌剧场作品《吃火》参加北京南锣鼓巷戏剧节,《吃火》的诗歌文本由我挑选,出自《吃火》一集中的不同文本,构作部分我们俩讨论决定,邀请年轻的音乐人、舞者和戏剧演员参与,剧组成员中也包括诗人。

**翟:** 所选的演员,也与《随黄公望游富春山》不同。能介绍一下,他们怎么成为您剧中的角色的吗?

**周:**《随黄公望游富春山》2014年的版本不知道你有没有看过,那一次我参与了演出,而合作的舞者也是之后在《吃火》中担任编舞和表演者的王宣淇,宣淇又邀请了舞者朱凤伟参加表演。音乐人是老翟(翟晓菲),之前在一次《翼》的诗歌活动中跟他合作过。此外,陈思安还邀请了两位话剧演员阮思航、张巍,诗人李君兰参与演出。从把诗歌带到当代剧场中的那一刻起,我们就很留意剧场工作者对诗歌的兴趣和态度。渐渐地,我们也发现了演员、舞者、音乐人中的诗人和爱诗者。我们尽量邀请这些人参与诗歌剧场的创作,因为他们要么有诗歌写作的经验,要么对诗歌抱有强烈的兴趣,这些都会在他们各自的舞台工作中体现出来。

**翟:** 您也时常作为剧中角色,活跃于舞台上。跟您接触下来,我揣测您不算是特别愿意或是善于言说的诗人。表演却需要敞开自我去展示身体、语言和表情,对您而言,这是一种怎样的体验?

**周**:我大约确属你所说的不善言谈或拙于表达的人吧,而且生性腼腆,容易害羞,但我发现这种个性与成为一名表演者似乎也不矛盾。有一类演员在生活中少言寡语,而在舞台上却可以收放自如。表演的确需要天赋,我觉得我其实并不擅长表演,但是努力打开自己,试着通过诗歌在舞台上表达自我,作为一个生性爱较真的人来说,我算是有进步的。在我的写作中始终有一个目标,就是通过写诗、写文章来认识自我,这个自我不仅是一个个体的我本人,而且也是一类人、一群人,女人及人类,我只是一个代表者。写作的自我认识功能带有私密性,但也有普遍性的意义。表演也是广义的写作,或某种意义上的身体写作。

**翟**:这种剧场的表演性,与诵读个人的诗歌,想必也是截然不同的感受?而与戏剧相比,您写诗也许更个人化甚至私密化?

**周**:是的,两种感受截然不同。诵读个人的诗歌还是相对可控吧,看怎么诵读了,也有诗人善于表演,诵读的可看性、可感性都很强。我曾经也挺怕读自己的诗的,总觉得有一种泄密感。现在好一些了,除了参加戏剧演出锻炼了我,让我能适应大庭广众之外,大概也因为我的写作更开阔了,我自己也并不再只信任她的私密性。我还尝试写诗剧、朗诵诗,写 slam poetry,或期待有朝一日成为一名 spoken words artist。

**翟**:您个人的诗歌创作中,有关戏剧情境的营造方面,能举些例子吗?

**周**:我有过不少这方面的尝试,而且,如我前面所提到的,文学表现手段或技法其实都是通用的,比如戏剧性的独白、对话,描绘一个生活场景,带入观察视点的切换、移动,以及刻画一个戏剧性的人物,让他/她独白、行动和选择等。大部分抒情性的诗歌带有独白色彩,是抒情主人公的内心情感的抒发和情绪的宣泄。上世纪90年代以来,当代诗歌中的"叙事性"是在抒情性之外增添观察视角和讲述口吻,观察者的旁观、冷静和客观,讲述者的有距离与有条理都为"叙事性"的诗歌增强了一种写实剧的场景感。而插入性的对话、自言自语等,又使得场景中的人物和声音增多且丰富起来,也营造了某种特定的戏剧情境。早年的诗《黑暗中的舞者》是我比较有意识的尝试,1998年9、10月间集中写下的《晨歌》等一批短诗中,我在抒情者的观察中加入了角色的声音。再后来的写作,这些技巧也逐步成熟起来了,或者运用得更自如了吧。

**翟**:在演出中,关于语言与沉默的关系,您如何处理?
**周**:非常神奇的是,就像写诗中我的手(无论是握笔的手还是敲击键盘的手)会阻止我拖沓与絮叨一样,在表演中,身体也会教导我沉默,或在某些时刻沉默比说话更可靠。所以,关于语言与沉默的关系,我愿意倾听和尊重我的身体,用我全部的感知来协调。

**翟**:演员李增辉曾提到过,加入瓢虫剧社后,以自主排练的形式参与即兴演出。作为演员之一,即兴演出的一些情况,可以分享吗?
**周**:剧组的密集排练一般不对外公开,特别是需要演员即兴的时候,导演会认为如果公开,可能会影响演员的坦诚和自信。所以,你知道,在排练中的即兴有时候会成为最终演出的素材,但是如果这些即兴素材被用到剧场作品中,就成了可以分享的一部分了。自主排练方法的运用其实在帐篷剧场中更普遍也更自觉,而且它有一个专门的名称,即我上文所说的"自主稽古"。帐篷剧场中的演职员大多为非剧场专业出身,他们在自主排练时需要更多的激励与保护,也因此,"自主稽古"只在剧组内部进行,而帐篷戏剧也有其独特的表现风格和视觉冲击力。

**翟**:戏剧人曹克非发起的纪实剧场,您参与过吗?可以略作介绍吗?
**周**:很遗憾,我没有参与过。我跟克非合作的时间也算不短,她当时主要居住在北京,偶尔会去瑞士和德国,去欧洲排戏。那些年间她在欧洲进行的几个戏剧项目基本属于纪实剧场，但即使在欧洲，这些作品也与中国有关，涉及文化差异、移民等议题。在和克非合作的剧作中，《远方》的改编中加入了纪实剧场的元素，而《瞧，土格哩子》中有相当多的纪实成分，也让我多少对纪实剧场的工作方式有些了解。纪实剧场往往基于一个社会议题，有非常急迫的现实针对性，主创者一般先召集参与者，挑选对议题感兴趣或贴合议题的合作者，形成一个剧组。纪实剧场的创作方法是比较多样的，一种是以参与者合作者提供的素材（访谈、讨论等）为基础，重新创作剧本，由专业演员根据这个二次加工的剧本排练演出；另一种方法是对素材进行简单的修订和编排，由素材提供者直接登台表演，以自述的方式呈现，当然，为了舞台呈现的丰富和立体，导演可能会在排练中，训练这些素人表演者，进行其他形式的舞台表现，比如唱歌、表演戏曲、跳舞等；还有一种方法是构作出一种统一的舞台形式，让参与者在这种形式内讲述自己的故事，这类作品带有实验性和先锋戏剧的特征。在纪实剧场中，环境、影像、互动等元素得到广泛的运用。这些归纳来自我看到的一些纪实剧场作品的印象，而可举的例子很多，想必你比我更了解吧。

**翟**：就目前的实验而言，您认为存在什么困境吗？无论是经济的或是艺术的。

**周**：跟所有的实验戏剧和先锋艺术面临的情况差不多吧。这些年由于自上而下日益增强的各种政治和文化的管控，造成了实验艺术的空间也越来越狭小，没有资助，没有剧场支持，没有观众，戏剧艺术的实验就会相当艰难。因为戏剧不是个人性或私人性的艺术，它需要众人、集体的合作、协作，而一旦工作环境恶化，实验戏剧就会被迫从文化市场上消失。翟永明跟我谈起过她的几个朋友曾想发起一个诗歌戏剧节，而到目前为止尚未实现。我也曾受到来自艺术节的邀请，有望在某艺术节上演出一场诗歌剧场作品，但终因申请不到资金而作罢。我记得，2013年北京的小剧场里被要求安装监控摄像头，剧本审查也越来越严苛，有一些剧本已经过审，通过排练，得到公演的戏，却在演出几场后遭禁。我作为当代文学的研究者对此体会犹深，前辈的文学批评家和学者们曾经讨论过的当代文学史上的一个重要议题，即解离政治和文学的捆绑式关系，为文学争取自主性、本体性，到今天似乎又需要去重新面对了。

**翟：** 同样，您对目前的舞台呈现，还有不满意之处吗？

**周：** 不满意是肯定的，很多方面都不满意。我从2010年开始尝试诗歌剧场实践，几年间只做了四个作品，实在是太少了。也因为做得少，或者没有条件多尝试，目前的作品还是不够成熟，需要更多、更密切、更广泛地跟剧场工作者、艺术家、策展人和诗人合作。已经做过的作品也期待能够获得复排的机会，这样可以改进得更好一些。

**翟：** 对于普通读者而言，诗歌是精英而高雅的艺术；相比较而言，因为戏剧要走进大众，观众更乐见通俗易懂的演出形式。一旦嵌入晦涩难懂的文本入戏，观众总会发出"看不懂"的声音。这是不可跨越的隔膜，还是有需要磨合的必要？

**周：** 在我们所谈到的情形中，"看不懂"包括两点：一是不懂晦涩的诗文本，二是不懂抽象的舞台呈现。无论是当代诗歌还是戏剧，都不得不面对这类叫嚷着"不懂"的一群读者与受众。在一些技术性的层面上，比如演员读出的诗句不容易被观众一下子听明白，我们会改进和尝试解决，比如以加字幕、印刷小册子等方式；而对于不能领会修辞和抽象化的表达的读者及观众，我觉得是无法通过一次戏剧演出来解决这个问题的。这几乎是文化生产和传播中的某个死结，从创作者的角度看，是得去培养实验艺术的受众群体，但是，这也不应该变成创作者的义务。换句话说，观众、读者难道不应该也去思考一下为什么"就你看不懂"这个问题呢？！

图书在版编目（CIP）数据

以戏入诗：当代汉语新诗的戏剧情境研究 / 翟月琴著. —北京：商务印书馆，2022
ISBN 978－7－100－20657－0

Ⅰ.①以… Ⅱ.①翟… Ⅲ.①新诗—诗歌研究—中国—当代 Ⅳ.①I207.25

中国版本图书馆 CIP 数据核字（2022）第016505号

权利保留，侵权必究。

## 以 戏 入 诗
### 当代汉语新诗的戏剧情境研究
翟月琴 著

商 务 印 书 馆 出 版
（北京王府井大街36号 邮政编码 100710）
商 务 印 书 馆 发 行
山东韵杰文化科技有限公司印刷
ISBN 978－7－100－20657－0

2022年6月第1版　开本 640×960　1/16
2022年6月第1次印刷　印张 21¾
定价：95.00元